Editado por Harlequin Ibérica.
Una división de HarperCollins Ibérica, S.A.
Núñez de Balboa, 56
28001 Madrid

© 2010 Megan Hart. Todos los derechos reservados.
EN SUS MANOS, N° 30 - 1.3.13
Título original: Switch
Publicada originalmente por HQN.

Todos los derechos están reservados incluidos los de reproducción, total o parcial. Esta edición ha sido publicada con permiso de Harlequin Enterprises II BV.
Todos los personajes de este libro son ficticios. Cualquier parecido con alguna persona, viva o muerta, es pura coincidencia.
® Harlequin y logotipo Harlequin son marcas registradas por Harlequin Books S.A.
® y ™ son marcas registradas por Harlequin Enterprises Limited y sus filiales, utilizadas con licencia. Las marcas que lleven ® están registradas en la Oficina Española de Patentes y Marcas y en otros países.

I.S.B.N.: 978-84-687-2462-1
Depósito legal: M-41965-2012

A mis críticos de confianza, ya sabéis quiénes sois.
A mi familia, por su amor y su apoyo.
A mis lectoras, sin vosotras, no tendría ningún éxito. Gracias.
Nunca escribo libros sin música. Por eso quiero dar las gracias a los músicos y a los artistas que hacen posible que pueda sentarme delante del ordenador día tras día y crear mundos y a los personajes que los pueblan.
Por favor, apoyad su trabajo a través de fuentes legales.

Empty Chairs, de Don McLean; *It Ain't Me, Babe* de Joaquin Phoenix y Reese Witherspoon; *Closer*, de Joshua Radin; *Same Mistakes*, de Justing King; *Whatever It Takes*, de Lifehouse; *What Would Happen*, de Meredith Brooks; *Hallelujah*, de Rufus Wainwright; *Gravity*, de Sarah Bareilles; *Lying to You*, de Schuyler Fisk. *These Things*, de She Wants Revenge y *SOS* de Tim Curry.

Capítulo 1

A veces vuelves la cabeza.

Él salía. Yo entraba. Pasamos el uno junto al otro como dos barcos que se cruzan en silencio, como cientos de desconocidos se cruzan cada día. El momento no duró más de lo que se necesita para distinguir un pelo oscuro y revuelto y la sombra de unos ojos verdes. En lo primero en lo que me fijé fue en la ropa, en los pantalones cargo de color caqui y en la camisa negra de manga larga. Después, en su altura y en la anchura de sus hombros. Durante un lapso de apenas unos segundos, me fijé en él tal y como los hombres y las mujeres se fijan los unos en los otros. Giré después sobre la punta de mis zapatos de tacón bajo y estrecho y le seguí con la mirada hasta que la puerta de la papelería Speckled Toad se cerró tras de mí.

–¿Quieres que te espere?

–¿Eh? –miré a Kira, que se me había adelantado–. ¿Para qué?

–Para que puedas salir detrás de ese tipo que tanto te ha impresionado –sonrió e hizo un gesto, pero yo ya no podía verle ni siquiera a través del cristal.

Conocía a Kira desde que estábamos en el instituto, cuando nos unió nuestro mutuo amor por un chico de un curso superior llamado Todd Browing. En aquella época teníamos muchas cosas en común. Un pelo terrible, un gusto horroroso en el vestir y una afición excesiva al lápiz de ojos de color negro. Habíamos sido amigas desde entonces, pero en aquel momento, no habría sabido cómo llamarla.

Me volví hacia ella desde el centro de la papelería.

—¡No digas tonterías! Apenas me he fijado en él.

—Si tú lo dices...

Kira se apartó de mí y se dirigió hacia una estantería llena de adornos que jamás se me habría ocurrido comprar. Levantó uno, una rana de peluche con un corazón a los pies. El corazón tenía bordado en letras brillantes la palabra «Mamá».

—Muy bonito. Pero no, por muchas razones. Pero es posible que le regale uno de esos —me giré hacia una estantería llena de payasos de porcelana.

—¡Dios mío! Le va a parecer horripilante. ¿A que no te atreves a comprárselo? —se rio Kira burlona.

Yo también me eché a reír. Estaba intentando comprar un regalo para la mujer de mi padre. Aquella mujer jamás confesaba su verdadera edad y en todos los cumpleaños insistía en estar celebrando sus veintinueve, una confesión que hacía con la correspondiente sonrisa coqueta, pero no ponía peros a la hora de recibir regalos. Yo sabía que nada de lo que pudiera comprarle la impresionaría, pero, aun así, estaba decidida a encontrar el regalo perfecto.

—Si no fueran tan caros, me lo pensaría. Le encantan todas las figuritas de Limoges. ¿Quién sabe? A lo mejor también le gustan los payasos de porcelana —acaricié el paraguas de una equilibrista horrorosa.

Kira y Stella habían coincidido unas cuantas veces y no podía decirse que ninguna le hubiera causado una gran impresión a la otra.

—Sí, claro. Voy a echar un vistazo a las revistas.

Musité una respuesta y continué buscando. Miriam Levy, propietaria de Speckled Toad, tenía todo tipo de objetos de regalo, pero no era ese el motivo por el que había ido allí. Podía haber ido a cualquier otra tienda para comprar un regalo a Stella. Vaya, si hasta le habría encantado una tarjeta de regalo de Neiman Marcus, aunque hubiera arrugado la nariz al ver el poco dinero que me podía permitir. No, no había ido a la tienda de Miriam porque estuviera buscando payasos de porcelana. Ni siquiera porque estaba a media manzana de Riverview Manor, que era donde yo vivía.

Había ido a la tienda de Miriam por el papel...

Por el papel, los pergaminos, las tarjetas hechas a mano, las libretas y cuadernos de un papel tan delicado como la seda, los cartuchos para plumas y bolígrafos, las cartulinas capaces de soportar cualquier tortura... Había hojas de todos los colores y tamaños, todas ellas perfectas y únicas, un material perfecto para escribir cartas de amor, de ruptura, de pésame. Para escribir poesía. Pero era imposible encontrar un solo paquete de papel blanco para impresora. Miriam no vendía algo tan plebeyo.

Yo soy un poco fetichista con las papelerías. Colecciono hojas, bolígrafos, libretas. Si me dejan suelta en una tienda de material de oficina, puedo pasarme en ella más horas y gastar más dinero que la mayoría de las mujeres en una zapatería. Adoro el olor de la tinta buena sobre el papel caro. Me gusta acariciar las tarjetas. Pero, sobre todo, me gusta el aspecto de una hoja de papel en blanco cuando está esperando a ser escrita. En esos momentos, antes de posar el bolígrafo sobre el papel, puede ocurrir cualquier cosa.

Lo mejor de Speckled Toad es que Miriam vende las hojas por unidades, además de por paquetes y resmas. Mi colección de papel incluye hojas de lino con manchas de agua, otras hechas a mano con pasta de flores y tarjetas recortadas formando paisajes. Tengo bolígrafos de todos los colores y tamaños, la mayor parte no son caros, pero todos tienen algo especial, la tinta o el color, que me llamó la atención. Llevaba años coleccionando papeles y bolígrafos comprados en tiendas de antigüedades, de segunda mano y en liquidaciones. Descubrir Speckled Toad fue como encontrar mi propio nirvana.

Siempre he pretendido utilizar mis compras para algo importante. Algo que realmente merezca la pena. Como cartas de amor escritas con un bolígrafo que se adapte perfectamente a la palma de mi mano para atarlas después con un lazo rojo y sellarlas con cera escarlata. Pero las compro, me encantan y apenas escribo en ellas. Hasta una carta de amor anónima necesita un receptor... y yo no tengo ningún amante.

En cualquier caso, ¿hay alguien que siga escribiendo cartas? Con los teléfonos móviles, los mensajes e Internet, las cartas escritas se han convertido en algo obsoleto, o casi. Sin embargo, una nota escrita tiene una fuerza especial. Es algo más personal que aspira a tener cierta profundidad. Es algo más que una lista de la compra apenas garabateada o que la firma escrita en una tarjeta. Algo que probablemente yo nunca llegaría a escribir, pensé mientras deslizaba los dedos por el borde de un paquete de papel de escribir con relieves victorianos.

–Eh, Paige, ¿cómo te va?

Ari, el nieto de Miriam, colocó unos paquetes detrás del mostrador, desapareció tras él y volvió a asomar la cabeza como si fuera el muñeco de una caja sorpresa.

–Ari, cariño, tengo otro encargo para ti.

Miriam apareció desde detrás de la cortina que separaba la trastienda del mostrador y le miró por encima del borde de sus gafas.

–Y quiero que vayas ahora mismo. No tardes dos horas, como la última vez.

Ari elevó los ojos al cielo, pero tomó el sobre y le dio un beso en la mejilla a su abuela.

–Sí, abuela.

–Buen chico, Ari. Y ahora, Paige, ¿qué puedo hacer por ti?

Miriam miró a su nieto con una sonrisa cargada de cariño antes de volverse hacia mí. Iba tan arreglada como siempre, sin un solo pelo fuera de lugar y sin una sola mancha de lápiz de labios. Miriam es una auténtica gran dama. Tiene por lo menos setenta años y un estilo del que pocas mujeres de cualquier edad pueden presumir.

–Necesito un regalo para la mujer de mi padre.

–¡Ah! –ladeó delicadamente la cabeza–. Estoy segura de que encontrarás el regalo perfecto. Pero si necesitas ayuda, no dejes de decírmelo.

–Gracias.

He estado suficientes veces en la tienda como para saber que le gusta que la recorra y remueva todo lo que pueda.

Al cabo de veinte minutos, durante los cuales acaricié y examiné el nuevo cargamento de papeles y bolígrafos que no podía permitirme por muy desesperadamente que los deseara, Kira volvió a reunirse conmigo en la tienda.

–Muy bien, Indiana Jones, ¿qué estás buscando? ¿El arca perdida?

–Lo sabré cuando lo vea –respondí.

Kira elevó los ojos al cielo.

–Paige, vamos al centro comercial. Sabes que a Stella no le importa lo que vayas a regalarle.

–Pero a mí sí.

No podía explicar lo importante que era... bueno, no impresionar a Stella, porque eso era imposible. Habría sido más exacto decir, no desilusionarla. Demostrarle que no tenía razón sobre mí. Eso era lo único que quería. Demostrarle que se equivocaba.

—A veces eres muy cabezota.

—A eso se le llama determinación —musité, mientras le dirigía un último vistazo a la estantería que tenía enfrente de mí.

—Se llama cabezonería por mucho que te niegues a admitirlo. Te espero fuera.

Apenas alcé la mirada cuando se marchó. Sabía que la escasa capacidad de atención de Kira no la convertía en la mejor aliada para aquella tarea, pero llevaba demasiado tiempo retrasando la compra del regalo de Stella. Y desde que me había mudado a Harrisburg, no veía mucho a Kira. En realidad, tampoco nos veíamos mucho antes de que me marchara. Pero cuando me había llamado para preguntarme que si quería que quedáramos, no se me había ocurrido ninguna razón para negarme que no me hubiera hecho quedar como una auténtica cretina. En cualquier caso, sabía que no le importaría esperarme fuera fumándose un par de cigarrillos, así que volví a concentrarme en la búsqueda, decidida a encontrar lo que realmente quería.

A lo largo de los años, había ido descubriendo que no era estrictamente el regalo en sí mismo el que se ganaba la aprobación de Stella, sino algo menos tangible incluso que el precio. Mi padre le daba todo lo que quería, y lo que no le proporcionaba mi padre, se lo compraba ella misma, de modo que comprarle algo que pudiera necesitar era imposible. Gretchen y Steve, los hijos que había tenido mi padre con su primera esposa, tomaban el camino fácil y solían pedirles a sus hijos que le hicieran un dibujo. Los propios hijos de Stella todavía eran demasiado pequeños como para que se tuvieran en cuenta sus regalos. A mis hermanos se les agradecía cualquier detalle, pero yo estaba obligada a mantener un nivel más alto.

Continué mirando, pensando en cuál podría ser el regalo adecuado. Que nadie me interprete mal. La esposa de mi padre no es una mala persona. Nunca se ha esforzado en hacerme sentirme parte de la familia, como sí lo ha hecho con Gretchen y con Steven y, obviamente, no me tiene en tanta consideración como a Jeremy y a Tyler, sus hijos. Pero todos mis medio hermanos han vivido o viven con mi padre, algo que yo no he hecho nunca.

Justo en ese momento lo vi. El regalo perfecto. Bajé la caja de la estantería y la abrí. En el interior, sobre un lecho de papel de seda, descansaba un paquete de tarjetas azules. En la esquina de cada una de ellas brillaba una estilizada S con un diseño de diminutas estrellas. Los sobres tenían el mismo dibujo y el papel tenía algunas hebras plateadas que le hacían brillar. En el interior de la caja había también un bolígrafo. Lo saqué. Era demasiado ligero, pero no era para mí. Era el bolígrafo perfecto para que unas manos perfectamente manicuradas escribieran notas de agradecimiento salpicadas de corazones diminutos. Era el regalo perfecto para Stella.

–¡Ah! Así que por fin has encontrado algo –Miriam tomó la caja de mis manos y le quitó la etiqueta del precio con delicadeza–. Una bonita elección. Estoy segura de que le encantará.

–Eso espero.

Yo pensaba que le gustaría, pero no quería gafar mi regalo.

–Siempre sabes exactamente lo que alguien necesita, ¿verdad?

Miriam sonrió mientras deslizaba la caja en una bonita bolsa a la que añadía un elegante lazo sin cobrarme nada a cambio.

Me eché a reír.

–¡Yo no diría tanto!

–Pues yo sí –respondió con firmeza–. Conozco a mis clientes, ¿sabes? Les presto atención. Hay muchos que vienen aquí buscando cosas y nunca las encuentran. Y tú siempre encuentras algo.

—Pero eso no significa que sea lo adecuado —contesté mientras sacaba de la cartera un par de billetes nuevos, recién sacados del cajero automático.

Miriam me miró por encima del borde de sus gafas.

—¿Ah, no?

No contesté. ¿Cómo podía saber nadie si estaba haciendo o no las cosas bien? En cualquier caso, ya era demasiado tarde para cambiar.

—A veces, Paige, pensamos que sabemos lo que alguien quiere o necesita. Pero entonces... —suspiró mientras apartaba un paquete con artículos de papelería metidos en una caja de plástico—, descubrimos que estamos equivocados. Había reservado algo para uno de mis clientes habituales, pero al final, no le ha gustado.

—Es una pena. Pero estoy segura de que alguien se lo llevará.

No me sorprendió que a un hombre no le gustara aquel papel. Tenía un relieve de flores que quizá fuera excesivamente femenino.

Miriam fijó en mí su mirada.

—¿Tú, quizá?

Mi respuesta fue hundir las manos en los bolsillos mientras miraba alrededor de la tienda.

—En realidad no es mi estilo.

Miriam se echó reír y dejó la caja a un lado. Se había pintado las uñas de color rojo, a juego con su lápiz de labios. Deseé tener aunque solo fuera la mitad de su estilo cuando llegara a su edad. Bueno, en realidad, me habría gustado tener la mitad de su estilo ese mismo día.

—¿Y no vas a llevarte nada para ti? Tengo unas libretas que te encantarán. Con las tapas de ante y los bordes de las hojas dorados. Mira.

Gemí.

—No tienes corazón, ¿sabes? Sabes perfectamente que lo único que tienes que hacer es enseñármelas y... ¡Ohh!

—Bonita, ¿verdad?

—Sí.

Pero yo no estaba mirando las libretas, sino una caja lacada de color rojo con una tapa que se cerraba con un lazo. La madera estaba decorada con una libélula azul y violeta.

—¿Qué es eso?

Acaricié la tapa con delicadeza y la abrí. En el interior, sobre un lecho de satén negro, descansaba un platito de cerámica, un pequeño recipiente de tinta roja y un juego de pinceles con el mango de madera.

—Un juego de caligrafía —Miriam salió de detrás del mostrador para verla conmigo—. Viene de China y es bastante especial. Contiene una serie de papeles y plumillas, no solo los pinceles y la tinta.

Levantó una segunda tapa, revelando al hacerlo un fajo de hojas sujetas por un lazo rojo y una serie de plumillas guardadas en una bolsa de seda roja fruncida por un cordón.

—Es preciosa —aparté las manos, aunque estaba deseando acariciar las plumillas y el papel.

—Justo lo que necesitabas, ¿verdad? —Miriam rodeó el mostrador para volver a sentarse en su taburete—. Es perfecto para ti.

Miré el precio y cerré la caja con firmeza.

—Sí, pero no hoy.

—¿No? —Miriam chasqueó la lengua—. ¿Así que sabes lo que todo el mundo necesita pero no eres capaz de saber lo que necesitas tú? Es una pena, Paige. Deberías comprártelo.

Con lo que valía esa caja, podía pagar la factura del móvil. Sacudí la cabeza y después la incliné para mirar a Miriam.

—¿Por qué estás tan convencida de que sabes lo que todo el mundo necesita? Es una afirmación muy atrevida.

Miriam abrió un paquete de caramelos de menta y se metió uno a la boca. Lo chupó delicadamente durante unos segundos antes de contestar.

–Siempre has sido una buena cliente. Te he visto comprar regalos y a veces cosas para ti. Me gusta pensar que conozco a la gente. Que sé lo que necesita. ¿Por qué crees que tengo cosas tan horribles en las estanterías? Porque a la gente le gustan.

Seguí el rumbo de su mirada hasta la estantería con los payasos de porcelana.

–Que quieras algo no significa necesariamente que debas tenerlo.

–Y el hecho de que desees algo tampoco implica que tengas que obligarte a negarte ese placer –respondió Miriam con serenidad–. Cómprate esa caja. Te la mereces.

–¡Pero si no tengo nada que escribir!

–Puedes escribir cartas de amor –sugirió.

–No tengo a quién dirigírselas –volví a negar con la cabeza–. Lo siento, Miriam. Ahora no puedo permitírmelo. A lo mejor en otro momento.

Miriam suspiró.

–Muy bien. Si así lo quieres, niégate el placer de disfrutar de algo bonito. ¿De verdad crees que es eso lo que necesitas?

–Lo que creo es que necesito pagar mis cuentas antes de poder permitirme ningún lujo.

–¡Ah! Muy sensato –inclinó la cabeza–. Y pragmático. Pero no muy romántico. Sí, así eres tú.

–¿Y eso puedes deducirlo por la clase de papel que compro? –puse los brazos en jarras mientras fijaba en ella la mirada–. ¡Vamos!

Miriam se encogió de hombros. No era difícil imaginársela de joven. Debía de ser una mujer decidida, bella y elegante.

–No, eso lo deduzco por el papel que no compras. Cuando seas una anciana, serás tan sabia como yo.
–Eso espero –me eché a reír.
–Espero que vuelvas para comprar esa caja. Está hecha para ti, Paige.
–Pensaré en ello, ¿de acuerdo? ¿Te conformas con eso?
–Si compras esa caja, te aseguro que terminarás encontrando algo que escribir.

Capítulo 2

¿Empezamos?
Esta es tu primera lista.
Seguirás las instrucciones al pie de la letra. No hay margen para el error.
El castigo por el fallo es el rechazo.
Tu recompensa será mi mando y mi atención.
Escribirás una lista de diez cosas. Cinco defectos y cinco virtudes.
Envíala después a la dirección que figura al final.

El sobre que tenía en mi mano mostraba la rugosidad de un papel caro. No tenía pegamento en la solapa, era como los sobres de respuesta que se incluyen en una invitación. Giré entre mis dedos repetidas veces la tarjeta de color crema que había en su interior. Me gustaba sentir la textura del tramado. También era un material caro. Deslicé el dedo por el borde de uno de los laterales. Parecía haber sido cortado de una pieza más grande. No pesaba lo suficiente como para ser una tarjeta de presentación, pero era demasiado grueso como para ser utilizado en una impresora.

Levanté el sobre y lo olí. Un ligero perfume almizcleño impregnaba el papel, un papel suave y poroso al mismo tiempo. No era capaz de identificar aquel olor, pero se fundía con el olor de la tinta y el papel de una forma tan embriagadora que me daba vueltas la cabeza.

Acaricié las letras negras de trazos curvilíneos. No reconocía aquella letra y la carta estaba sin firmar. Cada palabra parecía escrita con extremo cuidado, cada letra anotada con un trazo preciso, sin las despreocupadas espirales y curvas que hacía la mayor parte de la gente al escribir. Aquella era una letra práctica y eficiente. Y sin rostro.

En el sobre figuraba la dirección de un apartado de correos de una de las oficinas de la zona, y eso era todo. Desde que me había mudado a Riverview Manor cinco meses atrás, había recibido algunos catálogos publicitarios, peticiones de donaciones dirigidas a dos inquilinos anteriores y demasiados recibos. No había recibido ni una sola carta personal. Volví a girar la tarjeta, escuchando el suave susurro del papel sobre mi piel. No llevaba ni un nombre, ni una dirección. Solo un número que sin duda alguna había garabateado la misma mano que había escrito la nota. Miré con atención y vi lo que en mi precipitación no me había fijado hasta entonces.

114

Eso lo explicaba todo. La carta no era para mí. La tinta se había corrido un poco, convirtiendo el uno en una posible versión de un cuatro, si uno no prestaba la debida atención. Alguien había metido aquel sobre en mi buzón, el cuatrocientos cuatro, por error.

Por lo menos no era otra invitación de boda o bautizo de una de aquellas amigas, por llamarlas de alguna manera, a las que hacía años que no veía. No me hacía ninguna gracia eso de pertenecer a una larga lista de correo solo porque en el pasado había ido a clase con alguien.

—¿Qué es eso?

Kira acababa de aparecer tras de mí envuelta en una

nube de olor a tabaco y estaba clavándome la barbilla en el hombro.

No sabía por qué no quería enseñársela, pero el caso fue que guardé la tarjeta en el sobre, busqué el buzón que marcaba realmente la dirección y la deslicé a través de la rendija. Me asomé después a través de la ventanita de cristal y la vi descansando en aquella cueva de metal, triste y solitaria.

–Nada. No era para mí.

–Vamos, subamos. Tenemos una cita con Jose, Jack y Jim –alzó la bolsa de papel en la que llevaba las botellas.

Todas las mujeres deberían tener una amiga tan juerguista. Una amiga de esas que le hace sentirse a una mucho mejor consigo misma. Porque por borracha que haya terminado la noche anterior, o por muchos tipos con los que haya salido después de una fiesta, o por cortas que lleve las faldas, su amiga siempre habrá sido... en fin, más juerguista que ella.

Kira y yo habíamos intercambiado ese papel en el pasado durante años, algo de lo que no me siento orgullosa, pero que tampoco podría ocultar.

–No son ni siquiera las ocho. Las cosas no empiezan a ponerse emocionantes hasta por lo menos las once.

–Y esa es la razón por la que he pasado por una tienda de licores –miró alrededor del portal y arqueó las cejas–. ¡Vaya! ¡Qué bonito!

Yo también miré a mi alrededor. Siempre lo hacía. De hecho, había memorizado hasta la última baldosa del portal.

–Gracias. Vamos al ascensor.

Seguramente, Kira quedó igualmente impresionada por mi apartamento, pero no dijo nada. Entró, comenzó a abrir las puertas de los armarios, miró incluso dentro del botiquín y para cuando llegó el momento de comer los bocadillos que habíamos comprado para cenar, se mostró entusiasmada porque puse platos de verdad y no de papel. Pero no me dijo que mi casa era bonita.

Fue casi como en los viejos tiempos, cuando reíamos por cualquier cosa mientras comíamos o cenábamos y veíamos la televisión. Yo no había olvidado el peculiar y divertido sentido del humor de Kira, pero hacía mucho tiempo que no reía tanto que terminaba doliéndome el estómago. De pronto, me alegré de haberla invitado. Siempre es agradable estar con alguien que a pesar de conocer todos tus defectos, te sigue apreciando... o al menos no deja de quererte por ellos.

Kira tenía un novio nuevo. Tony no sé qué, no reconocí el nombre. No lo había mencionado en los mensajes de texto o en los correos electrónicos que me enviaba de vez en cuando, pero lo dejó caer en la conversación de una forma que me invitó a preguntar por él.

—¿Cuánto tiempo lleváis saliendo?

Me serví un chupito de tequila y lo miré sin estar muy segura de que me apeteciera tomarlo. En otra época de mi vida, era perfectamente capaz de beberme un chupito sin ningún miedo a las consecuencias, pero llevaba tiempo sin beber. Así que se lo ofrecí a Kira.

Kira se lo bebió de un solo trago.

—Justo desde después de que te fueras. Llevamos ya mucho tiempo.

Yo no tenía la sensación de que fuera tanto tiempo, pero para Kira, durar más de tres meses con un chico ya era todo un récord.

—Me alegro por ti.

Kira arrugó la nariz.

—Yo también. Es bueno en la cama y me compra cosas. Tiene un coche increíble. Y trabajo. No es un perdedor.

—Todo cosas buenas.

Yo era un poco más exigente, por lo menos desde ha-

cía algún tiempo, pero sonreí ante aquella descripción y empecé a recoger los envoltorios de los bocadillos.
Kira se levantó para ayudarme.
–Sí. Supongo. Es un buen tipo.
Eso era más elocuente que todo lo que me había dicho hasta entonces. Le dirigí una mirada fugaz. «Los tiempos cambian», me recordé. Y también la gente.
Cuando llegó el momento de prepararse para salir, la Kira que yo conocía fingió una arcada al verme.
–¡Puaj! No te pongas eso.
Bajé la mirada hacia mis pantalones de talle bajo. Eran unos vaqueros con una ligera campana. Iba a ponérmelos con unas botas y una camiseta de manga japonesa. Comenzaban a notarse las horas que pasaba últimamente haciendo ejercicio.
–¿Qué le pasa a mi ropa?
Kira abrió la puerta de mi armario y comenzó a buscar en el interior.
–¿No tienes nada mejor?
Me entraron ganas de decirle que hacía tiempo que habíamos dejado el instituto, pero me bastó mirar hacia su minifalda vaquera y la blusa que dejaba su ombligo al descubierto para comprender que sería una pérdida de tiempo. Me encogí de hombros.
–Sé que tienes ropa más atrevida que esa.
Kira salió del interior de mi armario con un puñado de camisetas y faldas que yo recordaba haber comprado, pero que no me ponía desde hacía siglos. Tiró toda la ropa en la cama, donde quedó extendida como si fuera la ropa de todo un mes.
Seleccionó una camiseta de seda de un bonito color lavanda y una falda negra. Las sostuvo frente a mí delante del espejo y las dejó de nuevo en la cama.
–No, gracias –le dije–. Pienso ir así. Voy muy cómoda.

Kira sacudió la cabeza.

–¡Puaj! ¡Paige, vamos!

–¿Puaj?–volví a mirarme otra vez.

Los vaqueros se ajustaban perfectamente a mis caderas y a mi trasero y la camiseta marcaba mi vientre plano. A mí me parecía que estaba bastante bien.

–¿Qué es lo que no te gusta?

–Es solo que... –Kira se interrumpió y se acercó a mí para mirar mi reflejo en el espejo–. Tienes que intentar destacar un poco.

La miré. Incluso con mis botas de tacón, era unos centímetros más baja que ella. Kira tenía una melena pelirroja que se había cortado a capas que descendían hasta la mitad de su espalda. Nunca tomaba el sol, de modo que la línea de ojos destacaba de forma especial en su rostro y el lápiz de labios rojo parecía más rojo todavía.

Volví a mirarme en el espejo, inclinando la barbilla hacia un lado y hacia el otro. Yo tengo el pelo rubio. Rubio natural. Los ojos azul, de un azul oscuro, casi azul marino. Me parezco mucho a mi padre y esa es una de las razones, quizá, por las que nunca se ha molestado en negar que soy hija suya.

–Yo me veo bien –contesté, pero se percibía una cierta añoranza en mi voz.

Yo solía gastar el presupuesto que tenía para ropa en unas cuantas prendas sencillas de marca que solía comprar fuera de temporada. Había pasado los últimos años de mi vida haciéndome un guardarropa. Ropa para el trabajo y ropa informal que pareciera suficientemente cara como para pasar por clásica. La combinaba con zapatos que no siempre podía permitirme. Pero no iba a ser como Clarice Starling, no pensaba traicionar mi guardarropa llevando bolsos buenos y zapatos baratos.

Volví a mirar mi reflejo en el espejo y pensé en la caricia del satén sobre mi piel. Al ir sin sujetador, los pezones se marcarían contra la tela, obligando a toda persona de sexo contrario a fijar la mirada en mis senos.

Así que volví a tomar la camiseta de satén y la sostuve frente a mí. Acaricié la tela sobre mi estómago. Kira asintió con un gesto de aprobación, me deslizó el brazo por los hombros y me dio un caderazo.

—Vamos. Sabes que lo estás deseando.

Sí, claro que lo estaba deseando. Quería salir, emborracharme hasta morir, bailar, fumar y restregarme con una docena de hombres. Quería sentir un cuerpo excitado contra el mío y buscar el deseo en los ojos de un desconocido.

Quería olvidarme de buscar la aprobación de los demás.

Así que me quité la camiseta y, tras un segundo de vacilación, me desabroché el sujetador. La blusa de seda se deslizó sobre mi cabeza y descendió hasta mis caderas. Mis senos sintieron el roce de aquella sedosa tela. Los pezones se tensaron al instante, y yo me estremecí.

—Déjame maquillarte —me pidió Kira.

Me colocó su bolso en el regazo y comenzó a sacar botes, tubitos, pinceles y purpurinas. Me encanta la purpurina. Aunque nunca la utilizo. En mi nueva vida, no hay lugar para la purpurina.

—Déjame, prefiero hacerlo yo.

Jamás se me ocurriría ponerme maquillaje que ella hubiera utilizado previamente. Por no hablar de los gérmenes que podía pasarme en el proceso. La aparté con un gesto y me dirigí al cuarto de baño. Una vez allí, busqué en el armario que tenía debajo del lavabo.

Saqué mi neceser. Allí tenía lápices de labios en diferentes tonos rosáceos tirando a violetas y sombras de ojos de todos los tonos imaginables. Tenía montones de lápices de ojos a medio usar y unos cuantos botecitos de delineador. Tomé uno de ellos, pensando que se habría secado después de tanto tiempo, pero cuando lo abrí, comprobé que el maquillaje continuaba en perfecto estado.

Me pinté como una máscara. Era mi rostro, pero más intenso. Más atrevido. Más todo. En otra época de mi vida, había lucido ese mismo rostro a diario. En otra época de mi vida, era el único rostro que tenía.

Una vez terminé de maquillarme, me enfundé la falda negra, dejando mis piernas al descubierto. Sabía que me helaría desde el aparcamiento hasta el bar, pero entraría en calor en cuanto comenzara a bailar. Saqué del armario un par de magníficos zapatos de tacón.

Kira estaba escribiendo mensajes en el móvil a toda velocidad, pero en cuanto vio mis zapatos, abrió los ojos como platos.

–¡Guau! ¡Steve Madden!

–Es el primer par que me he comprado en mi vida.

Acaricié el cuero negro. Eran unos tacones de diez centímetros. La mayor parte de los hombres no eran capaces de apreciar la diferencia entre unos Steve Madden y otros zapatos diez veces más baratos, pero me miraban mucho más cuando los llevaba puestos.

Me puse los zapatos, me levanté y busqué mi centro de equilibrio. Mi madre me había enseñado el arte de caminar con tacones. Yo solía buscar en su armario cuando era niña y desfilaba por casa con sus zapatos puestos.

Acaricié la sedosa tela que cubría mi vientre y mis caderas y me giré para mirarme por última vez en el espejo.

–¿Estás lista para marcharte?

–Supongo que sí –contestó Kira sombría–. Aunque ahora estás increíble y yo parezco una birria a tu lado.

–Pero si estás genial –le aseguré–. Además, ¿para qué están las amigas?

Parecí convencerla, seguramente más por las ganas

que tenía ella de creerme que porque yo lo hubiera intentado en serio.

—De acuerdo, ¡vamos a emborracharnos!

Y volví a ver otra vez al hombre del pelo oscuro. En aquella ocasión, él entraba en el portal justo cuando yo salía. Nos cruzamos, pero en aquella ocasión no fuimos como dos barcos que se cruzan en el mar, si no más bien como un barco que navega mientras el otro se choca contra un iceberg. No podía ofenderme que me mirara sin fijarse demasiado en mis tacones altos y en mi minifalda. Iba con la cabeza gacha y hablando por el móvil. No podía prestarme atención. Y tampoco fue culpa suya que yo me diera un golpe con el marco de la puerta, un golpe suficiente fuerte como para hacerme un moratón, al intentar mirarle.

—Procura ir más despacio —dijo Kira con una sonrisita. Ella ni siquiera se había fijado en que era el mismo hombre con el que nos habíamos cruzado anteriormente—. Me alegro de ver que todavía aguantas el tequila.

Yo me acaricié el hombro y no contesté. Me había rozado el brazo desnudo con la manga al pasar a mi lado y ese ligero roce había bastado para ponerme el vello de punta y levantar un lento torbellino de sensaciones en mi vientre.

Vivíamos en el mismo edificio.

Capítulo 3

No debería haberme sorprendido. Había visto a muchos vecinos de Riverview Manor en la papelería de Miriam, y en Morningstar Mocha, la cafetería que está al final del bloque. Coincidía con ellos en la oficina de correos, en el aparcamiento y en el supermercado. Harrisburg es una ciudad pequeña.

Aun así, no era capaz de olvidar aquellos ojos oscuros, ni ese pelo negro y tupido. El roce de la manga de su camisa contra mi piel desnuda. ¡Mierda! Estaba excitada, y era lógico. Hacía años, más bien siglos, que no practicaba el sexo con alguien que no fuera yo misma.

Teníamos varios locales entre los que elegir para salir, pero yo quería ir a la Farmacia. Paramos un taxi. Yo no podía conducir después de haber bebido y un paseo que habría sido perfecto para la tarde de un domingo, nos parecía demasiado largo para hacerlo de noche, con tacones... y borrachas.

El bar estaba abarrotado, incluso para ser un viernes por la noche. Nos abrimos paso hacia la barra, lideradas por Kira. Se detuvo bruscamente y choqué con ella. Alguien chocó conmigo. Me agarró el trasero, pero cuando me volví para ver quién era y con intención de darle un empujón, me encontré con un mar de posibles culpables.

—¡Eh, Jack! —saludó Kira.

Me volví.

Genial. Jack había sido el amor de Kira durante nuestro último año de instituto. Él venía de otro colegio. Kira había estado maniobrando durante meses para conseguir que la invitara al baile de promoción del instituto y estaba decidida a acostarse con él. Pero la cosa no había funcionado, al menos por lo que yo sabía. Y lo que yo sabía era que, en una ocasión, Kira le había rayado el coche con las llaves a una de las novias de Jack.

Kira no sabía que Jack y yo habíamos estado acostándonos durante dos meses un par de años atrás. Creo que ni para él ni para mí tenía ninguna importancia. Pero podría haberla tenido para Kira, así que intenté quitarme de en medio antes de que las cosas pudieran ponerse feas.

Además, Jack no estaba solo. La mujer que estaba a su lado tenía una cerveza que se llevó a los labios mientras nos miraba sonriendo. Yo agarré a Kira del codo para apartarla de allí.

—¡Eh! —exclamó cuando la multitud se cerró detrás de nosotras, ocultándonos a Jack—. ¿Por qué haces eso?

—No quiero causar problemas —contesté—. Vamos a buscar una copa.

—No iba a causar ningún problema —frunció el ceño y se apartó el pelo de la cara, sin importarle cruzar el rostro de uno de los clientes con él.

El tipo en cuestión pareció molesto. No era así como quería empezar yo la noche.

—Habrá más hombres por ahí —le aseguré.

Kira se limitó a hacer un gesto de desprecio y a cruzarse de brazos.

—Sí, ya lo sé.

La Farmacia estaba abarrotada de hombres, de hecho. Había unos tres chicos por cada chica como poco y todos ellos con ganas de fiesta. La caballerosidad no tenía nada que ver en el hecho de que estuvieran todos ellos dispuestos a aflojar la cartera para pagarnos una copa. Lo único que pretendían era terminar en la cama.

—Hablando de problemas... —dijo Kira a mi lado—. ¡Mira quién está ahí!

Y tenía razón. Problemas con P mayúscula. Me erguí en toda mi altura sobre mis tacones, alcé la barbilla y cuadré los hombros.

—Hola, Austin.

En otra época de nuestras vidas, Austin y yo habíamos retozado como tigres. Yo hasta habría apostado que todavía le quedaban cicatrices. Desde luego, ese era mi caso.

—Paige...

Le había crecido el pelo, pero tenía la misma sonrisa, una sonrisa de palas tan separadas como el Mar Rojo. No pareció sorprenderse al verme.

Llevaba una camisa de rayas azules y unos vaqueros gastados que se ajustaban perfectamente a su trasero, con los bajos sin meter. Los vaqueros deberían estar prohibidos en hombres como Austin. Su amigo, un tipo al que no conocía, llevaba una camisa casi idéntica, pero con rayas marrones. Y no era ni la mitad de guapo que él.

Kira, que estaba detrás de mí, me clavó las uñas en el brazo. Me dolió, y la aparté bruscamente.

—¿Cómo estás?

—Bien, estoy bien —miró a Kira y volvió a fijar en mí la mirada—. Hacía tiempo que no te veía.

—Hace tiempo que no estoy por casa —contesté.

Aunque, en realidad, mi casa era el apartamento que tenía en Front Street y no un trailer o una casa alquilada en Lebanon.

—Sí, lo sé. ¡Hola, Kira! Al final he podido venir.

Me quedé completamente helada. Fulminé a Kira con

la mirada, pero ella me dirigió una mirada de absoluta inocencia.

—¿Qué pasa?

Le había dicho que íbamos a ir allí aquella noche. Lo sabía. Lo veía en sus rostros. Aquello era una conspiración y no entendía cómo había conseguido Austin convencer a Kira. Pensé en largarme, y la única razón por la que no lo hice fue que Austin me estaba mirando a mí, no a ella.

Kira también lo vio y me miró con los ojos entrecerrados. La creía capaz de haber organizado aquel encuentro por el puro placer de ver cómo nos peleábamos Austin y yo, pero no iba a darle ese gusto. Ya había pasado aquella época de nuestra vida. Pareció recuperarse cuando el amigo de Austin le dirigió una sonrisa. Supongo que ayudó el hecho de que fuera guapo. No tan guapo como Austin, pero, en realidad, ¿había alguien que lo fuera? ¿Lo había habido alguna vez?

—¿Qué estáis tomando? —Austin ya tenía la mano en la cartera, dispuesto a pagar.

Por supuesto, yo no iba a rechazar una copa. Ni siquiera de él.

—Una margarita.

—Yo tomaré un destornillador —contestó Kira, asegurándose de acercarse lo suficiente como para que pudiera oírla.

Prácticamente tenía los labios en su oreja.

Austin se apartó ligeramente, no lo bastante como para que Kira pudiera advertirlo. Pero yo lo noté. Nos presentó a su amigo, Ethan, que consiguió apartar la mirada de los senos de Kira durante el tiempo suficiente como para hacerme un gesto con la cabeza sin mostrar la menor señal de reconocimiento. Pero en fin, ¿qué esperaba que hiciera? ¿Quería oírle decir «ah, sí, así que esta es Paige»?

—¿Y ahora a qué te dedicas? —me preguntó Austin mientras Kira y Ethan se miraban el uno al otro.

—Trabajo en Kelly Printing.

La última vez que habíamos hablado todavía estaba terminando el grado que había comenzado cuando estábamos juntos y cuidaba a niños de parejas con dinero. No le pregunté lo que estaba haciendo él, y tampoco quise preguntarle qué estaba haciendo en Harrisburg. No quería que pensara que me importaba.

—¿Y qué tal está tu madre? —Austin se acercó a mí, con el brazo apoyado en la barra—. ¿Sigue trabajando para Hershey? Hace tiempo que no paso por la tienda.

Mi madre es propietaria de una pequeña tienda de sándwiches que heredó de su padre cuando yo estaba en el instituto. He trabajado en esa tienda durante prácticamente toda mi vida. Cuando era niña, me limitaba a hacer los recados, después comencé a preparar sándwiches yo también y a encargarme de la caja registradora. Con el tiempo, ya solo ayudaba cuando había un pedido particularmente grande o nos encargaban una fiesta.

—Sí, todavía la tiene. Estuvo trabajando para Hershey, pero la despidió.

Austin asintió.

—Yo estoy trabajando para McClaron & Sons.

No tenía la menor idea de quiénes eran McClaron & Sons, pero el hecho de que no estuviera trabajando para su padre me sorprendió y me llevó a preguntar:

—¿Y tu padre?

Austin se encogió de hombros y esbozó una mueca. Si no hubiera sido por lo bien que había llegado a conocerle en otro tiempo, no hubiera notado su ligera vacilación.

—Ya iba siendo hora de que dejara ese trabajo.

—Pero sigues dedicándote a lo mismo, ¿verdad? ¿Sigues dedicándote a la construcción?

Kira acababa de unirse a la conversación y los dos nos volvimos hacia ella.

—Sí, y a alguna que otra cosa —contestó Austin, pero no comentó nada más.

Curioso. Austin llevaba tanto tiempo trabajando con su padre como yo con mi madre. Trabajaba para él durante los veranos y al salir del colegio desde que había tenido fuerza suficiente para levantar un martillo. Siempre había dado por sentado que asumiría la dirección del negocio cuando su padre se retirara y que, antes de que llegara ese momento, se convertiría en un socio de pleno derecho. De hecho, yo habría imaginado que a esas alturas ya lo era.

—¿Y tú?

Kira dio un sorbo a su bebida y clavó los ojos en Ethan. Para ser alguien que ya tenía novio, parecía muy interesada en él. Pero en fin, Kira era una de esas chicas...

Sí, ya sabes. Una chica un tanto promiscua.

—Soy mecánico —contestó—. Trabajo para Hershey.

—¡Un buen trabajo! —Kira se deslizó entre Austin y Ethan.

—Sí, es un buen trabajo —se mostró de acuerdo Ethan.

Bebió un sorbo de su copa mientras sus ojos recorrían el cuerpo entero de Kira, deteniéndose en cualquier parte que no fuera su rostro.

Era tan fácil... Era evidente que querían seducirnos. Y nosotras queríamos que nos sedujeran, por lo menos durante unas horas. Yo sabía cómo nos veían. Dos chicas con ropa ajustada, tomando copa tras copa y dejando que la gente nos estrechara cada vez más. En los bares de ese tipo no hay nada parecido a una distancia social. La música convierte la conversación en algo imposible a no ser que te inclines sobre la oreja de tu interlocutor. El hecho de que haya tanta gente te obliga a luchar para conservar el más mínimo espacio y, al cabo de una copa o dos, ya no te parece tan mala idea compartirlo.

Cuando la mano de Austin terminó sobre mi trasero ni siquiera parpadeé. Me gustaba sentirla allí. Era una mano firme, cálida. Una mano de dedos fuertes, al igual que sus bíceps. Austin olía bien. Drakkar Noir. A pesar de mi propia voluntad y de todo lo que había pasado entre nosotros, le había echado de menos.

–¿Quieres bailar? –me susurró al oído.

Nuestros cuerpos siempre se habían acoplado perfectamente, ya fuera bailando o en la cama. Y yo estaba dispuesta a hacer las dos cosas. Olvidándose de Kira y de Ethan, Austin me tomó la mano y me llevó al tercer piso, donde las canciones se sucedían una tras otra, sonando todas ellas casi idénticas. Encontramos un lugar en medio de la pista y comenzamos a bailar.

El alcohol me había dejado suave y entregada, pero la música no lo consiguió. Yo quería bailar lento. Austin quería restregarse contra mí. Nos comprometimos con unos ligeros movimientos de cadera que nos llevaron a terminar el uno contra el otro, pero cuando Austin intentó arrastrarme hacia la parte de atrás, le aparté con una sonrisa.

–No has contestado a mis mensajes –me acusó Austin.

Era fácil fingir que no le había oído con la música tan alta. Sonreí y sacudí la cabeza. Me agarró del brazo, por la parte de arriba, en la que tan fácilmente salen moratones. Cerró los dedos con fuerza a mi alrededor.

Se acercó a mí y me susurró al oído.

–Te he echado mucho de menos.

Volví a apartarme de él, pero Austin me agarró de la muñeca justo en el momento en el que una luz de un millón de vatios iluminaba la pista de baile. Austin continuaba pareciéndome muy guapo. Y yo tampoco debía de ser ningún monstruo, porque alargó la mano para apartarme un mechón de pelo de la frente. Sonrió en el momento en el que la luz volvió a apagarse y la música comenzó a sonar con un ritmo tan rápido como el latir de mi corazón.

Fue diferente cuando me besó. Yo me sentí diferente. Abrió la boca y yo le permití acceder al interior de la mía. Me acarició la lengua mientras hundía la mano en mi pelo. No me estrechó contra él, pero yo tensé mi cuerpo, anticipando aquel momento.

Me mordisqueó el lóbulo de la oreja.

–Sabes igual que siempre.

Afortunadamente, yo no había olvidado los motivos por los que acabó nuestra relación. Desgraciadamente, todavía recordaba la razón por la que habíamos estado tan enganchados. Cuando Austin deslizó el dedo por mi brazo desnudo, acariciando aquella piel tan sensible para terminar presionando justo a la altura de mi muñeca, supe que había notado hasta qué punto me había acelerado el pulso aquel contacto. Eso era algo que no había cambiado. Y que quizá nunca cambiaría.

Y a lo mejor era bueno que fuera así.

–Ven a mi casa –me pidió Austin.

–Está demasiado lejos.

En otro momento, no me lo habría pensado. No estaba demasiado lejos. El problema era que había pasado demasiado tiempo.

–Paige –añadió Austin con una sonrisa de tiburón–, me he mudado a Lemoyne.

Justo enfrente del río. A quince minutos de mi casa como mucho, y eso en el caso de que uno fuera particularmente despacio o de que quedara atrapado en medio de un atasco. El suelo pareció abrirse bajo mis pies, pero ahí estaba Austin para agarrarme. La multitud continuaba moviéndose, bailando a nuestro alrededor, pero nosotros continuábamos quietos. Miré aquellos ojos azules que la luz estroboscópica hacía parecer más azules todavía.

—¿Pero por qué te has mudado?
—Tengo un trabajo nuevo, ¿recuerdas?

Intenté recordar si me había dicho dónde estaba McClaron & Son y no lo conseguí. Debería habérmelo dicho, pensé, odiándome a mí misma por estar tan irracionalmente enfadada. Tiré del brazo para liberarme de él.

—Tengo que ir a ver cómo está Kira.
—Está bien, está con Ethan.

Intenté retarle con la mirada, pero jamás he sido capaz de detener a Austin con una mirada. Él me ha dejado helada cientos de veces con una sola mirada, pero aunque he practicado y perfeccionado mis miradas de frío desdén, le resbaló como el aceite. Me mordí el labio y alcé la barbilla.

—Si es igual que tú, creo que será mejor que vaya a comprobarlo.

—Paige —Austin me agarró con fuerza por la muñeca y me atrajo hacia él—. Si Kira es igual que tú, podrá manejarle.

La última noche de nuestra relación habíamos hecho el amor contra la pared de nuestro mísero apartamento, situado en el tercer piso de un bloque de Cumberland Street, en Lebanon. Las luces azules y rojas de la sirena de un coche de policía aparcado en la calle teñían las paredes y el techo sobre nuestras cabezas. Austin me había desgarrado las bragas, las había tirado a un lado y había utilizado su cuerpo para aprisionarme contra la pared mientras me agarraba el trasero.

Me habían quedado las marcas de aquel último encuentro durante varias semanas. Me había arañado con un clavo que había en la pared. Pero en aquel momento no había notado ni el dolor ni la sangre. Nunca recuperé mis bragas.

Habíamos cortado después, pero nuestra relación parecía no haber terminado. La simple verdad era que con unas cuantas copas encima, tenía muy pocas posibilidades de resistirme a Austin. No estaba borracha. Pero tampoco sobria. ¿Cómo si no habría llegado tan lejos?

–¡Paige, no! –me dijo Kira cuando me encontré con ella en el piso de abajo y abordé el tema.

Kira sacudió la cabeza por encima de mi hombro, mirando seguramente hacia Austin.

–Me dijiste que no te dejara volver a acostarte con él jamás en tu vida.

Me obligué a mirarla fijamente. No quería mirar a Austin.

–Ya lo sé. Pero eso fue antes.

–¿Antes de qué? –Kira curvó los labios en una sonrisa.

–Antes de que pensaras que sería divertido invitarle a salir con nosotras. Hacía meses que no hablaba con él. No había vuelto a hablar con él desde que me mudé. Pero ahora está aquí.

–Y está absolutamente adorable –Kira continuaba utilizando un tono despectivo, pero miraba alternativamente a mis ojos y por encima de mi hombro–. Paige, sabes que le conozco desde hace casi tanto tiempo como tú. Se ha venido a vivir aquí y quería conocer sitios para salir. Por eso le dije que íbamos a venir. No sabía que ibas a irte a casa con él. Pensaba que lo vuestro había terminado.

–¡Y ha terminado!

–Lo que tú digas.

–Te dejaré las llaves de mi casa –volví a mirar a Austin, que en aquel momento estaba hablando con Ethan.

–¡Qué tontería! Le diré a Tony que venga a buscarme –Kira sacudió la cabeza y se tambaleó ligeramente.

Alargué la mano para sujetarla y se aferró a mi brazo.

–¿Vendrá a buscarte?

–Si le digo que venga, vendrá –Kira se enderezó y se apartó el pelo de la cara.

—Esperaré contigo hasta que llegue.
—No quiero que me hagas ningún favor —replicó Kira. Me pasó después el brazo por los hombros—. Paige, no olvides lo que pasó.
Como si pudiera olvidarlo...
—No me pasará nada.
—No dejes que tus ganas de acostarte con él terminen causándote problemas —continuó, advirtiéndome de un peligro del que ella había sido víctima muchas veces—. Ese hombre te hizo llorar.
—Sí —dejé que Austin me mirara a los ojos cuando me volví—, pero no volverá a hacerlo más.
—Siempre te hará llorar —insistió Kira—. Pero vete con él, haz lo que quieras. Hace magia en la cama. Lo entiendo.
Me bastó recordar la cantidad de veces que Kira me había dejado colgada para poder irse con alguien a quien había conocido en un bar para no sentirme ni la mitad de culpable de lo que Kira pretendía.
—Esperaré a que llegue Tony.
Era lo menos que podía hacer por ella.
Ir a casa de Austin era una cosa, meterse en un coche con él, otra muy diferente. Por una parte, no estaba dispuesta a meterme en un coche con nadie después de que hubiera estado bebiendo y, por otra parte, tampoco iba a irme a su casa sin estar segura de que después sería capaz de regresar a la mía.
Cuando vio que volvía hacia él, Austin me sonrió, pero yo esquivé su beso.
—Tengo que esperar a que vengan a buscar a Kira. Nos veremos en tu casa.
Austin me estrechó contra él y me mordisqueó el cuello, exactamente, en el que sabía que era mi punto débil.
—No —le empujé ligeramente.
Si hubiera estado bebida, habría cedido. Si hubiera

estado completamente sobria, me habría vuelto a casa sola. Pero como me encontraba en aquel punto intermedio en el que tenía ganas de disfrutar de él, pero era consciente de que el deseo nunca es tan intenso a la mañana siguiente, sacudí la cabeza.

–Nos veremos en tu casa. Dame la dirección.

A lo mejor las cosas habían cambiado, después de todo.

Austin volvió a besarme, más apasionadamente en aquella ocasión, y yo le permití que lo hiciera. Sabía cómo hacerlo, dónde posar las manos, cómo mover la lengua y cómo acercar su sexo a mí para dejarme sin respiración. Mis pezones se irguieron, tensando la seda de la blusa.

–No tardes mucho.

Retrocedió. Caminaba con firmeza y no arrastraba las palabras. Justo en el último momento, cuando yo ya estaba dando media vuelta, me agarró por última vez de la muñeca. Yo dejé que me estrechara contra él.

–No irás a dejarme plantado como la última vez, ¿verdad?

La última vez no había tenido a Kira cerca para recordarme que me había prometido no volver a acostarme con Austin nunca más. Aunque eso tampoco me había detenido. La última vez, le había llamado justo a las dos de la mañana y le había dicho que quería ir a verle, pero en cuanto había colgado el teléfono, la razón había vencido las ganas que tenía de sentir sus manos sobre mí. Eso había sido meses atrás, mucho antes de que me mudara.

–¿Todavía estás enfadado?

–No me enfadé, estaba desilusionado. Pero si vuelves a hacerlo, me enfadaré.

Sonrió e inclinó la cabeza para besarme, pero se detuvo a unos milímetros de mis labios y apenas los rozó.

–Y también será una desilusión.

Me miró a los ojos y, durante medio minuto, nada más importó. Sentía a Kira a mi lado, pero no me volví a mirarla. Continuaba mirando a Austin a los ojos cuando contesté:
—No tendrás por qué sufrir ninguna decepción.

Después de darme otro beso y volver a mordisquearme el cuello, haciéndome estremecerme, se marchó. Encontré a Kira esperándome en la puerta. Ignorando los embates de la multitud, se mantuvo donde estaba hasta que aparecí yo y la saqué a la acera.

—¿Estás segura de que estarás bien?

El frío aire de la noche hizo un buen trabajo por lo que a los efectos del alcohol se refería, pero no estaba reconsiderando mi encuentro con Austin. Por lo menos todavía.

Kira asintió.

—Claro que sí.

Pero no parecía estar bien. De hecho, parecía estar bastante fastidiada. Miré hacia la calle. Había cientos de policías, pero ni un solo taxi. Apenas me había vuelto durante unos segundos, pero cuando volví a mirar a Kira, su expresión se había vuelto sombría.

—¡Eres un idiota! —avanzó un par de pasos, el tacón se le dobló contra la acera y se tambaleó.

Jack.

Suspiré para mí y fui tras ella. Jack estaba con la misma mujer con la que le habíamos visto al entrar e hizo todo lo que pudo para ignorar a Kira. Vi que miraba afligido a su acompañante y que ella contestaba encogiéndose de hombros antes de que siguieran caminando.

—¡Eh, Jack! ¡Imbécil! ¡No te alejes de mí!

—Vamos, Kira, tranquilízate.

No le culpaba por ignorarla. Aun así, tampoco me hacía mucha gracia que me ignorara a mí, aunque sabía que en el fondo, era lo mejor.

–No merece la pena, Kira.
–¡Púdrete, Jack! –al parecer, Kira no estaba dispuesta a dejarlo pasar.

Jack esbozó una mueca y sacó una gorra del bolsillo trasero de su pantalón. Se la puso, pero no se volvió a mirar a Kira. Apenas habíamos dado un par de pasos cuando Kira se lanzó a su espalda.

Jack se tambaleó cuando Kira se abalanzó contra él y comenzó a pegarle con brazos y piernas. En realidad, apenas consiguió alcanzarle un par de veces, pero los espectadores se quitaron rápidamente de en medio, intentando esquivar a aquel tornado borracho. Kira gritaba toda clase de insultos, la mayor parte de ellos tan estúpidos como incoherentes.

Jack me dirigió una mirada de enfado que me fastidió. Yo no le había dicho a Kira que me había acostado con él ni nada parecido. Sus problemas con él eran cosa suya, no tenían nada que ver conmigo. Jack la apartó con firmeza al tiempo que la agarraba del brazo para impedir que se cayera. Kira intentó pegarle, pero no lo consiguió.

–¡Ya basta! –le ordenó Jack, y la sacudió ligeramente antes de soltarla.

Kira se lanzó de nuevo contra él y consiguió quitarle la gorra. Yo di un paso adelante, deseando haberme ido con Austin y haber dejado a Kira a solas con su histrionismo. No tenía ningunas ganas de presenciar aquella escena.

–Espero que tu Príncipe Alberto te destroce –gritó Kira.

–Kira, vamos –alargué la mano hacia ella.

Kira se dejó llevar, aunque no dejaba de lanzar insultos. Para cuando llegamos al aparcamiento, ya había menos gente. Sería más fácil encontrar un taxi. Me froté los brazos desnudos y me estremecí, pero Kira se servía de su enfado para entrar en calor y no paraba de caminar sobre la acera, haciendo toda clase de gestos con las manos y musitando maldiciones.

—No merece la pena ponerse así por Jack —repetí—. Dios mío, Kira, ¿qué te pasa?

—Es un imbécil —contestó malhumorada.

Se le había corrido el maquillaje, tenía el pelo revuelto y necesitaba acostarse.

Mierda. Yo también quería acostarme, pero no sola. Sin embargo, allí estaba, cuidando de Kira, que acababa de tener una rabieta por culpa de un chico del que había estado enamorada un millón de años atrás, pero con el que ni siquiera había salido nunca.

No la contradije, aunque no estaba de acuerdo con su actitud.

—Estás borracha. Llama a Tony y vete a casa.

Kira se cruzó de brazos muy digna.

—¡Oh, a ti no te importa! Al fin y al cabo, te vas a acostar con Austin. ¿Qué puede importarte que me hayan roto el corazón?

Me eché a reír, y comprendí que había cometido un error al verla fruncir el ceño.

—No te ha roto el corazón. Y tú ni siquiera llegaste a salir o a acostarte con él. Hace años que dejó de ser tu príncipe azul.

Me fulminó con la mirada. De pronto, pensé que estaba menos borracha de lo que parecía.

—¿Tú te acostaste con Jack?

—Eso fue hace años.

—¿Te acostaste con Jack? —Kira apretó los puños a ambos lados de su cuerpo—. ¡Yo pensaba que eras mi amiga!

—Kira, eso fue hace años y tú no eras…

—¡Eso no importa! —gritó, y comprendí que tenía razón—. Sabías lo que sentía por él. ¡Le quería!

Yo nunca le había querido. Por lo menos eso era cierto.

—Lo siento.

Kira sacó el teléfono móvil del bolso y comenzó a teclear con el índice. Se volvió hacia mí. Debería considerarme afortunada. Por lo menos a mí no intentó darme un puñetazo en la cara, como había hecho con Jack. En cualquier caso, estaba helada y comenzaba a revolvérseme el estómago.

—Siento todo esto —después, comenzó a hablar por teléfono—. Soy yo. Ven a buscarme. Sí, ya sé qué hora es. Te espero en el Tom's Diner, en Second Street. En Harrisburg, idiota.

Colgó el teléfono y comenzó a avanzar por la acera sin mirar atrás.

—¡Kira!

Me mostró su dedo índice sin siquiera detenerse. Por supuesto, no podía salir corriendo tras ella con unos tacones de diez centímetros. Pero conseguí avanzar unos cuantos pasos.

—¡Kira, por favor, espera!

—Se suponía que eras mi amiga —me dijo. Y su tono de reproche fue peor que cualquier insulto o que cualquier puñetazo—. Dios mío, Paige, que uno pueda hacer una cosa no significa que deba hacerla, ¿sabes? Ya no estamos en el instituto.

Dejé de intentar seguirla.

—No, ¿verdad? ¿Y ponerse a insultar a un tipo en medio de la calle porque está con otra chica no es algo que hacíamos cuando estábamos en el instituto?

—Eso es diferente.

—¿Por qué es diferente?

—¡Tú sabías lo que sentía por Jack! —gritó Kira.

Si no hubiera sido viernes por la noche y justo después de la hora de cierre de los bares, habríamos llamado más la atención, pero en aquel momento, éramos dos borrachas más peleándose por un hombre. Si hubiéramos estado en el instituto, yo también habría gritado en respuesta. Y a lo mejor hasta le había tirado del pelo.

Pero como ya habíamos dejado muy claro, ya no estábamos en el instituto.

Me mordí la lengua para no gritarle, pero aun así, mi voz sonó dura y afilada cuando contesté:

–He dicho que lo siento. Tú ni siquiera estabas con él. No habíais tenido ni una sola cita. Y en aquella época, ni siquiera me hablabas.

Kira titubeó un instante, batió con fuerza las pestañas y apretó los labios como si estuviera a punto de decir algo realmente terrible, pero al final se limitó a susurrar:

–Sí, bueno. Pero no deberías haberlo hecho.

Me faltaban dedos para contar la cantidad de chicos que me habían gustado y con los que había terminado acostándose Kira, con los que lo había intentado o sobre los que había mentido por el mero placer de fastidiarme. No dije nada. Me limité a mirarla fijamente y, por lo menos, tuvo el detalle de ser ella la que desviara la mirada. Se encogió de hombros y permaneció en silencio.

Si eres una mujer con suerte, conservas las amigas que tienes a los dieciséis años durante toda tu vida. Si eres una mujer inteligente, sabes cuando llega el momento de dejarlas marchar. Dejé de caminar y la observé avanzar hacia la cafetería, donde decenas de personas borrachas y hambrientas pedirían huevos revueltos, presionarían a la camarera y robarían los cubiertos. Dejé que fuera sola, a pesar de que estaba borracha, a pesar de saber que necesitaba que la llevaran a casa y de que nadie podía asegurar que fuera a buscarla la persona a la que había llamado por teléfono.

Sí. Menuda amiga.

Capítulo 4

–Me alegro de que hayas venido –dijo Austin en cuanto abrió la puerta.

Yo no dije nada.

Austin cerró la puerta tras de mí en cuanto pasé por delante de él para dirigirme al cuarto de estar. Reconocí la butaca y el sofá. En otro tiempo había sido mío. La butaca era suya, pero había sido yo la que había pagado aquel sofá.

Pero el sofá ya no me importaba.

–¿Quieres beber algo?

Me volví hacia él. El joven se había convertido en un hombre.

–No, no he venido aquí a beber.

Austin sonrió.

–Entonces, ¿a qué has venido?

Le agarré del cinturón y tiré de él hacia mí. Austin no se tambaleó, pero posó las manos en mis brazos. Debí de pillarle por sorpresa. Alcé la mirada hacia él, buscando su rostro, pero cuando comenzó a besarme, aparté la cabeza.

–Déjame adivinar –me susurró al oído–. ¿No has venido a dejar que te bese?

–Puedes besarme –le tomé la mano y le hice colocarla entre mis piernas–. Aquí.

Le miré entonces, y su expresión me resultó inmensamente gratificante. Cerró los dedos contra mí y presionó la suave tela de la falda.

Parpadeó. Su sonrisa se desvaneció lentamente.

–¿Paige?

–Los dos sabemos para qué he venido.

Cerré mi mano alrededor de su muñeca, le hice bajar la mano por el dobladillo de mi falda y después volví a alzarla para colocársela sobre mi sexo.

–No finjamos otra cosa.

Por un breve y extraño segundo, llegué a pensar que iba a rechazarme. El calor de su mano se extendía vertiginosamente por mi cuerpo, pero el hielo de sus ojos me dejó fría. De pronto, recordé nítidamente por qué le había dejado.

Austin no me soltó.

–Muy bien. Aquí nadie está fingiendo.

–Mejor así.

–Sí, mejor –contestó.

Deslizó los dedos en el interior de la braga y me encontró ya húmeda. De nuevo volvió a vacilar.

–Paige…

–Sigue, por favor –le pedí.

Austin siempre había sido más grande que yo, pero durante los años que habían pasado desde nuestra ruptura, había pasado de ser un musculoso jugador de rugby a convertirse en un hombre delgado y atlético que se ganaba la vida trabajando con las manos. Aunque hubiera renunciado a la construcción, era evidente que, fuera cual fuera su trabajo, le ayudaba a mantenerse en forma.

Al principio pensé que no iba a besarme. Lo habíamos hecho otras veces. Nos habíamos enrollado sin besarnos en la boca. Habíamos tenido relaciones rabiosas e intensas y otras tiernas y dulces.

De modo que cuando Austin me estrechó contra él y

rozó mis labios con los suyos, yo ya estaba tensa y expectante. Me besó suavemente, me apartó y me miró a los ojos.

–Estaba convencido de que no ibas a venir.

Fruncí el ceño. No quería hablar. Cuando abrí la boca, Austin me silenció con otro beso y la caricia inquieta de su mano. No me avergüenza admitir que estaba más que excitada por su contacto, un contacto que me resultaba tan familiar que apenas importaba el tiempo que habíamos pasado sin vernos. Nos besamos durante largo rato y seguimos besándonos mientras subíamos las escaleras y nos dirigíamos al dormitorio. Le besaba con los ojos cerrados, confiando en que no me permitiera tropezar. Nos besábamos como siempre nos habíamos besado, pero, de alguna manera, aquella vez era diferente. Nos detuvimos en la puerta del dormitorio y nos separamos con la respiración agitada. No podía recordar la última vez que alguien me había mirado como lo estaba haciendo Austin en aquel momento.

Cuando me levantó en brazos, me sentí hecha de plumas, pero volví a convertirme en una persona de carne y hueso cuando me dejó en la cama.

Una cama nueva, con sábanas nuevas. Pero el olor del suavizante era el de siempre. El corazón se me paralizó en el pecho antes de que me permitiera volver a la vida. Austin devoró con sus labios mi expresión de asombro. Absorbió mi respiración.

No me habría importado que me desgarrara ninguna de las prendas que llevaba, pero en aquella ocasión, Austin no parecía tener ganas de romper nada. Se arrodilló entre mis piernas, me miró fijamente y posó la mano en mi vientre, haciendo que se tensaran mis músculos.

Cuando sonrió, me resultó casi imposible recordar lo que había sido vivir sin su amor, pero me obligué a hacerlo. Aquello no tenía por qué ser nada más que lo que pretendía ser. Abrí ligeramente las piernas y me subí la falda por encima de los muslos.

Austin deslizó la mano por el borde de la blusa y ascendió hasta mis senos. Me miraba como si no me hubiera visto nunca, como si no hubiera pasado horas y horas catalogando cada centímetro de mi piel.

Me gustaba cómo me sentía cuando me miraba.

Cuando nuestros ojos se encontraron, los dos sonreímos. Y fue un gran alivio. En algún momento, había llegado a pensar que aquella podría convertirse en una situación embarazosa. Demasiado emotiva quizá, o plena de resentimiento. Nos habíamos acostado algunas veces después de que le hubiera dejado y no siempre había sido una buena idea.

Probablemente, tampoco lo era en aquel momento, pero cuando Austin deslizó la mano por el interior de mis muslos y hundió un dedo en mis bragas, dejé de preocuparme por ello. Me arqueé para recibir su contacto y cerré los ojos con anticipación. Austin acercó un dedo al clítoris y después presionó delicadamente la apertura de mi vagina. Inmediatamente se detuvo.

Le miré.

—¿Austin?

Abrió su preciosa boca, pero lo único que salió de ella fue un suspiro mientras hundía el dedo en mi interior. Gemí cuando giró el dedo al tiempo que con el pulgar me acariciaba el clítoris, con una doble maniobra que siempre funcionaba conmigo.

—¿Te gusta?

—Sí —contesté—, me gusta.

Con la otra mano, terminó de bajarme las bragas mientras continuaba hundiendo y sacando el dedo de mi interior. Desvió la mirada de mi rostro para fijarla en el movimiento de sus manos y me alegré. No quería que estuviera observándome.

Se detuvo apenas unos segundos para quitarse la camisa. Yo aproveché para bajarme la cremallera y quitarme la falda, y también él me ayudó. La blusa fue lo siguiente. Nos movíamos a la vez, con movimientos coordinados, hasta que terminé completamente desnuda sobre la cama.

–Quítate los pantalones.

Le devolví su dura mirada. Nunca hablábamos mucho cuando hacíamos el amor. En aquel momento, prácticamente, estábamos recitando la Declaración de Independencia. Jugueteé con mis pezones, provocándole mientras se desnudaba. Debajo de los vaqueros no llevaba los boxers que esperaba, sino unos calzoncillos ajustados que le llegaban hasta medio muslo.

–Muy bonita tu ropa interior –le alabé.

El viejo Austin contestó con una mueca mientras se los quitaba antes de volver a arrodillarse frente a mí. Su miembro semi endurecido reposaba sobre su muslo.

–Gracias.

–¿Te los has puesto por mí? –me incorporé apoyándome sobre un codo para mirarle.

Austin se limitó a arquear una ceja.

–¿Y si fuera así?

No era la respuesta irónica e inteligente que esperaba y, consecuentemente, no tenía respuesta para ella.

–Paige –seguía hipnotizándome con sus caricias–, abre las piernas.

Obedecí porque quería sentir su mano. Pensaba que continuaría acariciándome, pero se tumbó encima de mí y me abrió las piernas antes de que pudiera darme cuenta de lo que estaba haciendo. Casi inmediatamente, sentí el calor de su respiración en la piel interior de los muslos y, al final, sobre mi sexo.

Grité cuando me besó, pero sofoqué mi grito con la mano. Después, cuando comenzó a lamerme, respiré hondo, sintiendo el gusto de mi propia piel. Había pasado mucho tiempo desde la última vez que un hombre me había hecho algo así. De hecho, no había vuelto a hacérmelo nadie desde la última vez que había estado con Austin.

Me acarició el clítoris con los labios mientras hundía un dedo, y después dos, hasta llegar a tres, en mi interior. Lo hacía con movimientos duros, pero no bruscos. Localizó mi punto G y me contraje alrededor de sus dedos. Era tal el placer que me dejaba casi sin respiración.

Alcé las caderas a modo de orden y él continuó acariciándome con los labios y las manos hasta dejarme jadeante y temblorosa. Estremecida, bajé la mirada hacia él, que continuaba anidando entre mis piernas. La pasión me nublaba la vista, pero todo volvió a ser completamente cristalino cuando se detuvo para mirarme.

–No te corras todavía.

La voz de Austin se había ido haciendo deliciosamente grave y profunda con los años. En aquel momento lo era todavía más. Sentía su respiración sobre la piel húmeda y caliente de mi sexo y el movimiento de sus labios continuaba provocándome sin piedad.

Se alzó sobre mi cuerpo y me agarró las muñecas con las manos para colocar las mías por encima de mi cabeza. Cerré los dedos alrededor de sus brazos y le miré a los ojos. Yo ya no era la misma chica a la que no había querido invitar al baile de promoción. Tampoco era la chica con la que se había casado. Era una mujer diferente. Pero continué aferrándome al cabecero de la cama, observándole mientras buscaba una caja de preservativos en la mesilla de noche para ponerse uno de ellos.

Cuando volvió de nuevo sobre mí, guiándose con una mano para hundirse en mi interior, me tensé. Cerré los ojos mientras me penetraba. Cuando comenzó a moverse, me moví con él. Era fácil recordar cómo hacerlo.

Al principio los movimientos fueron lentos. Después fueron acelerándose. Se apoyó sobre sus manos para hundirse más profundamente y yo absorbí la fuerza de sus embestidas convirtiéndolas en un inmenso placer. Continuaba agarrada a los barrotes de la cama. Austin no abandonó en ningún momento mis ojos, ni siquiera cuando bajó la mano para presionarme el clítoris con cada uno de sus embates.

—Ahora ya puedes correrte —gruñó entre dientes.

Yo no estaba esperando su permiso, pero aun así, mi cuerpo parecía responder a su orden.

—Di mi nombre —me soltó las manos y acercó la cara a mi rostro—. Di mi nombre, Paige.

Yo me dejé arrastrar por el turbulento olvido del orgasmo y le di lo que me pedía, en el caso de que fuera capaz de descifrar su nombre entre mis gemidos. Pero también abandoné el cabecero de la cama para clavarle las uñas en la espalda mientras disfrutaba de un orgasmo tan intenso como el primero. Mejor incluso, porque él gritaba mientras se vaciaba dentro de mí.

Austin se estremeció, me abrazó con fuerza, enterró el rostro en mi piel y permaneció así durante lo que a mí me pareció mucho tiempo.

Tuve que apartar las piernas de su cintura al cabo de unos minutos porque comenzaban a dormírseme, pero no dejé de abrazarle. Sentir su peso sobre mí me resultaba más reconfortante que claustrofóbico. Cuando por fin se decidió a salir, dio media vuelta en la cama, pero continuó abrazándome con un brazo.

Pensé que después de aquello se dormiría.

Pero no fue así. Austin se incorporó para quitarse el preservativo, lo tiró a una papelera y regresó a la cama para continuar acariciándome con movimientos lentos.

—¿Paige?

—¿Sí? —contesté al cabo de un segundo.

–Pensaba que te gustaba que fuera un poco brusco.

Tenía la mano sobre mi sexo y hundía los dedos ligeramente en mi interior.

Yo no tenía ningún problema con las caricias después del sexo y estaba dispuesta a iniciar una segunda ronda, pero cuando Austin comenzó a acariciarme, posé la mano sobre la suya para detenerlo.

–¿Por eso lo hacías?

No me miró. Sentía su respiración en mi hombro. Me besó, presionó los labios contra mi piel y comenzó a acariciarme el clítoris. Yo ya había tenido tres orgasmos y mi cuerpo no estaba preparado para un tercero, o al menos eso pensaba. Cuando movió la mano, la tensión creció dentro de mí.

–¿Es así? –contuve la respiración, pero mantuve la voz calma–. ¿Austin?

–Sí, Paige, claro que sí –parecía ofendido.

Volví a posar la mano sobre la suya, aunque sus caricias estaban comenzando a tener efecto.

–Mírame –le pedí.

Austin me miró. Hasta ese momento no me había fijado en sus ojeras. Le hacían parecer más mayor. Bueno, en realidad lo era. Los dos lo éramos.

–Pensaba que te gustaba que fuera brusco, eso es todo.

–¿Y te parece que no he disfrutado?

No quería tener que defender mis orgasmos. Y tampoco quería pensar que había hecho algo por mí que en realidad no habría hecho por él.

Le aparté de mí, me levanté de la cama y busqué mi ropa. Llamé a un taxi para que me llevara a casa. Austin me observaba sin cubrirse con las sábanas y sin hacer ningún ademán de ir a buscar su ropa. Cuando alcé la mirada hacia él, su expresión era inescrutable. La situación me resultaba tan familiar como todo lo demás.

–¿Por qué has venido a mi casa? –me preguntó entonces con voz serena–. Y quiero saber la verdad.

Me puse las bragas y la falda antes de contestar.

–He venido para hacer lo que acabamos de hacer.

–¿Solo has venido para acostarte conmigo?

–Sí, Austin –contesté–. ¿Qué pensabas que quería?

–Nada.

Dio media vuelta en la cama para tomar el mando a distancia de la mesilla de noche y yo me deleité discretamente en su trasero y en la parte posterior de sus muslos, lugares que, si hubiera tenido más tiempo, me habría encantado mordisquear.

–Olvida lo que acabo de preguntarte.

–¿Ahora estás enfadado conmigo? –me alisé la blusa y me pasé la mano por el pelo para darle una mínima apariencia de orden–. No, no estás enfadado, ¿verdad?

–No.

Pero apretó la mandíbula y fijó la mirada en el televisor. Presionaba los botones a tal velocidad que yo sabía que era imposible que estuviera viendo ningún programa durante más de un segundo.

–Porque si te vas a poner así cada vez que venga a acostarme contigo, no volveré a tomarme tantas molestias –me puse los zapatos–. Porque esto ya está más que terminado.

Entonces me miró.

–¿El qué?

–Lo nuestro –dije con cuidado–, está más que acabado. Hemos terminado, Austin.

–¿Has dicho «helado»? –vi que curvaba ligeramente los labios, pero solo ligeramente.

Austin era la única persona que realmente había llegado a conocerme. Por eso hacíamos el amor tan bien, y por eso discutíamos tanto. Sabía exactamente cómo sacarme de quicio.

—Sí, he dicho «helado».

Se encogió de hombros y volvió a fijar la mirada en la pantalla, pero continuaba apretando los labios.

—Si tú lo dices...

—Austin —esperé a que me mirara—. No me hagas arrepentirme de esto, ¿de acuerdo? Ya sabes cómo son las cosas.

Volvió a encogerse de hombros y la leve insinuación de una sonrisa desapareció. Continuó presionando los botones del mando a distancia. Pensé en darle un beso antes de marcharme. Di incluso varios pasos hasta la cama, pero cuando se volvió para mirarme, me detuve.

—Me voy. No, no te molestes en levantarte —le dije, aunque no había hecho ningún amago de moverse.

Acababa de abrir la puerta del dormitorio cuando me gritó:

—¡Esto no va a acabar así!

Me detuve con la mano en la barandilla de la escalera. Tenía media docena de posibles respuestas, pero ninguna fue capaz de salir de mi boca. Al llegar al final de la escalera, se me clavó una astilla de madera en la palma de la mano y musité una maldición mientras me la sacaba. Así aprendería, pensé mientras salía a la calle, donde el taxi me estaba esperando.

Capítulo 5

Para cuando llegué a casa, la luz del día comenzaba a clarear el cielo. Pagué al taxista e ignoré la mirada que le dirigió a mis piernas cuando salí a la acera. No quería arrepentirme de haberme acostado con Austin a pesar de haberme prometido que jamás volvería a hacerlo. Había disfrutado del sexo. Había disfrutado como solo se puede disfrutar con alguien que realmente te conoce. Pero había empezado una nueva vida, en una ciudad nueva, tenía un trabajo nuevo y un apartamento nuevo. Quería adquirir nuevos hábitos y, definitivamente, Austin no era uno de ellos.

Quería salir con un hombre que hubiera ido a la universidad. Un hombre con estudios, no un trabajador cualquiera. Un hombre que tuviera un coche, que pudiera pagar sus cuentas y que supiera vestir. Un profesional, no un hombre que se dedicara a beber y a fumar y fuera capaz de engañar a su esposa. Tampoco quería alguien capaz de largarse con la tarjeta de crédito sin dejar una nota. Ni alguien que me destrozara el coche porque no tenía uno propio que destrozar.

Quería un hombre, no un adolescente disfrazado de adulto.

«Eres injusta», me había dicho Austin en más de una ocasión, «yo no soy como uno de esos tipos».

«Uno de esos tipos». Los hombres con los que salía mi madre. No, él no era como uno de esos tipos. Pero yo siempre tenía miedo de que se convirtiera en uno de ellos. Y Austin ya había hecho unas cuantas cosas miserables a sabiendas de que me dolerían. Sí, y yo también le había hecho daño a él.

Los tacones resonaban sobre las baldosas de mármol mientras pasaba ante la mesa de recepción, vacía a aquella hora de la noche. Había subido en aquel ascensor sola y vestida para matar en más ocasiones de las que podía contar con los dedos de las manos. Aquella noche, en la que sabía que tenía un aspecto desastroso, una mano empujó las puertas del ascensor justo antes de que se cerrara y no me quedó más remedio que compartirlo.

–Gracias –dijo el hombre al que había visto al salir–. Estoy demasiado cansado como para subir por las escaleras.

Se apoyó en la pared del ascensor, detrás de mí y en el extremo opuesto, con los ojos semicerrados. Alzó los hombros con un suspiro y comenzó a bostezar, contagiándome de tal manera que tuve que ocultar mi boca con la mano. Me miró con una media sonrisa. Consciente del mal estado en el que debía estar mi maquillaje, le devolví la sonrisa. A diferencia de lo que había ocurrido en anteriores ocasiones, aquella vez no estaba tan distraído como para no fijarse en mí. Cuando volví la cabeza, le vi observando atentamente los números luminosos que iban señalando el progreso del ascensor.

Tuve que morderme el labio para disimular una sonrisa. Sabía que me había estado mirando fijamente. ¿Y a qué mujer no le gusta que se fijen en ella?

Tuve la sensación de que tardábamos una eternidad en llegar al primer piso. Una vez allí, mi vecino pasó por delante de mí sin tocarme, pero aun así, sentí un cosquilleo en la piel, como si me hubiera acariciado. En cuanto salió del ascensor, solté la respiración que había estado conteniendo. Le había visto solamente un par de veces, tres quizá. Y, algo debió de ocurrir, porque a diferencia de lo que había pasado las veces anteriores, en aquella ocasión, volvió la cabeza.

«–Te he echado de menos.

Estoy entregándome a los brazos de Austin cuando lo dice. Una semana es demasiado tiempo. Sus padres lo han alejado de mi lado para llevárselo a un entierro. Con diecinueve años, podría haberse quedado perfectamente solo, pero sus padres han insistido en que fuera a dar el pésame. Creo que el problema es que no quieren que nos revolquemos por todas las habitaciones de la casa cuando ellos estén fuera, y no les culpo. No se equivocan. No me habría sentido cómoda acompañándoles aunque me hubieran invitado, pero una semana es una eternidad en verano, cuando lo único que tengo que hacer es esperar a que pase hora tras hora sin sentir los labios de Austin sobre los míos.

Me rodea con sus brazos, y sus manos descienden por mi espalda para agarrarme el trasero. No nos ve nadie, pero no me importaría que nos descubrieran. Estoy tan contenta de que haya vuelto que no me importa que sus padres nos descubran abrazándonos. Siento su miembro contra mi vientre.

Sé que me ha echado de menos.

–Te he comprado una cosa.

–¿El qué?

Extiendo la mano, esperando recibir una bola de cristal, una camiseta o un imán para la nevera. Cualquier cosa que haya podido comprar en la tienda de regalos de Pennsylvania Turnpike.

Austin me tiende una caja con una tapa. En el interior hay un paquete de papel. Veo la primera hoja y la levanto contra la luz. Siento su suavidad entre mis dedos mientras contemplo un diseño de flores. Le miro.

¿Cómo lo habrá sabido?

—Me recordó a ti —Austin me abraza azorado, como si le avergonzara aquella admisión—. Sé que te gustan esas cosas.

Y es cierto. Me gustan las libretas, las tarjetas, los papeles bonitos. Siempre me han gustado, pero esta es la primera vez que alguien repara en ello y me regala algo tan bonito.

—Me encanta.

—¿A qué hora llega tu madre?

Mi madre está trabajando en turnos muy raros en Hershey desde que se quedó embarazada. Como estamos en verano, su hermano Lane está en casa y se ocupa de la tienda, y yo también he tenido que echar bastantes horas. No nos vemos mucho. No sé si ella me evita, pero yo procuro no coincidir mucho con ella. Ya solo queda un mes para que dé a luz, y ni siquiera me atrevo a imaginar lo que pasará entonces.

—Tarde.

Me acurruco contra él, colocando la pierna sobre la suya y posando la mejilla contra su corazón.

Austin me aparta para poder mirarme a la cara con una sonrisa.

—Genial.

El apartamento no es suficientemente grande como para jugar al escondite, pero conseguimos comenzar a sudar mientras esquivo a Austin que me intenta agarrar. Me escondo detrás de la mecedora para escapar a su alcance. Por supuesto, no me importa que me atrape, pero me divierte hacerle correr.

Cuando por fin me pilla, me devora la boca y hunde la lengua en mi interior. Estoy muy excitada. Estoy loca por él. Desliza las manos entre mis piernas y me agarra el sexo a través de la tela de mis pantalones.

La mecedora comienza a moverse y me golpea el trasero mientras nos besamos. La agarro, empujo a Austin y me quito los pantalones. Llevo debajo unas bragas bikini, como a él le gusta, pero también las bragas van fuera.

Me levanto la camiseta, no llevo sujetador. Abro las piernas. Austin me mira con la boca entreabierta y los ojos resplandecientes. No se mueve.

Ya me ha besado otras veces en mis partes más íntimas, aunque nunca se lo he pedido. Simplemente... ha ocurrido así. Pero durante toda la semana anterior he estado pensando en su boca, en su lengua y en sus dedos jugueteando conmigo hasta hacerme correrme. Durante todas las noches que ha estado fuera, he permanecido despierta en la cama, imaginándole conmigo. Fingía que mis dedos eran su lengua, me acariciaba el clítoris y me metía los dedos, pero no era lo mismo.

Mi amiga Kira dice que su novio nunca ha practicado el sexo oral con ella. Jamás. Está dispuesto a hacerle de todo, pero se niega a besarle ahí. Es muy remilgado con todas esas cosas. Yo una vez rompí con un chico que quería que le chupara a él, pero no estaba dispuesto a devolver el favor. El problema de Kira es que dice que está enamorada. Pero yo creo que no sabe lo que es el amor.

Los amigos de Austin, los tipos del equipo de fútbol y los hombres que trabajan con su padre en la construcción, probablemente dirían que ellos tampoco les hacen eso a sus chicas. Me pregunto cuántos de ellos estarían diciendo la verdad. No sé si Austin les cuenta lo que hace conmigo. Ni siquiera sé si los hombres hablan de su vida sexual con tanto detalle como hablo yo con mis amigas. No sé si habrá admitido alguna vez que me mete la cabeza entre las piernas o si lo niega como todos.

—Austin.

Hablo en una voz tan baja y tan lenta que parece que

no es mía. Levanta la mirada. Coloco las manos en el interior de los muslos y me abro para que pueda verme mejor.

–Con la boca.

Antes de que haya terminado la frase, ya está de rodillas delante de mí. Jadeo al sentir su boca húmeda y caliente contra mi piel. Cuando me lame el clítoris con la lengua, me agarro a los brazos de la mecedora, echo la cabeza hacia atrás y arqueo la espalda. Me gusta tanto que casi me duele. La mecedora me empuja hacia sus labios una y otra vez mientras él lame, besa y sorbe mi cuerpo. Cuando mete los dedos, me corro con un grito estrangulado.

Le miro. Sonríe con orgullo. Le acaricio el pelo y quiero decirle lo mucho que le quiero. Pero hay algo en su mirada que me hace sentir de pronto vergüenza. Quiero cerrar las piernas, pero tiene la cabeza apoyada en mi muslo y no puedo hacerlo sin apartarle.

–¿Qué pasa? –pregunto nerviosa–. ¿Qué miras?

–A ti –contesta, y me besa el muslo.

Le empujo hacia el suelo, le desato el cinturón y le bajo los calzoncillos. Libero su miembro, que asoma duro y grueso. Lo acaricio con la mano. Ya está goteando e inclino la cabeza para saborearlo.

–¡Cuidado! –tensa las caderas y hunde la mano en mi pelo–. Dios mío, Paige...

–¿Qué?

Quiero sentirlo dentro de mí, pero no tenemos condones a mano y no pienso hacerlo a pelo.

–Nadie...

Frunzo el ceño, me apoyo en los talones y tenso la mano sobre su pene.

–¿Nadie qué?

¿Qué demonios le ha pasado mientras ha estado fuera?

–Nadie hace esto como tú –contesta Austin.

Supongo que cree que me está haciendo un cumplido, pero le suelto, agarro los pantalones y localizo también las bragas. No quiero que mi madre se las encuentre en el suelo.

–¿Quién es nadie?

–¿Eh?

Alza la cabeza y se queda mirándome fijamente. Al ver mi expresión, se sienta en el suelo.

–¿Qué pasa?

Blando mi dedo índice. Siento un nudo en la garganta al tragar y tengo que parpadear para aguantar las lágrimas.

–¿Nadie hace qué como yo? ¿Las mamadas? ¿Quién es nadie? ¿Quién ha estado haciéndote mamadas, Austin?

–Nadie –contesta.

En ese momento soy consciente de cómo han sonado mis palabras, porque Austin se levanta y viene detrás de mí mientras yo cruzo el pasillo para meterme en mi dormitorio.

–No era eso lo que quería decir, nena.

–No me llames así.

Agarro la bata que tengo en el perchero de la puerta. No quiero vestirme mientras nos peleamos.

Austin posa las manos en mis hombros y me hace volverme hacia él.

–Lo que quería decir es que cuando hablo con otros chicos, me dicen que sus chicas no les hacen las cosas que tú me haces a mí.

Supongo que eso contesta a mi pregunta sobre si los hombres hablan de sexo. No sonrío, no arqueo siquiera una ceja. Mantengo la cara como una máscara de piedra. Austin me aparta el pelo de los hombros.

–Eso era lo único que quería decir. Que no hay nadie como tú, que eres genial.

—¿Que soy genial haciendo mamadas? —frunzo el ceño, aunque la verdad es que me alegro de que lo piense.

—Y en otras muchas cosas.

Me empuja hacia la cama y le permito hacerlo hasta que los dos terminamos encima de la colcha que me hizo mi abuela.

Austin me acaricia y me besa. Cuando vuelve a acariciarme el sexo, estoy tan húmeda como antes. Desliza los dedos en mi interior. Jadea contra mi cuello y siento el calor de su aliento. Me presiona el clítoris con el pulgar mientras mete y saca los dedos de mi vagina. Noto su pene tenso y caliente contra mi pierna. Me toma un pezón con la boca y succiona con delicadeza. Aunque prácticamente acabo de correrme, el deseo vuelve a crecer en mi vientre.

—Te he echado de menos —vuelve a decir.

—¿De verdad?

Austin asiente contra mi cuello. Me parece una estupidez enfadarme con él en ese momento, o preocuparme por si me ha engañado con otra. Sé que me engañó un par de veces cuando estábamos en el instituto. Y yo también le engañé a él, si contamos las veces que él pensaba que estábamos saliendo y yo no y al contrario. Pero no hemos vuelto a ponernos los cuernos desde que nos graduamos y los dos estamos trabajando y comprometidos con esta relación.

Austin busca en el cajón que tengo en la mesilla de noche la caja de preservativos y se pone uno. Podría ayudarle, pero la verdad es que en ese momento prefiero mirar. Lo desenrolla sobre su pene mordiéndose el labio inferior con un gesto de concentración. Después, se coloca sobre mí y se hunde en mí.

Gimo. No puedo evitarlo. Me encanta hacer el amor. Me encanta el sexo. Sentir su peso, su pene tan duro y grueso dentro de mí. Es tan largo que a veces hasta me hace daño, pero eso también me gusta. Tiene unos músculos increíbles en los brazos y me agarro a uno de ellos mientras me embiste.

Levanto las caderas para salir a su encuentro y siento cómo me presiona el clítoris cada vez que nos movemos. Me desgarra un orgasmo. Estoy corriéndome otra vez cuando él empieza a moverse cada vez más rápido y me doy cuenta de que también él se está corriendo.

No siempre terminamos juntos y la experiencia es tan mágica que cuando terminamos, me acurruco contra él satisfecha y somnolienta. Austin se quita el condón y me abraza por la espalda. Nos quedamos tumbados en la cama y siento su respiración contra mi pelo.

–Paige –dice Austin–. Quiero preguntarte algo importante.

Y entonces nos lanzamos al mar en un barco que muy pronto comienza a hundirse.»

Cuando el mar frío y oscuro comenzaba a cerrarse sobre mi cabeza, el sonido del teléfono me taladró los oídos. Tomé aire, aunque sabía que estaba debajo del agua. Di una patada y las tensas olas que me anudaban los tobillos se convirtieron en un puñado de sábanas. Abrí los ojos mientras palpaba a tientas la mesilla de noche buscando el teléfono.

–¿Quién es?

A esas horas, nadie podía esperar un tono educado.

–¿Paige?

Parpadeé. No quería mirar el despertador. Ya sabía que era demasiado pronto para levantarse.

–Arty, ¿qué pasa? ¿Dónde está mamá?

–Mamá está durmiendo. Y Leo trabajando –añadió, aunque yo no había preguntado por él–. Tengo hambre.

–Pues prepárate una taza de leche con cereales.

Sofoqué un bostezo y consideré la posibilidad de sucumbir a una resaca que no habría sufrido si hubiera podido dormir unas horas más.

–No hay.

–¿No quedan cereales de trigo? ¿Y tampoco de los integrales con pasas?

Mi hermano pequeño, el único hermano con el que realmente he vivido, hizo un sonido de disgusto.

–Esos no me gustan.

–Entonces, supongo que no tendrás tanta hambre.

Yo estaba hambrienta, pero no me apetecía levantarme de la cama prácticamente al amanecer para hacerme unas tostadas.

–Arty, es demasiado pronto para llamarme. ¿Qué te dije la última vez?

–¿No puedes venir a hacerme unas tortitas?

Su vocecita infantil sonaba muy lejana. Le imaginé con su pijama de Spider-Man y meciendo sus pies descalzos, porque las piernas no le llegan al suelo.

–Por favor...

A lo mejor, si cerraba los ojos, podía volver a dormirme. Me hundí bajo las sábanas.

–Cariño, yo ya no vivo allí. Creo que te lo expliqué. Ya te dije que no podía ir a casa cada vez que me llamaras.

Silencio.

–Pero te echo de menos.

Suspiré.

–Yo también te echo de menos, cariño. ¿Qué te parece si me paso un día de estos por allí y te llevo al cine?

–¿Cuándo?

Arty, a los siete años, llevaba ya tres leyendo y era capaz de leer la hora en un reloj analógico, una habilidad que nunca dejaba de sorprenderme. No se le pasaba nada por alto.

—¿Hoy?
—No, hoy no. Pero a lo mejor otro día de esta semana.
—¿Cuándo?

A esas horas yo no era capaz de pensar correctamente y me limité a decir el primer día que se me ocurrió.

—¿El miércoles?
—Sábado, domingo, lunes, martes, miércoles... ¡Eso es casi una semana!

Parecía tan desolado que me resultaba imposible no reírme. Y, en cualquier caso, al reír me dolía la cabeza.

—No, son solo cinco días.
—¡Pero eso es mucho tiempo!

La voz aguda de Arthur taladraba mis tiernos oídos.

—El martes tú tienes que ir al gimnasio y el lunes por la noche yo tengo una cita. Lo siento, amigo, pero tendrás que esperar hasta el miércoles. Además —añadí, ofreciéndole un consuelo con el que aliviar su desesperación—, la última película de *Power Heroes* la estrenan el miércoles, ¿qué te parece?

—Vale —no parecía muy convencido. Solamente resignado—. Pero ahora tengo hambre, Paige.

—Pues ponte unos cereales. O cómete alguna de las barritas de chocolate del cajón.

—Mamá dice que no puedo comer chocolate hasta después del desayuno.

—¿No hay barritas de cereales en el cajón? —volví a bostezar. Si no me dormía en los siguientes diez minutos, no iba a poder convertirme en una feliz dominguera.

—Sí.

Hasta Arthur sabía adónde quería llegar, pero al parecer, le sonaba demasiado bueno como para que pudiera ser verdad.

—Entonces, cómete una barrita. Al fin y al cabo, tienen cereales, ¿no?

—¿Puedo decirle a mamá que tú me has dejado?

—Claro.

No sería la primera vez que me gritaba por darle permiso para hacer algo que ella le había prohibido. Por otra parte, estábamos hablando de la misma mujer que me dejaba ir al colegio con unos zapatos de tacón cuando estaba en sexto y que me compró mi primera caja de preservativos a los diez años. Era obvio que con Arthur estaba siendo una mujer muy diferente.

—Ahora, déjame volver a dormir, ¿de acuerdo?
—De acuerdo. Adiós, Paige.
—Adiós.
—Te quiero —dijo mi hermanito antes de colgar.

No era la primera vez que me lo decía, pero de pronto, el recuerdo de su olor a bebé me llegó con tanta fuerza que abrí los ojos de par en par. Recordé la suavidad de su pelo contra mis labios cuando le besaba la cabeza, y su peso llenando mis brazos y mi regazo. Recordé cómo le sostenía en brazos mientras veía la televisión por el mero placer de sentirlo tan pequeño y dulce contra mí. Por el mero placer de saber que me quería.

—Yo también te quiero. Nos veremos el miércoles.

Arthur que, al fin y al cabo, tenía los modales de un niño de siete años, colgó sin decir nada. Colgué el teléfono yo también y volví a posar la cabeza en la almohada, pero el sueño se había esfumado y no parecía dispuesto a volver.

Miré el despertador con un gemido. Eran casi las ocho. Y me había metido en la cama, ¿a qué hora? ¿A las seis? Dios mío. Algún día se lo haría pagar a mi hermano. A lo mejor cuando fuera adolescente y le gustara trasnochar. Sí, entonces, le despertaría.

Desgraciadamente los días de mi venganza quedaban muy lejos y yo continuaba despierta. Me estiré y me senté, esperando la llegada de la acidez de estómago o el dolor de cabeza, pero aparte de tener un hambre canina, me encontraba bien. Por lo menos, hasta que oí el zumbido del teléfono móvil, que había dejado abandonado debajo de una pila de ropa. Tuve que saltar por encima de mis Steve Madden para alcanzarlo.

Cinco llamadas perdidas.

¿Cinco? Mierda. Tecleé para comprobar los números. También tenía mensajes en el buzón de voz, aunque no podía decir cuántos. Kira me había llamado alrededor de las cuatro, pero no había dejado mensaje. Eso podía ser una buena o una mala señal. Otra de las llamadas era una llamada antigua de mi madre que yo no había borrado. Las otras tres eran de Austin.

Triple mierda.

Los mensajes de voz también eran de él, cada uno con media hora de diferencia. Los dos primeros eran muy cortos. Me preguntaba simplemente a qué hora iba a llegar a su casa. El último me lo había enviado a las seis y cuarto, cuando yo ya estaba en la cama. Sentí cómo se me bajaban las comisuras de los labios.

–Mira, sé que me porté muy mal contigo en el pasado.

Tras quince segundos de torpe silencio, puntuados solamente por el sonido de su respiración, añadía:

–Lo siento, yo... soy un imbécil y lo siento. Llámame, ¿de acuerdo? Por favor, llámame.

Unos segundos después, volvía a decir:

–Por favor.

¿Hay algo más excitante y al mismo tiempo más patético que un hombre suplicando?

No fui capaz de borrar ese mensaje. Pensé que seguramente querría escucharlo cuarenta veces más. A lo mejor incluso bordaba esas palabras en una toalla y me secaba las manos con ella.

Lo siento, soy un estúpido. Austin Miller.

Era la primera vez que Austin se disculpaba por algo

que había hecho. Pero en realidad, después de todo el tiempo que había pasado, no estaba segura de que eso pudiera significar nada.

No borré el mensaje, pero tampoco le devolví la llamada. En cambio, me arrastré fuera de la cama y fui tambaleándome hasta el baño. Estuve orinando durante lo que me pareció casi una hora, me lavé los dientes y me recogí el pelo en una cola de caballo.

Quería volver a dormirme, pero sabía que era absurdo esperar que fuera capaz de hacerlo. Ya estaba preparada para enfrentarme al día que tenía por delante. Me sonó el estómago, saqué dos rebanadas de pan del congelador, donde guardaba el pan para evitar que le saliera moho, y las metí en la tostadora. Tenía que pasarme por el supermercado, aunque el estado de mi economía me obligara a pasar otra semana a base de fideos chinos y latas de atún en vez de carne y langosta. En fin, no era nada nuevo. Había crecido pensando que los macarrones con queso eran un plato de lujo.

Mientras se hacían las tostadas, revisé el correo que había sacado del buzón la noche anterior. Aparté todos los catálogos dirigidos al anterior inquilino. Pensé en la nota que me habían enviado por equivocación, en aquel papel tan bonito y aquella caligrafía tan fina. ¿Qué decía que había que hacer? Ah, sí, una lista con las virtudes y los defectos. Pensé en ello mientras comía las tostadas completamente solas, no tenía ni mermelada ni mantequilla.

Escribirás una lista de diez cosas. Cinco defectos y cinco virtudes.

Saqué de un cajón de la cocina en el que guardaba todo tipo de cachivaches una libreta y el cabo de un lápiz con una goma en un extremo suavizada por la creación de numerosas listas. Casi todas eran listas de la compra o de las tareas pendientes de la casa. Nunca la había utilizado para escribir mis defectos y mis virtudes.

Tamborileé el lápiz contra mis labios mientras pensaba en ello

Orgullosa.
Cabezota.
Independiente.
Inteligente.
Curiosa.
Decidida.
Concienzuda.

Eso fue todo. Sabía que la lista no estaba completa, pero no se me ocurría nada más. De momento, ya estaba bien, pensé mientras guardaba el lápiz y el papel.

Pero la verdadera pregunta era, ¿qué había escrito? ¿Defectos o virtudes? Algunos podían ser las dos cosas.

Repasé la libreta que tenía sobre la mesa. Aquel listado me había hecho pensar en mí, aunque yo no fuera la destinataria de la primera tarjeta. Esperaba que la persona a la que iba dirigida tuviera más suerte que yo.

Capítulo 6

Terminé de comprar justo antes del mediodía. Llevaba solamente un par de bolsas, lo mínimo para sobrevivir hasta que cobrara. Pero me había reservado algo de dinero por una única razón. No necesitaba un café con extra de crema y canela, pero me apetecía.

Ubicado en un edificio colindante con Riverview Manor, el Morningstar Mocha estaba repleto de gente adicta a la cafeína. Algunos corredores, que buscaban allí refugio contra el frío, llenaban sus vasos de cartón en el pequeño puesto que había en la esquina con los edulcorantes, las jarritas de leche y la crema. Y en la esquina, mi esquina, en la mesa que me gustaba ocupar, porque era la más pequeña del establecimiento y normalmente podía ocuparla sola, estaba sentado el misterioso hombre del ascensor.

¿Estaríamos sincronizados? ¿O sería pura casualidad? Era el único rostro familiar que veía en la cafetería. Tenía controlados a varios vecinos de mi edificio, un par de ellos eran clientes regulares de Mocha y, por supuesto, conocía también a la chica que atendía el establecimiento. Se llamaba Brandy y era imposible no fijarse en ella. Mascaba chicle como un rumiante.

Intenté no mirarle mientras pedía el café y el panecillo, pero continuaba en la mesa cuando me los sirvieron. Y seguía allí cuando se me derramó la taza, llena de café, crema y azúcar. Llevaba una camiseta blanca de manga larga debajo de una camiseta negra y unos vaqueros que le sentaban maravillosamente. Por el estado de su pelo parecía que se había estado pasando la mano por él, o a lo mejor había estado dando vueltas en la cama. Tenía frente a él una taza enorme todavía humeante y un plato con los restos de un bocadillo de crema de queso y salmón. Tenía fija la mirada en la calle, vacía salvo por los ocasionales coches que la atravesaban los fines de semana. Junto al plato y la taza tenía una libreta y en la mano sostenía un grueso bolígrafo. A los pies descansaba su bolsa de cuero, tan fiel como un sabueso.

La luz del Mocha era una luz dorada e indirecta, pero el sol del invierno atravesaba los cristales y le iluminaba el rostro. Me entraron ganas de quedarme contemplando la elegancia de sus rasgos durante horas. Su natural belleza, la curva de su boca mientras se mordía el labio en un gesto de concentración, su ceño fruncido. La mano con la que agarraba el bolígrafo y acariciaba el papel.

Afortunadamente para mí, continuaba con la mirada fija en la ventana y haciendo garabatos con aire ausente en el momento en el que dos personas vestidas con un chándal idéntico chocaron contra mí haciéndome derramar el café sobre una pareja con aspecto de no haberse acostado todavía que estaba sentada en una mesa frente a mí.

Las deportistas fueron de lo más amable. Me compraron otro café y un pastelito y reemplazaron el bagel de canela que se había empapado con el café. Lo hicieron todo con gran fanfarria, como si quisieran llamar la atención y anunciar a todo el mundo lo buenas personas que eran. Pero el caso es que lo hicieron. No me atreví a mirar de nuevo al hombre misterioso hasta que cesó el alboroto. Cuando por fin lo hice, la taza me estaba abrasando la mano y tenía la visión borrosa por la falta de azúcar en sangre. No quería comerme todo el pastelito de golpe, pero un mordisquito delicado no iba a conseguir que el azúcar descendiera a mi estómago suficientemente rápido.

Me miró justo en el momento en el que estaba lamiéndome los restos de azúcar de los labios. Sonrió. Me detuve con el café a medio camino de mi boca y le devolví la sonrisa.

Pensaba que me saludaría, pero quizá, sin el atractivo de mis tacones de marca, de lo único que era merecedora era de una sonrisa. A lo mejor no se dio cuenta de que era la misma mujer del ascensor. O a lo mejor, y era lo más probable, no le importaba.

Se levantó, metió la libreta y el bolígrafo en la bolsa de cuero y retiró el plato y el vaso de la mesa. Se puso una camisa de franela que tenía en el respaldo de la silla y se colgó la bolsa de cuero al hombro. Salió de la cafetería sin mirar atrás, lo que me permitió mirarle a placer sin temor a ser descubierta.

Vi entonces que en el suelo, al lado de su silla, había dejado una hoja arrugada. Miré rápidamente alrededor de la cafetería, en aquel momento prácticamente vacía, para asegurarme de que nadie pudiera notar que era una completa fisgona, dejé mi asiento para ocupar el que él acababa de abandonar. Era imposible que conservara todavía el calor de su trasero o, al menos, creo que me habría resultado imposible notarlo, pero lo imaginé caliente. Sabía que no debería recoger aquel papel, ni alisarlo delante de mí. Sabía, sobre todo, que no debería leerlo. Pero lo hice de todas maneras.

No descubrí los secretos del universo. Ni siquiera averigüé su nombre. Había estado haciendo garabatos y escribiendo alguna que otra frase que, aunque pude descifrar, no fui capaz de comprender. Pensando en ello, debería haberme sentido culpable. Pero solo sentí una gran desilusión. En cualquier caso, ¿qué esperaba? ¿Una autobiografía escrita a mano en la que explicara sus estudios, su trabajo y su historial médico?

Alisé el papel mientras terminaba de desayunar, lo doblé por la mitad y lo volví a doblar dos veces más hasta convertir un folio en un puñado de secretos. Por supuesto, nada de lo que allí ponía era asunto mío. No tenía ningún derecho a guardarlo. Sentía su peso en la palma de mi mano como si fuera de plomo, pero, aun así, no fui capaz de tirarlo.

Me habría gustado hacer durar más el café.

En Riverview Manor no había portero. Las personas que trabajaban en el mostrador de la entrada tenían como únicas funciones recibir paquetes y solucionar problemas concretos, no estar pendientes de las personas que entraban o dejaban de entrar en el edificio. Había cámaras de seguridad en los ascensores y en cada piso, pero eso no impedía que cualquiera que así lo deseara pudiera acceder al edificio.

Por eso una parte de mí no se sorprendió cuando, al doblar el pasillo, descubrí a Austin esperándome delante de la puerta de mi casa. Sin embargo, otra parte de mí, quiso salir huyendo. Aun así, alcé la barbilla, deseando haberme molestado al menos en maquillarme, aunque, sinceramente, Austin me había visto en condiciones mucho peores.

–¿Qué estás haciendo aquí?

Me incliné para dejar las bolsas en el suelo y sacar las llaves del bolso. Cuando me levanté, advertí que Austin tenía los ojos fijos en mi rostro, no en mi trasero. Aquello sí que me sorprendió de verdad.

–No has contestado a mis llamadas.

Metí la llave en la cerradura, pero no la giré directamente.

–En serio, ¿qué estás haciendo aquí?
–He llamado a tu madre.

Abrí la puerta y la empujé, pero no la crucé. Mi irritación debía de ser patente, porque Austin alzó las manos como si temiera que fuera a darle un puñetazo.

–¿Mi madre te ha dicho dónde vivo?
–A tu madre siempre le he gustado.

Resoplé, haciendo revolotear mi flequillo, y crucé la puerta. La dejé abierta tras de mí. Aquella era la única invitación que estaba dispuesta a ofrecer. Austin me siguió y cerró la puerta. Suavemente, con un clic. No dio un portazo.

Dejé las bolsas en la cocina y me quité los zapatos. Austin permanecía en silencio y me miraba sin hacer ningún movimiento para sentarse. Miró mi apartamento con interés, se metió las manos en los bolsillos y se balanceó sobre los talones mientras yo vaciaba las bolsas y guardaba la comida tomándome todo el tiempo del mundo.

–¿Puedo sentarme? –preguntó por fin, cuando quedó claro que no iba a invitarle a hacerlo.

–¿Tienes que preguntarlo?

Permanecí de espaldas a él mientras rebuscaba en el dinero suelto que tenía en la cartera. Encontré un penique antiguo y lo aparté para incorporarlo a mi colección. Me lavé meticulosamente las manos con jabón y agua caliente. El dinero es una de las cosas más sucias que puede tocar una persona.

Cuando me volví, Austin continuaba de pie. Nos miramos el uno al otro a través de la inmensidad del cuarto de estar hasta que hice un gesto con la cabeza. Austin se sentó entonces como siempre, con las piernas extendidas y ocupando todo el espacio posible.

Yo me tomé mi tiempo en ordenar la cocina, limpiar los mostradores y frotar el fregadero con lejía. Incluso vacié la basura y llevé la bolsa a la tolva que había al final del pasillo. Para cuando regresé, esperaba que Austin estuviera nervioso o irritado por mi tardanza, pero había encontrado una novela de Robert Heinlein entre la pila de libros y revistas que tenía en un cesto de mimbre junto al sofá y estaba hojeándolo.

–No tiene fotografías –le advertí desde el marco de la puerta.

Austin dejó el libro sobre la mesita del café.

–Me gusta.

No entró a la provocación, aunque yo acababa de tocar uno de sus puntos débiles.

–¿El libro?

–No, la mesita del café –respondió con calma.

–Era de Stella.

Austin asintió.

–Me alegro de no haber puesto los pies en ella.

Tardé varios segundos en comprender que estaba intentando bromear sin meterse conmigo. Sí, realmente, estaba... bromeando. Yo sabía cómo manejarle cuando intentaba seducirme o fastidiarme. Pero no sabía cómo tomarme aquello.

–Te echo de menos –dijo Austin.

Me resultaba difícil oír aquellas palabras, y no porque hablara demasiado bajo o no vocalizara. Me resultaba difícil oírlas porque no sabía qué decir. Yo no quería que me echara de menos.

Me senté frente a él. Los muelles del sofá a veces asomaban entre el material gastado, aunque yo había colocado una manta de lana sobre ellos. Uno lo hizo en aquel momento, obligándome a cambiar de postura.

–Sí, te echo de menos –añadió como si mi expresión hubiera sido una respuesta a su declaración, y no la consecuencia de sentir una voluta de alambre en mi trasero.

–Austin...

No se me ocurría nada más que decir.

Se encogió de hombros. Desde luego no me había enamorado de él por su facilidad de palabra. Pero en aquel entonces, me importaba más que hablara con las manos que con la lengua. En aquel entonces, los dos éramos jóvenes y estúpidos.

–Estás muy bien, Paige. Y esta casa –señaló a su alrededor–, es muy bonita.

–Gracias.

Solía tener el pelo casi blanco por el sol y lo llevaba tan corto que casi se le podía ver el cuero cabelludo. Cuando deslizaba la mano por él, le acariciaba la piel. En aquel momento tenía el color de un campo de trigo y lo llevaba más largo, cayendo sobre su frente y sus orejas, como si estuviera esperando un buen corte. Recorrió mi rostro con la mirada, haciéndome pensar que también él parecía estar demandando mis atenciones.

Me resultaba casi imposible no hacerlo. La noche anterior le había dejado meterme la lengua hasta la garganta y acariciar cada rincón de mi cuerpo. Cuando sentía el calor que emanaba su cuerpo llegando hasta mí, me resultaba tan familiar que me entraban ganas de cerrar los ojos. Habría sido muy fácil agarrarle de la mano y llevarle al dormitorio.

Pero mantuve los ojos abiertos, una lección que me habían enseñado años atrás, pero que me había llevado mucho tiempo aprender.

–Yo no te echo de menos, Austin. Lo de anoche fue un error.

–Vamos, Paige, no digas eso. Siempre lo hemos pasado muy bien juntos.

–Hacía mucho tiempo que no estábamos juntos –le dije, no con toda la serenidad que me habría gustado.

–No es solo cuestión de sexo.

Austin se inclinó hacia delante con las manos apoyadas

en los vaqueros. Vi un punto blanco justo debajo de las rodillas, no era un agujero, pero estaba a punto de convertirse en uno.

–No me refería solo a eso. Eso puedo conseguirlo cuando me apetezca.

–Sí, estoy segura –me levanté y me crucé de brazos.

Él también se levantó.

–No pretendía decirlo de ese modo.

Pero aquella vez, yo no iba a doblegarme. Ni en el sofá ni en la cama.

–No me importa lo que pretendías decir. Creo que deberías marcharte.

–La misma Paige de siempre –contestó, sacudiendo la cabeza–. Sigues siendo un hueso duro de roer. Tan duro como una roca. ¿Es que nunca vas a darme un descanso?

–No necesitas que te dé ningún descanso. Además, puedes conseguir todo el sexo que te apetezca. Mira, Austin –le dije al ver que él comenzaba a hablar–, no podemos continuar haciendo esto.

–¿Por qué no?

Estuve mirándole fijamente hasta que fui incapaz de contener un suspiro que escapó de mis labios como si acabaran de pinchar un neumático.

–Ya sabes por qué. Porque el sexo no resuelve los problemas. Y nosotros tenemos muchos problemas.

Austin se cruzó de brazos y me miró con expresión atormentada. Yo no había querido explicitar las discusiones que habíamos tenido sobre dinero, religión y monogamia. No le recordé la cantidad de noches que había salido a tomar una cerveza con los amigos y había regresado oliendo a perfume y con expresión de culpa, ni que en el fondo, ni siquiera importaba si se había acostado con otra o no, sino que el problema era que siempre prefiriera irse de fiesta con sus amigos a quedarse en casa conmigo. No saqué a relucir la cantidad de veces que me había dicho que estaba estudiando cuando en realidad estaba en otra parte, y con otra mujer, por cierto.

–Yo solo quiero que seas feliz, Austin –y lo decía en serio.

Austin se reclinó en su asiento y me miró con fiereza.

–Quieres que sea feliz para poder sentirte mejor contigo misma, eso es todo. Y así no sentirte tan mal por lo que ocurrió.

La verdad de aquellas palabras se me clavó como el aguijón de una avispa capaz de volver a aguijonear más de una vez.

–Creo que deberías marcharte.

Pero Austin no se marchó. Se inclinó hacia mí y me enmarcó el rostro entre las manos de manera que no me quedara otra alternativa que descruzar los brazos para empujarle o dejar que se acercara. Posé las manos en su pecho, pero no le empujé. Sentí sus firmes músculos bajo la camiseta. Austin se inclinó, pero no le aparté. Sabía que si me besaba, estaría perdida, pero si Austin había llegado a pensar alguna vez que realmente me conocía, volvió a demostrar lo equivocado que estaba. No me besó. Prefirió hablar.

–Soy tu marido.

Le empujé. Se apartó de mis brazos y yo retrocedí y posé la mano en su pecho, evitando que me siguiera, a menos que también él me empujara. Por un momento, pareció que iba a intentarlo, pero no lo hizo.

–Tengo una carpeta llena de documentos que dicen lo contrario –repliqué.

–De acuerdo, legalmente, no soy tu marido. Pero no puedes decirme que…

–Puedo decirte lo que quiera, siempre y cuando sea cierto –le corté.

–¿Puedes decirme que es verdad que no me echas de menos tú también? ¿Ni siquiera un poco?

–Echo de menos acostarme contigo –respondí con rotundidad–. El resto, no tanto.

Austin sonrió y estiró los dedos de la mano.

–Ya es un algo, ¿no? Te llamaré.

–No contestaré.

–Te volveré a llamar.

Señalé la puerta y se fue. Esperé a que la cerrara tras él para dejar escapar un enorme suspiro. ¿Qué tenían los chicos malos que los hacía tan deseables? Conozco a Austin desde que estábamos en la guardería. En muchas de las fotografías que tenemos de primaria, aparece su rostro pecoso y sonriente tras el mío. En una de las fotografías, estamos el uno al lado del otro, sonriendo y mostrando la falta de los mismos dientes.

En el instituto no teníamos nada en común. Austin era un deportista. Yo una gótica punky con múltiples piercings y una libélula tatuada en la espalda. Compartíamos curso y horario del comedor. Yo sabía de él por sus progresos en el futbol. Si él sabía de mí era porque yo era una de las chicas de las que todos los chicos hablaban, o a lo mejor, porque habíamos estudiado juntos desde los cinco años. No nos saludábamos cuando nos cruzábamos por los pasillos, pero él nunca fue tan miserable conmigo como lo eran otros chicos del instituto. Jamás me insultó ni me hizo invitaciones desagradables.

Al final del último curso, Austin cayó derrotado bajo una pila de jugadores espoleados por la furia y la testosterona. Ganó el partido, pero en vez de terminar montado en el descapotable de su padre, un Chrissy Fisher del sesenta y seis, terminó siendo trasladado al Centro Médico de Hershey en ambulancia.

Se recuperó, y no hubo en ello nada de milagroso. Las heridas y los huesos rotos sanaron. Nadie dijo siquiera que no volvería a jugar nunca más. Pero Austin abandonó el rugby.

No jugaba al baloncesto tampoco, ni siquiera al béisbol en primavera. Para entonces, las oportunidades de poder ir a la universidad se habían desvanecido junto con las becas que le habrían permitido hacerlo, pero si alguna vez le importó no poder ir a la universidad, nunca me lo dijo.

Y para entonces, debería haberlo hecho. Para cuando terminó nuestro último año de instituto, Austin me lo contaba todo.

Formábamos una pareja extraña, pero nadie se metía con nosotros por ello. No se oían rumores por los pasillos. No había animadoras celosas intentando arrancarme los pelos ni chicos deportistas que pretendieran convencerme de que Austin estaría mejor sin mí. No fuimos al baile de promoción, pero solo porque decidimos quedarnos en casa viendo una película de porno blando y disfrutando del sexo.

Cuando le dije a mi madre que íbamos a casarnos, me abrazó y se puso a llorar. Su abultado vientre se interponía entre nosotras. En aquel entonces estaba embarazada de Arthur. Si sospechaba que tenía tantas ganas de casarme con Austin no solo por amor sino porque quería marcharme de aquella casa, no dijo nada.

Cuando se lo contamos a los padres de Austin, su padre permaneció en silencio y su madre clavó la mirada en mi cintura. No me preguntó si estaba embarazada y debió de sorprenderle que fueran pasando los meses y mi vientre continuara plano, pero por mucho que le disgustara la perspectiva de tenerme como nuera, la idea de tener un nieto nacido fuera del matrimonio debió de parecerle peor.

El día de la boda llevé un vestido de novia de segunda mano y Austin un traje de su padre que habíamos llevado previamente a la tintorería. En las fotografías de la boda, la negrura del lápiz de ojos y mi pelo de punta me hacen parecer pálida, blanca. Cansada. Asustada incluso.

Pero la verdad es que estaba contenta.

Los dos lo estábamos. Por lo menos eso es lo que quiero pensar. Al menos al principio. Austin iba a trabajar con su padre y yo continuaba trabajando en la tienda de mi madre. La había heredado tras la muerte de mi abuelo y desde que había tenido a Arty, no podía pasar mucho tiempo en ella, así que era yo la que prácticamente dirigía la tienda.

Éramos felices.

Pero dejamos de serlo.

Capítulo 7

Cuando era más pequeña, la perspectiva de ir a comer los domingos a casa de mi padre me ponía tan nerviosa que me hacía vomitar. Por supuesto, jamás lo hacía en casa de mi padre. Desde muy pequeña había sido consciente de que Stella no aprobaría a una niña vomitona. Con los años, dejé de vomitar, pero jamás conseguí deshacerme del nudo que sentía en el estómago cuando iba a verlos. Como estaba a punto de hacer en ese momento.

Me metí una pastilla de antiácido en la boca mientras permanecía sentada en mi coche, un coche no lo suficientemente caro como para resultar impresionante en el camino de entrada a la casa. Aquella era la cuarta casa nueva que mi padre había tenido en los últimos diecisiete años de vida con su segunda familia. Antes vivía en una pequeña mansión estilo georgiano con su primera familia. Con mi madre nunca había vivido.

Los estudios realizados sobre la influencia del orden del nacimiento dicen que una diferencia de cinco o seis años entre hermanos dificulta los rasgos de personalidad tanto de los mayores, como de los medianos y los pequeños, pues todos y cada uno de ellos se comportan como hijos únicos. Esa es la razón por la que a pesar de tener cinco medio hermanos y un tío que es casi como un hermano, sigo siendo una hija única. He intentado identificarme con el papel de hermana mediana, pero en realidad, es como si no lo fuera.

Se abrió la puerta y salieron corriendo Jeremy y Tyler. También ellos se parecen a mi padre. Todos nosotros nos parecemos físicamente, aunque en realidad no hayamos crecido como hermanos. Yo tenía catorce años cuando Jeremy nació y dieciséis cuando nació Tyler. Más que hermanos, para mí son como primos o sobrinos. No sé qué piensan ellos de mí, pero siempre se alegran de verme y, dejando de lado que son un par de niños mimados a los que no les iría mal una azotaina de vez en cuando, la verdad es que yo también me alegro de verlos.

—¡Eh, Paige!

Jeremy, de doce años, no corrió para abrazarse a mis piernas. Se limitó a hacerme un gesto con la mano. Tyler, de diez, ya era casi tan alto como su hermano, pero a él no le importó abrazarme.

—¡Paige, vamos a jugar al Pictionary! Los abuelos ya están preparados. Y también los abuelitos.

—Y por lo que veo, Gretchen y Steven también —señalé dos furgonetas que pertenecían a los hijos que tuvo mi padre con su primera esposa.

—Sí, ya está todo el mundo aquí —confirmó Jeremy con cierta amargura.

Le miré. Él siempre había sido un niño muy alegre. Sin embargo, aquel día fruncía sus cejas rubias sobre aquella versión diminuta de la nariz de mi padre.

Me incliné hacia atrás para agarrar el regalo y cerré el coche con llave. No era muy probable que le sucediera nada estando aparcado en casa de mi padre, pero era una costumbre.

—Vamos a entrar.

Le pasé el brazo por los hombros a Tyler y le escuché mientras me hablaba del colegio, del fútbol y del último juego de ordenador que había encontrado debajo del árbol de Navidad. A él nunca le había defraudado Santa Claus. Yo ya había dejado de intentar no envidiarlos por ello, aunque hacía mucho tiempo que había dejado de creer en Santa Claus.

Una vez en el salón, Jeremy se sentó con los brazos cruzados y el ceño fruncido en un sofá situado en una esquina. Tyler me abandonó para ir a buscar bolígrafos para el juego. Eso me condenó a la tortuosa tarea de mostrarme amable con los padres de Stella.

Al igual que su hija, no eran mala gente. Nunca habían pretendido ser crueles conmigo. Yo no era ninguna Cenicienta. Y con el tiempo había llegado a comprender lo difícil y violento que debía de haber sido para ellos intentar encontrar un lugar en sus corazones para los hijos de su yerno. Un rompecabezas envuelto a toda velocidad o una caja de guantes de lana con un triste envoltorio siempre parecían poco comparados con los paquetes envueltos en papel de regalo de colores brillantes llenos de ropa buena y juguetes. Sí, lo comprendía. Pasar el día de Navidad en casa de mi padre había sido una decisión tomada en el último momento. Por lo menos sus suegros habían hecho el esfuerzo de dejarme un regalo.

Teóricamente todo debería ser más fácil desde que era una mujer adulta, pero la verdad era que la situación se me hacía más difícil. Cuando todavía era una adolescente, jamás se me había ocurrido pensar que podía no gustarles. Años después había llegado a la conclusión de que no me soportaban.

–Hola, Paige –me saludó George–. Me alegro de verte.

La intención era buena, pero el mal disimulado tono de sorpresa hizo que tuviera que morderme la lengua para no gritar que tenía todo el derecho del mundo a estar allí, puesto que Stella era la mujer de mi padre.

Al igual que me ocurría con Stella, sabía que jamás podría llegar a impresionarles. A lo único a lo que podía aspirar era a intentar demostrarles que se equivocaban conmigo. De modo que, en vez de gritar, sonreí.

−¿Cómo estás?

No me atrevía a llamarle George. Señor Smith me parecía absurdo. Y jamás le habría llamado abuelito.

Había sido una pregunta hecha por simple educación. Pero él decidió contarme exactamente cómo estaba. Durante quince minutos. Y yo escuché, asentí y musité las palabras adecuadas como si realmente me importara. No conocía a la mitad de las personas que mencionó, pero él hablaba como si debiera conocerlas. Por suerte, no me preguntó cómo estaba yo, porque no habría sabido qué responderle.

Por fin comenzó la partida de Pictionary. Peter, el marido de Gretchen, se excusó ofreciéndose como voluntario para ocuparse de Hunter, su hijo de tres años. Steve y su embarazadísima esposa, Kelly, participaron en la partida, al igual que mi padre, Stella, los cuatro abuelos, Tyler y yo. Jeremy había desaparecido. Nos dividimos en equipos: chicos contra chicas.

−Yo puedo quedarme sin jugar −me ofrecí cuando contamos los miembros de los equipos y comprobamos que en el de chicas había una jugadora más.

−¡Oh, no, Paige! ¿Estás segura? −protestó Stella sin mucha convicción.

Le gustaban las cosas cuadradas y justas.

−Claro, no me importa. Si quieres, puedo ir a encargarme de la cena.

De acuerdo, estaba asumiendo el papel de Cenicienta. Aunque solo fuera un poco. Pero fue un alivio meterme en la cocina y comenzar a sacar las bandejas de verduras, salsas, queso y galletas. Había panecillos decorativos y quesos cremosos con bonitos diseños sobre ellos, a juego con las fuentes. A Stella le encantaban las fiestas.

Encontré las fuentes de embutido en la nevera del garaje y las llevé a la cocina para ponerlas en la mesa en la que se iba a servir el bufé. Cuando volví a la cocina, asusté a Jeremy, que estaba frente a la nevera, de donde acababa de sacar un refresco.

Llegaba hasta nosotros el sonido de las risas del comedor. Jeremy y yo nos miramos el uno al otro.

—Se supone que no deberías tomar un refresco antes de comer —le dije.

—Ya lo sé —alzó la barbilla, todavía no había abierto la lata.

—No voy a regañarte, chiqui —me volví hacia la mesa y quité el plástico de las fuentes.

—No me llames «chiqui».

Esperaba que Jeremy se escapara de la cocina con su botín, pero no lo hizo. Cuando me volví de nuevo hacia él, continuaba jugueteando con la lata, pasándosela de una mano a otra.

—¿Te pasa algo?

Pasé por delante de él para acercarme a la enorme despensa, que estaba prácticamente vacía, y sacar los platos, los vasos de plástico y las servilletas a juego.

—No.

Jeremy se encogió de hombros y escapó escaleras arriba.

Y después de aquello, la fiesta comenzó de verdad.

Cuanta más gente había, más cómoda era la situación para mí. Por supuesto, los amigos de Stella sabían quién era yo y evitaban hablar conmigo para no tener que enfrentarse a la violenta situación de adivinar cómo deberían dirigirse a la hija ilegítima del marido de su amiga. Los amigos de mi padre también me conocían, pero se mostraban menos inhibidos, no sé por qué razón. A lo mejor porque me conocían desde siempre. O porque para ellos, hablar conmigo no suponía ningún conflicto de lealtades. A algunos de ellos tampoco les caía muy bien Stella, y a lo mejor también eso contribuía a ello.

A los otros hijos de mi padre les veía muy poco. Gretchen, Steve y yo nunca habíamos estado muy unidos, aunque no hubiera sido mi madre la que al final había conseguido quedarse con mi padre. Por supuesto, sus respectivas esposas tampoco sabían qué hacer exactamente conmigo, así que se limitaban a ser superficialmente educadas sin intentar que llegáramos a conocernos realmente. Sus hijos eran y serían mis sobrinos, pero jamás llegarían a considerarme como una verdadera tía.

–Paige DeMarco, ¿qué tal estás?

Denny es uno de los mejores y más antiguos amigos de mi padre. Compañeros de bares y pesca, se conocieron cuando estaban en el instituto. También llegó a conocer a mi madre.

–Hola, Denny. ¡Cuánto tiempo sin verte!

–Sí, y ya me he enterado de que te has convertido en una chica de ciudad. ¿Qué tal va todo? –me pasó el brazo por los hombros.

–Bastante bien.

Y no era del todo falso. La mayor parte de mi vida iba perfectamente.

–¿Ah, sí? –terminó los restos de su té con hielo.

Imaginé que se moría por una cerveza, pero Stella no servía bebidas alcohólicas. Y no la culpaba por ello. El alcohol podía suponer una gran diferencia en una fiesta.

–¿Dónde vives? Tu padre me comentó que cerca del río.

–En Riverview Manor.

No podía negar el orgullo que me invadió al oír el silbido de admiración de Denny.

—Bonito edificio. ¿Y en qué trabajas? Ya no trabajas con tu madre, ¿verdad?

—Cuando tiene mucho trabajo, sigo echándole una mano.

Denny esbozó una mueca al ver su vaso vacío, pero no fue a por más.

—¿A qué se dedica? ¿Sigue con el mismo tipo?

Esas eran las preguntas que mi padre no me hacía jamás. Yo era lo único que mi padre necesitaba saber de mi madre. Jamás me lo había dicho así, pero yo lo sabía.

—¿Con Leo? Sí.

—Y el niño, ¿cuántos años tiene ya?

—Siete —lo pensé un instante—, sí, sí, ya tiene siete años.

—Dale recuerdos de mi parte, ¿de acuerdo?

—Por supuesto.

Continuamos charlando un rato. La fiesta era cada vez más bulliciosa. Stella la presidía como una reina, aunque continuara jurando que solo tenía veintinueve años. Cuando llegó el momento de abrir los regalos, pensé en la posibilidad de huir, pero me obligué a quedarme.

Stella se sentó en la mecedora del salón, con todos los regalos a sus pies y su mejor amiga a su lado, dispuesta a apuntar cada regalo y la persona que se lo había entregado. Stella recibió tarjetas, sales de baño, vales para spas, jerseys, zapatillas y hasta una bata de seda que alguien le había comprado en un viaje a Japón. Y recibía con las precisas exclamaciones de sorpresa y admiración todos y cada uno de ellos.

Para cuando llegó el mío, ya se me había comenzado a revolver el estómago. Sentía el ácido en la garganta, abrasándome. El corazón me latía con fuerza. Tuve que dar media vuelta para meterme otras dos pastillas de antiácido en la boca y beber un sorbo de ginger ale, aunque sabía que la bebida anularía el efecto de las pastillas.

Es una tontería aferrarse al pasado, pero todos lo hacemos. Habían pasado más de diez años desde la primera vez que me habían invitado al cumpleaños de Stella. Apenas se había secado todavía la pintura de su casa nueva. Gretchen y Steven vivían una semana con su madre y otra con su padre y Stella. Yo, por supuesto, vivía con mi madre y veía a mi padre algún que otro fin de semana y en vacaciones, una práctica que en realidad solo había empezado después de que dejara a su primera esposa.

Aquel año había elegido yo personalmente el regalo de Stella y había utilizado mi paga para comprarlo. Era una blusa de seda roja con encaje. Era la clase de prenda que habría encantado a mi madre y que seguramente se habría puesto a menudo. De hecho, mi madre no hizo ningún comentario mientras me ayudaba a envolverla en el bonito papel de regalo que había conseguido.

Yo estaba muy orgullosa de mi regalo. Estaba segura de que Stella, que por mucho que lo intentara nunca sería tan guapa como mi madre, abriría el regalo y se lo pondría inmediatamente. Me sonreiría, mi padre también me sonreiría y todos seríamos felices.

Pero Stella abrió el regalo, sacó la blusa y fijó inmediatamente la mirada en mi padre. Pero los hombres no saben nada de moda, más allá de lo que les gusta y lo que no les gusta. No se la puso. Se limitó a acariciar la prenda y miró la etiqueta. Abrió los ojos como platos y volvió a guardarla en la caja con un «gracias» que incluso una niña de nueve años encontró forzado. Nunca se la vi puesta, pero unos años después, la descubrí en el garaje, con los trapos que mi padre utilizaba para limpiar los coches.

Ya no tenía nueve años. Y tampoco era una adolescente con minifalda y los ojos excesivamente pintados. Había aprendido a vestirme, a hablar, pero siempre seguiría siendo la hija de mi madre, por lo menos para Stella.

–¡Oh, Paige, qué regalo tan bonito! –Stella abrió la caja de papel para sacar el bolígrafo. Lo giró para hacer girar la borla diminuta que lo adornaba–. Es muy bonito, gracias.

Suspiré en silencio.

–De nada.

–¿Dónde compras estos regalos tan bonitos? –continuó diciendo. Se volvió hacia sus invitados–. Stella siempre encuentra unos regalos preciosos.

Ya estaba. No sonaron las campanas ni comenzaron a revolotear los pajarillos alrededor del arcoíris. Stella me había dado las gracias y parecía sincera. Eso era todo.

Conseguí marcharme antes de que la fiesta terminara. Mi padre me descubrió en la puerta e insistió en abrazarme.

–Gracias por venir –también parecía sincero.

No creo que haya nadie que no tenga una relación complicada con sus padres, así que no voy a decir que mi caso sea especial ni nada parecido. Teniendo en cuenta las circunstancias de mi nacimiento, tengo suerte de tener relación con mi padre. Y, por lo menos, casi siempre es una relación sincera. Excepto, por supuesto, cuando la sinceridad puede resultar demasiado dolorosa.

–Claro que he venido, ¿por qué no iba a venir?

–Por supuesto que tienes que venir. Pero en cualquier caso, me alegro de que lo hayas hecho.

–¿Qué tal en tu nueva casa?

–Es magnífica –continúa pasándome el brazo por los hombros. A mí me entraban ganas de escabullirme–. Está en un sitio muy bonito.

–¿Y en tu nuevo trabajo?

Después de seis meses, ya no me parecía tan nuevo.

–Es genial. Me gusta mucho mi jefe.

–Estupendo. Estás trabajando para la Union Deposit Road, ¿verdad?

–Progress –contesté–. Just off Progress.

–¡Ah, sí! Bueno, a lo mejor debería pasarme por allí algún día y llevarte a comer al Cracker Barrel, ¿qué te parecería?

–Claro, papá –sonreí. En realidad, no esperaba que lo hiciera–. Llámame cuando quieras.

Me besó y volvió a abrazarme, haciendo una demostración de que me quería como a una verdadera hija. Fue agradable. Los dos sabíamos que era algo muy superficial, pero cumplía su función.

En cuanto me metí en el coche y se cerró la puerta de la casa, sentí que todos mis músculos se relajaban. Respiré hondo varias veces y estiré los brazos para permitir que saliera todo el aire de mis pulmones. Tenía agarrotados músculos que ni siquiera era consciente de que había estado tensando. Y comenzaba a dolerme la cabeza. Pero al menos había superado otra reunión familiar sin hacer nada malo.

Capítulo 8

Hay personas que consideran el cuerpo como un templo. Como tal, debe ser cuidado y utilizado para ese propósito.

Empezarás a hacerlo mañana mismo, comiéndote unas gachas de avena para desayunar. Puedes endulzarlas todo lo que quieres.

Hoy te tomarás tres tazas menos de café, las sustituirás por agua.

Y alargarás tu ejercicio habitual durante quince minutos.

Harás un esfuerzo consciente con tus cigarrillos. Solo podrás fumar un cigarro cada dos horas. Mientras fumas, no harás nada más. Concéntrate en mis instrucciones. Y piensa en la palabra «disciplina» cada vez que enciendas uno.

Al final del día, recopilarás tus esfuerzos en tu diario. Tienes que describir tus pensamientos y tus sentimientos de forma detallada. Particularmente, los relacionados con lo que la palabra disciplina supone para ti.

—«Haz todo esto en mi memoria . Ahora, puedes irte en paz» —murmuré burlona—. Vaya.

La segunda nota la había encontrado entre un puñado

de cuentas y propaganda de organizaciones benéficas y se había deslizado en mi mano como si estuviera escrita para mí. No pretendía leerla, pero la suavidad del papel y el hecho de que el sobre estuviera cerrado resultaron demasiado tentadores. Además, me la habían enviado a mí, ¿no? Aunque el número que figurara en el sobre fuera el ciento catorce en vez del cuatrocientos catorce, y aunque estaba convencida de que no era yo su destinataria, la leí.

Todavía no tenía la menor idea de qué demonios era o qué podía significar realmente. La giré varias veces en mis manos y volví a leerla. La miré fijamente, pero continuaba sin poder descifrar su significado.

A no ser que no tuviera ninguno. A lo mejor era una de esas dietas absurdas, o una especie de plan de autoayuda. Había oído hablar de una nueva dieta que ayudaba a las personas a adelgazar gracias a una especie de tutores. Era una especie de plan en doce pasos, como el de los alcohólicos, para adictos a la comida y se suponía que el hecho de tener un guía servía de ayuda. Era una posibilidad, pero no terminaba de encajar.

Volví a levantar la tarjeta y la miré buscando pistas. Acaricié el papel. Tenía la misma rugosidad que el de la tarjeta anterior. Parecía que alguien había cortado aquel pedazo de una lámina de mayor tamaño. No iba firmado y la habían dejado por segunda vez en el buzón equivocado. Era extraño.

Conservé la carta en mi mano, curvé los dedos a su alrededor y acaricié el papel con el pulgar. Volví a mirarla otra vez.

¿Disciplina?

Todavía no terminaba de entenderlo. Metí la carta en el sobre y reprimí las ganas de oler la tinta. No era la única persona que estaba sacando el correo y no quería llamar la atención. Localicé el buzón número ciento catorce y lo miré también atentamente. Los números de la placa de cobre estaban escritos con una grafía muy estilizada, pero no estaban desgastados. No era posible confundir el uno con el cuatro ni viceversa, incluso en el caso de que el número que figurara en la tarjeta no fuera del todo claro.

–Perdón –la mujer que estaba a mi lado esbozó una sonrisa que pretendía ser de disculpa, pero solo consiguió parecer enfadada–. Tengo que sacar el correo.

–¡Oh, lo siento!

Deslicé rápidamente la nota en el buzón, preguntándome si no sería el suyo. Pero mi vecina abrió un buzón diferente y sacó el correo. Después se inclinó para mirar de nuevo, cerró el buzón y revisó las cartas con expresión de disgusto.

–Nada llega cuando se supone que debería llegar –no me lo decía a mí, pero yo asentí de todas formas.

–Yo preferiría que las facturas no llegaran nunca.

Se volvió hacia mí y me recorrió con la mirada de los pies a la cabeza esbozando una mueca que pretendía ser una sonrisa. Miró mi abrigo, del mismo color y corte que el suyo, pero no tan bonito. Mis piernas, enfundadas en unas medias transparentes, y al final, mis zapatos, que fueron los únicos que parecieron merecer su aprobación. Aun así, arqueó una ceja y dejó escapar una falsa sonrisa mientras guardaba las cartas en un bolso Kate Spade y daba media vuelta girando sobre unos tacones a juego.

Bruja.

Sí, claro que sabía lo que significaba para mí la disciplina. En aquel momento, la disciplina era lo único que me impedía lanzarle a la cabeza uno de esos tacones que a duras penas habían pasado su inspección. Era lo que permitía que mantuviera la barbilla alta y los labios apretados en una sonrisa, para que las lágrimas que ardían en mis ojos no los desbordaran.

Disciplina o, quizá, orgullo. O cabezonería. Fuera lo que fuera, tenía para dar y tomar.

Esperé a que se fuera antes de cruzar el portal y salir a la calle.

En el exterior, el cielo gris parecía el eco de mi tristeza. La brisa trajo hasta mí el olor de un cigarrillo. Inmediatamente me pregunté si habría alguien intentando comprobar mi capacidad de disciplina.

—¡Hola, Ari! —saludé sorprendida.

El nieto mayor de Miriam tiró los restos de cigarrillo en una papelera con un fondo de arena y se alzó el cuello del abrigo.

—Hola, Paige.

—No sabía que vivías aquí —comenté.

Ari sonrió.

—No, no vivo aquí. He venido a dejar un encargo de mi abuela, ¿sabes?

No, no lo sabía, pero asentí.

—Dale recuerdos de mi parte.

—Pásate por la tienda y salúdala tú misma —sugirió Ari con una dulce sonrisa.

Era agradable que alguien intentara flirtear conmigo, aunque fuera sin mucho entusiasmo.

—Lo haré. Que tengas un buen día.

—Tú también.

Miré hacia atrás mientras cruzaba el callejón para dirigirme al aparcamiento. Ari continuaba mirándome. Sí, quizá hubiera cierto calor en su mirada, después de todo. ¿Y qué mujer no lo apreciaría? Mi sonrisa se hizo mucho mayor y me duró durante todo el trayecto al trabajo.

Llegué temprano, pero cualquiera hubiera dicho que había llegado tarde, porque para cuando me senté en mi mesa, mi jefe me había dejado ya toda una pila de carpetas en ella. En cualquier caso, podía haber sido peor. Podía habérmelo encontrado frente a mi escritorio, con la cafetera vacía en la mano. A veces lo hacía, aunque yo sabía que estaba tan capacitado como yo para preparar un café. Más que yo, incluso, puesto que él consumía aquel brebaje como si fuera aire y yo me limitaba a tomar una o dos tazas al día.

Al ver un vaso de cartón vacío en la papelera, supe que ya había tomado la primera dosis del día. Contaba con unos minutos de tranquilidad. Podía ordenar las carpetas y guardar las que considerara conveniente sin sentir su aliento en el cuello. Decidí preparar una cafetera, solo por si acaso. Había muchos días en los que podía predecir todos y cada uno de los movimientos de mi jefe, desde la interrupción para almorzar cuando llegaba el hombre con los bocadillos hasta su viaje post almuerzo al cuarto de baño.

Pero aquel no era uno de esos días.

–Paige, escucha. Necesito que revises todas esas carpetas, ¿de acuerdo?

Me volví desde el fregadero, donde estaba llenando la cafetera de agua.

–Sí, Paul, por supuesto.

Era sorprendente que alguien con una formación tan limitada como la mía fuera capaz de deducir algo tan sencillo.

–Estupendo.

Paul asintió y se alisó la cortaba con el índice y con el pulgar mientras me observaba maniobrar con la cafetera.

Todavía no había averiguado si estaba todo el tiempo detrás de mí porque temía que hiciera algo mal o porque estaba esperando que lo hiciera. En cualquier caso, no me habría gustado cambiar mi puesto de trabajo por el de otras secretarias que trabajaban en la oficina. Brenda, por ejemplo, se jactaba de que Rhonda, su jefa, pasaba la mayor parte del tiempo viajando y apenas tenía que tratar con ella. También le gustaba presumir de que había trabajado para Kelly Printing mucho más tiempo que Jenny y sabía lo que se hacía, de modo que, ¿por qué iba a tener que someterse al control de nadie cuando podía hacer su trabajo más rápido y mejor sin ninguna interferencia?

Yo nunca le había dicho a Brenda que para mí, la constante supervisión de Paul era más reconfortante que molesta. Al fin y al cabo, si nunca me permitía tomar decisiones, no podía culparme abiertamente de ningún error, ¿no? Aunque él también tenía que viajar de vez en cuando, nunca se marchaba sin haberme dejado un taco de hojas con montones de notas y millones de listas.

Pensé en las tarjetas que había encontrado en el buzón. Ya eran dos. Dos notas para otro destinatario con instrucciones tan explícitas como misteriosas, al menos para mí. Todavía podía sentir la textura del papel entre mis dedos. Me arrepentí de no haber olido la tinta.

Cuando comenzó a hervir el agua del café, me volví hacia Paul.

–¿Quieres algo más?

–Ahora mismo no, gracias.

Paul sonrió y regresó de nuevo a su santuario, dejándome junto al alegre borboteo del café con un puñado de carpetas de las que ocuparme.

No era mucho lo que sabía sobre mi jefe, Paul Johnson. Estaba casado con una mujer guapa y regordeta llamada Melissa que a veces se olvidaba de ir a buscar sus trajes a la tintorería. Tenía dos hijos adolescentes demasiado ocupados con sus actividades deportivas y los grupos juveniles a los que pertenecían como para buscarse problemas. Lo sabía porque había visto sus fotografías y había oído algunas conversaciones telefónicas de Paul. Tenía un hermano mayor, que sufría la desgracia de llamarse Peter Johnson, con el que jugaba al golf algunas veces al año, pero no las suficientes como para poder llegar a ser un buen jugador. Eso lo sabía porque me había pedido varias veces que le hiciera una reserva en uno de los clubs de golf de la zona y que llamara después a su hermano para confirmarle la fecha. Ese tipo de tareas iban más allá de mis obligaciones profesionales, pero las hacía de todas formas. También sabía que Paul tenía cuarenta y siete años, que había estudiado un máster en gestión de empresas en Wharton, que los domingos iba con su familia a la iglesia y que conducía un Mercedes Benz de color negro, aunque no último modelo.

Esas eran las cosas que sabía sobre él.

Y lo que pensaba sobre mi jefe era lo siguiente: no era un tirano. Solo mandaba lo imprescindible. Se exigía a sí mismo el mismo nivel de perfección que esperaba de su secretaria, algo que yo apreciaba. Podía ser divertido y gracioso cuando una menos lo esperaba, aunque no era algo que sucediera a menudo. Dedicaba a cada uno de sus proyectos todo su esfuerzo y su atención porque no era capaz de entregarse menos. Eso era algo que también me gustaba.

Llevaba casi seis meses trabajando para él. Me había pedido que le tuteara, que no le llamara señor Johnson, pero no podía decirse que fuéramos amigos. A mí me gustaba ese tipo de relación. No quería que mi jefe fuera otra cosa.

Aunque a veces tenía la sensación de que mi trabajo consistía únicamente en preparar café y ordenar carpetas, en realidad, entrañaba más responsabilidades. Tenía que aprobar y enviar determinados documentos, rellenar inventarios y poner citas. Yo hacía todo eso para que Paul pudiera dedicarse a lo que quiera que hiciera a lo largo de todo el día en su lujoso y moderno despacho. Por mucho que me hubieran presionado, no habría sido capaz de explicar a qué se dedicaba realmente. Mi trabajo no me gustaba de una forma especial, y tampoco me disgustaba, pero desde luego, era mucho mejor que trabajar en una sandwichería o cuidando niños, que era lo único que había podido hacer mientras buscaba un trabajo en el que pudiera serme útil mi diplomatura en administración de empresas. Y si no tenía que volver a tirar los restos de una fuente de ensalada o cambiar un pañal, me daría por más que satisfecha durante una buena temporada.

Había otra ventaja en el hecho de tener un jefe que necesitaba que todo fuera tal y como él disponía. Y era que siempre estaba dispuesto a hacer cuanto fuera necesario para conseguir lo que quería, ya fuera enviarme un correo electrónico de tres hojas con las tareas de la semana o dedicar cinco minutos a describirme exactamente lo que iba a almorzar. Además, si me mandaba a comprarle algo fuera, normalmente me invitaba.

Aquel día quería un sándwich de pastrami con pan de centeno de Mrs. Deli. Sin mayonesa, tomate ni cebolla, y con la lechuga aparte. Ensalada de patatas y un té con hielo con azúcar auténtica y no con lo que él llamaba «cáncer empaquetado».

Cuando regresé a la oficina, me encontré a Brenda en el vestíbulo. Reconoció la bolsa de papel de Mrs. Deli y olfateó hambrienta. Ella llevaba una cajita de ensalada que yo reconocí como procedente del mismo tipo que vendía bocadillos por la mañana. Yo había probado esa ensalada en una ocasión. Me había olvidado el almuerzo y estaba tan desesperada por meterme algo a la boca que me había gastado las monedas que reservaba para la lavandería.

–Dios mío, Paige –me dijo Brenda–, eres una mujer con suerte. Ojalá mi jefa me enviara a almorzar fuera. Me encantaría poder salir de la oficina durante una hora.

Legalmente teníamos una hora para almorzar, pero como nuestro edificio estaba en un complejo de oficinas situado a las afueras de la ciudad, para cuando querías llegar a un sitio medio decente para almorzar, prácticamente solo te quedaba tiempo para comer y regresar. Rhonda podía no estar todo el día encima de Brenda, pero en lo que se refería al horario de oficina, era muy estricta. Todo tenía sus desventajas.

—Déjame llevarle esto a Paul y ahora mismo vuelvo.

Brenda miró su ensalada con tristeza.

—Vale. Pero solo me quedan cuarenta minutos.

—Me daré prisa.

La puerta de Paul estaba medio cerrada cuando llamé. Al oír un sonido amortiguado, la empujé para abrirla del todo. Paul estaba sentado a la mesa, con la mirada fija en el ordenador. La pantalla se había convertido en un diseño cambiante de tuberías, su salvapantallas. Me pregunté cuánto tiempo llevaría allí sentado.

—¿Paul?

—Paige, adelante —hizo un gesto y giró la silla.

Teniendo mucho cuidado de no derramar ni una gota de nada, fui sacando uno a uno todos los componentes del almuerzo. Tenía la sensación de que era casi como un ritual, aunque en vez de pasar una antorcha le fuera pasando productos alimenticios. Paul iba colocando cada uno de ellos sobre la carpeta del escritorio. El sándwich frente a él, la ensalada de patatas a la izquierda, el tenedor y la servilleta a la derecha y la bebida detrás de la ensalada. Después alzó la mirada hacia mí.

—Gracias, Paige.

Fue la primera vez, desde que había empezado a trabajar para él, que no levantó una rebanada de pan para asegurarse de que respondía a lo que él había pedido, o que no probaba el té para estar seguro de que no se me había olvidado el azúcar.

—¿Necesitas algo más?

Negó con la cabeza.

—No, vete a almorzar. Pero necesitaré que vuelvas

aquí a la una y media. Ya sabes que tengo esa videoconferencia.

–Claro.

Tomé mi sándwich y me dirigí a la sala en la que almorzaban los trabajadores, donde me estaba esperando Brenda.

Como era una sala que los clientes no veían, la verdad era que había conocido mejores día. Las máquinas expendedoras eran nuevas, pero las sillas y las mesas parecían haber sido rescatadas de la basura en más de una ocasión. Cuando me senté, mi silla crujió de manera alarmante, pero aunque me preparé para caer al suelo si terminaba colapsándose, la verdad es que aguantó. Le quité rápidamente el envoltorio al sándwich. El estómago ya me estaba sonando.

–Qué tiempo, ¿verdad? –Brenda comenzó a pinchar la lechuga–. Me gustaría que se acabara ya el invierno.

–Dentro de tres meses todo el mundo estará quejándose del calor.

Brenda me guiñó el ojo.

–Sí, supongo que tienes razón. Pero me gustaría que hiciera más calor. ¡Estamos casi en marzo, por el amor de Dios! Aunque en el noventa y tres hubo una tormenta de nieve el día de St.Patrick. Espero que no vuelva a ocurrir otra vez.

En otras circunstancias, jamás habríamos sido amigas. No porque Brenda no me gustara, sino porque apenas teníamos nada en común. Brenda era mayor que mi madre y tenía dos hijas gemelas que iban a la universidad. También tenía un marido al que se refería constantemente como «mi amor» y cuyo nombre desconocía. No sé por qué, pero imaginaba que se llamaría algo así como «Fred».

–Aquí casi nunca nieva. Estoy segura de que no nevará.

—Sinceramente, no sé cómo lo aguantas.

Brenda terminó la ensalada y comenzó a dirigir miradas anhelantes a la otra mitad de mi sándwich.

Fingí no notarlo. Posiblemente me habría bastado con la mitad del sándwich, pero el resto sería la cena de aquella noche.

—¿La falta de nieve?

Se echó a reír, bajó la voz y miró a su alrededor con un gesto de conspiración.

—No, me refería a Paul. No sé cómo soportas trabajar para él.

—No es tan malo, Brenda, de verdad.

Brenda se levantó para sacar un café de la máquina.

—Ya me lo dirás el mes que viene.

—¿Qué pasará el mes que viene?

Envolví cuidadosamente la mitad del sándwich en el papel de estraza. La grasa le había convertido en un papel traslúcido, y era una pena. El papel de estraza era genial para colorear. A Arty le encantaba.

—Paul nunca ha conservado una secretaria durante más de seis meses.

—Yo llevo aquí casi seis meses.

—Sí —respondió Brenda con el gesto de alguien que sabía de lo que estaba hablando—. Y no me dirás que no has notado que es un poco... particular.

Aparentemente, la época en la que una secretaria le era completamente fiel a su jefe había pasado. Aun así, no me mostré inmediatamente de acuerdo con ella.

—Ya te he dicho que no es tan terrible. Además, no puedo decir que me regañe ni sea desagradable cuando me equivoco.

—¡Más le vale! —Brenda estaba indignada con mi actitud—. Eres su secretaria, no su esclava.

Dejé escapar un bufido que intenté, y fracasé estrepitosamente, convertir en una risa.

—A los esclavos no les pagan.

—Tú recuerda esta conversación cuando el mes que viene me vengas llorando y diciendo que es un hombre imposible. A todas sus secretarias les pasa —me explicó Brenda—. Desde que está en nuestro departamento, ya ha tenido siete.

—¿Y todas han renunciado al trabajo?

—No, a algunas las ha despedido —arqueó una ceja—. Y si quieres saber mi opinión, creo que son las que más suerte tuvieron.

Miré el reloj. Me quedaban cinco minutos para incorporarme de mi letargo post almuerzo y dirigirme a mi despacho. Podía tomarme un café de la máquina, si no me importaba mancharme la cara de azúcar procesada, o servirme una taza de la cafetera colectiva. Pero no me apetecían ni las calorías ni los gérmenes. Al final opté por una segunda lata de cola.

—¿Y por qué? —pregunté, no tanto porque me importara como para darle conversación.

—Las que se despidieron tuvieron que soportar muchas más vejaciones. Tengo entendido que la última chica que trabajaba para él estaba tan desesperada por marcharse de aquí que terminó aceptando un puesto en un supermercado.

—Eso sí que es estar desesperada —repliqué.

Cuando comencé a levantarme de la mesa, sentí un dolor terrible en la parte posterior del muslo.

Brenda se sobresaltó al oírme gritar.

—¿Qué pasa? ¿Qué pasa?

Giré la cabeza para mirar por encima del hombro. Estiré la pierna como si fuera una bailarina preparándose para hacer un movimiento complicado. La falda me llegaba justo por encima de la rodilla y lo único que podía distinguir era una carrera en la media, pero nada más.

—Se me ha clavado algo.

−Es la silla −respondió Brenda−. Está llena de astillas.
Me froté el lugar que me escocía, justo detrás de la rodilla.
−No sé si la tengo todavía allí o no.
−Lo siento, tengo que marcharme −se disculpó Brenda−. ¿Estás bien?
Guardó los restos de comida en la caja de plástico en la que todavía quedaba alguna hoja de lechuga y tiró la caja a la basura.
−Claro, no te preocupes.
El dolor había pasado de ser un pinchazo a convertirse en un latido sordo. Pero lo que más me preocupaba era la media que tendría que reemplazar.
Una vez en el cuarto de baño, utilicé el espejo de cuerpo entero para localizar la herida, pero no podía ver nada. Me estuve acariciando, pero no era capaz de palpar la astilla. No tuve tiempo de seguir buscando, así que me quité las medias y regresé a la oficina.
−Justo a tiempo −dijo Paul desde el marco de la puerta que separaba el despacho de mi espacio de trabajo−. Estaba empezando a pensar que no ibas a conseguirlo.
Alcé la mirada hacia él.
−Yo nunca llego tarde, Paul.
−Sí, ya lo sé −miró el reloj−. Vamos, ya es hora de comenzar a trabajar.
Intenté olvidar lo que me había dicho Brenda. Aquel era el mejor trabajo que había tenido en mi vida, y aunque jamás había pensado que sería el mejor que tendría, no tenía ninguna prisa por perderlo.
Mi tarea durante la videoconferencia consistió en ir tecleando las notas. Paul no solo tenía muy mala letra, sino que tecleaba a una velocidad de tortuga. En cuanto se sentó, preparé mi AlphaSmart Neo, una tableta con procesador de texto con la que sustituía el cuaderno y el papel. Paul podía escribir muy lento, pero hablaba a toda

velocidad y la única manera de poder transcribir lo que decía era teclear.

No era capaz de descifrar de qué estaban hablando. Márgenes de beneficios, planificaciones a largo plazo, documentos financieros. La verdad era que era una completa ignorante, pero casi lo prefería. No necesitaba comprender lo que estaban diciendo para anotarlo. De hecho, cuanto menos supiera, mejor, porque así mi mente podía divagar tranquilamente mientras mis dedos trabajaban.

No muchos años atrás, habría tenido que estar sentada con el bolígrafo sobre la libreta tomando notas en taquigrafía. Teclear era mucho más fácil. Había aprendido taquigrafía mientras estudiaba, era una de esas habilidades que continuaban considerando necesario enseñar aunque ya nadie la utilizara. Al menos para mí, el sonido de las teclas nunca podría sustituir a la caricia del bolígrafo sobre el papel, pero había que reconocer que teclear era mucho más rápido, y poder descargar el documento directamente en mi ordenador era mucho mejor que tener que teclearlo dos veces.

La conferencia terminó bruscamente, al menos para mí. Revisé las últimas frases y me di cuenta de que había transcrito la despedida sin prestar ninguna atención. Bendije mi capacidad para hacer más de una cosa a la vez.

Paul suspiró y se reclinó en la silla.

—Bueno, ya hemos terminado. Gracias, Paige.

Brenda podía decir lo que quisiera. Paul podía ser una persona un tanto especial, pero era muy educado.

Estaba sentada con los pies firmemente apoyados en el suelo y el teclado en mi regazo. Cuando cambié de postura para levantarme, el dolor de la astilla invisible surgió con tanta fuerza que solté un grito ahogado. La tableta cayó sobre la alfombra con un sonido sordo y yo me incliné para recogerla inmediatamente, esperando que no se hubiera dañado.

Paul rodeó rápidamente el escritorio.

–Paige, ¿estás bien?

–Sí, es solo que... antes me he clavado algo en la pierna. Creo que es una astilla.

Afortunadamente, la tableta no se había roto. La coloqué sobre la mesa de reuniones que había junto al escritorio de Paul. Sentí algo caliente descendiendo por mi pantorrilla y me volví para verlo. Era sangre.

–No, no estás bien, estás sangrando. Quédate donde estás. No te muevas.

El despacho de Paul tenía una moqueta beige. Pensé que no quería que se manchara, así que hice lo que me pedía durante los treinta segundos que tardó en ir a buscar un puñado de pañuelos de papel de su escritorio.

Debería habérmelos tendido para que me limpiara yo la herida. Al fin y al cabo, limpiarme era cosa mía. Entonces, ¿por qué no protesté cuando Paul me pidió que apoyara las manos en la mesa? ¿O cuando se arrodilló sobre esa preciosa moqueta y deslizó los pañuelos justo por encima de mi tobillo y fue ascendiendo hasta la parte posterior de mi rodilla?

No dije nada porque era incapaz de emitir sonido alguno. No me moví porque mis dedos se negaban a hacer nada que no fuera aferrarse a la superficie de la mesa. Distinguía en ella la débil sombra de mi reflejo, la expresión de asombro de mi boca y mis cejas arqueadas. Pero no me moví, y no dije nada.

–Ya está –dijo Paul en voz baja. Sentí el calor de sus dedos a través de los pañuelos de papel sobre mi piel repentinamente helada–. Ya la veo. No te muevas, Paige. Voy a ir a buscar unas pinzas.

Yo había colocado las manos a la altura de mis hombros y hacia el centro de la mesa, de modo que apenas tenía que inclinarme. Ni siquiera me atrevía a imaginar el aspecto que tenía, con la falda levantada, los muslos al descubierto y el rostro sonrojado.

—Es muy grande —anunció Paul al cabo de un momento—. Aguanta.

Apreté los labios para reprimir el grito que intentó escapar de mi boca al sentir el frío metálico de las pinzas. Paul me había agarrado la rodilla y me sujetaba con fuerza mientras intentaba sacar la pinza.

Sentí cómo salía, rasgando mi carne, y después el lento goteo de la sangre por la pierna. Cerré los ojos para no tener que seguir contemplando a la mujer borrosa que reflejaba la superficie de la mesa. Seguramente aquel era el mismo rostro que habían visto muchas veces mis amantes, pero yo jamás.

Noté la suave presión del papel contra mi pierna mientras Paul me limpiaba. Oí el crujido de un papel y sentí sus dedos alisando algo en mi pierna. Era una tirita. La sentí tirar del vello que nunca conseguía depilar. Después la caricia de unos dedos sobre la parte posterior de mi rodilla, una caricia tan suave que bien podría haberla imaginado.

—Ya está.

Me volví. Paul ya se había apartado. Tenía en una mano las pinzas y en la otra el envoltorio de la tirita.

Ni siquiera intenté comprobar el resultado de su trabajo.

—Gracias.

Se sonrojó violentamente.

—De nada.

Antes de que pudiera decir nada más, agarré la tableta y salí de su despacho despidiéndome de él con un asentimiento de cabeza.

Más tarde, en la cama, me quedé dormida pensando en dos cosas: una era la tarjeta y la lista escrita con aquella caligrafía tan bonita. Quería aquel papel, quería aquel bolígrafo.

Y otra fue la sensación de los dedos de Paul sobre mi rodilla.

Capítulo 9

Mi cita del lunes con el ginecólogo fue todo lo bien que cabía esperar de un acontecimiento en el que tenía que estar con las piernas al aire y exponiendo mi trasero al mundo entero. Duró menos que la última vez que había ido al médico y descubrí que ya no era receptora de las tarifas reducidas que había podido disfrutar hasta entonces por mi falta de ingresos. Pero no pasaba nada. Tenía seguro.

–Me gustaría perder cinco kilos –me comentó la enfermera después de leer mi informe–. Pero como demasiado.

–Sí, yo también. Hace falta... –«disciplina» fue la palabra que estuvo a punto de salir de mis labios e inmediatamente volví a pensar en aquella nota–, un poco de esfuerzo.

Se palmeó sus redondeadas caderas y su vientre y suspiró.

–Sí, como para todo, ¿verdad?

Por supuesto. Uno no podía llegar muy lejos si pensaba que no tenía que esforzarse. Pero no dije nada más. Me limité a pagar la cuenta y marcharme.

Sin embargo, seguí pensando en ello.

Disciplina.

No dejé de pensar en aquella palabra mientras regresaba a casa en el coche, y tampoco mientras subía en el ascensor hasta mi apartamento. Una vez allí, me puse un par de pantalones negros de yoga y una camiseta blanca con las palabras *Frankie Say Relax* en letras de molde en el centro. Era una buena forma de empezar. A los pies, unas playeras que me habían costado más que los Maddem y eran el calzado más caro que había tenido nunca. Había descubierto tiempo atrás que podía permitir que mis pies sufrieran por el bien de la moda, pero no cuando quería hacer deporte.

Disciplina.
Hoy practicarás ejercicio durante quince minutos.

Agarré una barrita de cereales del cajón, la comí en dos bocados, abrí una lata de cola light que vacié rápidamente y llené después una botella con agua del grifo. Mis playeras podían ser de diseño, pero el agua no era de marca.

Bajé las escaleras andando para sumar unos minutos de ejercicio, y no pude evitar el reírme de mí misma por estar obedeciendo las órdenes de una persona a la que ni siquiera conocía. Mis playeras resonaban sobre las escaleras metálicas que conducían al sótano. Abrí la puerta, también de metal, y rebotó contra la pared.

En el edificio Riverview Manor había un gimnasio un tanto anticuado que apenas utilizaba nadie. Supongo que no era suficientemente moderno. Cuando llegué, había alguien en la cinta de entrenamiento. Alzó la mirada, pero no dijo nada. Continuó corriendo y resoplando.

Era él.

Por supuesto. ¿Por qué no iba a tener que sudar y sufrir delante de ese hombre tan atractivo al que me encontraba por todas partes? Bebí un sorbo de agua para darme fuerzas y me dirigí a otra de las cintas.

A los cinco minutos, mis piernas ya no podían más. Le dirigí una mirada fugaz. Tenía la boca apretada en una dura línea de determinación. El sudor le corría por el cuello y las axilas, pero lejos de resultarme repugnante, aquella visión provocó un cosquilleo en mis lugares más íntimos. Hay algo brutalmente sexy en un hombre haciendo ejercicio.

Vi que me miraba. Su máquina pitó, pero apretó un botón para prolongar el ejercicio. Vaya, vaya. Aquello era un reto. Empapados en sudor, continuamos caminando en máquinas vecinas forzándonos el uno al otro a seguir cuando en realidad queríamos parar. Bueno, por lo menos yo quería parar. Se había convertido en una cuestión de orgullo el seguir gruñendo y gimiendo para llevar a término el programa de cincuenta minutos de ejercicio, aunque estaba deseando detenerme.

El hecho de que aquel hombre tuviera el cuerpo de un dios y se detuviera para quitarse la camiseta no me molestó. Ni lo más mínimo, de hecho. Cada vez que veía sus abdominales pensaba en cómo sabría su sudor en el caso de que pudiera deslizar la lengua por sus costillas o alrededor de su ombligo. Intenté regañarme por aquellos pensamientos tan vulgares, pero no pude convencer a mi traicionero cuerpo de que desear acariciar aquellos muslos no estaba bien.

Culpé de ello a la televisión.

A esas horas de la noche, los únicos programas que podía emitir la baqueteada televisión del gimnasio eran programas de telerrealidad, concursos o vídeos. Y había que reconocer que el chico de los vídeos estaba bastante bien, pero que también colocaba la mente de una chica en un punto de vista interesante.

Por mucho que deseara agarrar a mi misterioso vecino de las orejas y montar en él como en una montaña rusa, el sexo sin compromiso no formaba parte de mi plan. Y menos con uno de mis vecinos. Los hombres hablaban. Incluso en una época en la que se suponía que las mujeres también tenían derecho a perseguir aquello que deseaban con la misma pasión y falta de compromiso emocional que los hombres, los hombres hablaban. Se extendería el rumor de que era una mujer fácil. Comenzarían a llamar a mi puerta. Y terminarían los buenos tiempos. De modo que no quería volver a encontrarme con una renovada reputación de promiscua.

Así que continué sudando y reprimiendo los gemidos que habrían podido aliviar el dolor de mis piernas mientras observaba a unas mujeres preciosas con pechos de estrellas del porno retorcerse entre sábanas de satén al ritmo de una canción de hip-hop.

Le miré disimuladamente para ver si reaccionaba de alguna manera visible al remedo de sexo que estaba mostrando la televisión en aquellos vídeos de cinco minutos. Su perfil no me decía nada. Con la mirada fija frente a mí, no podía ver si se habían abultado sus pantalones.

Tonta, me dije a mí misma. ¿Quién iba a excitarse cuando había tanta sangre bombeando otras partes del cuerpo? Diablos, si en aquel momento tenía el corazón a punto de salírseme del pecho. Era imposible que quedara sangre para mi clítoris.

El pitido de la cinta mecánica señaló el final de su programa de ejercicio. Disminuyó la marcha, agarró la toalla, se secó la cara y bajó del aparato. Bebió sediento de su botella de agua. Cuando se agachó para tocarse la punta de los pies, gemí en voz alta. El trasero de aquel hombre era como dos melones dulces en una bolsa de seda.

Alzó la mirada y sonrió como si hubiera leído mis sucios pensamientos. Esperaba que no fuera así. No, maldita fuera, ojalá hubiera sabido lo que estaba pensando.
—¿Estás bien?
—Sí.
De hecho, estaba a punto de convertirme en un charco de sudor. Mi máquina pitó un minuto después. El programa había terminado. Yo también me sequé la cara, y bebí agua, pero no se me ocurrió inclinarme para tocarme las puntas de los pies. Me habría desmayado.
Mi vecino se dirigió a otra de las máquinas y me hizo un gesto
—Ven aquí. Prueba con esta.
—No, creo que no.
Sacudí la cabeza, aunque mis pies ya habían comenzado a seguir el canto de sirena de sus musculosos muslos y de su irresistible trasero.
—No puedes hacer solamente ejercicios aeróbicos —me explicó el tipo—. También es necesario hacer estiramientos, tonificar los músculos.
Pensé que estaba siendo ofensivo, pero, enfrentémonos a ello. Cuando Adonis critica tu cuerpo, probablemente sabe lo que está haciendo.
—De acuerdo.
—Siéntate.
Obedecí. Me ajustó algo en la espalda y bajó las barras de los dos lados para que pudiera deslizar las manos en las agarraderas. Frente a nosotros, el espejo nos devolvía la imagen de mi vecino tras de mí mientras me explicaba cómo debía tirar de las agarraderas para mover las pesas.
Con los pies sujetos bajo el banco y las manos sujetas por las agarraderas, estaba completamente aprisionada. Adonis colocó sus manos sobre las mías durante los primeros ejercicios para que fuera acostumbrándome al rit-

mo. En cualquier caso, era preferible que trabajara los brazos, porque las piernas todavía me temblaban por el esfuerzo realizado en la cinta.

—Buen trabajo —me alabó mi flamante entrenador.

Lo decía en un tono que sugería que podría hasta palmearme la cabeza. Pero lo que hizo fue abandonar mis manos y poner las suyas en mis costados. Curvó los dedos alrededor de mis costillas, justo debajo de mis senos. Tomé aire y, en un primer momento, fui incapaz de moverme.

—Sigue estirando —sus ojos se encontraron con los míos a través del espejo—. ¿No notas cómo trabajan los abdominales?

Yo no notaba nada, salvo que había elevado ligeramente los dedos. Mis pezones se erguían, empujando la tela del sujetador y el algodón empapado en sudor de mi camiseta. Comencé a sentir un ligero latido entre las piernas cada vez que estiraba y soltaba los pesos. No podía ver su cuerpo detrás del mío, pero sentía su calor. Tampoco podía sentir la firmeza de su erección presionando mi espalda, pero, de pronto, me sentía incapaz de pensar en cualquier otra cosa.

—Más fuerte —me susurró al oído el nuevo objeto de mis fantasías mientras deslizaba una mano hacia mi vientre—. Siente cómo trabaja tu cuerpo.

¡Dios mío! Mi mente insistía en que no pretendía nada conmigo. Pero, por otro lado, mi cuerpo latía, vibraba y, prácticamente, estaba a punto de ponerse a bailar.

Me mordí el labio inferior. Él me dirigió una sonrisa de ánimo. Llegaba hasta mí su aroma, una mezcla de desodorante y sudor matizada por el olor a moho y productos de limpieza del gimnasio. Mi rostro no mostraba mi excitación. El espejo solo reflejaba a una mujer sudorosa de aspecto gruñón cuyo pelo comenzaba a pegarse a sus mejillas. Estaba empapada en sudor y me extrañaba no resultarle repugnante. A lo mejor se lo parecía. Retrocedió un paso y asintió con un gesto de aprobación.

–Añade esto a tu rutina de ejercicios. Podrás comprobar los resultados en un par de semanas, te lo prometo.

¡Oh, Dios! No estaba intentando seducirme. Lo único que estaba haciendo era intentar ser amable conmigo y ayudarme a deshacerme de aquellos centímetros extras que nadie lucía nunca en televisión. Era un deportista con el corazón de oro intentando ser amable con una mujer más dedicada a trabajar su cerebro. Era una pena que aquel pobre hombre no supiera que cuando estaba en el instituto yo ni siquiera tenía cerebro.

–Gracias.

Volví a beber agua y me sequé la cara con la toalla. Él se frotó el pecho y yo tuve que obligarme a no mirar.

–En realidad, a ti no creo que te haga falta perder peso, pero siempre es bueno completar los ejercicios aeróbicos con algunos estiramientos. Ayuda a fortalecer los músculos.

Me imaginé a mí misma en traje de baño, bronceada hasta parecer casi naranja y oleosa como una aceituna. No fue una imagen muy bonita.

–De acuerdo, muchas gracias.

El hombre misterioso sonrió. Se formaron hoyuelos en sus mejillas.

–Hasta otro día.

Metió la cabeza en la camiseta, después los brazos y la estiró. Agarró la toalla y la botella de agua y salió. Esperé a que se hubiera alejado para marcharme, no solo porque quería mirarle el trasero, sino también porque necesitaba tiempo para enfriarme. Literalmente.

Me dolían las pantorrillas. Me dolía el trasero. Y después del ejercicio realizado, podía añadir también los brazos a la lista.

Jamás se me habría ocurrido pensar que podría seguir excitada después de subir andando hasta el séptimo piso, pero para cuando me metí en la ducha, en lo único en lo que podía pensar era en sentir las manos de aquel hombre sobre mi cuerpo. Las manos de Austin, las manos de aquel desconocido, las manos de cualquiera, siempre y cuando no fueran las mías.

Me froté rápidamente, me eché acondicionador para el pelo y crema hidratante. Incluso me afeité las piernas, aunque me parecía bastante improbable que nadie fuera a acariciármelas, puesto que había rechazado a Austin y el hombre misterioso solo me había toqueteado un poco. Para cuando salí de la ducha, tenía los pezones tan tiesos que preferí no arriesgarme a rozarlos mientras me secaba con la toalla.

Una vez en el dormitorio, me despojé de la toalla y permanecí frente a mi cama. Una cama vacía. Una cama de matrimonio, aunque nunca la había compartido con nadie. De hecho, continuaba durmiendo en un lado. Algunas costumbres eran difíciles de olvidar. Alisé la colcha y la abrí, dejando al descubierto unas sábanas blancas y crujientes por las que había pagado una considerable cantidad de dinero. En su momento, me había parecido una buena idea invertir dinero en unas sábanas bonitas para mi casa nueva. Me arrepentiría en cuanto volviera a faltarme el dinero para la comida, pero así son las cosas.

La ventana no tenía nada más que una cortina cubriendo el cristal, pero no me preocupaba que pudieran verme. El aparcamiento era el único edificio que tenía frente a mi casa desde el que alguien podría espiarme, pero estaba suficientemente lejos como para que a nadie le mereciera la pena. Aun así, pensar en aquella posibilidad me llevó a cubrirme los senos con las manos.

Los acuné, sintiendo aquel peso tan familiar. Habían

comenzado a crecerme cuando estaba en quinto, pero no habían crecido de verdad hasta el primer año de instituto. En realidad, no soy capaz de recordarme sin ellos. Me acuerdo de estar más delgada, pero me cuesta recordarme con el pecho plano.

Los pezones continuaban endurecidos bajo las palmas de mis manos. Me habría gustado sentir la boca de un hombre sobre ellos, pero tuve que conformarme con lamerme los dedos y acariciármelos con ellos. De mi garganta escapó un suspiro, un gemido. Vi el fantasma de mi reflejo en el espejo. Débil, insustancial, poco más que una sombra oscura allí donde deberían haber estado mis ojos y las curvas más marcadas de mi cuerpo.

–He estado observándote.

Sus ojos oscuros resplandecen y curva los labios en una sonrisa que no puedo evitar devolver. Se acerca a mí y aprecio su olor cálido, intenso, absolutamente viril.

Me tiende una mano y la tomo. Tiene unos dedos largos y fuertes que entrelaza con los míos con tanta fuerza que no puedo apartarme. Tampoco quiero hacerlo. Lo que de verdad quiero es que me estreche contra él, contra su cuerpo. Quiero que pose su otra mano sobre mi trasero y me presione contra su sexo. Quiero que me acaricie el cuello con la lengua y mordisquee la curva de mi hombro.

Comienza a lamerme con rápidos movimientos de la lengua y mis pezones se endurecen cada vez más. Él puede verlos a través de la delicada tela de mi blusa. Entreabre los labios. Suspira.

Presiono mi cuerpo contra el suyo y me besa. Con fuerza. Me apoya contra la pared y me sujeta los brazos por encima de mi cabeza con una sola mano. La otra la desliza por mi muslo y asciende por la falda hasta encontrarme húmeda y dispuesta. Vuelve a sonreír.

Antes de que me dé cuenta de cuáles son sus intenciones, me hace darme la vuelta. Me empuja. Siento la suavidad de la cama bajo mi cuerpo y la presión de la almohada contra la mejilla. Me levanta la falda y noto el aire frío en mi trasero. Posa una mano en cada una de mis nalgas, como si estuviera midiéndolas, o acariciándolas... no sé. Y tampoco me importa. Me entrego completamente a su contacto.

Me venda los ojos. La oscuridad desciende sobre mis ojos y los cierro bajo la tela. Me ata las manos. Exhalo excitación cada vez que la respiración asciende por mi garganta y atraviesa mis labios. Saco la lengua y paladeo mi sudor.

Podría moverme si quisiera. Pero estoy completamente a su merced y tendría que luchar y retorcerme contra él para liberarme. Y claro que puedo hacerlo, no me ha atado suficientemente fuerte como para impedírmelo.

Pero no quiero.

Siento su sexo largo y grueso. Me llena completamente. Me abro para él.

No tengo que hacer nada. Es él el que controla la situación, el que marca el ritmo. Y es un ritmo perfecto. No tengo que dirigirle. Sabe perfectamente lo que tiene que hacer. Con cada una de sus embestidas presiona algo tan delicioso que termino gritando.

Cabalgo sobre olas de placer. Me pierdo completamente en esa sensación. Giro sobre su sexo mientras él me azota el trasero, una, dos veces. No me duele tanto como para evitar que me corra sobre él y sobre mi mano.

En lo que se refería a mis fantasías, no había sido la única. Lo que la diferenciaba de las otras era que el hombre que aparecía en ella no era un actor o un hombre imaginario que reunía los rasgos de diferentes varones. Era el hombre misterioso, por supuesto. Aunque el trabajo lo hubiera hecho mi mano, había sido su rostro el que me había excitado.

Y pensando en ello, me quedé dormida.

Capítulo 10

A la mañana siguiente, me desperté con ganas de gachas de avena.

Era el poder de la sugestión, me dije a mí misma mientras mezclaba el agua con los contenidos del paquete que había encontrado al fondo del armario y que en otras ocasiones había ignorado a favor de una lata de refresco y una porción de comida basura. Eso era todo. Pero cuando sentí la dulzura del sirope de arce en la lengua, comprendí que no era todo en absoluto.

Había sido una orden. Una orden sencilla. Tenía que comer gachas de avena para desayunar. Y endulzarlas tal y como quisiera. Una orden directa y sin complicaciones.

Y había resuelto el problema del desayuno al que me enfrentaba cada mañana mientras corría alrededor de la casa preparándome para ir al trabajo y tenía que malgastar unos preciosos minutos contemplando sin entusiasmo alguno el interior de mi nevera. No había tenido que pensar en lo que tenía, ni perder el tiempo preocupándome por mí. «Desayuna gachas de avena», decía la lista. Y eso había hecho yo.

Cuando era pequeña desayunaba gachas de avena a diario. A veces también cenaba gachas de avena. Mi madre compraba la avena a los amish en grandes cantidades. Compraba bolsas enormes. No era esa avena que vendían en unas cajas con el rostro de Benjamin Franklin o quienquiera que fuera, no. Era una avena que había que cocinar lentamente. Era curioso que no hubiera vuelto a pensar en lo fáciles de hacer y lo sabrosas que podían ser las gachas de avena hasta que no había visto esa nota.

Aunque normalmente el correo llegaba antes de que hubiera salido para el trabajo, en muchas ocasiones prefería no tener que enfrentarme a la multitud que se arremolinaba en los buzones y esperaba a recogerlo a la vuelta. Hasta hacía muy poco, no esperaba nada particularmente emocionante.

Sin embargo, aquella mañana, me abrí paso entre la multitud y abrí mi buzón. El corazón me latía con fuerza mientras rebuscaba entre la propaganda y las facturas. Tenía una tarjeta postal de mi dentista recordándome que tenía que ir a revisión.

Y una nueva nota.

Hoy tendrás que ser fuerte y no olvidar tu belleza.

Vaya.

Guardé la nota en el sobre y la deslicé en el consabido buzón ciento catorce. No intenté ocultar lo que estaba haciendo. No me importaba que pudieran verme, aunque la verdad era que en aquel momento el flujo de inquilinos había disminuido y yo era la única que estaba allí. Miré por la rendija que había caído sobre el resto del correo, preguntándome cómo era posible que una simple orden hubiera bastado para dejarme sin respiración.

Paul viajaba a menudo, de modo que no era extraño que pasara varias semanas sin verle. Sin embargo, los días que estaba en la oficina, siempre salía a saludarme cuando llegaba. En las raras ocasiones en las que yo conseguía estar tras mi escritorio antes de que hubiera llegado él, siempre se detenía a darme los buenos días. Pero aquel día no lo hizo. Le oí hablando por teléfono a través de la puerta cerrada de su despacho, pero no salió. Sin embargo, me había dejado algo encima del escritorio.

Una lista.

No me decía que fuera fuerte, ni que recordara mi belleza, pero no podía dejar de pensar en ello mientras leía las tareas que mi jefe me encomendaba. No me ordenaba nada fuera de lo común. Lo único que había cambiado era mi reacción.

No podía decir que tuviéramos una relación cercana, pero siempre había sido una relación cálida. Y cuando me había quitado la astilla, incluso había subido algunos grados. Aparentemente, para Paul demasiados, porque apenas me miró cuando salió de su despacho alrededor de las once, con el abrigo puesto y apretándolo de tal manera que tenía los nudillos blancos. Yo me erguí detrás de mi escritorio.

«Eres fuerte y bella», me recordé.

—Volveré alrededor de las cuatro.

Por supuesto, no necesitaba mi permiso, así que fue una estupidez decir:

—De acuerdo.

Mi jefe no volvió a hablar. Se interponía entre nosotros una tensión tan pegajosa como un chicle en la suela de un zapato. Ni siquiera me miraba.

Aquello me fastidió.

Yo no le había pedido que me quitara la astilla. No le había pedido que me tocara. Y no iba a dedicarme a acosarlo sexualmente ni ninguna estupidez de ese tipo.

Asintió, apartando en todo momento su mirada de la mía.

—Adiós.
—Adiós, Paul.
Podía ver el rubor que coloreaba sus orejas desde detrás de mi escritorio. No se despidió de mí, y aquello también me fastidió.

No había estudiado para asistente ejecutiva porque hubiera soñado en convertirme en una de ellas desde que era niña. Había estudiado para ello porque ya nadie parecía querer tener secretarias. Y porque era la forma más barata y rápida de conseguir un título que me permitiera ganar un sueldo con el que poder largarme de Lebanon y empezar una nueva vida.

Pero no pretendía quedarme siempre en aquella empresa. Había aceptado aquel puesto en Kelly Printing a través de un programa que combinaba el trabajo con los estudios. Tenía que trabajar en aquellas oficinas durante un año antes de poder empezar un máster nocturno en gestión de empresas. En el caso de que consiguiera terminarlo, la empresa me reembolsaría parte del dinero, y yo estaba más que dispuesta a conseguirlo. No era asistente ejecutiva porque no pudiera ser otra cosa, sino porque era demasiado pobre. Y jamás me había sentido mal en mi trabajo, lo consideraba únicamente un escalón más en una escalera que tenía muchos peldaños.

La lista que Paul me había dejado no había sido escrita con una tinta especial ni en un papel cremoso. La había garabateado en un folio ya impreso por la otra cara y con tan mala letra que leerla era como descifrar un código secreto. No era una lista muy larga, pero aun así, era una lista, y me pasé un buen rato mirándola.

Aquel pedazo de papel, aquellas frases numeradas, dividían mi jornada de trabajo. Me ofrecían un propósito, un camino. No necesitaba que Paul me escribiera una lista. Yo era perfectamente capaz de ordenar y jerarquizar mis tareas. Pero aun así, me bastaba leer aquellas instrucciones para tener la sensación de haber cumplido con mi deber antes incluso de haber realizado una sola tarea.

Le sorprendí, creo, cuando me descubrió en la oficina unos minutos después de la hora en la que debería haberla abandonado. No me había entretenido, pero la lista era muy larga y no estaba preparada para algunas de las tareas que me había ordenado. Aun así, había conseguido hacerlas. Mis dedos volaban sobre el teclado mientras introducía datos en hojas de cálculo, guardaba archivos y enviaba correos electrónicos. Estaba apagando el ordenador cuando Paul desapareció en su despacho.

Me tomé mi tiempo en recoger el jersey y la botella de agua. A los pocos segundos, volvió a aparecer Paul en la puerta. No se había aflojado el nudo de la corbata ni se había quitado la chaqueta al final de la jornada. Parecía cansado.

—Paige, no esperaba que estuvieras aquí —desvió la mirada de una forma tan patente que me habría resultado imposible pasarlo por alto—. He recibido los correos que has enviado.

Podía haberlo dejado pasar, podría haber fingido que no había ninguna tensión entre nosotros. A lo mejor debería haberlo hecho, pero su actitud me dolía.

—¿Está todo bien? Quiero decir, ¿lo he hecho todo tal como querías?

Paul asintió, pero cuando habló, parecía malhumorado y continuaba evitando mi mirada.

—Sí, estoy muy satisfecho con tu trabajo.

Pensé en lo que había dicho Brenda sobre que las asistentes apenas le duraban. Yo necesitaba aquel trabajo y no me habría hecho ninguna gracia verme obligada a abandonarlo. Podría encontrar otro si quisiera, y cuando quisiera. Pero no iba a permitir que el señor Johnson decidiera amargarme de tal manera la vida que terminara abandonándolo.

Además, había algo más. Fuerza y belleza. Defectos y virtudes. Listas. Muñecas atadas, vendas, y el placer de que alguien me dijera lo que tenía que hacer para así no tener que pensar por mí misma.

Nos quedamos mirando el uno al otro hasta que él desvió la mirada.

—Gracias —dijo Paul por fin.

Dio media vuelta y cerró la puerta tras él.

La nota que habían dejado equivocadamente en mi buzón sobre un papel maravilloso no se parecía nada a la que me había entregado Paul. Pero entonces, ¿por qué había surgido entre ellas una conexión tan inexplicable?

Kira me llamó al móvil cuando estaba conduciendo hacia mi casa. La conversación no duró mucho y aunque a lo mejor ella no notó la tensión, yo sí la noté. Hacía mucho tiempo que habíamos dejado de ser íntimas amigas, pero al igual que me ocurría con otros viejos hábitos, me resultaba difícil romper mi amistad con Kira.

Su llamada me ayudó a olvidarme de Paul y de las listas, pero me hizo pensar de nuevo en Austin. No estaba segura de que fuera mucho mejor. Kira no se disculpó por haberle invitado a salir con nosotras, pero tampoco nombró a Jack, así que pensé que podía considerarse que habíamos quedado empatadas.

Dejé que hablara ella, puesto que yo no tenía gran cosa que contarle. No pareció notar, o, por lo menos ignoró, mi falta de respuestas. Al final colgué el teléfono antes de acordarme de decirle que todavía tenía su bolso en mi casa. Típico de ella. Kira siempre había sido muy descuidada con lo que tenía, por poco o mucho que fuera.

Cuando vivía en Lebanon y quería despejarme la cabeza, salía a conducir por las carreteras secundarias que cruzaban los campos de maíz, los pastos y los bosques. Podía conducir durante horas sin cruzarme con ningún otro coche. Podía abrir las ventanillas y dejar que el viento azotara mi pelo mientras cantaba con la radio a todo volumen. Podía perderme en aquel laberinto de asfalto y hacer que el tiempo se detuviera.

Pero ya no estaba allí. Podría haber buscado una carretera secundaria de camino a casa, pero no habría merecido la pena tanto esfuerzo. En cambio, me tocó sufrir los atascos del tráfico urbano con las ventanillas cerradas y las puertas bloqueadas. Harrisburg no era una gran ciudad, pero sería una estupidez pensar que allí no se cometían delitos.

La canción comenzó a sonar justo en el momento en el que entraba en el garaje. Acababa de empezar a escuchar la emisora pública de Philly. The Cure había hecho una versión del *Purple Haze* de Hendrix con una base rítmica funky y unos arreglos que parecían propios de *Star Trek*. Era una canción antigua y me sentí transportada.

«–Eh, chicas, queréis pasar a ver a los chicos, ¿verdad?

El hombre que está detrás del mostrador nos guiñó el ojo, como si quisiera insinuarnos de aquella manera que conocía a las mujeres de nuestro tipo y sabía lo que queríamos.

–¿Es una fiesta de solteras?

No, no es una fiesta de solteras. Es una fiesta de divorcio. Sí, supongo que debería llamarse así. Acabo de firmar los papeles que ponen fin a mi matrimonio con Austin. Por primera vez desde que cumplí los diecisiete años, soy una mujer soltera.

Tengo buenas amigas. Y me alegro de ello. Kira no ha podido venir esta noche, pero están Nat, Misty, Vicky y Tori. Laurie y Anna también. Fue idea mía lo de venir a ver bailar a unos chicos en un bar en el que los tipos van ligeros de ropa, pero todas ellas se subieron al carro con entusiasmo en cuanto hice la sugerencia.

El gorila de la entrada nos hace pasar por delante de un escenario con dos mástiles en los que sendas chicas de aspecto aburrido se tambalean sobre unos zapatos de tacón y se retuercen con movimientos lentos. Todavía no hay nadie en el club, aunque hay sitio para más de cien hombres con ganas de fiesta. Seguimos al gorila a una habitación trasera, riendo como locas y más que un poco nerviosas.

No es lo que esperaba. He visto bailar al grupo Chippendale, pero esto... esto es una habitación diminuta, completamente pintada de negro, con una plataforma en el centro y un poste que llega hasta el techo. Solo hay un par de mesas y un sofá. Yo no quiero sentarme tan cerca del escenario. No hay música. No hay nadie.

Por lo menos hasta que se abre una cortina en la parte trasera de la habitación y sale un chico que debe de tener mi edad. Tiene el pelo rubio y muy corto, como Austin, y la misma constitución. Pero alzo la barbilla y me comporto como si no me importara.

No está solo. Hay otro tipo con él. Y, desde luego, no son los Chippendale. Comienza la música, se oye el bajo de una canción que no conozco. Los chicos, vestidos con pantalones negros y camisa blanca, comienzan a moverse.

Mierda.

Miro a Nat, que tiene los ojos como platos. Miro a Tori, que sonríe de oreja a oreja. Laurie se ha tapado la cara con las manos y mira a través de los dedos.

Comienzan a bailar.

Jamás en mi vida había visto nada parecido. Yo me esperaba una coreografía un tanto rutinaria, trajes de mala calidad. Pero no esto. Esto es... Estoy...

Caramba.

El más alto, un tipo moreno, se quita la gorra y sacude su pelo. Sonríe, desliza los dedos por su corbata y deshace el nudo. El rubio comienza a moverse alrededor de una sala ocupada por mujeres curiosas y gritonas que no paran de reír como tontas y por unos cuantos hombres que observan en silencio. El moreno gira sobre un pie y me lanza la corbata directamente a mí.

Le conozco.

¡Mierda, le conozco! ¡Es Jack, el tipo que tanto le gustaba a Kira! Está más alto y le ha crecido el pelo. Y, ¡mierda! Viene hacia mí con una expresión que indica que también él me ha reconocido.

Comienza a desabrocharse la camisa y la abre, mostrando su pecho y su vientre.

Lleva piercings en los pezones y tatuajes en todo el brazo. Inclina la cabeza y me dirige una sonrisa que enciende inmediatamente mi deseo. Me gustaría poder fingir que no ha sido así, pero es imposible disimular. Tiene que estar dándose cuenta por mi forma de abrir la boca y humedecerme los labios con la lengua.

Comienzan a salir más hombres de la parte de atrás y los billetes vuelan a derecha y a izquierda, pero yo solo soy capaz de ver a Jack. Se mueve sinuoso delante de mí, se quita la camisa, se desabrocha el cinturón y se baja los pantalones hasta los muslos. Quiero taparme la cara, temiendo que esté desnudo, pero es obvio que sabe cómo generar expectativas y vuelve a subirse los pantalones, dejando la cremallera bajada para que puedan verse los calzoncillos que lleva debajo.

Tiene un cuerpo bonito, y no se parece nada al de Austin. Es un cuerpo delgado, fibroso, y huele a sexo cuando apoya la mano en el respaldo del sofá en el que no quería sentarme, pero en el que he terminado sentada. Acerca su rostro al mío y comienza a susurrar las letras de una canción que ya nunca seré capaz de olvidar. Me hace rozar el cielo con aquel sonido tan sucio y delicioso.

Cuando coloca una rodilla entre mis piernas, me abro para él. Se frota contra mí con un movimiento rápido, sin detenerse. Se vuelve después y me sonríe mirándome por encima del hombro mientras juguetea con la cintura de los pantalones.

Las otras mujeres no paran de gritar:

—¡Quítatelos!

Pero yo solo soy capaz de mirar en silencio. Termina la canción, comienza otra y llego a la conclusión de que Jack ya va a terminar su actuación. Recogerá los dólares y volverá a la habitación de atrás.

Pero hace otra cosa. Se arrodilla, y se estira en el suelo hasta alcanzar mis pies. Y, por un instante, todo parece detenerse a mi alrededor.

No puedo respirar. No puedo parpadear. Clavo la mirada en Jack, que continúa sobre el sucio suelo y nuestras miradas se encuentran. Jamás en mi vida he deseado nada tanto como deseo hundir la mano en ese pelo sedoso y tirar de él hacia mí.

Y al instante siguiente está otra vez en pie, en aquella ocasión moviendo el trasero delante de una mujer que blande un billete de cinco dólares como si estuviera dispuesta a hacerlo volar. Pasa el momento, pero no el sentimiento. Y tampoco el recuerdo.

Horas después, cuando cierra el club, termino acostándome con Jack en el asiento trasero de su coche mientras él me susurra obscenidades al oído. Lo hicimos otras veces, pero no durante mucho tiempo.

Y jamás volvió a arrodillarse ante mí.»

Un golpe en la ventanilla me sobresalta de tal manera que levanto las manos, chocando al hacerlo con las llaves del coche. Apago la radio. Me vuelvo hacia la ventanilla con el corazón palpitante y esperando encontrarme con una pistola.

Pero me sorprendo igualmente al ver el rostro del hombre que me mira tras el cristal. Es mi vecino, mi entrenador, el hombre misterioso. Frunce el ceño y se inclina hacia mí.

Saco las llaves del encendido, recojo el bolso y espero a que se aparte antes de abrir la puerta.

—¿Estás bien?

—Sí, estaba... intentando relajarme.

—¿Deshaciéndote de la tensión del día? Sí, yo también lo hago. Siento haberte asustado.

Fui capaz de volver a respirar otra vez, pero me cosquilleaban todas mis terminales nerviosas. Aquel tipo no se parecía en nada a Jack, salvo por el pelo oscuro, y ni siquiera el pelo era parecido. Tragué saliva y tuve que hacer un esfuerzo para no alisarme el pelo, aunque me entró un pavor repentino al pensar que debía tenerlo hecho un desastre.

—No te preocupes. Supongo que no es muy inteligente quedarme sentada en el garaje.

Esbozó una sonrisa haciendo aparecer arrugas alrededor de sus ojos.

—No, probablemente no. Nunca se sabe quién puede estar observándote.

Era curioso que unas palabras que podían haber parecido una amenaza, sonaran en cambio como una tentación. Se colocó la bolsa sobre el hombro y me miró otra vez como si fuera a decir algo más, pero se limitó a esbozar una sonrisa. Me hizo un gesto con la mano y se dirigió hacia su coche, que estaba aparcado en el pasillo de enfrente. Era más nuevo que el mío, un modelo híbrido de color azul oscuro, lo que indicaba que además de ser un hombre atractivo, era una persona preocupada por el medio ambiente.

Yo también me despedí de él con un gesto y le observé mientras se alejaba. Durante un par de segundos, el rostro de Jack se fundió con el de aquel hombre misterioso. La imagen me hizo estremecer e inmediatamente relegué aquel pensamiento al fondo de mi mente. Lo de Jack había sido mucho tiempo atrás, en una época muy diferente. Yo era una mujer distinta entonces.

O, por lo menos, eso pensaba.

Capítulo 11

Aunque había revisado el correo esa misma mañana, no pude resistir la tentación de mirar en el buzón cuando volví a casa. Me asomé a la pequeña ventanita de cristal esperando no ver nada, así que al principio fue eso lo que vi. Pero después me llamó la atención una sombra sobre la superficie metálica del buzón y contuve la respiración en la garganta mientras lo abría. Me puse la mano en la boca para disimular una tos. Había algo en el buzón.

Probablemente un folleto de la Asociación de Vecinos. Era una asociación famosa por el entusiasmo con el que enviaba circulares. Pero normalmente eran cuartillas fotocopiadas en papel barato. Aquella no era una nota de la Asociación de Vecinos.

Saqué la tarjeta, que seguía sin ir dirigida a mí, y miré recelosa a mi alrededor. Nunca me han gustado las sorpresas. Ni en lo relativo a fiestas, ni en las parejas, ni en el terreno de las bromas.

Vi a otros vecinos en el vestíbulo dirigiéndose hacia los ascensores. Pasaron por delante de mí algunos rostros desconocidos que se dirigían hacia las escaleras del sótano. Nadie me miraba. Si alguien me estaba observando para ser testigo de mi reacción, estaba disimulando muy bien.

¿Y por qué iba a estar mirándome nadie? Había pasado todas las notas que recibía a su verdadero destinatario. Las posibilidades de que la persona que las enviaba no fuera consciente de que estaba dejándolas en el buzón equivocado eran muchas. Pero aun así, continuaba siendo extraño. ¿Quién podía cometer tantas veces el mismo error?

A no ser que no se tratara de un error.

Pero no se me ocurría ningún motivo por el que alguien quisiera pasarme una lista como aquella. Volví a mirar a mi alrededor mientras palmeaba la tarjeta contra mi mano. Miré el buzón número ciento catorce. A través del cristal, vi las revistas y las cartas que había en el interior y sostuve la tarjeta en la rendija.

No la leería. No debería leerla. No me atrevería a leerla.

Pero no pude evitarlo, lo juro. Estaba sedienta y era el agua que necesitaba. Estaba hambrienta y era una rebanada de pan. Tenía el síndrome premenstrual y era una barra de chocolate, un cuenco de nata con cacahuetes y salsa de caramelo. Era la guinda de un pastel.

Miré rápidamente en todas direcciones y tras asegurarme de que nadie me miraba, me guardé la tarjeta en el bolso y me dirigí directamente al ascensor. Cuando llegué a mi apartamento, estaba sonando el teléfono. Saltó el contestador justo en el instante en el que estaba agarrando el teléfono portátil que tenía al final de la mesa. Mi madre ya estaba empezando hablar.

—Paige, soy mamá, llámame...

—¡Hola, mamá!

La nota, que ni siquiera había abierto, me ardía en la mano.

—¿A todo el mundo le contestas gritando de esa manera? —parecía divertida.

Tomé aire y me quedé mirando fijamente el número que aparecía en el sobre.

–No he gritado. Acabo de entrar en casa.
Aquello avivó su curiosidad.
–¿Ah, sí? ¿Estabas fuera?
–Sí, mamá, por eso te he dicho que acabo de entrar.
–¿Y dónde estabas?
–No en una cita, si es eso lo que estás esperando –contesté, solo por meterme con ella.
–Pues lo siento por ti.
–Vale, vale, ¿qué pasa?

Dejé la nota en el centro de la cocina, para que así pudiéramos observarnos mutuamente. La rodeé. Apenas prestaba atención a la conversación con mi madre. De hecho, estaba tan distraída que hasta me había olvidado de que tenía que estar enfadada con ella.

–¿Tiene que pasar algo para que llame a mi hija favorita?

Para mí, mi madre siempre ha sido más una tía o una hermana mayor que una madre. Solo tenía diecinueve años cuando me tuvo, la misma edad que tenía yo cuando nació Arthur. No estoy diciendo que no haya intentado hacer las cosas lo mejor que haya podido. Lo único que estoy diciendo es que con los años, estando yo ya en los veinte y ella en los cuarenta, la diferencia de edad parece menor que cuando era una niña y mi madre era la única madre que conocía a la que le gustaban los Backstreet Boys tanto como a mí.

–No, supongo que no. Pero normalmente siempre que me llamas es por algo. Normalmente te conformas con ponerme un correo.

Por lo menos desde que me había ido a vivir «tan lejos», lo que había hecho subir el precio de las llamadas.

–Bueno, pues ya no tendré que volver a hacerlo –se interrumpió y sentí que estaba sonriendo–. Adivina desde dónde te llamo.

–Desde París.

—No, Paige —contestó mi madre, como si lo hubiera dicho en serio—. ¡Desde el coche! Voy al centro comercial.

—¿Estás hablando mientras conduces? Mamá, ya sabes que en Lebanon no está permitido. Será mejor que cuelgues. ¡Van a ponerte una multa!

Por no mencionar que mi madre era un peligro al volante incluso cuando no estaba distraída hablando por teléfono.

—No lo entiendes, Paige. ¡Te estoy llamando desde mi móvil!

—¡Ah! —debería haberme imaginado que debería haber un motivo fabuloso para que me llamara—. Felicidades, mamá. Bienvenida al milenio.

Ignoró mi sarcasmo.

—Me lo ha comprado Leo, ¿no te parece un encanto?

Leo era uno de los mejores novios que había tenido. El hecho de que fuera mayor que los demás podía tener algo que ver en ello, aunque con su enorme barriga cervecera y su larga barba era incuestionable que había sido tan motero como todos los hombres con los que había salido mi madre. Todavía iba en su Harley a trabajar y tenía tatuajes en los dos brazos, pero era más tranquilo que otros tipos con los que había salido mi madre.

—Sí, es todo un detalle.

—¡Así que ahora podré llamarte cuando quiera! Y enviarte mensajes. En cuanto aprenda a hacerlo, te enviaré un mensaje.

—¡Qué bien!

Busqué en uno de los cajones de la cocina papel y bolígrafo y me detuve al sacar la libreta. La escueta lista de virtudes y defectos me miraba desde el papel y me olvidé de hablar.

—¿Paige?

–¿Cuál es tu número de teléfono? –aparté la lista y me puse en disposición de apuntar.
–N.I. –contestó mi madre alegremente.
–¿Eh?
–N.I. –repitió–. Caramba, Paige, ¿no sabes lo que significa «N.I:». Significa que no tengo ni idea.
–No, no sé lo que significa. Y no creo que tú tampoco lo supieras. Además, mamá, nadie habla así. Solo se utiliza ese lenguaje en los mensajes de texto.
–J.J. –dijo mi madre.
Las dos nos echamos a reír.
–Ahora, escúchame bien –me dijo, pero no añadió nada más.
–Estoy escuchando.
–¿Sabes con quién me encontré el otro día?
–N.I. ¿Con quién te encontraste?
Se interrumpió. Durante unos segundos esperé oír el ruido de cristales y metal de una colisión contra un poste de teléfono, pero mi madre debía de haber caído en una zanja.
–A la madre de Austin.
Casualidad. ¿No era precisamente ese el título de una película de John Cusack?
–¿Ah, sí? –no supe qué otra cosa responder.
–Me dijo que te diera recuerdos.
–¡Ah!
Por lo que yo sabía, la madre de Austin se había alegrado mucho cuando su hijo y yo nos habíamos separado.
–No me pongas esa cara, Paige.
–No sabes qué cara estoy poniendo.
–Soy tu madre. No necesito verte la cara para saber que estás arrugando la nariz. Te van a salir unas arrugas horribles.
–¿En la nariz?

—¿Y sabes qué me dijo?

Esperé mientras ella seguía blandiendo la información como un pedazo de queso delante de una rata.

—Me dijo que su hijo se ha ido a vivir allí, donde estás tú ahora.

Bueno, por lo menos había conseguido que me olvidara por completo de la nota.

—Harrisburg no es un país extranjero, ¿sabes? Estamos a solo cuarenta minutos de distancia —intenté no hablar con dureza, pero no lo conseguí.

A mi madre no le importó. Cuando en la lengua vernácula de la zona ir a comprar a la tienda se considera casi una excursión, cuarenta minutos de distancia pueden representar una eternidad. Yo me había ido. En cualquier caso, lo de Austin ya lo sabía.

Harrisburg era mi cuidad, no la suya. Él no pertenecía a este lugar. Debería haberse quedado en Lebanon, donde vivía su familia, donde había vivido siempre y donde siempre viviría. Debería haberse quedado allí, donde las calles todavía le recordaban a mí y podía llorar amargamente su pérdida.

—A Lemoyne —continuó diciendo al ver que yo no hablaba—. Su madre me dijo que había conseguido trabajo en una empresa de aire acondicionado. Ya no trabaja con su padre en la construcción.

—Me alegro por él.

—Estoy segura de que podría conseguirte su número de teléfono.

—Ya tengo su número.

Se quedó en silencio. Por lo que ella sabía, Austin y yo no habíamos vuelto a hablar desde el día que me había marchado de nuestro apartamento.

—Estupendo. Solo pensaba que a lo mejor te gustaba saberlo, eso es todo. Tiene un buen trabajo.

—Eso depende de lo que consideres bueno.

En aquella ocasión, el silencio se prolongó.

–Vaya, ¿desde cuándo te has convertido en una esnob?

Suspiré.

–No soy una esnob. Solo estoy intentando cambiar mi vida, eso es todo.

En realidad no había una mejor forma de decirlo sin ofenderla. Mi madre tenía todo lo que yo nunca había querido. La mayor parte de los padres quieren lo mejor para sus hijos y yo sabía que mi madre no era diferente. Pero siempre escuece algo cuando uno se da cuenta de que lo que le ha dado a alguien no ha sido suficiente, aunque haya intentado hacer las cosas lo mejor posible.

–Solo pensé que a lo mejor podrías...

–¿Qué?

Mi madre se aclaró la garganta, señal inequívoca de que estaba preparándose para fingir que no había hecho algo por fastidiarme cuando, en realidad, sabía que me había molestado.

–Solo pensé que a lo mejor tenía ganas de verte. Eso es todo. A lo mejor quería ponerse en contacto contigo.

–Querrás decir que quería acosarme.

Furiosa, recorrí todo el cuarto de estar, regresé a la cocina y entré en mi dormitorio, donde me obligué a detenerme para no dar otra vuelta a la casa.

–¿Cómo se te ocurrió decirle dónde vivo, mamá? ¡Ya sabes que no quiero verle!

–Pero Paige, en otra época te enfadabas conmigo porque intentaba alejarle de ti...

–Eso fue hace mucho tiempo.

–Lo siento –se disculpó mi madre muy fría–. Me llamó para pedirme que le diera tu dirección. Pensé que no te importaría. Tú misma acabas de decirme que tenías su número de teléfono.

–Mamá... –suspiré y me presioné la nariz con los dedos para no perder la paciencia–, si hubiera querido que supiera dónde vivo, le habría enviado una tarjeta.

–Lo siento, Paige.

Parecía sincera, pero yo la conocía suficientemente bien como para saber que lo que sentía era que me hubiera enfadado. No pensaba que hubiera hecho nada malo.

–Ahora tengo que dejarte. Ya he llegado al centro comercial.

–Muy bien.

–¿Sabes? –dijo de pronto–. No creo que te costara mucho venir a vernos de vez en cuando. Arty te echa de menos. Y yo también.

No sugerí que también podía venir ella a verme. Pero incluso quedar a medio camino habría sido excesivo para mi madre.

–Voy a ir mañana por la noche, ¿no te acuerdas? Voy a llevar a Arty a ver Power Heroes.

–Sería mejor que vinieras el viernes y pasaras con nosotros el fin de semana.

Era posible que mi madre supiera las caras que ponía sin necesidad de verme, pero dudo que fuera capaz de adivinar que me provocaba escalofríos el solo hecho de pensar en esa posibilidad.

–No puedo, estoy ocupada.

No me presionó.

–Muy bien, estupendo.

Nos parecíamos tanto que a veces me asustaba. Y esa era, por supuesto, una de las razones por las que me había ido de casa. Colgamos el teléfono.

Me desnudé y me metí directamente en el baño deseando poder deshacerme de esa conversación con la misma facilidad con la que el agua disolvía la espuma. A lo largo de mi vida, había vivido con mi madre en todo tipo de apartamentos, trailers y casas medio en ruinas pertenecientes a hombres que parecían más interesados en que mi madre les cocinara y les cuidara la casa que en ella. Nunca había suficiente de nada, pero, sobre todo, nunca había suficiente agua caliente para ducharse.

En las mejores, todavía tenía la posibilidad de levantarme a media noche y ducharme cuando nadie necesitaba el cuarto de baño, la lavadora no estaba en funcionamiento y no había nadie lavando platos. En las peores, utilizaba la ducha para alejarme de los gritos y los portazos; esperaba temblando bajo un agua que se enfriaba mucho antes de que yo estuviera preparada para salir.

Había trabajado muy duramente, había sacrificado muchas cosas para poder pagar el apartamento más pequeño y barato de uno de los edificios más bonitos de Harrisburg. Aunque fuera un derroche disponer de todo el agua caliente que me apeteciera, no me importaba. Pensaba aprovechar todas y cada una de las oportunidades que tuviera.

Cuando salí del cuarto de baño vestida con unos pantalones elásticos y una camiseta que ya estaba vieja cuando la rescaté del cajón de Austin, ya me sentía mejor. Me preparé un sándwich y un vaso de leche fría y me senté a la mesa de la cocina. La nota continuaba allí.

La deslicé entre mis manos como si hubiera sido hecha expresamente para estar allí. Las mismas letras acariciaban el papel con la misma tinta negra de calidad y, en aquella ocasión, no había nadie que pudiera verme, así que me la llevé a la nariz y respiré hondo.

No hay nada en el mundo que huela mejor que la tinta buena. Cerré los ojos y volví a aspirar. El papel conservaba todavía un perfume ligeramente almizcleño que no reconocí. Unos trazos fuertes y decididos indicaban el número delante. No sello, ni nombre, ni la marca dejada por un tampón de correos indicando dónde o cuándo había sido enviada. Ni siquiera la mancha de una huella dactilar que pudiera ayudarme a hacerme una idea del tamaño de la mano que la había escrito. Además, aquella letra tan elegante no apuntaba a ningún género.

No podían haberla enviado por correo sin sello y eso significaba que alguien la había metido en mi buzón. En un buzón equivocado, una vez más. Se habían entretenido en escribir el número en la tarjeta, pero no habían prestado atención al número del buzón. La nota no era para mí y, por lo tanto, no debería leerla. Y si no lo hubiera hecho, todo habría sido muy diferente.

Y ojalá hubiera hecho las cosas como debía.

Capítulo 12

Tomarás una hoja del mejor papel que tengas y tu mejor bolígrafo.
Escribirás, con detalles explícitos, la experiencia más erótica de tu vida. Puede ser real o imaginada, pero tienes que escribirla sin ningún error y con tu mejor letra, sin faltas de ortografía ni errores.
Me entregarás el escrito el martes.

En la nota figuraba el mismo apartado de correos que en las anteriores.

Parpadeé, leí de nuevo la nota y sentí el calor que subía por mis mejillas. La cerré y la dejé a un lado. No debería haberla leído.

No era para mí.

Abrí la nota de nuevo para releer aquellas palabras escritas con una letra tan bella y fluida que no revelaba nada de su origen y algo cambió dentro de mí. El mejor papel, la mejor tinta. Prácticamente podía sentir mis dedos curvándose alrededor del bolígrafo, podía imaginar las palabras desplegándose mientras yo revelaba mis pensamientos secretos sobre el papel. Sabía hasta el papel que utilizaría. Un papel blanco crema, completamente liso y con el canto dorado. Era el perfecto para escribir algo tan íntimo y explícito como me pedían. Tenía solamente dos hojas de ese papel.

Doblé la tarjeta con cuidado, la metí de nuevo en el sobre y lo cerré con la misma delicadeza con la que habría arropado a mi amante si me hubiera despertado en medio de la noche. La aparté de mí y crucé las manos mientras continuaba mirándola fijamente. El misterio de quién me había enviado aquellas notas, aquellas listas, comenzó a palidecer ante un nuevo enigma: ¿por qué?

Me levanté de la mesa y me serví un vaso de agua del grifo. Pero aunque la bebí a grandes sorbos, con el mismo estilo con el que un experimentado bebedor daría cuenta de un whisky, no consiguió aliviar el calor que subía por mi garganta y mis mejillas. Me volví hacia el mostrador y me apoyé contra él. La nota continuaba en la mesa.

Pero no como una acusación.

Sino como una tentación.

De mi larga lista de experiencias sexuales, ¿cuál de ellas consideraba la más erótica? Desde luego, no la primera vez que había hecho una felación, ni la primera vez que me había masturbado alguien. Ni la primera vez que había hecho el amor tampoco. Por supuesto, todas habían sido experiencias memorables. Había tenido muchas experiencias sexuales. Muchas buenas. Algunas bastantes malas. Tenía una larga lista de experiencias que podía haber escrito, ¿pero merecía la pena dedicar mis mejores hojas a ello? ¿Mi mejor tinta?

Intenté entretenerme limpiando la cocina, pero era incapaz de olvidar aquella nota. Las primeras notas que había recibido, aunque enigmáticas, eran notas sencillas, simples instrucciones. Come copos de avena. Haz ejercicio. Siéntete hermosa... Había sido como un juego, eran sugerencias que alguien implantaba en mi cerebro y me llevaban a tomar decisiones que probablemente habría tomado sin necesidad de aquellas órdenes. Pero aquello... aquello era diferente. Lo que en un principio parecía algo inofensivo, se había convertido en algo más siniestro...

E infinitamente más sexy.

A última hora de la noche.
La única luz de la habitación son los parpadeos azulados de la televisión situada en una esquina. He bajado el volumen porque no es tan importante oír lo que dicen como ver lo que está pasando. He visto diferentes fragmentos de esta película en otras ocasiones, pero esta es la primera vez que puedo verla entera.

Él alza la cabeza después de haberme besado, con las manos posadas en mi vientre desde donde han estado buscando camino hacia mis senos.

–Qué película tan excitante –susurra.

Yo le obligó a volver el rostro hacia mí y capturo su boca para que deje de estar pendiente de la pantalla. Abro las piernas y la boca para él y lo coloco encima de mí. Le estrecho contra mí. Le abro también mi corazón, aunque todavía no le he dicho que le quiero. Esas palabras están reservadas para los bailes de promoción y las sortijas de compromiso.

Nosotros no tenemos nada de eso, ni él ni yo. Nosotros nos conformamos con el asiento trasero de su coche o un escondite debajo de las gradas al salir del instituto. Tenemos los últimos asientos del cine, el sótano de casa de sus padres y este sofá.

Pero cuando oigo la canción, la misma canción que mi madre escucha una y otra vez en una de sus cintas de juventud, alzo la cabeza para ver lo que está pasando en la pantalla. Sé por qué le gusta a mi madre esa canción. Ha sido admiradora de Duran Duran desde su juventud, a los que rinde homenaje con un sombrero fedora y una mecha rubia casi blanca, como el bajista, John Taylor, el mismo tipo que canta esa canción. Bueno, no es que la cante exactamente, prácticamente la recita. Sabía que a mi madre le gustaba porque la cantaba él, pero no sabía que la canción era de esta película.

La mujer que aparece en la pantalla se muerde los dedos. La imagen muestra que está mirando algo, pero no enseñan qué. Solo aparece ella. Comienza a acariciarse con las piernas abiertas y la cabeza echada hacia atrás hasta que llega al orgasmo.

Él me observa mientras yo estoy pendiente de la pantalla. Siento la presión de su mano en mi pecho, sobre mi corazón. Dejo escapar la respiración lentamente, en silencio, no quiero que sepa que he estado conteniéndola.

—¿Tú también haces eso?

Desvío la mirada de la pantalla para mirarle a él.

—¿Qué?

Señala hacia la pantalla con la barbilla. La película continúa, pero sé a lo que se refiere.

—Eso. ¿Tú también lo haces?

—¿Acariciarme?

Me incorporo, apoyándome en el brazo del viejo sofá que sus padres han enviado al sótano. Un gato ha arañado el respaldo. Un perro ha dejado sus huellas en él. Y nosotros nos hemos acostado miles de veces en estos cojines tan desgastados, o quizá solo diez.

Se recuesta contra el respaldo. Tiene la camisa desabrochada. He sido yo la que ha ido abriendo los botones. La cintura de sus boxers asoma por encima de la de los vaqueros. Bajo aquella gruesa tela latía su miembro, duro y caliente, minutos antes.

Le conozco, aunque no tan bien como llegaré a conocerle con el tiempo. Él no me conoce muy bien y nunca llegará a hacerlo. Pero hoy está distinto, me cuesta

entender la timidez con la que sonríe y se acaricia el pelo.
–Sí, eso.
–¿Y tú?
Me bajo el jersey y cruzo las manos sobre mi vientre.
Él ríe suavemente. Le conozco desde hace años, desde que íbamos los dos al colegio. Le he visto convertirse en un hombre. Y sí, parece todo un hombre cuando ríe con esa risa tan ronca y profunda.
–Claro, todos los chicos lo hacen.
–¿Pero tú pensabas que las chicas no lo hacían?
–No quiero saber lo que hacen otras chicas. Solo tú –señala.
Sabe cómo ablandarme. Y como yo estoy dispuesta a creer que soy la única chica que ocupa sus pensamientos, contesto con sinceridad. Con el tiempo, los dos aprenderemos a mentir.
–Sí, me acaricio.
Se aclara la garganta.
–¿De verdad? Quiero decir, ¿tú de verdad...?
–¿Me masturbo? ¿Me hago pajas? ¿Cuido a mi conejito?
Supongo que estoy intentando impactarle. Se sonroja. Y no es un chico que se ruborice fácilmente.
–¿Así lo llamas?
–¿Cómo lo llamas tú?
Hablamos entre susurros, aunque sus padres están durmiendo dos pisos por encima del sótano, hasta ahora no nos hemos tomado la molestia de bajar la voz. Él huele ligeramente a colonia, y también a suavizante. Su madre se encarga de la colada. La mía no.
–Hacerse una paja, supongo.
–Yo no lo llamo de ninguna manera –admito–. Solo lo hago.

—¿*Lo haces mucho?*

Me echo a reír y miro hacia la pantalla, intentando reunir fuerzas. La pareja que aparece en la pantalla está haciendo el amor en lo que parece la torre de un reloj. Se desnudan el uno al otro casi con desesperación mientras se abrazan.

—*Cuando me apetece.*

Él se ríe.

—¿*Y te apetece muchas veces?*

No me apetece hablarle de las noches que he pasado dejando que otros chicos me acariciaran, que me excitaran sin llegar al orgasmo. O de los libros forrados que he sacado de la estantería de la familia para la que hago de canguro cuando los padres van a jugar a los bolos. He aprendido más sobre sexo en esos libros que de los chicos. Por lo menos hasta que le he conocido a él.

—¿*Y ahora te apetecería hacerlo?* —*me pregunta cuando queda claro que no voy a contestar.*

—¿*Te parece que me apetecería hacerlo?*

Él me ha acariciado en otras ocasiones, ha estado dentro de mí, ha recorrido mi cuerpo entero con su boca. He llegado al orgasmo con él en muchas ocasiones. Pero no siempre.

—¿*Te gustaría hacerlo mientras te miro?*

No sé qué contestar. Solo sé que quiero darle todo lo que me pida, e incluso cosas que ni siquiera sea capaz de pedirme. Asiento.

Se reclina contra el brazo opuesto del sofá. Ni siquiera estoy segura de si podrá verme bien, iluminada solamente por el resplandor de la televisión. Y tampoco estoy segura de que quisiera que me viera sin la protección de la sombra.

Nunca he hecho esto delante de nadie y al principio no estoy segura de cómo empezar. Si estuviera en mi dormitorio, tendría la puerta cerrada con candado y habría puesto una música suave. Estaría desnuda, o llevando únicamente una camiseta y unas bragas. En este momento tengo que superar la barrera de los vaqueros, el jersey y la ropa interior. Así que comienzo a acariciarme los senos a través de la lana del jersey, no porque normalmente me guste acariciármelos cuando me masturbo, sino porque creo que eso es lo que él espera que haga. Además, mientras lo hago, reúno valor para seguir adelante con el resto.

El pequeño gruñido que escapa de su garganta me convence de que no me he equivocado. Mis propias manos se me antojan pequeñas al verlas sobre unos senos que parecen más grandes que cuando él los acaricia. No puedo recordar la última vez que los he acariciado de esta forma. Sopesándolos, frotándolos e intentando erguir mis pezones. El jersey es demasiado grueso, así que termino quitándomelo.

Escapa otro gemido de sus labios y me muerdo el labio inferior. Comienzo a recorrer con las yemas de los dedos mi pecho ahora desnudo y el encaje del sujetador. Es un sujetador que compré en Victoria's Secret con parte del dinero que gano cuidando a los niños. Me lo pongo en todas las citas. Los pezones se yerguen anhelantes bajo la tela y los aros de metal.

Deslizo las manos bajo la tela y cuado alcanzo los pezones, me muerdo el labio con fuerza. Todavía no me duele, pero si presiono un poco más, no tardaré en sentir el sabor de la sangre.

Cierro los ojos porque me resulta más fácil comportarme como creo que él quiere que me comporte cuando no me mira que cuando me está mirando. Además, de esa forma me quedo en la más completa oscuridad, que es como estoy acostumbrada a hacer este tipo de cosas. Siento mi piel, más suave que la tela del sujetador que ha soportado ya varias coladas y, a pesar de su precio, no parece que haya sido hecho para durar.

Me voy.

Me alejo de este sótano que huele a perro mojado a pesar de que hace años que murió el perro de la casa. Me alejo de él, del chico, del hombre que me está observando. Me olvido incluso de la televisión y de la película que está provocando todo lo que está pasando.

Huyo hacia un lugar en el que todo es maravilloso y en el que no tengo que pensar en nada, salvo en el susurro de las yemas de mis dedos sobre mis senos. Desciendo hacia mi vientre, que nunca me parece suficientemente plano, por muchas comidas que me salte. El botón metálico de los vaqueros ha dejado de estar frío. Ahora está a la misma temperatura que mi cuerpo.

Al principio, no lo desabrocho. Deslizo la mano por la cintura de los vaqueros. Tengo ya las bragas empapadas. Llevábamos ya una hora en el sofá. Aunque nunca me he atrevido a decírselo, y sea lo que sea lo que estamos a punto de compartir, me humedezco antes de que empecemos a besarnos. A veces, cuando estoy duchándome porque he quedado con él, hago lo que estoy haciendo en este momento con las manos, me froto con ellas todo el cuerpo imaginándome que soy él. A veces paso toda la cita, la película, la cena, los bolos, lo que sea, esperando que termine para poder llegar a esta parte. Al sofá, al asiento trasero del coche. Quiero sentir sus manos y su boca sobre la mía. Quiero sentirle dentro de mí.

Jadeo en el momento en el que acaricio el botón del deseo. No tengo sitio para acariciarlo, así que me conformo con presionarlo delicadamente. Utilizo el dedo corazón. El dedo del sexo, lo llama él, porque a veces me lo mete para asegurarse de que estoy preparada. Pero cuando me acaricia el clítoris, utiliza el índice. O el pulgar, si yo estoy encima de él. Nunca he querido hacerme pasar por virgen estando con él, pero tampoco quiero que se pregunte quién me ha enseñado a hacer todo esto.

Siempre me corro más rápido cuando me acaricio yo que cuando me acaricia un chico. Ya estoy a punto. Me presiono otra vez el clítoris y me estremezco. Doblo las puntas de los pies sobre el sofá. Alzo las caderas.

No encuentro espacio para hacer las cosas bien, así que me desabrocho el botón.

Comienzo a bajar la cremallera, diente a diente. Tengo los vaqueros desabrochados. Tiro de ellos con los pulgares para bajarlos. Se me quedan atascados en las rodillas y él alarga la mano para ayudarme.

Ya solo llevo encima mi mejor ropa interior. Me echo hacia atrás para permitirle un completo escrutinio. Recorro con la mano mi cuerpo, todas esas curvas que me asustaban e irritaban cuando empezaban a formarse, pero que ahora agradezco. A los chicos les gustan los senos grandes e incluso un poco de vientre si no es feo.

Él también se desabrocha los pantalones mientras me mira. Su miembro no tarda en descansar entre su puño cerrado y comienza a acariciarse lentamente mientras me observa. Le he visto tocarse en otras ocasiones, acariciar su miembro erecto. Pero nunca le he visto correrse así. Siempre ha terminado haciéndolo en mi boca, en mi mano o encima de mí.

–Quítate las bragas –susurra con la voz enronquecida por el deseo.

Me cuesta recordarle diciéndome algo así. Siempre he terminado quitándome las bragas sin necesidad de que me lo pidiera. Pero en ese momento deslizó la prenda de algodón y satén, que termina en el suelo, al lado de los vaqueros. Intento no pensar en el estado del sofá que tengo que tocar con mi piel desnuda, intento olvidarme de que me gustaría que hubiera puesto al menos una manta.

Cuando le oigo gemir, olvido todas las distracciones. No puedo concentrarme en nada que no sea mi mano moviéndose entre mis piernas y el movimiento de la suya sobre su sexo. Estoy húmeda. Deslizo dos dedos dentro de mí, imitando sus movimientos. Es como si mis dedos fueran su miembro y su puño mi vagina. Gemimos casi al mismo tiempo.

Siento el clítoris endurecido, en tensión. Lo rozo con la yema de los dedos y me entran ganas de arquearme, de retorcerme. Quiero sentir algo duro dentro de mí. Quiero montarle y frotar su vientre con el clítoris.

Quiero correrme.

Comienzo a mover rápidamente la mano. Con la otra me acaricio los pezones, tiro de ellos tomándolos entre mis dedos. Echo la cabeza hacia atrás, el brazo del sofá es muy rígido, pero me reclino contra él de todas formas.

El sofá se hunde bajo su peso cuando se acerca a mí. Está de rodillas, con los vaqueros y los boxers a la altura de los tobillos. Se detiene solamente durante el tiempo suficiente para quitarse la camisa de la cabeza que lanza después al suelo. Al instante, tiene de nuevo una mano sobre su sexo y la otra en mi cadera.

Dejo de acariciarme el clítoris, pensando que va a tomar las riendas de la situación. Que pretende cubrirme con su cuerpo y penetrarme. Tengo todas las terminaciones nerviosas en tensión, deseando que lo haga. Quiero que me haga el amor, pero no lo hace.

–No te pares, Paige –me pide–. Quiero mirarte.

Así que vuelvo a colocar la mano entre mis piernas, pero no la muevo a pesar de que él se está acariciando cada vez más rápido. Quiero retrasar el momento, ha-

cerlo durar, construir el placer poco a poco. Mi respiración se convierte en una sucesión de jadeos. Comienzo a mover las caderas sobre las suyas. Estoy tan cerca del orgasmo que podría llegar al orgasmo solo con pensar en ello. Tomo el clítoris entre el pulgar y el índice y presiono ligeramente. Muy suavemente. Solo lo estrictamente necesario.

Todo se contrae a la vez: la vagina, el clítoris. Mi respiración estalla en un grito que soy incapaz de contener. Me muerdo el labio y siento el sabor de la sangre.

Mi orgasmo ha terminado, dejándome completamente exhausta. No puedo ni moverme, aunque el cuello me está matando y siento algo duro pinchándome el trasero.

–¡Dios mío! –grita él–. ¡Paige!

Una ardiente humedad salpica mi pecho y mi vientre. Sale a borbotones de su cuerpo en tres fuertes chorros. El resto cae sobre su mano mientras continúa acariciándose. Su aroma me inunda. El sofá se hunde bajo su peso cuando vuelve a inclinarse para colocar el brazo detrás de mi cabeza.

Se coloca a mi lado, sujetándose todavía el pene, con el rostro apenas iluminado por el resplandor de la televisión. Le miró a los ojos. El semen comienza a enfriarse sobre mi piel y evito moverme para no manchar el sofá.

Me besa con la boca abierta, pero sin lengua. Es un beso inesperadamente dulce. Saboreo el sudor salado en su labio superior.

Recoge la camisa del suelo y me limpia con ella, algo que tampoco esperaba. No sé cómo reaccionar. Me frota el sujetador con la manga, pero ya es demasiado tarde. Puedo lavarlo, pero sé que siempre conservará esa mancha.

–Eres preciosa –dice Austin cuando vuelve a besarme.

Es la primera vez que me lo dice y, en esta ocasión, le creo.

Se me habían quedado los dedos rígidos por la fuerza con la que agarraba el bolígrafo. Hacía mucho tiempo que no pensaba en aquella noche. Había sido borrada por otros muchos recuerdos. Recuerdos mucho más dolorosos que me habían hecho olvidar que hubo un tiempo en el que fui joven y estuve enamorada.
 –Disciplina –me recuerdo en voz alta.
 No fumo, pero el olor del tabaco llena mis sentidos.
 ¿Qué demonios está pasando?
 Cedo a la necesidad de descansar las piernas y me dejo caer en el sofá, donde me acurruco y me cubro con una manta de lana. A través de los diminutos agujeros de los puntos, observo las paredes desnudas de mi apartamento fulminándome con la mirada, hasta que me siento obligada a cerrar los ojos.
 No soy una mojigata. Cuando otros niños estaban viendo *Aladdin*, mi madre trabajaba de noche y me dejaba sola en casa desde las diez y media de la noche hasta las ocho de la mañana. Creía que me dejaba dormida, y era cierto que me dejaba en la cama. Pero nunca le conté el miedo que pasaba cuando se iba, o lo mucho que me costaba dormirme sabiendo que iba a pasar toda la noche sola en casa. Bajaba al piso de abajo y me consolaba viendo la televisión durante horas. Veía todo tipo de cosas, probablemente, muchas cosas que no debería haber visto. Pero aprendí mucho.
 Aun así, esas notas… esas órdenes. Lo que en un principio había parecido algo completamente inocuo no podía ser confundido con algo inocente.
 Las listas eran muy específicas. Muy detalladas. Y explícitas.

¿Qué clase de mujer podía querer que alguien le dijera cómo debía vivir cada día? ¿Qué clase de mujer necesitaba que otros le dijeran que tenía que ser bella y fuerte? ¿Qué clase de mujer podía querer que otros le dictaran cómo tenía que ser su vida?

Posé la mano entre mis piernas, sobre el húmedo algodón de mis bragas, y sentí palpitar mi clítoris.

¿Qué clase de mujer?

Una que yo conocía perfectamente.

Capítulo 13

He aquí una historia que el tiempo convirtió en graciosa, pero que no tuvo ninguna gracia cuando ocurrió. Yo tenía diecinueve años cuando nació Arthur, lo que quiere decir que mi madre se quedó embarazada cuando yo tenía dieciocho. Estaba en el último año de instituto y tenía una intensa vida social con el chico más deportista del instituto.

Mi madre siempre había hablado abiertamente de sexo conmigo y de la necesidad de tomar precauciones. Demasiado abiertamente para mi gusto, puesto que mi vida sexual era el segundo último tema de conversación que me apetecía compartir con mi madre. El primero era ella. Austin no era el primer chico con el que salía. Ni siquiera era el primero con el que me acostaba, aunque las veces anteriores, el sexo había sido algo sin relevancia y tan poco significativo que prácticamente lo había olvidado. Llevaba ya un par de años tomando la píldora, pero aun así, le pedía que se pusiera preservativos. No hay nada como ser una hija ilegítima para que una chica tenga auténtico pavor a quedarse embarazada. Lo último que quería era terminar como había terminado mi madre.

Aun así, cuando se nos rompió un preservativo, no

me preocupé demasiado. Por lo menos hasta que empezó a retrasarse la regla. No tenía ni el mínimo dolor en el vientre que anunciara la llegada de la regla. Contaba los días y recordaba el día exacto en el que habíamos tenido relaciones. Era fácil, porque en aquella época lo hacíamos prácticamente cada vez que estábamos juntos y estábamos juntos casi todos los días.

No le conté a Austin lo que sospechaba. No se lo conté a nadie. Fui a la farmacia situada a la salida del pueblo y compré la primera prueba de embarazo que encontré. Volví a casa y me bebí medio litro de agua antes de dormir para tener suficiente orina al levantarme. Leí las instrucciones cuatro veces. Oriné sobre una pequeña tira y observé muerta de miedo a que aparecieran las líneas. ¿Sería una? ¿Dos? ¿Estaría a salvo?

Una línea.

Yo no había sido educada en ninguna religión, pero me arrodillé delante del váter y recé, dando las gracias con tanto fervor que estaba segura de que cualquier Dios que pudiera oírme perdonaría todos mis pecados. Después, agarré la prueba y un puñado de toallitas de papel. Envolví la prueba con ella, tal como hacía con los tampones, y la tiré al final de la papelera del cuarto de baño.

Cuando llegué a casa después del instituto, la encontré vacía, como siempre. Y, como siempre también, hice rápidamente los deberes y las tareas de la casa para así poder pasar el resto de la tarde con Austin, hasta que mi madre volviera. Pero cuando fui a limpiar el baño, el corazón se me paralizó en el pecho. Literalmente. El mundo entero se oscureció durante varios segundos, antes de que comenzara a latirme de nuevo el corazón y me aferrara al lavabo para evitar caerme.

Allí, sobre el lavabo, había una prueba de embarazo. Era de la misma marca que la que había utilizado yo aquella mañana. Pero tenía dos líneas en vez de una. El resultado era positivo.

En aquella ocasión, cuando me arrodillé no fue para rezar. Apoyé la cabeza en mis temblorosas manos y me concentré en respirar. Podía oler la lejía con la que pretendía limpiar la ducha, que, por mucho que frotara, jamás perdía las marcas dejadas por el jabón. Podía sentir la respiración a través de mis dedos.

Me obligué a controlarme y me levanté para mirar de nuevo la prueba. ¿No habría esperado durante el tiempo suficiente al resultado? ¿Habría dado positivo después de haberme ido tan contenta al instituto, convencida de que no estaba embarazada?

¿Habría estado embarazada durante todo el día sin saberlo?

En condiciones normales, no se me habría ocurrido rebuscar en la papelera sin guantes, pero hundí las manos bajo las capas de pañuelos de papel y bastones para los oídos sin una sola náusea, aunque tenía el estómago en la garganta. Encontré la caja de la prueba, pero antes de que pudiera abrirla para volver a leer las instrucciones y comprobar si era posible que la prueba pudiera dar positivo después de los tres minutos que indicaban, descubrí la prueba que me había hecho esa misma mañana. Eso solo podía significar que la prueba que había encima del lavabo no era mía.

En aquella ocasión, di las gracias con mucho más fervor que aquella mañana, pero no me entretuve tanto. Porque si la prueba no era mía, tenía que ser de mi madre, y tampoco tenía ganas de pensar en ello.

Pero estaba pensando en ello cuando años después aparqué delante de la casa de mi madre. La casa en la que mi madre había vivido con Leo y con Arty durante los últimos tres años. Un tiempo que no había durado en ninguna de las casas en las que yo había crecido. Era una casa de ladrillo, aprisionada entre otras dos y a un tiro de piedra de las vías del ferrocarril. Desde luego, no se parecía nada a la de mi padre. Pero al entrar, me cosquilleó en la nariz el olor de algo sabroso cocinándose en el horno en vez del olor artificial de las velas, y el abrazo que me dio mi madre fue completamente natural, en absoluto forzado.

–Arty se está preparando en su dormitorio –me explicó–. Le he dicho que no puede ir con el disfraz de Batman a ver esa película, pero... bueno.

–No me importa que venga disfrazado.

Mi madre suspiró y sacudió la cabeza.

–¿Estás segura?

En otra época de mi vida me habría horrorizado, pero la distancia parecía haberme ablandado. O los años, quizá.

Me encogí de hombros.

–Si a él le hace ilusión, ¿a mí qué más me da?

No pude descifrar el significado de su mirada, que apenas duró unos segundos. Inmediatamente se volvió a llamar a mi hermano.

–¡Arty! ¡Paige ya está aquí!

–¿Dónde está Leo?

Siempre me había gustado mi hermano, aunque se riera a carcajadas viendo los programas más estúpidos de la televisión y llevara camisetas ridículas.

Mi madre volvió a dirigirme una mirada que no supe interpretar.

–No está en casa.

–Eso es evidente.

No me devolvió la sonrisa, pero antes de que hubiera tenido tiempo de preguntarle que si le pasaba algo, Arty bajó las escaleras a toda velocidad.

–¡Eh, Arty!

–¡Paf!

Arty saltó ante mí con los brazos en jarras. Sus ojos

oscuros brillaban tras la máscara de Batman. Era evidente que no le había hecho ningún caso a mi madre.

—¡Soy Batman!

—Sí, ya lo veo. ¿Listo para salir, Batman?

Se lanzó a mis brazos.

—¡Viva! ¡Viva! ¡Viva Paige!

—Espero que tengas suerte con él. Hoy era el cumpleaños de un niño del colegio y ha comido montones de azúcar.

—¡Dios mío! Ve a buscar un jersey, enano. Es posible que tengas frío en el cine.

Le abracé con fuerza. Olía a champú de bebés y a chucherías.

Mi madre intentó pasarme un billete de diez dólares mientras Arty se ponía el abrigo, pero me negué a aceptarlo.

—No, mamá.

—Para las palomitas.

—He dicho que no.

Era más alta que ella desde que cumplí catorce años, pero cuando bajé la mirada, me resultó extraño estar viendo la parte superior de su cabeza. Hacía tiempo que comenzaron a salirle las canas, pero siempre se había teñido el pelo. En aquel momento pude ver un centímetro de canas a lo largo de la raya del pelo.

Me fijé también en las arrugas que rodeaban sus ojos cuando alzó la mirada hacia mí. Mi madre nunca me había parecido una mujer mayor, imagino que porque no lo era, pero parecía cansada. Tenía la raya del ojo ligeramente torcida, como si le hubiera temblado la mano al pintársela, o como si se hubiera frotado los ojos. Siempre lo hacía cuando le dolía la cabeza.

—¿Estás bien, mamá?

—Sí, claro que estoy bien —volvió a tenderme el billete, y yo volví a rechazarlo—. Llévate esto.

–He dicho que no, mamá. Quiero invitarle yo.

Frunció el ceño. En muchas ocasiones he notado mi parecido con mi padre, pero en aquel momento, me reconocí a mí misma en la cara de mi madre.

–Paige, estoy segura de que pagas un dineral por tu apartamento.

–Y tengo un buen trabajo, ¿recuerdas? No tienes que preocuparte por mí. De verdad. Me hace mucha ilusión invitar a Arty al cine. Estoy bien, mamá.

Mi madre se guardó el billete en el bolsillo con un suspiro.

–¿Y me lo dirías si no lo estuvieras?

Sabía que me tenía atrapada. Me limité a sonreír y me encogí de hombros. Mi madre sacudió la cabeza y se inclinó para ayudar a Arty con las mangas. Teniendo en cuenta los saltos que pegaba mi hermano, no era una tarea fácil. Alargué la mano para ayudarla y retrocedió con un suspiro de derrota.

–¡Vamos, vamos, vamos!

–Tranquilo, pequeñazo –volví a mirar a mi madre–. ¿Estás segura de que estás bien?

–Sí, solo estoy un poco cansada, cariño. Que os divirtáis. Os veré a la vuelta. Y no volváis tarde –nos advirtió, para que Arty la oyera–. Mañana hay colegio.

Arty me agarró de la mano y tiró de mí.

–¡Vamooos!

Al igual que yo, mi hermano pequeño se parece mucho a su padre, físicamente. Pero en cuestión de carácter es como mi madre. No paró de hablarme desde el asiento de atrás durante los diez minutos que tardamos en llegar al cine. Cuando yo era pequeña, si queríamos ir al cine teníamos que ir hasta Palmyra, pero desde hacía algún tiempo, Lebanon tenía una sala multicines suficientemente grande como para competir con cualquiera de las de Harrisburg. Además, las entradas eran más baratas, lo que me hizo recordar algunas de las ventajas de vivir en una ciudad pequeña.

Cuando estábamos en medio de la película, sentí vibrar el teléfono en el bolsillo. Lo abrí y suspiré cuando vi de quién era la llamada... no porque hubiera reconocido el número sino porque, en un momento de locura, le había asignado una fotografía. Cubrí la pantalla con una mano mientras lo leía:

–*¿Dónde estás?*

No contesté. Cerré el teléfono y volví a guardarlo en el bolsillo. La película siguió. Y siguió. Y siguió. Jamás habría pensado que una hora y media pudiera hacerse tan larga, pero puesto que Arty continuaba mirando boquiabierto los dibujos animados, imaginé que por lo menos él estaba disfrutando.

La culpa la tuvieron los dibujos animados. Si la película no me hubiera aburrido, no habría vuelto a sacar el teléfono. No se me habría ocurrido contestar al mensaje de Austin. Al menos eso es lo que llegué a decirme con el tiempo. Pero no fue lo que me dije en aquel momento.

–*Estoy viendo una película.*
–*Genial, ¿qué película?*

La respuesta llegó a los pocos segundos. Intenté no emocionarme al ver que había estado esperando que le respondiera.

–*Es una película de hadas y duendes. Tengo los ojos destrozados.*
–*¿Estás con Arty?*

Me encantaba que Austin no utilizara abreviaturas en los mensajes de texto.

–*Sí. ¿Qué estás haciendo tú?*
–*Pensar en ti.*

Sucedió algo luminoso y sonoro en la pantalla del cine, pero no fue esa la razón por la que se me aceleró el pulso. Miré a Arty, seguía con la boca llena de palomitas y toda su atención fija en lo que estaba ocurriendo en la pantalla. Volví a mirar el teléfono. Acaricié las teclas, pero no puse ningún mensaje. No quería continuar aquella conversación.

O quizá, sí.

—*¿Qué te ha hecho pensar en mí?*

—Paige —susurró Arty—, ¡tengo que ir al baño!

—¿Ahora? ¿No puedes esperar cinco minutos? La película está a punto de acabar.

Miré entonces el enorme recipiente de su refresco. Era el más pequeño y, aun así, tenía suficiente volumen como para que navegara un barco dentro de él.

—No importa, vamos.

Arty comenzó a retorcerse nervioso.

—No, ahora prefiero esperar.

—Cariño, te vas a hacer pis encima.

La mujer que estaba delante de nosotros me miró enfadada por encima del hombro. Teniendo en cuenta que sus tres hijos se habían pasado la película saltando en los asientos, me costaba comprender el motivo de aquella cara de perro, pero la ignoré para concentrarme en mi hermano.

—No, quiero esperar —insistió con los ojos fijos en la pantalla.

Con un suspiro, le observé retorcerse en el asiento. Sabía que iba a terminar empapado, pero recordé lo que era perderse la mejor parte de una película por culpa de una vejiga pequeña. Aunque no habría sabido decir si aquella película tenía alguna parte que pudiera considerarse mejor.

El teléfono volvió a vibrar, lo que me valió otra mirada furibunda de la gruñona que tenía delante de mí justo en el momento en el que lo abrí y me encontré con un nuevo mensaje de Austin.

—*Estoy pensando en lo bien que huele siempre tu pelo.*

En una ocasión, siendo niña, metí una horquilla en un enchufe. ¿Qué puedo decir a mi favor? Era pequeña, ignorante y me pareció una buena idea. Supongo que lo mismo podría decirse de la conversación que estaba manteniendo con Austin a través del teléfono. El último mensaje me provocó el mismo cosquilleo glacial que había sacudido años atrás todo mi cuerpo y tuve que morderme la lengua para no soltar una exclamación.

Y me salvé porque terminó justo en aquel momento la película. Agradeciendo que no fuera una de esas películas que salpican los créditos con tomas falsas y bromas, corrí con Arty hasta el cuarto de baño, donde estuvo orinando durante lo que a mí me pareció una eternidad mientras hablaba de la película. El peso del teléfono en el bolsillo del pantalón me distraía de tal manera que me olvidé de que tenía que lavarse las manos, algo que recordé minutos después, cuando me agarró de la mano de camino al aparcamiento.

—¡Paige, eres la mejor hermana del mundo! ¡Te quiero!

—Yo también te quiero, pequeñajo —le revolví el pelo mientras le ayudaba a ponerse el cinturón de seguridad.

El teléfono permanecía en silencio. Yo también. Pero Arty habló por los dos durante todo el trayecto hasta su casa. Para cuando aparcamos, me había vuelto a contar toda la película, incluyendo algunos diálogos. Me maravillaba que fuera capaz de repetir, palabra por palabra, ocho minutos de diálogo, pero fuera incapaz de recordar un número de teléfono.

—Ahora, a casa y a meterte directamente en la cama —le dije una vez en la puerta—. Y sin protestar.

—Vale.

Entró en casa y comenzó a subir las escaleras antes de que mi madre hubiera salido siquiera de la cocina.

—Viene con una fuerte dosis de cafeína. Además del azúcar.

—Genial —la risa de mi madre sonó un tanto forzada.
Sonó el teléfono en mi bolsillo. Mi madre arqueó las cejas al ver que no contestaba.
—Veo que no soy la única a la que ignoras.
Recordé entonces que se suponía que tenía que estar enfadada con ella por algo.
—Es Austin.
Ni siquiera intentó disimular el placer que reflejó su rostro. Sacó una bandeja de magdalenas de chocolate del horno y la dejó sobre la mesa. Después sacudió los guantes del horno en el mostrador.
—No me sorprende. Estuviste loca por ese chico durante tanto tiempo...
—«Loca» es precisamente la palabra.
Se volvió hacia mí.
—Te dije que lo sentía, ¿vale?
Miré las magdalenas y volví a mirarla a ella.
—¿Qué te pasa?
—No me pasa nada. ¿Por qué tiene que pasarme algo?
Buscó en el refrigerador hasta terminar sacando lo que parecía un cuenco de caramelo fundido.
—Porque cuando te pasa algo sueles cocinar.
Me tendió el cuenco.
—Pruébalo. ¿Está demasiado dulce?
—No quiero probar eso.
—¿Estás intentando adelgazar?
Deslicé el dedo por el borde del cuenco, me lo metí a la boca y esbocé una mueca.
—¿Está demasiado dulce? A mí me parece que sí.
—¿Qué te pasa? —le pregunté, con voz más queda en aquella ocasión.
Dejó el cuenco en el mostrador antes de contestar.
—Leo se ha ido.
Mi madre había estado con muchísimos hombres a lo largo de su vida. Algunos habían sido novios. Con otros

había tenido alguna cita. Solo había vivido con unos cuantos y, de todos ellos, Leo era el que más le había durado. No esperaba que se marchara.

–¿Por qué?

–Le pedí que se fuera.

Hizo un gesto con la mano y buscó una espátula en el cajón.

Por encima de nosotros, se oyó un crujido. Arty estaba corriendo en su dormitorio.

Alcé la mirada.

–Iré yo –me ofrecí.

–Gracias, cariño.

Una vez arriba, conseguí que mi hermano fuera al cuarto de baño a lavarse los dientes y le metí en la cama. Le arropé, le di una docena de abrazos y muchísimos besos. Le retuve contra mí. Olía a palomitas y a sudor. Ya no olía a golosinas.

–Duérmete, monstruito.

Protestó, arguyendo entre bostezos que no estaba cansado. Pero para cuando llegué a la puerta, ya se le estaban cerrando los ojos. Permanecí durante varios minutos en el pasillo, también yo con los ojos cerrados. Nunca había vivido en aquella casa, pero olía como todas las de mi madre. A magdalenas de chocolate, a polvo y, por detrás de todo ello, aquel sutil olor a «nunca es suficientemente bueno».

Una vez abajo, el teléfono volvió a vibrar en mi bolsillo. Lo saqué para amortiguar el sonido, que era como el de una mosca en un bote. Mi madre me había envuelto unas magdalenas en papel de aluminio para que me las llevara a casa. No mencionó la llamada de teléfono y yo ni siquiera intenté rechazar las magdalenas.

Una vez en la puerta, me abrazó con más fuerza de la habitual.

–Cuidado al conducir, cariño.

En otras ocasiones, mi respuesta había sido:
—No, mamá, pienso conducir de forma salvaje.
Pero aquella noche me guardé esas palabras para mí. La abracé con fuerza yo también. No me hacía falta verla llorar para saber que estaba sufriendo por lo de Leo. Ya me lo decían las magdalenas.
—Te llamaré mañana, ¿de acuerdo? —susurré contra su pelo, que olía siempre a champú de manzana.
Asintió. Cuando se separó de mí, tenía los ojos brillantes, pero sonrió.
—Claro, cariño. Buenas noches.
Continué viendo su silueta en el marco de la puerta hasta que me alejé de allí. Para cuando crucé las vías de delante de la casa, ya había apagado la luz del porche. El coche rebotó sobre los raíles mientras me alejaba de aquella casa que nunca había sido mi hogar.
El teléfono volvió a sonar cuando estaba aparcando en el garaje de mi edificio. Lo abrí. Tenía tres mensajes. Todos de Austin.
—*¿Qué tal ha estado la película?*
—*Dale recuerdos a tu madre.*
No me quedó más remedio que echarme a reír. El muy canalla. Sabía que mi madre siempre le había querido. Mucho más de lo que su madre me había querido a mí.
Y por último:
—*Llámame cuando llegues a casa.*

Capítulo 14

No llamé a Austin cuando llegué a casa. Y tampoco le llamé al día siguiente, ni al siguiente. Aunque al principio me tensaba cada vez que sonaba el teléfono, al final, dejé de preocuparme. Él tampoco me llamó a mí.

Las notas continuaban llegando cada pocos días, pero nunca cuando realmente las esperaba. Llegaban precisamente los días que pensaba que no iba a recibir instrucciones. Las recibía, las leía, me obligaba a memorizarlas y las deslizaba en el buzón ciento catorce, que había llegado a ser tan familiar para mí como la caricia de un amante.

Lo estás haciendo muy bien. Puedes premiarte con tu postre favorito.

Que en aquella ocasión había sido un pedazo de tarta de lima tan dulce y excesivo que gemí por lo menos seis veces mientras lo disfrutaba.

No me entregaste la redacción a tiempo. Es evidente que la disciplina no significa nada para ti. La próxima vez, no me hagas perder el tiempo.
Un cuerpo en forma se merece una ropa apropiada.

Cómprate un traje nuevo. Y no escatimes a la hora de comprar.

Un traje sencillo, azul marino, a juego con mis ojos, pero con un ribete verde en el dobladillo y en la línea de botones de la chaqueta. Era el primer traje que me compraba e hice que me lo arreglaran para que me quedara perfecto. Cuando lo llevaba, me sentía más profesional, me sentía que iba vestida tal como debía.

Ve a la librería. Mira en algún pasillo que normalmente no visites. Busca un libro que tenga buen aspecto y cómpralo. Léelo. Disfrútalo.

Elegí un libro sobre la historia del cine. Casi todo lo que aparecía eran banalidades, pero también incluía fotografías de estrellas del cine clásico. Disfruté de aquel glamour e incluso comencé a peinarme como Lana Turner.

Las notas habían ido llegando a mi buzón durante días, diciéndome lo que tenía que comer, cómo tenía que vestirme, a qué hora debía acostarme y a qué hora tenía que meterme en la cama. Era como una rata de laboratorio siguiendo una tubería sin saber si lo que la esperaba al final era el nirvana del queso o la tumba en un río. No sabía lo que podía estar esperándome.

Lo único que sabía era que no podía parar.

Hoy quiero que te desnudes para mí, que vayas desnuda debajo de ese traje que has comprado. Quiero que sientas la tosquedad del vaquero, la rudeza de la lana, el tacto sedoso del satén sobre tu trasero desnudo. Cada vez que te muevas pensarás en mí.

Oí eco de voces en el vestíbulo y el tintineo del ascensor, pero nadie me pilló robando lo que en realidad no pretendía robar. Metí la tarjeta en su buzón y me incliné para asegurarme de que había llegado a su destino.

Seguramente, para cuando llegara a casa, la carta ya habría sido leída por la persona a la que estaba destinada.

¿Las disfrutaría tanto como las estaba disfrutando yo?

¿Sería merecedora de las pequeñas recompensas, de los baños calientes, de una onza de chocolate de calidad para completar la tarea? ¿Se obligaría a trabajar durante una hora más en el gimnasio como castigo cuando no había seguido exactamente las instrucciones?

¿O era yo la única que esperaba expectante aquellas órdenes?

Paul me había dejado otra lista. Además de los habituales *copia los archivos* y *programa las cita*s, añadía algo interesante. *Almuerzo*. Lo subrayaba dos veces. ¿Pensaba que no iba a acordarme de comer?

Encarga la comida al China Kin.

Añadía lo que debería pedir, en qué cantidades y a qué hora debería llamar para asegurarme de que la comida estuviera aquí para la hora en la que se reuniera con su cliente. Como si no hubiera podido imaginármelo por mí misma. *Pide también para ti*, añadía. Por lo menos estaba siendo generoso.

Intenté olvidarme de la nota de aquella mañana, pero estaba más pendiente del hecho de no llevar ropa interior que de las listas que Paul me había entregado. La lista de Paul era más larga en aquella ocasión, más detallada, y aunque me gustaba que me asignara nuevas responsabilidades y proyectos, para cuando llegó la comida, todavía no había terminado. Acababa de recoger la comida del mostrador del piso de abajo cuando aparecieron Paul y una mujer del departamento de ventas, Vivian Darcy. La había visto en otras ocasiones. Era una mujer alta, con el pelo rubio recogido en un moño. No era particularmente delgada, pero vestía como si lo fuera, y conseguía llevar la ropa con mucha dignidad. Sus zapatos costaban más de lo que yo pagaba de alquiler.

Yo tenía mi propio almuerzo, pollo y brócoli, encima de la mesa. Paul me dirigió una mirada fugaz y cerró la puerta. Les oí reír tras ella. Estuvieron allí durante largo rato. Cuando volvió a abrirse la puerta, yo ya había terminado de comer y estaba completando las tareas que no había conseguido acabar antes del almuerzo.

—Paige, tráeme el adelanto de los informes —me pidió Paul desde el marco de la puerta.

Se había aflojado el nudo de la corbata, iba sin chaqueta y con la camisa remangada. Tras él, oí correr el agua del cuarto de baño.

Asentí mientras él desaparecía de nuevo en su despacho, pero al instante siguiente, el estómago me dio un vuelco. No había terminado aquella copia. Sabía que tenía que hacerlo, formaba parte de mis tareas semanales, pero no estaba en la lista que Paul me había dejado. Y no quería admitir que había estado distraída.

—¿Paul?

Los dos alzaron la mirada. Ella había acercado su silla a la de Paul e inclinaban ambos las cabezas sobre lo que parecía ser una hoja de cálculo. Ella también se había quitado la chaqueta del traje y sus pezones presionaban la seda de su blusa.

—Lo siento. Todavía no he terminado las copias. Me llevará unos quince minutos hacerlas, pero me pondré ahora mismo a ello.

Había sido educada para soportar humillaciones, pero

no esperaba la mirada que ambos me dirigieron. Miradas diferentes, pero ninguna de ellas agradable. La de ella fue cortante, arqueó la ceja como si quisiera demostrar que, aunque en parte le sorprendía, no podía esperarse menos de alguien como yo. Era una mirada a la que podía enfrentarme.

Pero, durante unos segundos, Paul me miró como si no comprendiera lo que le estaba diciendo. Después se mostró francamente decepcionado.

–Lo necesitamos ahora mismo, Paige.

No hacía falta que me dijera que había cometido un grave error. Pero habría preferido que lo hiciera. En ese caso, podría haberme enfadado, podría haber incluso fruncido el ceño. Pero en ese momento lo único que pude sentir fue la inmensa culpa de no haber hecho lo que se suponía que debía de hacer.

–Dentro de diez minutos lo tendrás.

–Ahora no hace falta que corras. Limítate a hacerlo como es debido.

Lo hice en siete minutos, aunque eso significó que tuve que copiar y utilizar las tres fotocopias al mismo tiempo. Cuando les tendí sendos informes, debidamente ordenados y grapados, no esperaba que me lo agradecieran.

Y no lo hicieron. Ni siquiera me brindaron una sonrisa. Ni un seco «gracias». Los dos tomaron los documentos y volvieron a concentrarse en su trabajo sin mirarme apenas. Y yo salí del despacho de Paul sintiéndome miserable.

Mi humor no cambió durante los diez minutos siguientes. Trabajaba a cambio de un salario, no de la aprobación de nadie, y jamás le había dado a Paul una razón para que pudiera quejarse de mi trabajo, ni siquiera durante las primeras semanas, cuando apenas sabía en qué consistía.

–Paige, ¿puedo verte un momento, por favor? –preguntó Paul cuando Vivian por fin se marchó, cerca de las cinco menos cuarto.

–Sí, claro.

Se apartó de la puerta para dejarme pasar y señaló con un gesto la silla que había vuelto a colocar delante de su escritorio.

Me senté. Paul también se sentó, cruzó las manos y me miró desde el otro lado de la mesa.

–Quería asegurarme de que estabas bien.

No era eso lo que me esperaba.

–Estoy bien, gracias.

–¿No te está superando el trabajo?

Tuve el presentimiento de lo que me esperaba.

–No.

–Estupendo –bajó la mirada hacia sus manos, que había entrelazado ligeramente–. Porque no me gustaría pensar que no estás a la altura de tu puesto, Paige.

¿Un error en seis meses de trabajo y ya le preocupaba que no estuviera a la altura? Me entraron ganas de levantarme y marcharme después de mostrarle el dedo índice. Y lo habría hecho si me hubiera hablado en un tono sarcástico o condescendiente. Pero no lo había hecho. Sonaba, únicamente, receloso.

–Siento haberme olvidado de ese informe, Paul. No volverá a pasar.

Sabía que no volvería a pasar. Podría olvidarme de otra docena de tareas, pero jamás me olvidaría de hacer una copia de ese maldito informe.

Continuaba sin mirarme. Con voz queda, pero no amable, me contestó:

–Eso espero.

Eso fue todo. Asintió con la cabeza, me levanté y me dirigí a mi escritorio para apagar el ordenador. Se me habían enfriado de tal manera los dedos que me equivoqué al teclear la contraseña y tuve que introducirla tres veces antes de acertar.

Te masturbarás en la ducha, pero no te permitirás llegar al orgasmo. El orgasmo está reservado para cuando te portas bien, y hoy no te lo has ganado. Escribirás en tu mejor papel y con la mejor tinta que tengas cómo te has masturbado y lo que has sentido al tener que reprimirte. Me devolverás el escrito antes de mañana por la tarde.
No se permite desobedecer.
Se supone que querías disciplina.

Con dedos temblorosos y la mirada encendida, pasé por delante de los buzones sin detenerme a ver si la nota que había dejado en el ciento catorce estaba todavía allí. Yo ya había hecho lo que se me pedía. Me había acariciado en la ducha hasta quedarme casi sin respiración, hasta que había sentido mi cuerpo entero en tensión. Había estado a punto de alcanzar el orgasmo. Conocía mi cuerpo suficientemente bien como para no tardar más de unos minutos en conseguirlo. Pero me había obligado a detenerme porque, a diferencia de la persona destinataria de aquellas notas, yo sí que sabía lo que era la disciplina.

Había escrito también una carta explicando cómo me había acariciado con los dedos humedecidos con mi propia saliva, cómo me había colocado la alcachofa de la ducha contra el clítoris hasta sentir que me temblaban las piernas y hasta qué punto se me había acelerado la respiración. También describía lo que había experimentado al dejar el agua fría para evitar marearme mientras me acariciaba. Había utilizado el papel más fino de mi colección y mi bolígrafo favorito y había puesto tanto esmero al trazar cada letra que había estado a punto de llegar tarde al trabajo.

Notaba el dolor entre las piernas cuando cambiaba las marchas del coche, y lo noté también al caminar y cuando me senté detrás del escritorio y comencé a sacar las carpetas del cajón.

Paul estaba aquel día en la oficina, pero no salió de su despacho en toda la mañana. Ni siquiera para tomar un café. Que permaneciera en su despacho con la puerta cerrada no era raro, pero sí que no me llamara ni para que le llevara una taza de café.

Dos semanas atrás, no se me habría ocurrido pensar que podía estar enfadado conmigo por no haber tenido preparado el informe el día anterior. Dos semanas atrás, ni siquiera me habría importado no verle. Pero en aquel momento, estaba pendiente del sonido de su voz y tenía la mirada fija en la pantalla sin teclear siquiera.

—Paige —Paul permanecía en el marco de la puerta. Estaba tan preocupada que ni siquiera le había oído abrirla—. ¿Puedes pasar un momento, por favor?

Asentí, pero me levanté con tanta torpeza que golpeé involuntariamente una pila de carpetas. Los documentos que había en su interior salieron volando desordenadamente sobre mi mesa. Paul me detuvo cuando comencé a ordenarlos.

—Ahora mismo, por favor.

Volví a asentir y le seguí a su despacho. No me pidió que me sentara, así que continué de pie. No era capaz de interpretar su rostro, que me parecía completamente inexpresivo. Tras él, veía los números rojos de la radio reloj, sintonizada en aquel momento con una emisora que estaba emitiendo música de jazz. Tragué saliva. Tenía todos los nervios en tensión.

—Creo que deberíamos aclarar unas cuantas cosas.

No contesté. No confiaba en mi propia voz.

Paul se aclaró la garganta y unió las manos. No me miró. Yo era incapaz de desviar la mirada.

–Creo que tengo fama de ser... difícil. Dicen que es difícil trabajar para mí.

–Yo no lo creo –sentía cómo me latía el pulso en la garganta, haciendo que mi voz sonara más profunda.

Paul me miró entonces directamente a los ojos. Tensó las manos como si estuviera sosteniendo un objeto valioso entre ellas que no quisiera dejar caer. Yo alcé la barbilla mientras le sostenía la mirada.

Sin decir una sola palabra, Paul separó las manos y me tendió una hoja de papel. Ninguno de los dos la miraba. Continuábamos mirándonos el uno al otro.

No miré el papel mientras lo rozaba con las yemas de los dedos, ni siquiera cuando lo atraje hacia mí. Y tampoco cuando lo agarré. No miré la hoja hasta que no estuve sentada detrás de la mesa y la coloqué delante de mí.

Era una lista.

Era una lista que ocupaba hasta el último milímetro de papel. Era una lista insultantemente larga y ofensivamente detallada. El día anterior había preferido no gritarme y escribir aquella lista, algo infinitamente peor a que me hubiera dejado por los suelos.

Pero también era, infinitamente e inexplicablemente, mejor.

En aquella hoja no solo figuraban los proyectos que necesitaba que hiciera para él a lo largo del día, sino que contenía también instrucciones detalladas sobre tareas que había estado llevando a cabo hasta entonces sin necesidad de supervisión. Para lo único que no me daba instrucciones era para el almuerzo y para ir al cuarto de baño, pero había organizado todos y cada uno de los minutos del día.

Cuando estaba en el instituto, tuve un profesor al que

no le gustaban las chicas. No quiero decir que fuera homosexual, sino que, por alguna misógina razón, pensaba que las mujeres éramos criaturas inferiores. Teniendo en cuenta quiénes eran los chicos de mi clase, yo pensaba que aquel hombre era un estúpido, pero a los dieciséis años, lo único que puedes hacer en una situación como esa es aguantarte. Aquel profesor no se había dejado impresionar por mis buenas notas, conseguidas a base de mucho esfuerzo, y había tenido que trabajar muy duramente para mantenerlas. Ya ha quedado claro que yo no era ningún cerebrito. Aun así, no era mala estudiante, de modo que cuando saqué una A en mi primer examen y ese profesor, ese hombre a cargo de un grupo de adolescentes a los que tenía que moldear para que conformaran la sociedad futura, se burló de mí y sugirió que había copiado del chico que tenía a mi lado, aprendí una importante lección.

Por mucho que te esfuerces, siempre puede haber alguien que piense que eres una estúpida.

Una parte de mí se imaginó a sí misma entrando furiosa en el despacho de Paul, dejándole la lista sobre la mesa y renunciando indignada a mi trabajo, pero sabía que no iba a hacerlo. Necesitaba aquel trabajo. Lo quería. Estaba dispuesta a aguantar mucho más que una ridícula lista para conservarlo.

De modo que hice lo mismo que había hecho en el instituto con aquel estúpido que pensaba que las chicas no podían ser mejores que los chicos.

Me maté a trabajar. Convertí aquel día en una especie de juego. Iba realizando una a una las tareas con intención de llegar hasta el final. Y a medida que iba avanzando el día y yo iba terminando punto tras punto, la satisfacción por el deber cumplido iba creciendo. En realidad, hasta entonces no había sido realmente consciente de cuánto era capaz de trabajar en un solo día.

Jamás se me había ocurrido escribir todo lo que hacía. Cuando al final del día releí la lista, mi trabajo ya no me parecía un trabajo mecánico y sin sentido. Había hecho algo. Había hecho muchas cosas, de hecho. Y cuando dejé esa lista sobre la mesa de trabajo de Paul, con todos los puntos marcados y con sus correspondientes anotaciones al margen, no disimulé mi victoria.

Pero, a diferencia de aquel profesor que, probablemente, habría minimizado mis esfuerzos con un comentario despectivo, mi jefe miró la lista y fue marcando con su propio bolígrafo punto tras punto.

Después alzó la mirada. Nunca me había fijado en lo azules que tenía los ojos. Me devolvió la lista con las dos manos.

–Gracias, Paige –me dijo–. Has hecho un trabajo ejemplar.

–De nada –contesté con generosidad.

Al fin y al cabo, habíamos terminado aclarando muchas cosas.

Capítulo 15

A través de la ventanilla del correo, pude ver a Alicia, una de las mujeres que lo distribuía en mi edificio. Y pude ver también el fino perfil de una tarjeta.

La saqué con las puntas de los dedos para no arrugar el papel. Lo único que tenía que hacer era meterla en el buzón al que iba dirigida. Pero, por supuesto, antes la leí.

Has fallado en todas las tareas que te he ordenado. Tu recompensa y tu castigo están en mis manos. Si no eres capaz de disciplinarte, esto tendrá que terminar.

Voy a darte una última oportunidad.

Hoy, entre las cinco y las seis de la tarde, tendrás que ir a Sensations. Allí te comprarás el objeto que más te avergüence. Lo comprarás con la tarjeta de crédito, para que no haya ninguna posibilidad de que el dependiente no averigüe tu nombre. Entablarás una conversación agradable con él, o con ella, para que no pueda olvidar tu rostro. Y esta noche, utilizarás el objeto que hayas comprado para llegar al orgasmo.

Y lo harás sabiendo que ese placer no será para ti.

Será mío.

Tuve que apoyarme en la pared y cerrar los ojos. Sentía arder la nota entre mis manos. Pero el frío que sentí en la palma de la mano no consiguió aliviar el calor que subía por mis mejillas y mis axilas. El infierno que se había desatado entre mis piernas.

No había sido yo la que había fallado. No había sido yo la que no había entregado a tiempo la redacción, o la que no había sabido disciplinarse.

¡Aquella nota ni siquiera era para mí!

Pero sabía que estaba dispuesta a hacer todo lo que me pidiera. Había escrito mi fantasía sexual, había leído todas aquellas notas. Fueran a quien fueran dirigidas, había hecho todo lo que en ellas se pedía.

Cuando miro hacia atrás, soy consciente de que habría sido mucho más fácil quejarme en la recepción del edificio por aquellas equivocaciones y olvidarme de las notas. O presentarme en la puerta ciento catorce con una nota en la mano y pidiendo que se aseguraran de que dejara de recibirlas.

No puedo explicar por qué no lo hice. Lo único que sé es que no quería hacerlo.

Me había alejado de mi casa, había huido de mi pasado y de mi vida, de una vida que no quería reproducir en aquella nueva etapa. Había encontrado trabajo, un apartamento y estaba intentando hacer nuevos amigos. Quería convertirme en una persona nueva, pero la verdad era que nunca lo sería. Siempre sería yo.

Y, de alguna manera, la persona que me estaba enviando aquellas notas lo sabía.

Palmeé la tarjeta y me acerqué a la mesa de recepción. Pude ver a Alice a través de la puerta de la oficina. A los pocos segundos, salió.

—¿Alice? ¿Has visto a la persona que me ha metido esto en el buzón?

—No —apenas lo miró—. No es propaganda religiosa, ¿verdad? En eso somos muy estrictos.

—No, no es propaganda religiosa —mantuve la nota pegada a mi cuerpo para que no pudiera ver el número que figuraba en ella—. Solo me preguntaba quién podía haberla dejado allí, eso es todo.

—Lo siento, cariño —me dirigió una sonrisa radiante—. ¿Qué es? ¿Una carta de amor?

Reí al tiempo que sentía el rubor subiendo por mi garganta.

—No, no es nada de eso.

—No sería la primera vez —contestó—. El año pasado en San Valentín entraron y salieron de esos buzones todo tipo de notas. La Asociación de Vecinos quiso prohibirlas, pero se dieron cuenta de que si lo hacían, tampoco ellos podrían enviar sus circulares.

La Asociación de Vecinos a veces exageraba en su celo.

—A lo mejor tengo más suerte la próxima vez.

—Seguro que sí, cariño —contestó Alice—. Este lugar es el caldo de cultivo ideal para el deseo.

Lo dijo sin pestañear siquiera y yo no contesté. Al darse cuenta de que no iba a hacer ningún comentario, asintió y se dirigió a la parte de atrás para terminar de ordenar el correo.

No pude evitar abrir la nota por última vez antes de devolverla.

Todavía estaba pensando en ella cuando salí y alcé la cara hacia al sol durante unos segundos. Sabía que no estaba sola, pero no esperaba tener público. Cuando abrí los ojos parpadeando, vi a mi misterioso vecino. Se estaba cerniendo sobre el cenicero con arena para apagar cigarrillos y cuando me descubrió mirándole, me sonrió.

—Me has pillado.

—Y sin red —contesté. Qué ingeniosa.

Él se echó a reír y miró con anhelo el resto del cigarrillo que descansaba en la arena.

—Estoy intentando dejarlo.

—Bien por ti.

Me sorprendía que una persona que estaba tan en forma como él fuera fumadora. Pero las apariencias no lo eran todo, y yo debía saberlo mejor que nadie.

—Eric —me tendió una mano con la que envolvió completamente la mía cuando se la estreché.

Mi nombre no era ningún regalo, pero se lo ofrecí como si lo fuera.

—Paige.

Eric cambió de peso sobre sus botas. Aquel día, en vez de una camiseta de manga larga, llevaba una camiseta negra de AC/DC bajo una camisa de cuadros desabrochada. El viento sacudía su pelo, un pelo largo que le llegaba a la altura de la nuca. Una sombra de barba cubría sus mejillas y su cuello. Una barba oscura. Parecía cansado y un tanto desaliñado, pero tenía las manos limpias y los dientes blancos. La bolsa de cuero que tenía a los pies no era barata y tampoco el reloj que llevaba en la muñeca. Yo me fijaba en detalles de ese tipo.

Bostezó y giró el cuello. Alzó la mirada hacia el sol y la dirigió después hacia la calle que había enfrente del río. Miró a su alrededor con aquella sonrisa con la que podía dejarme completamente paralizada y se llevó un dedo a los labios.

—No se lo digas a nadie, ¿de acuerdo?

Me eché a reír.

—Tu secreto está a salvo conmigo. Pero me alegro de que lo estés dejando. Fumar no te hace ningún bien.

Inclinó la cabeza antes de mirarme a través de su oscuro flequillo.

—Lo sé, es terrible. Empecé a fumar cuando estaba en la universidad y no soy capaz de dejarlo.

—Pero ahora lo estás dejando, ¿no? —bajé la mirada hacia el cenicero.

Eric se echó a reír.

—Sí, por lo menos lo estoy intentando. Bueno, Paige, me alegro de que nos hayamos conocido formalmente. A lo mejor coincidimos esta tarde en el gimnasio.

¿Aquello era una promesa?

—Sí, claro. Intento ir varias veces a la semana después del trabajo.

Volvió a bostezar, añadiendo aquella vez un largo y sonoro suspiro.

—Sí, yo también, pero acabo de volver de un turno de doce horas y estoy destrozado. Pero a lo mejor nos vemos. Podemos hacer una serie de ejercicios.

—Sí, claro.

Intenté parecer natural, aunque al pensar que Eric iba a volver a ayudarme con mis ejercicios, el corazón parecía querer salírseme del pecho.

Eric miró el cenicero, miró la colilla y sacó el paquete de cigarrillos que llevaba en el bolsillo.

—Solo me queda uno. Debería tirarlo, ¿verdad?

—Sí, deberías tirarlo.

Pero sabía que no iba a hacerlo.

Le observé sacar el cigarrillo del paquete con los labios, arrugar el paquete y tirarlo. Después, encendió el mechero, lo tapó con la mano para proteger la llama del viento y lo acercó al cigarro. Dio una calada. Yo le miraba absolutamente fascinada.

Eric alzó la mirada, dejó de fumar durante algunos segundos y sonrió.

—Lo sé. Es un hábito terrible. Pero este es el último. Ya lo he dejado. Así, sin más. ¿Has visto?

No estaba mirándole porque quisiera que dejara el tabaco, sino porque el movimiento de su boca me parecía tan increíblemente sexy que comenzaba a sentir que se me debilitaban las rodillas.

—No. Quiero decir, sí, pero no es asunto mío.

Eric dio una larga calada y soltó el humo. Se levantó un ligero golpe de viento que le hizo cerrar los ojos un instante antes de que volviera a mirarme. Desvió la mirada hacia el cigarrillo.

—Sé que tengo que dejarlo. Estoy plenamente convencido. ¿Pero nunca has hecho nada sabiendo que no te conviene?

—Claro que sí —contesté sin pensármelo dos veces—. Más de una cosa.

Reímos juntos. Me miró a los ojos. Quizá fue el reflejo del sol en sus ojos, o quizá fuera mi propio calor el que reflejaban, pero la mirada de Eric me pareció muy cálida. Él fue el primero en desviarla.

—Nos vemos —dijo.

—Eso espero —contesté, y me sonrió.

Pasaba por Sensations cada día durante el trayecto al trabajo. El edificio, totalmente anodino, estaba a una manzana de la calle principal y había sufrido un incendio no mucho tiempo atrás. Pero, aparentemente al menos, ni las bailarinas ni las cabinas en las que se proyectaban películas para adultos habían sufrido ningún daño, porque el aparcamiento estaba repleto y vi salir y entrar a decenas de hombres durante los quince minutos que tardé en decidirme a entrar.

Había estado allí durante aquella memorable noche en la que se había arrodillado un hombre ante mí y en algunas otras ocasiones para comprar artículos para cumpleaños y despedidas de solteras. Y no había pasado ninguna vergüenza. Había entrado riéndome con mis amigas o fingiendo despreocupación mientras comparaba el diámetro de los consoladores moldeados a partir de los miembros de las más populares estrellas del porno. Y no me habría sentido avergonzada si no hubiera sido porque en la nota me decía que tenía que sentirme así.

Ya tenía un vibrador que rara vez utilizaba. Y lencería atrevida que jamás me ponía. Incluso, en algún lugar que no recordaba, tenía guardado un libro con ilustraciones de diferentes posturas con las esquinas dobladas para mostrar las que había hecho realidad.

El dependiente que estaba tras el mostrador alzó la mirada en cuanto entré. Me esperaba algo diferente, no un hombre de complexión musculosa con el rostro perfectamente cincelado de un modelo.

En ese momento, sí que estuve a punto de morir de vergüenza.

Fu como bajar la mirada estando en el ginecólogo con los pies en los estribos, esperando encontrar un hombre gordo y calvo, y descubrir a Brad Pitt.

–Hola –me saludó–, ¿puedo ayudarte en algo?

Allí te comprarás el objeto que más te avergüence y lo utilizarás para llegar al orgasmo.

Ni los consoladores de plástico ni las esposas de peluche me avergonzaban. Las bolas anales me hacían sonrojarme un poco más, pero tampoco podía decirse que me avergonzaran.

–Sí –contesté–. Estoy buscando algo especial.

Tenía una sonrisa preciosa. Y unos ojos muy bonitos también.

–¿Algo especial? ¿Es para regalar? ¿Una fiesta de cumpleaños o una despedida de soltera quizá? –lo preguntaba como si fuera algo que hiciera todos los días.

Seguramente porque lo hacía todos los días.

–No, es para mí.

Me sostuvo la mirada durante un segundo más de lo necesario.

–Muy bien. Bueno, a lo mejor puedo ayudarte a encontrar lo que buscas...

Una ligera pausa, una respiración, una sonrisa.

–Sí, me encantaría, gracias.

Las perchas con bragas y sujetadores ribeteados con plumas estaban en la parte de atrás. Desde luego, aquello no era Victoria's Secret. Ni Victoria sin ningún secreto. Ninguna de aquellas prendas parecía apta para ser utilizada, por no hablar de lo que podría pasar con ellas cuando se las metiera en la lavadora. Aun así, las recorrí jugueteando con las perchas y haciéndolas resonar en el perchero metálico.

Me fijé en un corsé pintado con un diseño de rosas. Acaricié la tela y me imaginé inmediatamente lo mucho que me gustaría sentirla contra mis senos. Lo sostuve sobre mí y me volví hacia el dependiente.

–¿Qué tal?

Esperaba que dijera «bien». O quizá, «muy sensual». Así que cuando vi que fruncía el ceño, sacudía la cabeza y apretaba la boca, mi sensación de ser una mujer atractiva en un sex-shop desapareció como por arte de magia.

–No es para ti.

Coloqué la percha en su lugar y me crucé de brazos. Deseé haber tenido tiempo de ir a casa para ponerme unos vaqueros y una camiseta y no tener que llevar aquellos tacones de seis centímetros y una falda que me llegaba a la altura de las rodillas. Echaba de menos unos vaqueros en los que hundir las manos para protegerme de aquella mirada con la que parecía estar estudiando mi cuerpo. Aquella mañana no me había vestido para exhibirme y por eso aquel hombre me hacía sentirme como si no debiera querer hacerlo.

Coquetear era divertido. Horas antes, hablando con Eric, estaba convencida de que era la chica más atractiva de los alrededores. En aquel momento, sin embargo, ni siquiera estaba segura de que no debiera retirarme a un convento.

—Sígueme —me hizo un gesto con el dedo.

Estuve a punto de no hacerlo. Su mirada me había desanimado. Me había hecho sentirme avergonzada. Pero cuando me di cuenta de que por fin sentía vergüenza, asentí y lo seguí a través de unos pasillos estrechos flanqueados de ropa interior erótica y consoladores de plástico. Rodeada por aquel mar de senos, traseros, pectorales y abdominales, intentaba mantener la mirada fija en el hombre que caminaba delante de mí, pero no pude evitar comparar los senos que aparecían en una caja de un juego de mesa con los de otra caja que contenía una vagina moldeada a partir de una estrella del porno.

El dependiente me miró por encima del hombro cuando llegamos al final de la tienda. A través de la puerta que tenía a la derecha, vi el interior de un club de striptease. Incluso a aquella hora tan temprana, las chicas estaban ya contoneándose sobre un pequeño escenario. Cada pocos segundos aparecía una pierna o un pie con un tacón descomunal. Debía de haber también una barra, pero no podía verla desde donde estaba.

—¿Quieres echar un vistazo? —me preguntó.

Me había quedado mirando fijamente y tenía las mejillas enrojecidas, aunque no habría podido decir exactamente por qué.

—No, gracias.

Su sonrisa iluminó sus ojos de color oscuro.

—¿Estás segura?

—Estoy segura —me aclaré la garganta y señalé las estanterías que había delante de él—. ¿Tienes algo que enseñarme?

—Ah, sí, claro que sí.

Tomó una de las cajas de las estanterías. Yo retrocedí con la boca abierta al verla en su mano. No porque estuviera festoneada con penes y vaginas, sino porque tenía la forma de un cofre. De hecho, era una versión más pequeña del cofre que había visto en la tienda de Miriam. Cabía perfectamente en la palma de su mano. El dibujo de la caja era de mariposas sobre satén de color rojo.

—¿Sabes lo que es esto?

—No —negué con la cabeza y cerré los labios.

Parpadeó y me miró de cerca. Después, dobló el dedo para indicar que me acercara y obedecí. Contuve la respiración, esperando a que abriera la caja. No sabía qué podía haber en su interior. Cuando vi aquella botellita, le miré.

—Es un secreto de la China Antigua —me explicó—. Y no es un detergente para lavadoras.

La botella estaba sellada con plástico, así que no podía ser muy antigua. Entrecerré los ojos para leer la etiqueta. No conseguí descifrar las palabras, pero el dibujo era el de una mariposa estilizada. La verdad era que no resultaba muy explícito.

—Es un gel para reforzar el orgasmo. Las mujeres se vuelven locas con esto —me dijo, como si me estuviera confesando un gran secreto.

Me puse tiesa inmediatamente. Erguí los hombros, alzando al hacerlo mis senos, que por fin merecieron algo más que una mirada desinteresada por su parte. No la mantuvo allí durante mucho tiempo, pero miró.

—¿Y para qué sirve?

Me tendió la caja hasta que la tomé.

—Ayuda a las mujeres que no pueden alcanzar el orgasmo.

—Yo… —no tenía nada qué decir al respecto.

Lo intenté, pero las palabras se quedaron atrapadas en mi garganta. No podía tener la espalda más tiesa, los hombros más erguidos. Apoyé una mano en la cadera mientras intentaba devolverle la cajita con la otra.

No la acepté.

—Has dicho que querías algo para ti. Y no me dirás que lo que estabas buscando era una prenda de lencería mala.

—¡Yo no necesito eso! —le tendí la caja—. ¡Eso es para mujeres que necesitan ayuda!

A lo mejor era ridículo sentirme avergonzada. A lo mejor era la idea que me había metido un desconocido en la cabeza, la obligación de comprar algo que me violentara, lo que me estaba haciendo pasar aquella vergüenza. No me había sonrojado delante de vibradores que podrían servir como misiles, ni de penetradores anales con colas de caballo, y, sin embargo, me había bastado ver aquella botellita para que me ardieran las mejillas.

Le miré a la cara.

—Eso es para mujeres que no pueden tener orgasmos, ¿verdad?

Se encogió de hombros. Yo seguía sin aceptar la caja.

—Se supone que ayuda.

—¿Y tengo yo aspecto de... de necesitar ayuda?

Había tenido que someterme a la mirada de mujeres capaces de hacerme sentirme pequeñita con solo una mirada, pero jamás había sido diseccionada visualmente por un hombre de aquella manera. Los hombres miran a las mujeres. Encuentran las partes del cuerpo que les gustan, mantienen allí la mirada y en el caso de que no la encuentren suficientemente atractiva, la desvían. Pero, por lo menos en mi caso, vuelven a mirar siempre, aunque solo sea porque lo tengo todo donde lo tengo que tener.

Aquel tipo me miró. Y continuó mirándome. Recorrió cada centímetro de mi cuerpo varias veces. Cuando por fin volvió a posar la mirada en mi rostro, se encogió de hombros.

—Querida, unas bragas divertidas no te van a ayudar a correrte. Esto sí.

La «querida» en cuestión no necesitaba aquel producto para nada, pero el pensar que a aquel hombre no le gustaban las mujeres, me hizo sentirme ligeramente mejor ante el hecho de que considerara que tenía el aspecto de una mujer incapaz de llegar al orgasmo. Cerré los dedos sobre la caja, alcé la barbilla y solté un suspiro que no sirvió en absoluto para aliviar el calor de mis mejillas.

–Muy bien –dije entre dientes–. Me lo llevo.

Una vez en la caja registradora, marcó la venta mientras hablaba sobre las bailarinas que había al otro lado. Me informó además, por si estaba interesada, de que los lunes bailaban chicos. Después, metió la cajita en una bolsa, tomó mi tarjeta de crédito y leyó mi nombre como si quisiera memorizarlo.

Yo mantuve la cabeza alta, aunque las manos me temblaban de tal manera que resbalaron sobre el papel cuando firmé. Estaba segura de que él lo había notado, pero, al fin y al cabo, eso sirvió para aumentar mi vergüenza, que era precisamente el motivo por el que estaba allí.

Una vez en el aparcamiento, tomé aire varias veces para aclararme la cabeza. La bolsa marrón, salpicada por el sudor de la palma de mis manos voló inmediatamente al asiento de atrás. En cuanto estuvo allí, posé las manos en el techo del coche y tomé aire varias veces.

Había comenzado a caer la noche mientras estaba dentro del edificio. No había pensado que para cuando saliera habría oscurecido por completo, pero así de engañosa es la primavera. Una piensa que todavía tiene varios minutos de sol y terminas torciéndote el tobillo porque la luz del atardecer no te permite distinguir los baches del asfalto.

Necesitaba desesperadamente una copa, tenía la garganta seca y solo era capaz de pensar en mi sed y en mi rostro sonrojado. Sensations estaba al final de la calle, pero no era el único establecimiento de la zona. Había una gasolinera en la que vendían aperitivos, cerveza y vino, probablemente para los clientes del salón de baile del Sensations.

Fui hasta allí. Abrí la puerta, oí sonar la campanilla y fijé inmediatamente mi atención en la nevera que había al final de la tienda. Me aparté para dejar pasar a la mujer que estaba saliendo justo en el instante en el que yo entraba. Después, me detuve mientras la puerta se cerraba y volví a abrirla para llamarla.

–¿Miriam?

Miriam se volvió y me dirigió una sonrisa radiante.

–Hola, cariño. Me alegro mucho de verte.

Sabía que Miriam tenía vida fuera de la tienda. Sabía que vivía en una casa. También conducía un coche. Y compraba vino, tabaco y chicles también. Aun así, verla fuera del que yo consideraba su entorno natural, me sorprendió.

–Qué... Hola. Vaya, no imaginaba que iba a encontrarme contigo.

Volvió a sonreír y me palmeó el brazo.

–Claro que no, cariño, ¿cómo ibas a imaginártelo?

Me eché a reír.

–No sé.

–¿Pasarás pronto por la papelería?

Inclinó la cabeza y me examinó con la mirada. Llevaba un pañuelo con diseño de tigre sobre las solapas de un abrigo rojo. Habría dado cualquier cosa por tener su estilo.

–He traído cosas preciosas. Y continúa esperándote el cofre que vistes.

Pensé en el cofre que acababa de comprar y en lo que pretendía hacer con él. La voz me sonó muy débil cuando contesté:

–A lo mejor la compro esta semana.

–Estupendo.

Asintió y continuó caminando. Lo hacía lentamente, pero sin cojear y ni necesidad de bastón a pesar de su edad.

La estuve observando durante un rato. Después, me volví de nuevo hacia el interior de la tienda, donde añadí una botella de vino a mi botella de agua. No me apetecía tener una cita con mi mano y una botella de agua.

Capítulo 16

¿Por qué había pasado tanta vergüenza?

Desnuda y húmeda por la ducha, me planté delante de la cama y abrí la caja. Saqué la botella y quité el plástico que pretendía protegerme solo Dios sabía de qué. Era una botellita de cristal, pesada, y el tapón de goma me recordó a un pezón cuando lo apreté con el dedo y el índice.

Repetí la operación con mi propio pezón, después de haberme lamido los dedos. Se irguió ante aquel contacto. El corazón ya había comenzado a latirme un poco más rápido, no tanto por lo que estaba haciendo como por lo que pretendía hacer. Sacudí la botella y la sostuve frente a mí. El líquido del interior parecía aceitoso. Me recordó a uno de esos adornos que hacíamos en el colegio, metiendo aceite y agua coloreada en una botella de refresco. Siempre me había gustado poner purpurina en las mías.

Aquella botella no tenía purpurina. Solo un líquido oleoso y claro que brillaba a la luz. Leí los ingredientes para asegurarme de que no contenía nada peligroso. Aceite de marihuana. ¿Sería legal? Ginseng. Jengibre. Todos ingredientes naturales, pensé.

Sentí que volvía a arderme la cara. No tenía un espejo de cuerpo entero en mi apartamento. Solo tenía el espejo de la cómoda. Desde donde estaba, veía reflejado mi torso únicamente. No tenía cabeza. Ni más pierna que los muslos. No tenía nada, salvo las partes más sexuales de mi cuerpo.

Los senos, el vientre, el trasero, el pubis.

Allí te comprarás el objeto que más te avergüence y lo utilizarás para llegar al orgasmo.

Todavía no alcanzaba a comprender por qué había pasado tanta vergüenza al comprarle ese líquido a un hombre al que ni siquiera le gustaban las mujeres y al que, por lo tanto, no podía culpar de no ser capaz de apreciar mi arrebatadora sensualidad. Sacudí de nuevo la botella y quité el tapón. Parecía como el dosificador de un medicamento, pero sin las correspondientes marcas para indicar la dosis. Volví a apretar el tapón de goma al tiempo que me acariciaba el pezón.

La mujer del espejo hizo lo mismo que yo. Sostuve el dosificador sobre mi dedo índice. El líquido, todavía brillante, formó una lágrima antes de caer sobre mi piel. Lo froté con el dedo pulgar y esperé. El tacto sedoso permanecía y comenzó a filtrarse un ligero calor por mi piel.

¿Por qué me había indignado tanto que un desconocido pensara que no podía llegar al orgasmo? Dejé caer otra gota en mi dedo y me acaricié después los pezones. Aquella vez, cuando los presioné, los dedos resbalaron sobre mi piel. Los pezones endurecidos entraron en calor con el contacto del aceite y mi mano.

Deslicé los dedos lubricados sobre mi clítoris. El tacto fue como el de la seda sobre el satén. Entreabrí los labios y exhalé. Volví a acariciarme con movimientos circulares y esperé el calor. Llegó dos segundos después y fue mucho más intenso que en mis pezones. Me mordí el labio inferior, suspirando.

Me habría resultado difícil decir si los poderes afrodisíacos estaban en el aceite o en mi mente, pero, al final, eso era lo de menos. Me tumbé en la cama con las piernas abiertas y los pies firmemente plantados sobre el edredón para poder mecer las caderas.

Me acaricié el clítoris lentamente, con movimientos circulares, como más me gustaba. La piel iba absorbiendo el aceite, pero quedaba suficiente como para que no necesitara añadir ni una gota más. Dejé que mis dedos exploraran las curvas y rincones de mi cuerpo, los lugares secretos que podían proporcionarme un intenso placer.

El clítoris iba aumentado de temperatura a medida que frotaba, y me pareció completamente natural, porque el calor y la vergüenza siempre iban de la mano, por lo menos en mi caso. El sudor comenzaba a humedecer mis axilas y la parte superior de mis labios. Lo lamí, deseando que fuera la lengua de otro la que acariciara mi boca y las manos de un hombre las que estuvieran entre mis piernas.

¿Por qué me había importado tanto lo que un desconocido pudiera pensar de mí?

Gemí y cerré los ojos, intentando alejar de mis pensamientos todo lo que no fueran las sensaciones que comenzaban a crecer en mi interior. Era más fácil fingir de esa forma, imaginar que no estaba sola en mi flamante cama, con las sábanas limpias y recién estrenadas que nunca habían conocido la presencia de otro cuerpo. Cerré los ojos. El susurro de mi mano moviéndose contra mi piel acariciaba mis oídos.

¿Por qué estaba tan dispuesta a seguir las órdenes de un desconocido que no significaba nada para mí?

El aceite se deslizaba por mis dedos sobre mis labios inferiores y hacia las grietas más profundas de mi cuerpo. Seguí con la otra mano aquel camino. Probablemente podría alcanzar el orgasmo en un minuto o dos, pero me puse a pensar en el poco tiempo que había pasado desde la última vez que me había masturbado. No hacía falta ser un genio para darse cuenta de que estaba empezando a desconcentrarme y de que no iba a alcanzar el orgasmo de tanto pensar.

¿O el problema era que estaba realmente avergonzada?

«Es posible que no sea muy inteligente, pero es bastante guapa».

Lo había dicho una de las amigas de Stella sin ser consciente de que la estaba oyendo.

Gemí. No quería pensar en las amigas de la mujer de mi padre mientras estaba intentando llegar al orgasmo. Pero cuanto más aumentaba la temperatura del clítoris, menos interesada estaba en terminar lo que había empezado. Dejé de intentarlo.

«Es posible que no sea muy inteligente, pero es bastante guapa. Como su madre».

Después, se habían echado a reír como si les pareciera realmente divertido. O incluso como si les diera cierta vergüenza. A esa edad, yo no había sido capaz de comprender exactamente por qué. Lo único que sabía era que había empezado a dolerme el estómago al saber que Stella pensaba que no era inteligente, aunque fuera tan guapa como mi madre. Lo había comprendido todo al convertirme en una mujer adulta. A Stella le avergonzaba admitir que se había casado con un hombre capaz de dejarse seducir por una fulana. La había dejado embarazada y después se había mostrado suficientemente compasivo como para convertir a su hija bastarda en parte de su vida. Algo así.

Para ellas, yo no era Paige. Era la hija de una mujerzuela. Al pensar en ello, comprendí algunas cosas más.

No me había avergonzado el hecho de que un hombre

al que no conocía ni me gustaba no me encontrara deseable. No, no me había avergonzado el hecho de que no quisiera acostarse conmigo, sino el que creyera que era algo que no era.

Me humedecí los labios, saboreando la sal de mi sudor. Oía mi propia respiración desde muy lejos. Di media vuelta en la cama para sacar la botellita sobre la que estaba acostada y tirarla a la papelera que tenía a los pies de la cama. Después, me acurruqué con un almohadón entre mis brazos, abrazando a un amante que no estaba allí.

Las notas comenzaron a ser más frecuentes. Todas las mañanas, al ir a trabajar o cuando llegaba a casa después del trabajo, encontraba una tarjeta diciéndome lo que tenía que hacer ese día. A veces la lista era muy corta, se limitaba a una frase o dos:

Escucha tu emisora favorita. Canta en voz alta.

Otras, las instrucciones eran más largas, más demandantes.

A las once y media dejarás lo que estés haciendo y te concentrarás en algo de tu vida que te hace feliz. Durante treinta segundos, no harás nada más que valorar la razón de ese júbilo.

Había pasado toda aquella mañana esperando que llegaran las once y media, por una parte, temiendo olvidarme, y, por otra, pensando en desafiarla, imaginando que me negaría a hacerlo cuando llegara el momento de seguir las instrucciones. Por supuesto, fui incapaz de resistirme. Supongo que de la misma forma que alguien a quien le hubieran dicho que no pensara en un elefante rosa no sería capaz de pensar en otra cosa.

Si hay alguien en tu vida a quien has herido, debes ofrecerle una verdadera disculpa.

Aquella orden era muy fácil de cumplir. No había visto a Kira desde hacía semanas y quedé con ella después del trabajo. Quedamos en Hershey, a medio camino entre Harrisburg y Lebanon. Pero ella todavía no estaba preparada para perdonarme.

—¿Pero de verdad puedes culparme? —pregunté por encima del vapor de nuestros cafés—. Quiero decir... Kira, es Jack.

—Sí, Jack Rabbit. Lo sé.

Arqueé una ceja.

—Lo siento. Pero en aquella época no tenías ninguna clase de relación con él.

Entonces suspiró y se encogió de hombros.

—Lo sé. Supongo que lo que me molesta es que tú te acostaras con él y yo no. Pero eso no es ninguna novedad, ¿verdad?

No era precisamente eso lo que esperaba oír.

—¿Qué?

Fingió concentrarse en su esmalte de uñas.

—Es lo mismo que ha pasado con todos los chicos que me han gustado.

—¿A qué te refieres?

Me miró a los ojos.

—¿Austin?

—¿Qué pasa con Austin?

Kira se me quedó mirando fijamente y después desvió la mirada.

Me reí con ganas.

—¿Querías acostarte con Austin? ¡Pero si te has enfadado conmigo por haberme acostado con Jack? ¡Qué hipócrita!

Sus ojos relampaguearon.

–¡Tú sabías lo que sentía por Jack! Lo de Austin es completamente diferente.

–¿Por qué es diferente?

Terminé el café y tomé el bolso para marcharme, no porque estuviera enfadada con ella, sino porque, como le había dicho no mucho tiempo atrás al hombre del que estábamos hablando, todo aquello ya era agua pasada.

–¡Tú le habías dejado! Ya no estás enamorada de él –Kira agarró su bolso también y me fulminó con la mirada–. Pero por lo visto, eso no importa.

–Te rechazó, ¿eh?

Su expresión fue suficiente respuesta.

–Y eso es lo que te molesta, ¿verdad? No que yo me acostara con Jack, sino que Austin te rechazara.

–Me rechazó porque todavía te quiere –replicó Kira.

No tenía respuesta para eso.

–Y después tú te acostaste otra vez con él –añadió.

–Kira, no sabía que te gustaba Austin.

Pero no podría tener nada con él, pensé de pronto. Porque era mío.

–Como tú quieras. Qué más da –se colgó el bolso al hombro–. No deberíamos dejar que los hombres se interpusieran entre nosotras.

No le dije que la razón por la que le había pedido disculpas no tenía nada que ver con nuestra amistad, que ya había sufrido alguna crisis en el pasado. A veces uno conserva una amistad más por costumbre que porque tenga algo en común con la otra persona. De hecho, si no hubiera recibido aquella nota, no la habría vuelto a llamar.

–Desde luego –me mostré de acuerdo.

–Bueno, ¿y qué va a pasar con vosotros? ¿Vais a volver o no?

–¡Claro que no!

Salimos hacia nuestros coches, que habíamos aparcado juntos. Pasé por delante de ella en aquella acera abarrotada de compradores en busca de gangas. Cuando era más joven, mi madre me llevaba a verdaderos *outlet*, tiendas en las que vendían artículos de segunda mano y de fuera de temporada. Aquellas tiendas no tenían nada que ver con eso.

–Tú verás. ¿Sabes? Creo que Tony va a pedirme matrimonio –respondió, menos reservada de lo que solía ser conmigo–. Por mi cumpleaños. Yo pensaba que me regalaría la sortija por Navidad, pero...

De pronto, me pareció indignante, además de muy poco probable, que Kira pudiera llegar a casarse.

–¿Quieres casarte con él?

Yo ni siquiera conocía a Tony todavía.

Me miró a los ojos.

–Sí, creo que sí. Ya no soy ninguna niña, ¿sabes?

A pesar de ser un tópico, le encajaba perfectamente.

–El matrimonio no lo es todo, Kira –pretendía hacerla sentir mejor, pero me volvió a mirar con firmeza.

–Para ti es fácil decirlo, porque ya has estado casada.

–No, no es esa la razón. Y no era eso lo que quería decir –añadí–. Lo único que pretendía decirte es que no deberías sentirte como si te estuvieras perdiendo algo. Eso es todo.

–Pero claro que me estoy perdiendo algo. ¡Eh, podías ser mi dama de honor! –me ofreció Kira.

–Por supuesto.

Nos despedimos con un medio abrazo y un roce de mejillas. Me pregunté si me lo habría ofrecido de verdad. Y si le molestaría que no lo aceptara. Mientras conducía hacia mi casa, me alegré de no ser ella. Me alegré de no estar perdiéndome algo.

Pero echaba de menos algo en mi vida y aquellas notas, aquellas listas, me estaban proporcionando algo que necesitaba. Algo que estuviera esperándome al volver a casa. Me temblaban los dedos mientras la abría. ¿Qué sería lo siguiente? ¿Qué fantasía tendría que hacer realidad en aquella ocasión?, me preguntaba. Ya estaba imaginando el papel y el bolígrafo que utilizaría para describirla.

Mañana te pondrás una blusa azul.

Creo que apenas cambié de expresión antes de volver a recomponer el rostro. Si alguien me estaba observando, no iba a darle el placer de ser testigo de mi decepción.

Mañana te pondrás una blusa azul.

—Mañana —musité mientras deslizaba la tarjeta en su buzón—, me pondré una blusa del color que me dé la gana.

Me negué a pensar en ello mientras subía los cuatro pisos que me separaban de mi apartamento. Y seguí sin pensar en ello mientras volvía a bajar al sótano para ir al gimnasio. Me negué a pensar en aquella nota y en aquella orden tan sencilla mientras sudaba y maldecía aquella televisión y aquellas bellezas pechugonas y sin caderas que tenían la misión de conseguir que el resto de las mujeres se sintieran inferiores. Me negué a pensar en ello mientras me enjabonaba el cuerpo en la ducha, mientras me ponía acondicionador en el pelo y mientras me depilaba las piernas.

—¡Maldita sea! —grité en medio de la habitación vacía mientras permanecía delante del armario.

No tenía ninguna blusa limpia de color azul.

Me puse unos pantalones de un pijama con un diseño de monos sonrientes con gorros de Santa Claus y me recogí el pelo delante de la cabeza para que me quedara ondulado cuando se secara. Encendí la televisión y la apagué. Agarré un libro y lo dejé.

–Mierda.

Me tumbé en la cama con los brazos cruzados detrás de la cabeza y clavé la mirada en el techo. La escayola estaba extendida en pequeñas espirales. En el centro había un medallón con una tapa metálica. El anterior inquilino había dejado la lámpara y el ventilador de techo al marcharse y aunque se suponía que deberían haber colocado la lámpara original, no lo habían hecho. El metal reflejaba la luz de la lámpara de la mesilla de noche y la ventana cuando la habitación estaba a oscuras. A veces, cuando me despertaba en medio de la noche, imaginaba que era el ojo brillante de la luna que, de alguna manera, había terminado en mi dormitorio y estaba observándome.

¿Habría alguien más observándome? ¿Estaría alguien jugando conmigo? Me incorporé sobre un codo, miré a mi alrededor y hacia el armario, donde colgaban blusas de todos los colores salvo el azul.

Me levanté de la cama y rebusqué en la ropa sucia para ver qué podía encontrar. El azul no era mi color favorito. Para ir a trabajar prefería las camisas blancas, porque podía quitarles las manchas con lejía. Tenía una camisa azul, sí, pero no era de las que me habría puesto para ir a la oficina. El escote era demasiado pronunciado y era una blusa demasiado ceñida. La sostuve delante de mí mientras me miraba en el espejo. Con unos pantalones de vestir de color negro me quedaría bien. Y con una chaqueta negra.

De todas formas, tenía que hacer la colada, me dije a mí misma mientras dejaba bragas, calcetines y toallas en la cesta de la ropa sucia. Si no la hacía en ese momento, tendría que hacerla en otro momento de la semana.

Sí, no merecía la pena andarse con rodeos. Por alguna razón, me había enganchado a aquellas listas. Aunque nadie me estuviera mirando. Al día siguiente me pondría la camisa azul. Estaba decidido.

Pero antes, tenía que lavarla.

Capítulo 17

Riverview Manor tenía lavadoras y secadoras de alta gama, pero nunca eran suficientes. Aquella era una de las carencias de aquel supuestamente lujoso edificio, y una de las que había merecido más circulares de la Asociación de Vecinos. Se suponía que algunos apartamentos disponían de lavadora y secadora en el interior, lo que explicaba por qué no habían puesto más electrodomésticos en la lavandería. Fuera como fuera, fue una suerte que al entrar en la lavandería con el cesto de la ropa sucia, la encontrara vacía, salvo por el olor a suavizante que impregnaba la habitación y el ronroneo de los tambores de la secadora.

Llené una lavadora con mi ropa, eché el detergente, agarré el cesto y el libro, uno que había encontrado en uno de los pasillos de la librería que no solía frecuentar, y me senté en una de las sillas de madera que había a lo largo del pasillo. Al descubrir que no estaba sola, solté un pequeño grito. El hombre que estaba sentado a mi lado tenía la cabeza inclinada y llevaba unos cascos en las orejas, así que no me oyó. Pero mi sobresalto debió de llamarle la atención, porque alzó la mirada.

Eric alzó la mirada con una sonrisa y se quitó los cascos. Oí la tenue melodía de una canción que habría reconocido si le hubiera prestado atención en vez de fijarme en él. O más concretamente, en sus ojos, que eran de un castaño líquido y oscuro.

—Hola. Lo siento, ¿te he asustado?

—No había visto que estabas detrás de las lavadoras.

Dejé el cesto en el suelo y me llevé la mano al corazón.

—Sí, la verdad es que la distribución no está muy bien pensada —miró a su alrededor y ordenó los papeles que había dejado en la silla que tenía a su lado—. Lo siento, ¿quieres sentarte?

Ocupé una silla que estaba a dos de la suya y empujé el cesto con el pie. Eric seguía sonriéndome, así que le devolví la sonrisa.

—Gracias.

—¡Mira que venir a encontrarnos aquí! —comentó.

—Aquí, allí. En todas partes —posé un dedo en mi barbilla, fingiendo pensar—. ¿Me estás siguiendo?

Para mí más absoluto deleite, se sonrojó. Solo un poco. Pero lo suficiente.

—Cualquiera lo diría.

Sacudí la cabeza y me incliné un instante sobre el cesto de la ropa, en el que todavía tenía la ropa blanca

—Últimamente te he echado de menos en el gimnasio.

Alcé la mirada y descubrí algo extraño en sus ojos. Culpabilidad, quizá. Aunque no entendía por qué podía importarle que yo estuviera al tanto de cuándo iba al gimnasio. Se encogió de hombros y se pasó la mano por el pelo.

Cargué la lavadora más cercana con la poca ropa blanca mientras hablábamos. Era consciente de que había bragas y sujetadores entre las blusas, pero no me sonrojé ni siquiera cuando vi que me estaba mirando.

Eric tenía una sonrisa tan lenta y dulce como la miel

que goteaba de una cuchara. Y a mí me entraban ganas de lamerla como si realmente lo fuera.

—¿De verdad? Lo siento.

Nos miramos el uno al otro, rodeados por el olor a suavizante, humedad y calor.

—¿Esperabas que fuera? —preguntó Eric—. ¿Por alguna razón en particular?

Me sonrojé violentamente, contesté con una risa e incliné la cabeza. Eric también se echó a reír, aunque al cabo de un segundo. Su voz se unió a la mía en una especie de dueto y cuando volví a mirarle, sus ojos brillaban con humor y un explícito interés.

—¿Esperabas que fuera? —repitió.

—Sí —admití—. No es lo mismo tener que hacer ejercicio sola.

—Lo siento, pero estas últimas semanas han sido una locura.

Metí las monedas en la rendija, eché el detergente y puse la lavadora en marcha.

—¿A qué te dedicas exactamente?

Eric se reclinó en la silla.

—Soy médico de urgencias.

¡Bingo! ¡Teníamos un ganador! Un médico atractivo y divertido. Mi madre estaría orgullosa.

—¿Y cómo es el trabajo de un médico de urgencias?

Pareció ligeramente sorprendido.

—Muy cansado, pero muy emocionante también.

—Sí, supongo que salvar vidas y todo eso debe de someterte a una gran presión —contesté.

Le miraba los labios cuando hablaba.

—Sí —contestó Eric al cabo de un segundo. Una sombra oscureció fugazmente su rostro—. A mucha presión. ¿Y tú a qué te dedicas?

Le contesté sin que pareciera que me avergonzaba de no ser médico. Si a Eric no le impresionó mi trabajo tanto como a mí el suyo, no lo demostraron sus ojos. Y tampoco su boca, pues continuaba sonriendo.

La conversación fluyó mientras lavábamos, secábamos y doblábamos nuestra ropa.

—Apuesto a que ese color te queda genial —señaló la blusa azul que acababa de sacar de la secadora.

Sostuve la blusa frente a mí.

—¿Tú crees?

—Sí, va a juego con tus ojos.

Rara vez me quedaba yo sin palabras, pero en aquella ocasión, apenas fui capaz de tragar saliva y contestar:

—Gracias.

Se frotó la nuca con un gesto adorable.

—¿Crees que me he pasado?

—No, y te mentiría si te dijera que no me gustan los cumplidos.

Para no tener que mirarle en ese momento, continué sacando ropa de la secadora.

—Y no te gusta mentir.

Le miré por encima del hombro.

—No, ¿y a ti?

Pretendía que fuera una pregunta tan intrascendente como el resto de la conversación. Por eso, al ver que no contestaba, me enderecé y me volví hacia él. Me estaba mirando de una forma que me impidió seguir hablando.

—¡Ya sé dónde fue! —chasqueó los dedos—. La primera vez que te vi no fue en el gimnasio.

Contuve la respiración. Mis manos, en aquel momento llenas de ropa, se tensaron. Me humedecí los labios con lengua mientras pensaba en lo que iba a contestar.

—No. La primera vez que nos vimos fue en el Mocha.

—No, no fue en el Mocha. ¿Alguna vez hemos coincidido en el Mocha? —se echó a reír y se tapó los ojos con las manos durante un segundo antes de volver a mirarme—. Lo siento. Conozco a tanta gente que a veces me olvido de dónde la he conocido. Pero te aseguro que me encantaría acordarme de haber estado contigo allí.

–En realidad no estuvimos juntos. Solo te vi. Estabas sentado al lado de la ventana escribiendo algo. Se te veía muy serio. Seguramente no te fijaste en mí. Estabas ocupado.

–Tendría que haberme fijado en ti, Paige –respondió con una sonrisa con la que me estaba indicando exactamente lo que pretendía decir.

Me eché a reír otra vez.

–Pero no te fijaste. Porque conoces a muchísima gente. Así que, si no fue en el Mocha ni cuando estabas fumando…

Una vez más, volví a descubrir algo extraño en su mirada.

–Y no fue en el gimnasio –continué como si no lo hubiera visto–, ¿en dónde fue?

Sus ojos volvieron a brillar.

–Fuera de la papelería Speckled Toad.

Me quedé boquiabierta, pero no dije nada.

Volvió a chasquear los dedos y se echó a reír.

–¡Sí! Tengo razón, ¿verdad? Fue allí. ¡Sabía que me resultabas conocida!

–Me encanta esa papelería.

Con la ropa en las manos, no tenía oportunidad de lanzarme a sus brazos, así que la mantuve allí.

–A mí también.

La sonrisa de Eric se suavizó mientras me observaba. Parecía estar estudiándome detenidamente. Al cabo de un momento, asintió.

–Sí, definitivamente, fue allí. Hace unas cuantas semanas, ¿verdad? Tú entrabas y yo…

–Y tú salías. Sí –fingí acordarme en ese momento–. Supongo que por eso me fijé en ti cuando te vi después en el Mocha. Me resultabas familiar.

Sonaba mucho mejor explicado así y Eric sonrió de oreja a oreja.

−¡Ajá! Qué pequeño es el mundo, ¿verdad?

−Diminuto.

Quería besarle. Y quería que él me besara a mí. Pero lo que hice fue agacharme para sacar el resto de la ropa de la secadora y dejarla en el cesto. Eric continuaba mirándome fijamente cuando me levanté con el cesto en la mano.

−¿Qué piensas hacer cuando termines la colada?

−Pensaba leer un rato −miré el reloj de la pared y le miré de nuevo a él−. Mañana tengo que trabajar, ¿por qué?

−Yo pensaba ver una película. *Los Monty Python y el Santo Grial.* ¿La has visto?

−No.

Pronuncié mi negativa lentamente, no quería sacar conclusiones precipitadas.

−¿Te gustaría verla?

Fingí pensármelo, aunque por dentro ya estaba gritando el ¡SÍ, SÍ, SÍ, SÍ! del orgasmo de Sally en *Cuando Harry encontró a Sally*.

−¿Me estás invitando a verla contigo?

−Sí −extendió las manos−, ¿qué te parece?

−Claro, ¿por qué no? Déjame llevar esto antes a mi casa.

−¡Genial! −sonrió mostrando sus dientes blancos y perfectos. En lo único en lo que pude pensar fue en cómo sentiría aquellos dientes contra mi piel−. ¿Dentro de una hora? ¿Cuarenta minutos?

−Estupendo.

−Vivo en el ciento catorce −me dijo entonces Eric.

El cesto de la ropa se me cayó de las manos.

Capítulo 18

−¿Estás bien?
Eric ya estaba de rodillas, ayudándome a recoger la ropa mientras yo no hacía nada, salvo mirarle boquiabierta.
El mundo parecía haberse detenido. De repente, todo había cambiado.
Me recuperé, al menos lo suficiente como para evitar que tuviera que hacerme la reanimación cardiopulmonar. Observé sus fuertes manos deslizándose por mi ropa mientras la ponía de nuevo en el cesto, pero no me moví. Cuando se levantó y me ofreció su mano para ayudarme a incorporarme, la acepté.
−Sí, estoy bien −contesté. Incluso conseguí sonreír. Apretaba el cesto con tanta fuerza que tenía los nudillos blancos−. Déjame llevar esto a casa y después nos vemos en tu apartamento, ¿de acuerdo?
Subimos juntos en el ascensor. No íbamos en silencio, aunque cuando miro hacia atrás, me resulta imposible recordar de qué hablamos. Recuerdo su voz, una voz grave y profunda, y el sonido de su risa ante alguna de sus bromas. También recuerdo el sonido metálico del ascensor mientras subíamos y la brisa contra mi rostro cuando se abrió en su piso. Recuerdo el brillo de sus

ojos cuando me miró por encima del hombro y el gesto de despedida que me hizo con la mano. Pero no recuerdo lo que me dijo.

Una vez en mi apartamento, dejé el cesto de la ropa en la cama y abrí el cajón de la mesilla. Saqué del interior el papel en el que había escrito mi recuerdo más erótico y la botellita de Cum-Ezee que había sacado de la basura y había vaciado. Sin las notas y sin las órdenes, ninguna de las dos cosas habrían estado en mi mesilla. Miré a mi alrededor, miré la ropa nueva en el armario, los libros en las estanterías. Y pensé en la persona en la que me había convertido gracias a esas notas.

Ninguna iba dirigida a mí.

Todas estaban dirigidas a él.

El sonido de mi propia risa me taladró los oídos y cerré la boca para evitarla. Miré la ropa revuelta en el cesto y pensé en Eric de rodillas, ayudándome a recogerla. El corazón me latía a toda velocidad y sentía la garganta seca.

Durante todo aquel tiempo había imaginado que la destinataria de aquellas notas era una mujer. No iban dirigidas a mí, pero por lo menos, iban dirigidas a alguien como yo. Descubrir que el destinatario era un hombre... Sacudí la cabeza. Un mechón de pelo escapó del pasador con el que lo tenía sujeto. Cerré los ojos y presioné el puño contra mis labios. Eran cartas dirigidas a un hombre. ¿Significaría eso que la persona que las había escrito era una mujer?

Dios mío, ¡era tan insoportablemente sexy que no podía soportarlo!

Mi sexo irradiaba calor. Sentí de pronto la presión de la costura de los pantalones contra el clítoris y me tumbé en la cama. Tenía los pezones endurecidos, suplicando la presencia de una boca o unas manos sobre ellos. Aparté la mano de mi boca y la deslicé por mi cuerpo, aunque aquella caricia no sirvió para apagar mi repentino fuego.

Los minutos iban pasando mientras repasaba mentalmente las notas que había recibido e imaginaba a Eric realizando las tareas que tan excitantes me habían parecido. ¿Qué recuerdo habría tardado tanto en escribir que había terminado entregándolo tarde? ¿Qué habría comprado en el sex-shop? ¿Qué objeto le habría avergonzado? Pensé en el cesto de su ropa y en la camisa azul que había visto allí.

Me senté, tenía el pelo revuelto y cayendo por mi frente. Estaba sudando. Me quité la camiseta y los vaqueros y me di una ducha suficientemente fría como para que me castañetearan los dientes mientras me enjabonaba a toda velocidad. Bragas nuevas y sujetador nuevo, pero no excesivamente llamativos para que no dieran lugar a pensar que pretendía desnudarme cuando me los había puesto. Una camiseta limpia, de líneas elegantes y favorecedora. Mis vaqueros favoritos, que me hacían el trasero redondeado y me disimulaban la barriga. Aunque, en realidad, ya no tenía barriga, advertí mientras contemplaba mi reflejo en el espejo. Gracias a aquellas notas, había hecho más ejercicio que nunca en mi vida.

Me cepillé el pelo y me puse brillo de labios. Un poco de colorete terminó de rematar el efecto sin que pareciera que me había esforzado demasiado en maquillarme. Agarré un par de paquetes de palomitas para el microondas y un cuenco, me puse las zapatillas de casa y me guardé la llave en el bolsillo.

Mi teléfono sonó justo en ese momento. No sabía si contestar o no. ¿Tenía que llamarme Austin justo en ese momento, después de tanto tiempo de silencio? Dejé el teléfono en la mesa, le hice un gesto obsceno con la mano y cerré la puerta tras de mí.

Eric no se había cambiado de ropa, pero vi que tenía el pelo ligeramente húmedo, lo que me indicó que, por lo menos, se había lavado la cara. Su aliento mentolado delataba que se había lavado los dientes y eso me hizo sonreír mientras me invitaba a entrar. Por lo visto, yo no había sido la única en pensar que podíamos hacer algo más que ver una película.

Me preparé para encontrarme cualquier cosa mientras entraba en el apartamento, pero, por lo menos a primera vista, no había nada extraño. Eric me hizo un recorrido rápido por la casa: el cuarto de estar, la cocina... El apartamento tenía dos dormitorios, uno lo utilizaba como estudio y en él tenía un iMac de última generación que me hizo salivar de envidia. No me enseñó el dormitorio, pero tenía la puerta abierta, así que pude echarle un vistazo. La ventana daba al garaje, igual que la mía, pero estaba más cerca.

Casi me esperaba encontrar algún objeto sadomasoquista en el cuarto de estar. Creo que incluso me llevé una pequeña desilusión. Eric tenía muchas cosas de cuero, pero en la forma de un moderno sofá y unas butacas colocadas frente a una pantalla plana de televisión conectada a una lujosa máquina.

—Tienes Wii. Qué divertido.

—¿Has jugado alguna vez?

Típicamente masculino. Estaba orgulloso de sus juguetes y quería enseñarlos. Eric sonrió y se dirigió hacia la televisión.

—Claro. Pero no mucho.

—¿Quieres que intentemos jugar un partido de tenis? Sé que no es el juego más moderno, pero sigue siendo divertido —sostuvo el mando.

Así fue cómo terminamos jugando a videojuegos en vez de acurrucados bajo la manta en el sofá, esperando que nuestras manos se rozaran en el cuenco de palomitas. Eric tenía un revés impresionante, pero, aun así, me dejó ganar. Reímos mucho mientras jugábamos y compartimos ese tipo de conversaciones desordenadas que te permiten averiguar muchas cosas de la otra persona sin necesidad de adentrarte en territorios demasiado íntimos en una primera cita.

Si es que aquella era una primera cita. Yo tenía mis dudas. Dejando de lado el hecho de que se hubiera lavado los dientes, Eric no pareció tener ninguna intención de iniciar un acercamiento. Llegué a dudar incluso de que lo hubiera hecho en algún momento. Había pasado mucho tiempo desde la última vez que había interpretado de forma equivocada las intenciones de un hombre. Cuando por fin terminamos desplomándonos en el sofá, la sonrisa de Eric no me dio ninguna pista, ni en un sentido ni en otro.

Yo estaba desconcertada, por decirlo suavemente. Tenía la confianza en mí misma hecha añicos. Recordé mi visita a Sensations y la reacción del dependiente. En el caso de Eric, nada parecía indicar que fuera gay. Además, si le gustaran los chicos, ¿por qué iba a invitarme a su casa? No. Definitivamente, allí estaba pasando algo y, desgraciadamente para mí, no tenía nada que ver con el sexo.

Me excusé para ir al cuarto de baño. Y, sí, una vez allí, miré en el armario de las medicinas. Si alguien dice que nunca ha hecho nada parecido, es un mentiroso o ha olvidado añadir a su frase el «todavía». Encontré gel para el afeitado, ibuprofeno, pasta de dientes y una caja de preservativos. En el cajón que había debajo del lavabo tenía papel higiénico, toallas y algunos productos de limpieza. Al igual que el resto del apartamento, el cuarto de baño de Eric estaba libre de objetos extraños.

No debería haberme sorprendido. Al fin y al cabo, mi propia casa tampoco estaba decorada como un calabozo de la Edad Media. Y tampoco había leído nunca nada en aquellas notas misteriosas que indicara que era un hombre al que le gustaran las prácticas sadomasoquistas, a no ser que, al estar tan centrada en mi propia vida sexual, no hubiera sido capaz de leer entre líneas. ¿Quién podía saber lo que aquellas notas significaban para él?

Tenía que averiguarlo.

Eric ya había metido la película en el DVD y estaba preparando las palomitas en el microondas.

–No es demasiado tarde, ¿verdad? –miró el reloj–. Nos hemos entretenido demasiado con el partido.

Me dirigió una sonrisa sincera y ligeramente tímida. Me entraron ganas de abrazarle. Me entraron ganas de sentarme a su lado y susurrarle palabras obscenas al oído para hacerle sonrojarse. Quería verle de rodillas otra vez.

–No. De todas formas, no te preocupes. Me apetece ver una película.

–¡Genial! Gracias por las palomitas.

Eric se levantó del sofá con un ágil movimiento y se dirigió a la cocina.

–¿Qué te apetece tomar? ¿Una cerveza? ¿Un refresco?

–Un refresco.

Le observé mientras sacaba la bolsa del microondas, la vaciaba en un cuenco y sacaba dos refrescos de cola del refrigerador.

–¿Una cola te parece bien?

Jamás había estado con un hombre tan solícito.

–Sí, claro.

–¿Quieres hielo? Si quieres, puedo ponerte un poco de limón.

Me eché a reír.

–Por mí, puedo beberla directamente de la lata.

–Como tú quieras –Eric sonrió y alzó las latas–, así me ahorras el tener que lavar los vasos.

Llevó las latas y las palomitas al cuarto de estar, pero esperó a que yo me sentara para tomar asiento. Pensé en

Austin, que estaría gritándome desde el sofá, con los pies en la mesa, para que le llevara una cerveza. Sin duda alguna era un cambio agradable, aunque me hiciera sentir más que ligeramente desconcertada.

–Ahora vuelvo.

Eric se levantó de pronto y desapareció en el cuarto de baño.

Aproveché la oportunidad para mirar a mi alrededor. Tenía fotografías enmarcadas encima de una mesita auxiliar y en una estantería de madera y ladrillo que parecía haber hecho él mismo, pero que, probablemente, procedía de una tienda de Ikea. Él aparecía en muchas de las fotografías pasándole el brazo por los hombros a sus compañeros. Por lo que parecía, había viajado mucho. Había fotografías del Caribe. Y del exuberante Hawái. En una de ellas aparecía con el uniforme blanco de la tripulación de un crucero, sentado en la mesa del capitán. A lo mejor había trabajado como médico en un barco.

No parecía que tuviera novia. Ni novio. Ninguna de las personas que aparecían con él en las fotografías estaba suficientemente pegada a él ni le miraba con ojos de cordero degollado. Eric era todo un enigma, de eso no cabía ninguna duda. Pero por lo menos podía estar segura de que estaba soltero.

–¿Estás preparada?

Si le molestó que estuviera mirando sus fotografías, no lo demostró.

Me senté de nuevo en el sofá, con el cuenco de palomitas en las rodillas.

No hay nada potencialmente vergonzante en *Los Monty Python y el Santo Grial.* Ni siquiera las referencias al sexo oral tienen una connotación verdaderamente sexual. En realidad, había visto la película una docena de veces, pero nunca había llegado a verla completamente entera, y nunca estando completamente sobria. Aun así, me costó mucho concentrarme. Eric estiraba sus larguísimas piernas al lado de las mías. Tenía una risa contagiosa y tan sexy que no habría podido evitar reírme aunque la película no hubiera sido divertida.

No duró mucho. Había olvidado que terminaba tan bruscamente. Cuando Eric se inclinó hacia delante para apagar el DVD con el mando a distancia, quedó al descubierto una franja de piel de su espalda, tentándome a acariciarla. Conseguí resistirme, pero me costó.

Cuando se volvió, me descubrió mirándole.

–Es una de mis películas favoritas. A veces, después de un largo día de trabajo, lo único que me apetece es llegar a casa y ver alguna tontería en televisión.

–Te comprendo perfectamente. Yo, después de trabajar, no sé hacer más que estupideces –sonreí–. Y eso que no me dedico a salvar vidas.

El atractivo rostro de Eric permaneció inmóvil durante cerca de un minuto.

–El problema no es salvar vidas. El problema viene cuando no puedo salvarlas. Lo siento, no quiero deprimirte.

–No, no pasa nada. Supongo que trabajas bajo mucha presión –le vi desviar la mirada.

Cuando volvió a mirarme, estaba sonriendo, pero su sonrisa no era tan convincente como las anteriores.

–Sí, bueno. Tuve que hacer un par de rotaciones en la planta de terminales. Y en pediatría. Y te aseguro que eso era peor. Mucho peor. Por lo menos, aquí puedo curar casi todo lo que veo. Unos cuantos puntos, una escayola, una receta... Prefiero una habitación llena de huesos rotos y narices sangrando a estar otra vez en la planta de enfermos terminales.

–Ni siquiera sé cómo cuidarme cuando estoy enferma, y mucho menos ocuparme de otros –me estremecí involuntariamente.

Eric metió la mano en el cuenco de palomitas, rescató un par de granos que no se habían abierto y los masticó.

–Es curioso. De niño estaba constantemente enfermo. O, por lo menos, esa era la sensación que tenía. Seguramente tenía alguna alergia, ahora que pienso en ello, pero en aquel entonces lo único que sabía era que me goteaba constantemente la nariz. Era la clase de niño que siempre parece que le acaban de espachurrar algo desagradable en la cara.

–Me alegro de que hayas superado esa fase.

Curvó la comisura del labio con una sonrisa que me dejó completamente encandilada.

–Sí. El caso es que cuando crecí, decidí que quería ser médico, ¿sabes? Se supone que mi madre debería haberse alegrado de tener un hijo médico, pero lo único que me dijo fue: «Pero Eric, ¡piensa en los gérmenes!».

–¡No era ninguna tontería!

Bajé la mirada hacia el cuenco de palomitas y me pregunté si se habría lavado las manos después del trabajo.

–Pero hace años que no estoy enfermo. Apenas he tenido un par de resfriados. Creo que de niño terminé inmunizándome, y por eso ahora nunca enfermo. En la Facultad de Medicina me llamaban el «Hombre de Hierro» porque todos ellos terminaban contagiándose de cualquier enfermedad a la que tuviéramos que enfrentarnos, resfriados, gripes, bronquitis... y yo siempre estaba sano.

–Vaya, qué suerte.

Volvió a buscar con sus largos dedos los granos de maíz que no habían explotado. Sacó unos cuantos cubiertos de sal y los lamió uno por uno bajo mi atenta mirada. Si hubiera pensado que lo hacía para tentarme, me habría enfadado. Pero Eric no parecía ser consciente de su aspecto. O de los sucios derroteros que había tomado inmediatamente mi mente.

—Sí, es increíble —me tendió el cuenco—. ¿Quieres más?

Negué con la cabeza.

—Es curioso que decidieras ser médico. ¿Y todo ha sido como imaginabas?

—No, no es como había soñado —contestó rotundo.

Esperé que añadiera algo más. Parecía que había mucho más, pero no dijo nada. Desvió la mirada hacia el cuenco que tenía en su regazo. Buscó a través de las palomitas y se lamió las yemas de los dedos. Dejó el cuenco en la mesita del café y se volvió hacia mí.

—Implica una enorme cantidad de responsabilidades. Demasiada responsabilidad, ¿sabes?

No, no lo sabía. No podía entender lo que eso significaba. Pensé en mi propio trabajo, en las listas que Paul me dejaba. En ellas no había nada que entrañara una verdadera responsabilidad. Jamás en mi vida había tenido que ocuparme verdaderamente de alguien. Incluso cuando estaba casada, a la única a la que tenía que cuidar era a mí.

—¿Pero los Monty Python te ayudan a sentirte mejor?

Eric se echó a reír e inclinó la cabeza un instante antes de volver a mirarme.

—Me alegro de que te haya gustado la película.

—Es un clásico, ¿cómo no iba a gustarme?

Eric se encogió de hombros, se reclinó en el sofá y estiró el brazo a lo largo del respaldo. Si lo hubiera alargado medio centímetro más, me habría tocado el hombro. Pero ninguno de los dos se movió.

—Algunas de las mujeres que he conocido... Bueno, la verdad es que a casi ninguna le gustan los Monty Phyton —sacudió la cabeza—. Así que, cuando me has dicho que te encantaban, no estaba seguro de que fuera cierto.

Le estudié con atención. Eran muchas las cosas que habían tenido que pasar para llegar a aquel momento.

Demasiadas como para considerar que podía ser una mera coincidencia. Había un motivo por el que yo estaba allí, me lo decían mis entrañas.

–¿Pensabas que estaba mintiendo? –no me acerqué a él, pero giré el cuerpo en su dirección–. ¿Por qué iba a hacer una cosa así?

Eric rio con timidez y se frotó la cabeza con la mano.

–No estoy diciendo que seas una mentirosa. Solo que a lo mejor estabas...

–Mintiendo –me eché a reír–. ¿Para impresionarte, quizá?

Eric agachó la cabeza, pero me miró.

–Algo así. No sé.

Hoy tendrás que ser fuerte y no olvidar tu belleza.

Era un consejo que le habían dado a él, pero que yo también había seguido. La diferencia era que yo sabía algo que él había estado haciendo y viviendo durante las semanas anteriores, y él no sabía nada sobre mí.

Aquella información me hacía sentirme poderosa.

–Tienes una alta opinión de ti mismo, Eric.

Mi voz adquirió un tono diferente, más grave, más sensual. Era la voz de una mujer que siempre había considerado que podía ser cualquier cosa, salvo fuerte y hermosa. Fui consciente de cómo la percibió.

Se irguió ligeramente. Fue un cambio sutil, pero lo noté.

–Tienes razón. No debería haberlo dado por sentado.

No estaba segura de lo que vi en los ojos de Eric. Lo único que sabía era que no estaba preparada para ello. Intenté restarle importancia echándome a reír y dándole una palmadita en el brazo.

–No te preocupes, estaba bromeando.

–Vale, vale.

Él también rio, pero, durante un instante tan breve que no podía estar segura de que realmente hubiera estado allí, me pareció advertir cierta decepción en su rostro.

Miré el reloj y me levanté.

–Estoy muy a gusto, pero se está haciendo tarde.

Unos segundos después, Eric también se levantó.

–Sí, claro.

Me acompañó hasta la puerta, todo corrección. Una vez allí, me volví hacia él.

–Gracias por invitarme.

Aquel habría sido un buen momento para besarme, pero no lo hizo. Yo tampoco me incliné para besarle a él, aunque podría haberlo hecho. Y quería hacerlo. Ni por un instante pensé que me rechazaría. Y tampoco me detuvo el pensar qué imagen daría de mí o si me llamaría al día siguiente si le besaba esa misma noche.

No le besé porque tenía el poder de decidir cómo quería que fuera aquella relación. Horas antes había estado en mi cama, acariciándome y pensando que eran sus manos las que lo hacían. Pensé en volver a hacerlo cuando regresara al dormitorio. Me imaginé desnudándome y fingiendo que eran sus manos las que acariciaban mi boca, mis senos, mi clítoris. O pensando quizá que eran las de Austin.

O las de Brad Pitt, ¿por qué no?

No besé a Eric porque él estaba esperando que lo hiciera. Lo vi en sus ojos, en su forma de entreabrir los labios e inclinar la cabeza mientras se apoyaba con la mano en el marco de la puerta. Él también quería besarme, pero yo sabía de él lo que él no sabía de mí.

Sabía que también él quería que le dijeran lo que tenía que hacer.

–Buenas noches, Eric –le dije.

Y no le di lo que él quería.

Capítulo 19

Cuando llegué a casa, tenía un mensaje en el móvil.
 –*Paige, soy yo. Estoy aburrido. ¿Por qué no vienes? Llámame.*
 Había recibido la llamada diez minutos antes de llegar a casa y no estaba segura de si me entraban ganas de reír o de maldecir a Austin. Eran las diez de la noche de un día laboral.
 –Necesitas mejorar tu repertorio de mensajes –dije en cuanto contestó.
 –Sabía que me llamarías.
 –Tú no sabes nada, Austin.
 –¿Qué estabas haciendo?
 Parecía medio dormido y esperé haberle despertado.
 –Tenía una cita.
 No era del todo mentira. No había sido una verdadera cita, pero había estado con otro hombre. Estaba segura de que se enfadaría al oírlo. Además, él ni siquiera tenía por qué saber que no había besado a Eric.
 –No puede haberte ido muy bien si ya estás en casa.
 –¿Cómo sabes que estoy en casa? Te estoy llamando desde el móvil.
 –No puede haberte ido muy bien si estás hablando conmigo.

En eso también tenía razón, pero, por supuesto, no pensaba admitirlo.

−¿Por qué quieres que vaya a tu casa? Es tarde.

−¿Es tarde? −bostezó−. No me había dado cuenta. De todas formas, todavía estás despierta. Y yo también. Vente.

−No pienso ir.

−Tampoco vas a colgar.

Me quedé en silencio durante largo rato, para que pensara que ya había colgado, pero, maldito fuera, Austin me conocía demasiado bien. Al parecer, había descubierto la virtud de la paciencia, mientras que yo había perdido la mía.

−Si estuvieras realmente interesado, me habrías llamado antes.

−Quería dejarte espacio.

Me dirigía ya hacia el dormitorio, con el teléfono pegado a la oreja, cuando sus palabras me hicieron detenerme. Parecía sincero, y me mataba no poder verle la cara. No podía saber si me estaba tomando el pelo.

−Hablas como un programa de Lifetime Channel.

−¿Qué llevas puesto?

−Ahora pareces del canal Playboy −contesté y resoplé.

Para cuando llegué al dormitorio, ya me había desabrochado los vaqueros. Después, me tumbé en la cama y sujeté el teléfono con el hombro mientras me los bajaba. Las bragas los acompañaron. Me deshice de ambos de una patada. Al principio, el edredón estaba helado, pero no tardó en calentarse. Di media vuelta en la cama, alargué la mano hasta el cajón de la mesilla de noche y me detuve.

−¿Estás desnuda? Dime que estás desnuda.

Localicé el tubo de lubricante y el vibrador pequeño. Me senté en el borde de la cama, los saqué del cajón y

fijé la mirada en la evidencia de lo que estaba a punto de hacer antes de contestar.
—No estoy desnuda.
—Mentirosa.
La risa de Austin tuvo un efecto inmediato en mis pezones.
—Llevo puesta una camisa.
—Estoy excitado, Paige. Y estoy desnudo.
Cerré los ojos para imaginármelo mejor.
—¿Qué te hace pensar que me importa?
Aquello le desconcertó durante un segundo. En el pasado, yo lo había sabido todo sobre el sexo telefónico. A veces, teníamos más relaciones vía telefónica que personalmente. Antes de que pudiera contestar, pregunté:
—¿Te estás acariciando, Austin?
—Sí.
—Pues quiero que pares.
—Pero Paige...
—No puedes llamarme y esperar que esté dispuesta a ir a tu casa a acostarme contigo. Y tampoco puedes esperar que esté dispuesta a tener relaciones por teléfono —añadí, aunque eso era precisamente lo que estaba pensando hacer yo—. Ya no estamos juntos, ¿recuerdas?
—Eso nunca te ha importado.
Parecía sombrío. Le imaginé con el ceño fruncido.
Y me encantó.
—Pues ahora sí importa.
Tenía que estar oyendo mi voz ligeramente ronca y jadeante. Y me conocía suficientemente bien como para saber lo que eso significaba. Lo único que tenía que hacer yo era esperar a ver si lo había averiguado.
—Muy bien. Estoy aquí sentado, completamente preparado, pero no voy a tocarme. ¿Es eso lo que quieres oír?
Volví a tumbarme en la cama y giré el vibrador para

que se pusiera en movimiento. Después, lo acerqué al teléfono durante un segundo.

–¿Ese es tu vibrador?

–Sí.

–Déjame ir a tu casa. Puedo hacer sentirte mucho mejor que un vibrador.

–Voy a colgarte. Y después, voy a utilizar el vibrador hasta que me corra. Pero tú no.

–¿Y qué se supone que tengo que hacer yo?

Dejé que el vibrador me acariciara entre las piernas y después lo aparté para acariciarme con el dedo. Lo prefería a aquellos aparatos mecánicos.

–Vas a darte una ducha fría y después vas a meterte en la cama.

–¿Y si no lo hago? ¿Y si me masturbo y me corro ahora mismo?

De mis labios escapó un lento suspiro.

–Harás lo que te he dicho. Y a lo mejor, la próxima vez que me llames, te dejaré que vengas y que me comas todo lo que quieras comerme hasta hacerme gritar.

Se hizo un silencio mortal. Abrí los ojos, que tenía lánguidamente cerrados. ¿Habría ido demasiado lejos?

–Eh... –Austin tosió–. ¡Vete al infierno, Paige!

Aparentemente, no.

–Buenas noches, Austin –contesté con dulzura–. Ahora voy a terminar de masturbarme. Que tengas una agradable ducha.

–¡Paige, no cuelgues!

Pero colgué, porque era capaz de hacerlo. Porque me sentía poderosa al hacerlo. Después, me tumbé en la cama, clavé la mirada en el techo y con el vibrador entre mis dedos, pensé en Austin. Y en Eric. Y en muchos otros rostros de desconocidos que podían hacer todo lo que yo quisiera sin tener que hablar con ellos antes o tener que salir corriendo después.

Mis manos se convirtieron en sus manos mientras se deslizaban bajo la blusa y buscaban los senos bajo el sujetador para acariciar después los pezones. El vibrador zumbaba mientras lo deslizaba entre mis piernas. Allí lo mantuve con las piernas cerradas. Lo único que quería era sentir un pequeño cosquilleo.

Utilicé el vibrador siguiendo la orden que había leído en la nota. Lo puse a baja velocidad, lo acerqué al clítoris y me acaricié con él los labios. Acaricié también mis pezones. Estaba ya a punto de llegar al orgasmo, pero, obedeciendo la nota, preferí no alcanzarlo.

¿Qué habría hecho Eric?

Se habría metido en la ducha, apoyando una mano contra la pared mientras, con la otra, se acariciaba lentamente. ¿Tendría la cabeza metida bajo la alcachofa de la ducha? ¿Estaría con los ojos cerrados, imaginando a mujeres sin rostro arrodilladas frente a él? O a lo mejor imaginaba un rostro. A lo mejor había alguien que estaba persiguiéndole de la misma forma que Austin me perseguía a mí.

O a lo mejor estaba tumbado en la cama, como yo, alzando las caderas hacia su puño convertido en vagina. A lo mejor se había escupido en la mano para humedecerla, o a lo mejor había utilizado un lubricante. A lo mejor se tocaba los testículos a la vez que se acariciaba y retorcía la cabeza sobre la almohada mientras gemía de placer.

Gemí pensando en ello, imaginando el grosor de su pene. Imaginando el vello de su pubis, tan oscuro como su pelo. Para mí los centímetros no importaban. Todo era cuestión de sensaciones, de hasta qué punto sería capaz de llenar mi mano, mi boca, mi sexo.

Deseaba algo que pudiera llenarme en aquel instante, pero solo tenía el vibrador y mis dedos. Alcé las caderas presionándolas contra mi mano. Estaba tan húmeda que ni siquiera necesitaba lubricante. Busqué mi punto G con una mano y lo acaricié. Me estremecí y comencé a temblar, como me ocurría siempre que me estimulaba de aquella forma.

A Austin siempre le había encantado verme masturbarme. A veces fingíamos que yo no sabía que estaba delante. Me sentaba en mi mesa, o me metía en la bañera de nuestro apartamento. A veces, más que mis propias caricias, era su mirada la que me hacía correrme. En aquel momento, solo podía imaginar sus ojos sobre mí.

Pero siempre he tenido mucha imaginación.

Tenía a dos hombres en mi cabeza. Uno de ellos se estaba acariciando, pero no se iba a permitir alcanzar un sudoroso y jadeante clímax. El otro me observaba desde el marco de la puerta mientras yo me humedecía los dedos y los acercaba a mi tenso clítoris. Uno era rubio, el otro moreno, y los dos me deseaban.

Yo también deseaba a los dos, y al darme cuenta de ello, me sobrevino inesperadamente el orgasmo. Mi sudor me supo amargo cuando me humedecí el labio superior. Mi sexo pareció abalanzarse sobre mi mano y abrí los ojos mientras me bañaba una oleada de placer. Me estremecí al sentir aquel placer tan familiar y, al mismo tiempo, tan diferente.

Todo era cuestión de control, y yo por fin lo tenía.

Al la mañana siguiente no vi a Eric en el buzón, pero como la verdad era que nunca le había visto allí, no me sorprendió. Esperaba un descanso, aunque me alegré cuando vi una nota blanca esperándome. Contuve la respiración mientras la sacaba. Era más consciente que nunca de que no debería leerla.

Pero eso no me detuvo.

Metí el resto del correo en mi bolso y saqué la tarjeta del sobre con el corazón latiéndome en el pecho de anticipación ante lo diferente que sería leer la nota tras conocer a la persona a la que iba dirigida.

—¡No! —me quedé boquiabierta mientras miraba fijamente la tarjeta.

La doblé y la guardé, como si de esa forma pudiera cambiar lo que acababa de leer. Pero aquellas palabras parecían escritas en fuego y ardían a través del papel.

¡No, no y no!

Esta es la última lista.

No podía ser. No podía ser cierto. ¡No deberían permitirlo!

Has hecho las cosas bien, aunque creo que eres consciente de que necesitas más trabajo y disciplina. Es posible que quieras más instrucciones y ánimos, y podría considerar la posibilidad de brindártelos. Pero solo si veo un verdadero compromiso por tu parte. Ya sabes cómo puedes ponerte en contacto conmigo.

Y no creas que te mereces mi tiempo. Soy yo la única persona que puede decidir eso.

¡Puff! Y no. Guardé la carta en el sobre, la presioné contra mi pecho y me hice a un lado para cederle el paso a la altiva mujer que había intentado apartarme varias veces para llegar a su buzón. Me miró con curiosidad, pero encontró algo en mi expresión que debió de parecerle suficientemente imponente como para desviar rápidamente la mirada.

Me volví hacia los buzones con la tarjeta todavía en la mano. Quería llorar. O vomitar. Quería dejar la nota en su lugar y fingir que no la había leído. Pero en cam-

bio, hice lo que no había hecho nunca. La metí en el bolso.
Pensaba guardármela.

Paul no estaba en su despacho cuando llegué al trabajo, pero casi lo preferí. No tenía tiempo de preocuparme por él aquella mañana, ni de pensar en ninguna otra lista que la que llevaba en el bolso. No había vuelto a leerla, pero podía recordar hasta el último trazo de todas y cada una de las letras que la conformaban.

Hice café y dejé preparado un vaso de cartón con el azúcar y la crema en polvo para Paul. Una vez en su despacho, encendí la lámpara que tenía en la mesa en vez de las luces del techo, que le provocaban dolor de cabeza. Después, ordené las carpetas en las que iba a tener que trabajar aquel día. Incluso le encendí la radio, aunque no puse la emisora que oía normalmente Paul, que emitía casi siempre rock, sino una de pop alternativo.

Hice todas esas cosas sin necesidad de ninguna lista. Y no lo hice por miedo a lo que podría pasar si llegaba y descubría que no lo había hecho. Lo hice, simplemente, porque Paul necesitaba tener todo en orden para ser productivo. Y si mi jefe era productivo, tendría menos tiempo para estar encima de mí. Y en un día como aquel, yo no estaba en condiciones de aguantar a nadie.

Para cuando llegó Paul a la oficina, yo ya había hecho algunas llamadas telefónicas y había cerrado varios asuntos.

—Paige, necesito un café, por favor.

Señalé hacia el mostrador.

—Ya está hecho, Paul.

—Gracias —contestó bruscamente. Después vio la taza y se volvió de nuevo hacia mí—. Muchas gracias, Paige.

Yo asentí, pero no aparté la mirada. Tenía mucho trabajo y no estaba suficientemente concentrada, así que no podía prestarle más atención. Tenía la mayor parte de mi mente ocupada pensando en qué haría yo sin aquellas listas. Paul desapareció en el interior de su despacho y cerró la puerta. Yo solté entonces el aire que había estado conteniendo.

El enfado fluía por mis dedos mientras tecleaba. ¡Qué tonto había sido Eric! Le habían pedido disciplina y él había sido un desastre desde el primer momento. Había entregado tarde la redacción, no había seguido las instrucciones al pie de la letra. ¿Para qué tomarse tantas molestias? ¿Por qué le había hecho perder el tiempo de esa manera a su dominatriz?

Porque yo ya no tenía ninguna duda de que la que había escrito aquellas notas era una mujer.

Los hombres no eran tan elocuentes. Los hombres eran muy fríos a la hora de dar instrucciones, incluso en el caso de que quisieran hacer aflorar una respuesta emocional. Solo las mujeres eran capaces de penetrar de aquella manera y extraer algo tan profundo.

Tecleaba cada vez más rápido, cometía errores y retrocedía para corregirlos, porque no pensaba volver a darle a Paul ninguna razón para juzgarme. Oía la música que salía tras la puerta de su despacho. No había cambiado de emisora. Y tampoco había encendido las luces. Yo intentaba concentrarme en mis tareas, pero no me proporcionaban ninguna satisfacción.

¡Mierda!

Me recliné en la silla rezongando. Nada me satisfacía, y sabía por qué. No era solo porque iba a dejar de recibir aquellas notas. Era también porque por fin había resuelto al menos la mitad de aquel misterio. Sabía quién era el destinatario de las notas, pero no la persona que las enviaba. Y desde que lo sabía no podía dejar de pensar en ello.

Si no hubiera averiguado que Eric era un hombre... Si no hubiera cambiado mi percepción de lo que significaba recibir aquellas listas. Si... Si... Si...

−¿Paige? −me llamó Paul−. ¿Puedes venir un momento?

Claro que podía, aunque dudaba que estuviera tan satisfecho con la sumisa Paige como lo había estado hasta entonces. Empujé la silla y me levanté sobre mis caros zapatos. Eran unos zapatos que me había comprado porque así me lo habían ordenado en una de aquellas listas. Al igual que la blusa y la falda. Aquellas prendas eran la armadura que utilizaba cuando quería que el mundo me viera tal y como yo quería ser y no como ellos pensaban que era.

−¿Sí, Paul?

Por primera vez desde hacía muchas semanas, no me senté para hablar con él. Paul tuvo que reclinarse ligeramente en la silla para mirarme. Advertí la diferencia, y supuse que él también, porque cuando me habló, parecía un poco inseguro.

−Gracias por haberme preparado el despacho.

−De nada.

Pensé que iba a decir algo más, pero Paul se volvió de nuevo hacia la pantalla del ordenador y me despidió con su silencio. Tuve tiempo de pensar en lo que eso significaba mientras volvía hacia mi mesa, pero no me importó lo suficiente como para molestarme en hacerlo.

Cuando sonó el móvil cerca de las doce, estuve a punto de no contestar. No tenía ganas de hablar con Austin. Pero era mi padre, una sorpresa mucho mayor. Abrí el teléfono y me lo acerqué a la oreja, aunque no solía atender llamadas personales en el trabajo.

−Hola, papá.

−¿Cómo sabías que era yo?

−Tengo un identificador de llamadas, papá. Tengo tu

número guardado en el teléfono –aunque no lo utilizaba mucho, la verdad.

Mi padre adoraba todo tipo de aparatos, pero no era particularmente ducho en lo que a la tecnología se refería.

–No se te escapa nada, ¿eh? ¿Qué vas a almorzar?

–Me he traído un sándwich.

–¿Te apetecería que comiéramos juntos? Tengo que pasar cerca de tu trabajo para ir a una reunión. Stella está de compras o algo parecido. Estaríamos tú y yo solos.

Mi padre se había prejubilado el año anterior, pero, aunque lo había sugerido en varias ocasiones, aquella era la primera vez que me invitaba a comer. Quedamos en un establecimiento de una cadena de restaurantes que no estaba lejos de mi oficina. Llamé a Paul para decirle que me iba. Estaba tan concentrado en su trabajo que tuve que llamar dos veces. Con luces o sin luces, iba a terminar con dolor de cabeza.

–Paul, voy a comer con mi padre. Me gustaría pedirte una hora extra. Si me necesitas, puedo quedarme después.

Paul negó con la cabeza.

–No, Paige, no te preocupes. Diviértete.

–¿Quieres que te traiga algo de comer?

–No –hizo un gesto con la mano sin apartar la mirada de la pantalla–. Tengo que terminar esto antes de ir a Texas la semana que viene.

–Si me necesitas, tienes mi número de teléfono –le dije–. Llámame si quieres que me pase después por la oficina.

Paul tenía una bonita sonrisa que no utilizaba ni la mitad de lo que debería. Tampoco podía decirse que le convirtiera en una estrella de cine, pero era suficientemente agradable como para comprender por qué su esposa había aceptado casarse con él.

Era incapaz de recordar la última vez que había comido con mi padre. Normalmente comíamos juntos el día de mi cumpleaños, si no el mismo día, por lo menos ese mes, y también en algunas fiestas, pero fuera de una fecha señalada era muy raro que me invitara a comer. Me recibió con el beso y el abrazo de siempre, un beso y un abrazo que me hacían sentirme ligeramente extraña, aunque él no parecía darse cuenta.

Pedimos lo mismo los dos, sopa y ensalada.

–Stella me ha puesto a dieta –me explicó–. Dice que los dos tenemos que adelgazar un poco. Tú también parece que has adelgazado.

–He estado haciendo ejercicio –dejé que mi padre me hiciera aquel cumplido, aunque me hizo sentirme un poco mal.

–Hemos comprado un entrenador elíptico y una Bowlex. Puedes venir a utilizarlas cuando quieras –mi padre untó mantequilla en un panecillo que ya estaba reluciente de grasa.

–Tengo un gimnasio en mi edificio, pero te lo agradezco.

Yo ni siquiera había probado el pan. Pensando en la palabra «disciplina» y en lo que significaba para mí, reprimí las ganas de señalar el poco sentido que tendría ir hasta su casa para hacer ejercicio.

–De todas formas, podrías pasarte por casa esta semana para ver las máquinas.

En el pasado habría reído con timidez y habría rechazado la invitación sabiendo que, aunque era sincero al ofrecérmelo, ni siquiera se daría cuenta si al final no pasaba por allí. Las verdaderas invitaciones, las que realmente esperaba que aceptara, las hacía siempre Stella. Sin embargo, en aquel momento, había algo en su tono de voz que sonaba diferente.

–Sí, claro que podría.

−Tu hermano nos está haciendo pasar una época difícil.

La camarera nos interrumpió en aquel momento con la sopa, así que no contesté. Mi padre, típico de él, la ignoró por completo y continuó desahogándose delante de una desconocida, aunque yo habría preferido que hubiera tenido la decencia de esperar unos minutos. Pero, en fin, tampoco estaba rebelando un secreto mío.

−Jeremy está dando mucha guerra en el colegio y provocando problemas en casa. No hace caso de nada de lo que le digo.

Pensé que no sería apropiado señalar que ese tipo de actitud en los niños era una forma de reclamar más atención. Musité unas palabras con las que pretendía mostrar mi comprensión mientras me preguntaba por qué estaría compartiendo mi padre aquella información conmigo.

−Protesta por todo.

−Todos los niños pasan por épocas difíciles.

Mi padre me sonrió con cariño.

−Tú nunca has pasado una época difícil.

Decisiones. Todos las tomamos, y a veces, más de una a la vez. A veces nos definen las decisiones que tomamos. Pero muchas otras son las que no tomamos las que nos convierten en lo que somos.

−Los niños que confían en sus padres pueden arriesgarse a portarse mal −dije con calma−. Yo se lo hice pasar muy mal a mi madre de niña.

Mi padre no es ningún estúpido, aunque prefiera no ver ciertas cosas.

−Paige, sé que no siempre has podido contar conmigo.

Tomé la cuchara para hacer algo con las manos, pero chocó contra el cuenco y no quise arriesgarme a tirar la sopa, así que la dejé. De todos los momentos embarazosos que había pasado con mi padre, aquel estaba siendo el peor. Más incluso que el del año en el que se dio cuenta de que había empezado a usar sujetador y lo anunció en una de las fiestas de Stella.

El saber que quería que le dijera no se preocupara, me hacía más difícil contestar. Me quedé con la mirada fija en la sopa durante un largo minuto, sintiendo cómo intentaba analizarme con la mirada. Yo quería decirle a mi padre que no le diera importancia, porque de esa forma me resultaría más fácil decirme a mí misma que no la tenía. Pero al final no dije nada. Aquel silencio fue mucho más elocuente de lo que podrían haberlo sido mis palabras.

−¿Te pasarás por casa? −me preguntó al cabo de otro medio minuto−. A Jeremy siempre le has caído muy bien, Paige. Te admira como a una...

−¿Hermana?

Alcé la mirada hacia él y sentí lástima por aquel hombre que era responsable de la mitad de mí.

−Eres su hermana, nunca hemos intentado hacerte sentir que no lo fueras.

No iba a pedirme disculpas, lo supe en ese momento. Y estaba completamente segura de que ni siquiera la primera disculpa había sido intencionada. Quizá superficialmente, sí, pero no en el fondo. Y tampoco me importaba.

−Puedo pasarme por allí, pero no sé si entiendo lo que quieres que haga.

Por lo menos, el alivio de mi padre pareció sincero.

−Solo quiero que hables con él. Le pedí a Steven que viniera, pero está muy ocupado con sus hijos. Sabía que podía contar contigo.

Por lo menos eso era tan creíble como halagador.

−Claro que sí, gracias.

−Genial.

Así que ya estaba todo arreglado otra vez.

Mi padre sorbió la sopa y devoró después la ensalada mientras me hablaba de los planes que tenían para el verano. Volverían a la casa que habían comprado varios años atrás en la playa, y también harían una excursión por el Gran Cañón. Me invitó a pasarme por la casa de la playa y le dije que lo intentaría.

–Estupendo –contestó mi padre, como si ya se hubieran solucionado todas las tensiones que había entre nosotros.

Y, en cierto modo, así era. Había sido sincera con él, algo que no había hecho antes. Nos despedimos y, en aquella ocasión, su abrazo no me pareció tan tenso. Me palmeó la cabeza y me dio otro abrazo.

–Te pareces mucho a tu madre –dijo, aunque no era verdad–. ¿Cómo está, por cierto?

–Bien.

Nunca me había preguntado por ella, pero no iba a comportarme como si tuviera alguna importancia.

–Bien… –mi padre vaciló un instante–. Dile que… dale saludos de mi parte. Espero que le vayan bien las cosas.

–Claro, papá, se los daré.

Miró mi coche.

–¿Has cambiado de coche?

Mi coche, un Volvo gris plateado, me había acompañado en tres mudanzas, en múltiples inviernos y en numerosas excursiones a la playa. Había sido mi primer coche y aunque había sido Austin el que había conseguido el préstamo, él nunca había pagado un solo centavo. Cuando lo había comprado, era demasiado coche para mí. Había sido mi deuda y mi trabajo.

–No, es el mismo de siempre.

–¡Ah! Pues parece nuevo.

Volví a mirar mi coche. Últimamente solo había sido capaz de verle las abolladuras y los arañazos.

—Pues no lo es.
—¿Lo tenías cuando estabas casada con aquel chico?
—¿Con Austin? Sí.
—¿Sigues viéndole?
Le miré con atención. El sol de la tarde no le trataba bien. Sus años se reflejaban en las arrugas que tenía alrededor de los ojos y la boca y en las canas que brillaban en su pelo.
—A veces, ¿por qué?
—Es solo que... Eras muy joven. Debería haberte dicho que no te casaras con él.
A pesar de todo, era mi padre, y yo le quería. Creo que mi abrazo le sorprendió tanto como me sorprendió a mí misma.
—Papá, no podrías habérmelo impedido.
Soltó una carcajada.
—No, supongo que no. Si algo se puede decir de ti, Paige, es que siempre has sabido lo que querías y cómo conseguirlo. Y nunca has permitido que nada se interpusiera en tu camino.
Aquella declaración me tomó completamente desprevenida. ¿Qué podía contestar a eso?
—Gracias.
—Llama a Stella, ¿de acuerdo? Ella te dirá cuándo puedes pasarte por casa. Conoce los horarios de los chicos mejor que yo. Te invitaremos a cenar.
—No tienes por qué pasarte la vida dándome de comer.
—Soy tu padre –respondió, y me metió un billete de veinte dólares en el bolsillo de la chaqueta antes de que pudiera darme cuenta de lo que estaba haciendo–. Espero verte pronto, cariño.
Le observé marcharse, me volví hacia mi coche y lo miré con ojos nuevos. El sol convertía las ventanas en espejos y en ellos vi el reflejo de una mujer que nunca

había permitido que nada se interpusiera en su camino, que siempre sabía lo que quería y cómo conseguirlo. Era así como me veía mi padre y, de pronto, también yo podía verme de esa manera.

Capítulo 20

Es sorprendente cómo algo muy pequeño puede llegar a producir un gran cambio. Volví a la oficina tarareando una canción. Y si la gente lo hiciera también en la vida real, y no solo en los musicales, habría subido bailando, pero lo que hice fue parar en Starbucks para comprarle a Paul un café. Sabía que lo necesitaría.

Vi líneas de tensión en su rostro cuando se lo entregué, pero tomó la bolsa y el vaso de cartón con un gesto de agradecimiento y los dejó en la mesa.

–Gracias, Paige.

Cinco minutos después, mientras mis dedos volaban sobre el teclado, oí que sonaba el teléfono. Cinco minutos después de la llamada, oí un golpe y una maldición seguidos por el sonido del agua corriendo en el cuarto de baño de Paul y más maldiciones. Esperé a que me llamara, y como no lo hizo, me levanté y entré en su despacho sin llamar.

Paul permanecía en el centro de la habitación con un puñado de servilletas de papel en la mano. Las había utilizado para limpiar la mancha de café que se extendía por toda su camisa, pero lo único que había conseguido era extenderla todavía más. Había pedacitos de papel pegados a la tela, sumándose al desastre. Cuanto más frotaba, peor era el efecto.

Durante los primeros tres días que había trabajado para Kelly Printing, Paul había estado fuera de la oficina. Él había sido una de las tres personas que habían estado presentes en la entrevista de trabajo, pero hasta que no había vuelto a verle, yo no había sabido que él era mi jefe. Había dado por sentado que me había dejado un listado de instrucciones en mi escritorio porque él no estaba allí para dármelas personalmente. Con el tiempo había comprendido que no era esa la razón, pero cuando uno mira hacia atrás, siempre descubre cosas de las que no era consciente en el pasado.

El primer día que Paul se había presentado en la oficina tenía esa misma expresión. Era porque pensaba que no habría terminado todas las tareas que me había encargado. En cuanto le mostré todo lo que había hecho, se tranquilizó inmediatamente y nuestra rutina pasó rápidamente a ser tal como la he descrito en otras ocasiones. De modo que no era la primera vez que veía esa mirada, aunque nunca le había durado tanto.

–¡Ya basta!

No tenía que pensar en ello. Le quité las toallas de papel y las tiré a la papelera. Fui al baño, tomé un puñado de toallas secas y comencé a secarle la camisa.

–¿Qué ha pasado?

–He tirado el café –me explicó Paul, sin que hiciera ninguna falta.

–Sí, ya lo veo.

También veía que había algo más que eso. Quité parte de la mancha y la mayor parte de las virutas de papel.

Bajo mi mano, sentía la firmeza del pecho de Paul. Irradiaba calor, aunque tenía el semblante seco y ligeramente pálido. Las manos le temblaban mientras las sostenía en el aire para dejarme espacio. Parecía a punto de sufrir un ataque de pánico.

–No está tan mal –le tranquilicé.

—Tengo una reunión dentro de cinco minutos y Melissa se ha olvidado de ir a la tintorería otra vez. No me quedan camisas limpias —su voz era poco más que un ronco susurro—. ¡Maldita sea! ¿Por qué he tenido que mancharme justo ahora?

—No serías la primera persona a la que se le ha caído el café alguna vez en su vida —me aparté para analizar el daño—. ¿Has traído la chaqueta del traje?

—Sí, claro.

—Póntela. Nadie lo notará. Hace un poco de calor, pero te sentirás mejor.

Le palmeé el brazo y noté cómo se tensaban sus músculos bajo mis dedos.

Paul sacudió la cabeza lentamente.

Le dejé enmudecer sin ofrecer respuesta. Nos miramos el uno al otro. Sin las luces del techo encendidas, Paul parecía más joven. Las arrugas de su frente fueron desapareciendo de forma visible mientras le acariciaba el brazo.

No era un gesto muy apropiado. Si alguien nos hubiera visto, podría haberlo malinterpretado. Habrían comenzado a surgir rápidamente los rumores. Pero no nos vio nadie. Y Paul fue tranquilizándose bajo mi contacto. Después de haber trabajado para él durante tantos meses sabía lo que necesitaba.

Todo se fue calmando. Pensé en el día que Paul me había puesto la tirita en la pierna. En el cuidado con el que lo había hecho. Y en las listas tan detalladas que me dejaba para hacerme saber lo que quería y necesitaba exactamente. Pensé en que era un hombre que tenía fama de difícil para sus trabajadoras cuando, al final, me resultaba tan fácil ofrecerle lo que necesitaba que ni siquiera podía recordar la razón por la que en algún momento había llegado a pensar que sería complicado trabajar para él.

Y justo en ese momento creo que los dos lo comprendimos.

Él debía haber sabido antes lo que realmente quería y lo mucho que le había costado conseguirlo. Hasta el día anterior, yo también había estado luchando por lo que pensaba que necesitaba y quería, pero no había sido capaz de comprenderlo.

–Paul, ponte la chaqueta y ve a esa reunión. Y mañana, en vez de café, será mejor que bebas agua hasta que estés menos torpe.

No lo dije en un tono ligero. No era una broma. Era una prueba.

Paul cerró los ojos un instante y cuando los abrió vi en ellos alivio y algo más. Una ligera vergüenza. Y también un poco de emoción. Yo también lo noté, pero no dije nada. Me limité a alzar la barbilla y a intentar disimularla.

–Ahora, vete a esa reunión.

Paul se puso la chaqueta y se marchó.

No había habido nada abiertamente sexual en lo que acababa de pasar. Yo no quería acostarme con mi jefe. Y hasta ese mismo día tampoco pensaba que él quisiera acostarse conmigo, más allá del hecho de que la mayor parte de los hombres se acostarían con cualquier mujer. Pero había pasado algo entre nosotros, algo cargado de tensión y excitación.

Una vez a solas en el despacho de Paul, apoyé las manos en su mesa e incliné la cabeza para poder respirar. Me había desmayado dos veces en mi vida, pero nunca había sentido nada como aquello: lo veía todo de color rojo y gris y notaba un pitido en los oídos. El mareo que sentía se parecía más al ligero mareo que precede al orgasmo, cuando están todos los músculos en tensión y es el cuerpo el que manda, sin que la mente pueda hacer absolutamente nada.

Podía ser algo previsto por el destino o quizá una simple casualidad. Como cuando nunca has oído una palabra y de pronto la descubres en todos y cada uno de los libros que lees. O como cuando estás deseando un helado y de pronto ves a la furgoneta de los helados doblando la esquina. Tres hombres, iguales pero diferentes. Unos meses atrás no me habría dado cuenta, pero en aquel momento podía verlo. Y tenía que agradecérselo a las notas. Me habían abierto los ojos a sus necesidades y a las mías.

Saber la noche anterior que Eric era el destinatario de aquellas notas había dado la vuelta a mi mundo. Esa misma mañana, al descubrir que estaba a punto de perder aquellas notas, había vuelto a pensar que mi vida estaba de nuevo del revés. Pero con Paul acababa de aprender algo muy básico que me había acompañado durante todo ese tiempo. Como Dorothy con el Espantapájaros, El León Cobarde y el Hombre de Hojalata, no había sabido verlo. Pensé en las listas de Paul, en las notas y en lo que habían significado para mí.

Pensé también en lo que quería.

Y supe lo que tenía que hacer.

—Paige —Miriam me dirigió una radiante sonrisa con aquellos labios pintados de carmín rojo—. Me alegro de verte. ¿Qué puedo hacer por ti? ¿Estás buscando un regalo?

—No, hoy vengo a comprar algo para mí.

Miré hacia la estantería en la que estaban normalmente la tinta, los bolígrafos y los papeles, pero había desaparecido. Miriam salió de detrás del mostrador y me vio mirando hacia allí. Me tiró suavemente de la manga.

—Están en la parte de atrás. Acompáñame —había colocado las cajas en una estantería que quedaba a la altura de los ojos y todas ellas estaban con las tapas abiertas, mostrando los papeles del interior–. No sé si las verán muchos, pero los que se tomen la molestia de hacerlo, no serán capaces de resistirse.

Yo ya sabía la que quería. Una caja lacada en rojo con tildes azules y violetas. El papel del interior tenía la marca de agua de una libélula y había suficiente como para que me durara unas cuantas semanas incluso en el caso de que escribiera una carta cada día. Los pinceles y las plumillas me interesaban menos. No pensaba dedicarme a hacer caligrafía.

–Este.

Cerré la tapa y deslicé el pequeño cierre de madera en la presilla para mantenerla cerrada. Me volví hacia Miriam y me detuve al ver su expresión.

–¿Qué ocurre?

–Sabía que terminarías encontrando algo que escribir en ese papel. Eso es todo.

Estaba ya saliendo de la parte de atrás y haciéndome un gesto para que la siguiera.

La caja pesaba más de lo que parecía por el sello de mármol, también con la figura de una libélula y el recipiente de porcelana para la tinta. Y supongo que también por lo que pretendía hacer con lo que había en su interior. Sentía la caricia de la madera contra mis dedos mientras la llevaba hacia la caja registradora. No quería tener que esperar a que Miriam marcara la compra y la metiera en una de las bolsas de Speckled Toad, pero lo hice.

Estaba sudando y tenía el estómago y la garganta tensos de anticipación. Los colores me resultaban demasiado intensos, los sonidos excesivamente altos. Estaba deseando encontrarme en una habitación silenciosa, a la luz de las velas y disfrutando del sonido del bolígrafo sobre el papel. Ya sabía lo que iba a escribir

Miriam marcó la compra, envolvió la caja en papel de

seda y la metió en una bolsa. Me miró por encima del borde de sus gafas con los labios apretados y tamborileó el mostrador con sus uñas rojas.

–Necesitas algo más.

Pero yo ya había gastado demasiado.

–No creo.

Miriam me ignoró y se volvió hacia un expositor que tenía al lado del mostrador. Se inclinó para mirar los bolígrafos Cross y Mont Blanc del interior, cada uno de ellos en su correspondiente lecho de terciopelo. Deslizó un dedo sobre el cristal haciéndome fijarme en cada uno de aquellos bolígrafos y plumas que yo había deseado con fervor desde que había descubierto su tienda. Había un bolígrafo Starwalker en negro y otro en azul. Y un Meisterstuck Classique Platinum en color negro con marcas plateadas. E incluso tenía un bolígrafo de una edición limitada dedicada a Marlene Dietrich y que, por lo que yo había visto en Internet, costaban un riñón.

–Mont Blanc no los llama «bolígrafos», ¿sabes? –me explicó en el tono reverente de una arqueóloga que estuviera desenterrando un objeto muy valioso. No me miró mientras abría el expositor–. Se refiere a ellos como «instrumentos de caligrafía».

Cerró los dedos sobre un bolígrafo negro con una estrella de seis puntas en la tapa. Lo sostuvo en la palma de su mano con el mismo gesto con el que el joyero había sostenido la sortija de compromiso que Austin me había comprado. El bolígrafo de Miriam no era tan caro como aquella sortija que yo todavía conservaba en el joyero, pero tampoco valía mucho menos.

Me moría de ganas de tocarla, pero me metí las manos en los bolsillos.

–Sí, lo sé, lo he visto en su página web.

Miriam volvió entonces su mirada divertida y analítica hacia mí.

–Te creo. Cada vez que entras en la tienda miras esos bolígrafos.

–Son preciosos.

Miriam sacó una cajita de terciopelo y depositó el bolígrafo, aquel instrumento para escribir, en ella. Después inclinó la cabeza para mirarme por encima del borde de sus gafas.

–Déjame preguntarte algo, querida. ¿Crees que un cirujano plástico operaría a alguien con un cuchillo de mantequilla?

–Vaya, espero que no –contesté con una mueca.

Miriam sonrió con indulgencia.

–¿Y un artista pintaría una obra de arte con acuarelas de una tienda de todo a un dólar?

–Si no tiene más dinero, ¿por qué no?

–A donde quiero llegar, querida, es a que, para crear algo realmente bello, una persona necesita las herramientas adecuadas –señaló el Mont Blanc con la mano.

Mi alma parecía querer volar hacia aquel bolígrafo.

–Yo no soy una artista.

–¿No? –arqueó al unísono sus cejas perfectas–. Pues ese papel dice otra cosa. Si me dices que pretendes escribir en él la lista de la compra no te creeré. De hecho, no te lo vendería si pensara que es eso lo que piensas hacer. Sería un pecado no utilizar ese papel para algo especial.

–Pienso utilizarlo para algo especial –curvé los labios en una sonrisa al pronunciar aquellas palabras.

–Estupendo. Pero, ¿qué me dices del instrumento? No me dirás que pretendes utilizar un bolígrafo de plástico mordisqueado.

Desvié la mirada del bolígrafo para mirarla.

–Tengo una pluma que me compró mi padre cuando me gradué.

Por supuesto, no le dije que era una pluma con la que solía mancharme los dedos de tinta, además del papel.

Miriam tomó aire, muy digna. Comenzó a tamborilear con las uñas sobre el mostrador, tomándose su tiempo antes de responder.

—No es una Mont Blanc, ¿verdad? Ni siquiera una Cross.

—No, pero es la única que tengo.

Miriam suspiró y sacudió la cabeza.

—Paige, Paige, Paige, toma este bolígrafo, por favor.

No quería tocarlo. Sabía que me resultaría mucho más difícil renunciar a él. Pero cuando Miriam sacó un papel de color crema de debajo del mostrador y me lo tendió, hice lo que me pedía. Si uno nunca ha sostenido en su mano un bolígrafo verdaderamente bueno, no puede comprender cómo se distribuye el peso por la palma. O cómo parece encajar entre los dedos de manera que resulta fácil escribir hasta el documento más largo. O cómo se desliza sobre el papel sin ningún esfuerzo.

Escribí mi nombre.

—¡Oh! —tomé aire y dejé el bolígrafo sobre el papel—. Es maravilloso.

Había soltado rápidamente el bolígrafo para no ceder a la tentación de salir corriendo con él, pero Miriam volvió a tendérmelo.

—Cómpratelo.

—No puedo permitírmelo.

Ni siquiera miré la etiqueta diminuta de la caja. No me hacía falta para saber que no podía comprármela.

—¿Estás segura? —preguntó Miriam con calma—. Es posible que te sorprenda.

—Lo dudo, Miriam, sé qué precio tienen esos bolígrafos.

—Pero querida, ¿no crees que merece la pena?

Capítulo 21

Esto fue lo que escribí en aquel papel tan caro con mi exquisito instrumento de escritura:

Ha llegado el momento de revaluar nuestra relación.
Me enviarás tu horario preciso, tanto de trabajo como de placer, durante los siguientes diez días. Además, escribirás diez cosas que te exciten. Me enviarás lo que has escrito al correo electrónico switch1971@gmail.com, no más tarde de las seis del mismo día que recibas esta carta. Incluirás en él tu teléfono móvil para que pueda enviarte un mensaje dándote mi aprobación. O no.
Las cosas van a cambiar para ambos.

Era un paso arriesgado, pero a diferencia de lo que me había pasado durante mi último interludio con Austin, no me pregunté si estaría siendo excesivo. Al contrario, me descubrí preguntándome si sería suficiente. Cuando llegué a casa después del trabajo, encontré tres mensajes en el correo electrónico. Uno era de una amiga de la universidad, otro de mi madre. Y el último era de una dirección de correo que no reconocí: Eric.

En él me detallaba su horario tal y como le había pedido. Trabajaba en turnos de doce horas durante tres días seguidos y libraba después otros cuatro. No le había preguntado en qué hospital trabajaba, pero incluía diferentes trayectos, así que pensé que a lo mejor trabajaba en varios. Me gustó la atención que prestaba a los detalles. Era evidente que no era la primera vez que respondía a una exigencia de este tipo. Seguramente estaba más acostumbrado que yo a ese tipo de cosas. Me gustó la lista de cosas que más le excitaban:

Permanecer bajo la lluvia.
La montaña rusa.
Saber que me están mirando mientras llego al orgasmo.
Ponerme de rodillas.
¡Los tacos!
La lencería (en una mujer, no ponérmela yo).
Que me digan exactamente cómo complacer a la mujer con la que estoy para no tener que imaginármelo.
Las sábanas limpias.
Los Monty Python en DVD.
Las listas.

A mí también me excitaban las listas. Y me encantó que tuviera sentido del humor y suficiente confianza en sí mismo como para demostrarlo. También aprecié el hecho de que me respondiera puntualmente: a las cinco cincuenta y cinco. No sabía si habría sido capaz de castigarlo por su impuntualidad.

Yo jamás utilizaba cuero y nunca había usado un látigo. Me gustaban los tacones altos, pero la idea de utilizarlos para pisar a alguien me resultaba repugnante. Siempre había pensado que los hombres a los que les excitaba ser maltratados por una mujer eran unos cobardes, aunque Eric me había impresionado más que ninguno.

No sabía hasta qué punto podría llegar a fingir ser una

mujer dominante, ni durante cuánto tiempo podría mantener esa ficción. Podría estar fingiendo que estaba haciendo aquello por el propio bien de Eric. Al fin y al cabo, yo había estado a punto de sufrir un ataque de pánico al pensar que iba a dejar de recibir aquellas listas. Pero sabía que, en realidad, todo lo estaba haciendo por mí. Esas notas anónimas me habían dado algo que ni siquiera sabía que necesitaba.

Y descubrí que escribirlas me gustaba todavía más.

Lo que le envié por correo fue lo siguiente:

Esta noche, cuando vuelvas a casa del trabajo, cenarás algo. Después, métete en la ducha y ve al dormitorio sin correr la cortina. Cuando comiences a acariciarte, sabrás que te estoy observando.

—Qué zapatos tan bonitos —la mujer cuyo nombre desconocía, pero con la que siempre parecía coincidir en los buzones, parecía estar diciéndolo sinceramente—. ¿Son unos Enzo Angilioni?

Bajé la mirada hacia mis zapatos, unos zapatos negros de corte clásico y tacón grueso cruzados por una tira de cuero en la parte superior. Los había comprado en una tienda de segunda mano por poco más de tres dólares. Pero sí, eran de marca y estaban prácticamente nuevos.

—Sí.

—Son preciosos. Yo tengo unos casi idénticos, pero en azul. Pero nunca me los pongo. No sabía con qué combinarlos —miró con ojo crítico el resto de mi atuendo—. Jamás se me habría ocurrido ponérmelos con una falda de vuelo y una blusa ajustada.

Durante meses había estado sufriendo porque no sabía qué ponerme cada día para ir a trabajar, y, sin embargo, en aquel momento me estaba mirando como si yo hubiera sabido sacar provecho a unos zapatos envidiables que ella misma tenía olvidados en el armario. La verdad era que aquel día estaba tan pendiente de dejar la nota en el buzón de Eric y de lo que iba a pasar más tarde, que me había puesto lo primero que había encontrado. Bajé la mirada hacia los zapatos y giré ligeramente haciendo volar la falda alrededor de mis rodillas. Mi sonrisa no tenía nada que ver con su cumplido. De hecho, ni siquiera le di las gracias. Sí, de acuerdo, es posible que sea una perra vengativa. Pero nunca he fingido lo contrario.

La recorrí después con la mirada, desde el pañuelo que llevaba al cuello hasta el mismo par de Kate Spades que le había visto en otras ocasiones.

–¿De verdad?

Solo dos palabras. Pero bien cargadas de significado. Parpadeó rápidamente y apretó después los labios en algo que pretendía ser una sonrisa. Nos entendimos como solo las mujeres se comprenden, y como los hombres no serán nunca capaces de hacerlo.

–La semana que viene están de rebajas en Neiman Marcus. Estoy en la lista de buenos clientes y me han enviado una tarjeta –me ofreció.

–Gracias. Iré a echar un vistazo –esperé a que se hubiera ido para dejar la carta en el buzón de Eric.

Después de hacerlo me apoyé durante unos segundos contra la pared, dejando escapar la respiración a través de mis labios entreabiertos. Bajo la falda que mi vecina había admirado tanto, llevaba ropa interior de encaje y seda. Prendas sexys que me hacían sentirme atractiva durante todo el día y me recordaban lo que pretendía hacer después. Como si pudiera olvidarlo, pensé, con una sonrisa que me acompañó a lo largo de toda la jornada.

Paul lo notó. La sonrisa, no la lencería, que, por cierto, me acariciaba de una forma deliciosa cada vez que cruzaba o descruzaba las piernas. Estaba junto a mi escritorio con un fajo de archivadores en la mano y esperó a que alzara la mirada en vez de dirigirse a mí como lo había hecho siempre en el pasado.

¡Cuántas cosas habían cambiado en tan poco tiempo!

—Estás muy atractiva —me dijo.

En una época de constante acoso sexual, en una época en la que me he convertido en asistente y no en una secretaria porque se ha extendido la ridícula idea de que un título significa más que el trabajo en sí mismo, aquel cumplido no era muy apropiado. Me recliné en mi silla, permitiéndole dirigir una larga mirada a mis piernas y las crucé a la altura de las rodillas. Después miré a Paul, dejando claro que le había visto mirarme.

—¿Qué necesitas, Paul?

Paul me tendió las carpetas.

—Esto tiene que salir hoy.

No las agarré. Sentí fluir el poder dentro de mí al ver que las dejaba en la mesa, pero él continuaba allí. ¿Estaría jugando un juego peligroso? No me parecía arriesgado. Ni siquiera podía decirse que estuviera coqueteando con él. No tenía ninguna intención de acostarme con mi jefe.

Ni de convertirme en una mujer como mi madre.

—De acuerdo.

Nos miramos. Paul se aclaró la garganta y se meció ligeramente sobre sus pies. Yo agarré los archivadores y los coloqué ordenadamente frente a mí para dejar muy claro que pensaba hacerme cargo de ellos. No en ese mismo instante y tampoco a toda velocidad, pero me haría cargo de ellos.

—Paige, hay otra cosa de la que me gustaría hablarte.

Le estudié durante un segundo, intentando hacerme una idea de qué podría ser, y después asentí.

—Claro, ¿de qué se trata?

—¿Puedes pasar a mi despacho dentro de diez minutos?

Lo preguntaba como si temiera que pudiera decirle que no, aunque los dos sabíamos que no podía negarme.

–Por supuesto.

–Gracias.

Siempre había sido muy educado, pero aquel día traslucía una mala disimulada ansiedad.

Sabía muchas cosas de mi jefe, algunas las había sabido desde el primer momento y otras había ido aprendiéndolas con el tiempo. Pero la cuestión era que Paul me gustaba mucho como jefe. Y fuera lo que fuera lo que le inquietaba, sabía que no sería capaz de ponerse a trabajar hasta que no lo hubiera resuelto.

–Ponte un café –le recomendé–. Enviaré esos informes e iré a tu despacho dentro de diez minutos.

No estaba dándole permiso, y aquella no era una decisión que no pudiera tomar por sí mismo, pero el alivio que vi en sus ojos al oír mi sugerencia me hizo alegrarme de haberla hecho. Revisé los informes mientras él se servía el café y tomé algunas notas sobre lo que había que enviar y a donde. A continuación pasé un momento al cuarto de baño y después hice unas fotocopias antes de reunirme con él.

Cuando abrí la puerta estaba sentado tras su escritorio, pero se volvió inmediatamente hacia mí.

–Hola, Paige, ¿quieres sentarte, por favor?

Lo hice, y vi volar su mirada hacia mi rodilla desnuda cuando crucé las piernas.

–¿Ocurre algo malo?

–No, no pasa nada malo. Solo... quería hablar contigo.

Esperé. Paul tomó aire, se reclinó en la silla y se pasó la mano por la cabeza. Se había quitado la chaqueta del traje, pero llevaba la corbata perfectamente anudada al cuello. Se aclaró la garganta. Tuve que esperar otros diez segundos hasta que habló.

–Es sobre tu trabajo.
Me enderecé en la silla.
–¿Sí?
–Ya hace tiempo que deberíamos haberte revisado el sueldo.

Entendía lo que quería decir. En Kelly Printing, al igual que en la mayoría de empresas, se revisaban anualmente los salarios, pero también establecían un período de prueba para los empleados nuevos. Me habían hablado de ello cuando me contrataron. A los seis meses de trabajar en la compañía, podían darte una patada en el trasero si no estabas a la altura de sus expectativas. Me resultaba difícil creer que llevara tanto tiempo allí. De hecho, me parecía casi una eternidad.

Una vez más, esperé a que él hablara. Eso era algo muy propio de Paul. Se tomaba su tiempo para hablar. Yo pensaba que era porque cada una de las palabras que salía de sus labios tenía que significar algo, era como si tuviera que sopesarlas antes de pronunciarlas. A diferencia de lo que pasa con la escritura, no puedes tachar lo que dices. Una vez dicho, no puedes hacer nada para borrarlo.

–Solo quería que supieras que te he valorado muy positivamente. Y que te he recomendado para que puedas acceder a una mayor preparación.

Me resultaba extraño sentir una sonrisa de placer en el rostro cuando me había preparado para fruncir el ceño.

–¿De verdad? ¡Es genial! Gracias, Paul.

Parecía un poco más tranquilo tras haberme dado la noticia, aunque continuaba jugueteando nervioso con el bolígrafo. Lo hacía rodar hasta el borde de la carpeta del escritorio y después lo apartaba.

–De nada. Estoy muy satisfecho con tu trabajo.

–Yo también estoy muy contenta trabajando contigo.

Asintió y fijó la mirada en su bolígrafo.

—En esta empresa surgen de vez en cuando oportunidades. Una buena recomendación puede darte acceso a nuevas oportunidades.

Era una noticia interesante que no sabía cómo debía procesar.

—¿De qué tipo?

—Por ejemplo, posibilidades de ascenso.

Yo leía las notas de los tablones de la oficina todos los días. Junto a los anuncios de fiestas y picnics y carteles sobre la política de la empresa, aparecían ofertas de trabajo en la propia compañía. Nunca había visto nada que me pareciera medianamente interesante. Jamás se me había ocurrido postularme para ninguna de ellas. Todavía estaba pensando en estudiar el máster en gestión de empresas en el caso de que la compañía me pagara la matrícula.

—¿Cómo cuáles? —me incliné hacia delante.

—Ahora mismo están buscando a alguien para que empiece a trabajar en el departamento de ventas de Vivian Darcy.

—¿Y si no quiero trabajar para Vivian?

Por un instante, Paul pareció complacido, pero inmediatamente volvió a adoptar una actitud neutral.

—Creo que es algo en lo que deberías pensar. No puedes ser una asistente eternamente, Paige.

Era cierto, y me conmovió el hecho de que le importara lo suficiente como para pensarlo.

—Podría ser una oportunidad interesante para ti.

Sí, también eso era cierto, pero entonces, ¿por qué los dos parecíamos tan tristes?

Sabía, por su horario de trabajo, que Eric llegaría a casa alrededor de las ocho. Le di media hora para cenar y otros quince minutos para ducharse. Si estaba tan ansioso como yo por seguir las instrucciones que le había dejado, no tardaría mucho más.

La gabardina negra que llevaba no me daba en absoluto el aspecto de una pervertida, pero era así como me sentía cuando entré en el aparcamiento del edificio. Había decidido ponérmela porque pensé que me ayudaría a camuflarme entre las sombras, pero también había jugado con la idea de ir desnuda debajo. Al final me había puesto unos pantalones negros y una camiseta. No me había atrevido a salir desnuda. Debería haberme escrito una nota diciéndome que lo hiciera, pensé con una sonrisa mientras bajaba el segundo tramo de escaleras.

Salí a un piso que estaba prácticamente vacío. A esa hora de la noche, los espacios que ocupaban las personas que trabajaban durante el día en el edificio estaban siempre vacíos. Pero desde aquel piso podía ver claramente la calle y el apartamento de Eric.

La tapia de cemento me llegaba a la altura del pecho, pero podía inclinarme para mirar hacia la calle. Eran las nueve, ya era completamente de noche. Unas luces naranjas iluminaban la puerta del garaje, las escaleras y las columnas, pero no tenía ninguna cerca. Las farolas de la calle también estaban a suficiente distancia como para no interferir con mi voyeurismo.

No me había traído prismáticos, pero tampoco los necesitaba. La calle que me separaba del edificio era de un solo carril. Estaba a un tiro de piedra de la ventana de Eric. En el interior de su apartamento las luces se encendieron en ese momento.

Sentí un pitido en los oídos y dejé escapar la respiración que había estado reteniendo en los pulmones. Estaba allí. Todo iba a ocurrir según lo previsto.

Todo el mundo mira a hurtadillas. Lo hacemos cuando pasamos de noche por delante de una casa en la que vemos las luces encendidas o cuando vemos una puerta semiabierta en la oficina. Pero yo nunca lo había hecho con la esperanza de ver a alguien haciendo algo tan íntimo. No podía decidir si la tensión que notaba en las entrañas y que hacía cosquillear las yemas de mis dedos se debía a una excitación ilícita o a lo mal que me parecía lo que estaba haciendo.

La respuesta era la primera, pensé al ver que se abrían las cortinas del dormitorio de Eric y también allí se encendía la luz. Era mucho más pervertida de lo que nunca había imaginado. El voyeurismo nunca me había llamado particularmente la atención, pero saber que mi presencia iba a provocarle un orgasmo, que yo había sido un acicate para él, bastó para que se me tensaran los pezones y comenzara a crecer un dulce anhelo entre mis piernas que sabía que tendría que aliviar con mi propia mano antes de que acabara la noche.

Eric permaneció frente a la ventana durante un minuto o dos. Estuvo mirando durante tanto tiempo que llegué a preguntarme si podría verme. Con la luz de su habitación encendida y estando yo a oscuras, no era probable. No me atrevía a moverme. Escondida entre las sombras, le observé fijar su mirada en la noche. No pareció verme, ni a mí ni a nadie, aunque movía los ojos de un lado a otro, buscando.

Al final, se volvió y se acercó a la cama. Llevaba el pelo peinado hacia tras y solo llevaba encima una toalla. Las gotas de agua resplandecían sobre la piel morena de su espalda y sus hombros. Yo no estaba suficientemente cerca para verlas descender hasta alcanzar su trasero, pero podía imaginármelo. Y lo hice.

Eric vaciló un instante. Miró por encima del hombro, con la mano puesta en la cintura. Me pregunté si alguna otra vez habría pensado que podría haber alguien mirándole desde fuera. Aunque yo siempre tenía las cortinas corridas, no bloqueaban completamente la vista del exterior, pero nunca había llegado a creer que alguien pudiera estar viéndome de verdad. Por supuesto, había pensado en ello en alguna ocasión, y también me había preguntado si alguien podría estar espiándome cuando pensaba que estaba sola.

La diferencia era que Eric tenía la certeza de que no estaba solo. Pensé que eso le haría más difícil llegar a desnudarse, a pesar de que había dicho que le gustaba. Que era lo que deseaba. Inclinó los hombros un instante y la toalla cayó. Desapareció.

Dios mío, tenía una espalda maravillosa. Hombros anchos, cintura estrecha, piel suave y un trasero de aspecto firme. Una sombra de vello cubría la parte inferior de su espalda, se extendía sobre sus nalgas y se espesaba al descender por sus muslos y sus piernas. Los brazos también los tenía cubiertos de vello. Giró de manera que pudiera verle el pecho y sonreí encantada. También allí se rizaba un vello oscuro alrededor de sus pezones, pero no en exceso. Todavía era posible encontrar y besar su piel desnuda y lamerle los pezones hasta hacerle gritar pidiendo clemencia.

Tuve que agarrarme a la tapia de cemento para mantener el equilibrio ante el rumbo que estaban tomando mis pensamientos. Austin, un hombre rubio y de piel clara, tenía muy poco vello en el pecho y se recortaba el pelo que cubría su pubis, de modo que estaba acostumbrada a ver a un hombre con mucho menos vello. Al mirar a Eric, se me ofrecía algo que me producía cierta vergüenza y que en lo que solo podía pensar como algo... primario.

Eric se tumbó en la cama con su miembro en la mano. Tenía la mirada clavada en el pecho mientras se acariciaba un sexo ya casi endurecido. En las películas porno que he visto, los hombres siempre están tan excitados que resulta casi doloroso. Eric no comenzó únicamente con el puño sobre su sexo. Deslizó una mano por su vientre y sus muslos antes de llegar hasta él y empezar a acariciarlo desde la base hasta la punta antes de repetir el proceso.

Era cautivador.

El cabecero de la cama de Eric estaba en la pared opuesta a la de la puerta del dormitorio, de manera que la cama quedaba en paralelo a la ventana. Al igual que el resto del apartamento, era una cama sencilla, austera, incluso. Había retirado ya la colcha negra y las mantas y estaba tumbado sobre una sábana blanca. Se incorporó ligeramente para apoyar la cabeza en la almohada.

¿Representaría alguna diferencia para él el saber que le estaban mirando? Yo sí lo creía. ¿Por qué si no se estaría mostrando de esa forma? El movimiento de sus bíceps me hizo morderme el labio. Y también el de sus gemelos cuando inclinó las piernas para alzar las caderas.

Cuando su pierna me bloqueó la maravillosa vista de su sexo siendo acariciado lentamente por su enorme puño, me incliné hacia delante arriesgándome a que me viera, pero, como si supiera exactamente lo que estaba haciendo, Eric estiró aquella pierna y dobló la otra, permitiéndome verle con total claridad. Arqueó de nuevo la espalda. Yo quería verle la cara, pero aunque podía distinguir la sombra de sus ojos y su nariz, la distancia borraba el resto de sus facciones.

Con una mano sobre su erección, Eric alargó la otra y sacó una botellita de debajo de la almohada. Mi lubricante venía en un tubo con un tapón abatible. El suyo era de rosca. Se echó una buena dosis en la mano y en su sexo antes de volver a guardarlo debajo de la almohada.

No me reí porque me pareciera gracioso, sino porque me pareció adorable poder estar siendo testigo de su vida sexual más íntima. Además, lo que estaba viendo me decía muchas cosas de él. Se masturbaba a menudo y no llevaba a muchas mujeres a su casa. Las personas que solían compartir el dormitorio no guardaban ese tipo de cosas bajo la almohada. De modo que no me había equivocado con lo que había intuido hasta entonces.

Pasaban gente y coches por aquella calle, pero no permití que nada me distrajera. Oí el chirriar de las ruedas, el motor de algún coche y el zumbido del ascensor del garaje, pero no salió nadie en el piso en el que estaba. Permanecía escondida tras una de las columnas de cemento y con la tapia delante de mí. La brisa nocturna me acercaba la esencia del río mientras yo continuaba concentrada en lo que Eric estaba haciendo. Deseaba estar con él.

Presioné los muslos mientras observaba a Eric acariciarse con movimientos cada vez más rápidos. Observé su miembro desaparecer entre sus dedos, vi cómo se acariciaba también el prepucio y cómo bajaba la mano de vez en cuando para prestar también alguna atención a sus testículos. Le observé, y pensé en cuándo tendría oportunidad de demostrarle cuánto había aprendido.

No podía oírle, pero le vi abrir la boca y observé su rostro retorciéndose de placer. Las caricias aumentaron de velocidad gracias al lubricante. Alzaba y bajaba las caderas como si estuviera embistiendo en cada caricia. Si hubiera estado encima de él en aquel momento, le habría sentido muy dentro de mí y habría notado la presión de su vientre en el clítoris con cada embate. Notaba contraerse mi sexo mientras le observaba, tenía el clítoris endurecido y suplicando algo más que la presión de las bragas contra él. Pero no me acaricié. Continué aferrándome al cemento, clavando los dedos en aquella superficie de piedra. Pero tenía que recordarme que estaba en un lugar en el que no podía arriesgarme a deslizar la mano en mi ropa interior y acariciarme. Ya me estaba arriesgando demasiado estando allí. Mi cuerpo podía ansiar la misma clase de liberación que estaba disfrutando Eric, pero mi cerebro no me lo permitiría.

«Más tarde», me prometí mientras sentía cómo descendía el sudor por mi espalda, lamiéndome como una lengua. Unos minutos más y Eric habría terminado y yo podría regresar a casa para poner fin a aquello.

Me lamí el labio superior e imaginé que sabía a él. Estaba empapada. Apreté los muslos. Y me gustó tanto que volví a hacerlo otra vez. Y otra.

Le vi mientras llegaba al orgasmo derramando su deseo por su vientre plano y en tensión, y yo también lo alcancé, sin haberme tocado siquiera. Respiré la brisa húmeda procedente del río mientras el placer vibraba en mi interior. Sentía los espasmos de mi cuerpo, pero permanecí en silencio y muy quieta mientras una pareja abría la puerta para dirigirse hacia su coche.

No podía esconderme, no podía agacharme, así que fingí que estaba hablando por el móvil mientras me apoyaba contra un coche. El orgasmo continuaba vibrando dentro de mí mientras alzaba la mano en respuesta a su saludo y agradecía a los dioses el no haber sido descubierta masturbándome en público.

Ellos ni siquiera miraron hacia el edificio Manor, pero yo sí. Eric estaba tumbado en la cama, con una mano en los ojos. Su pecho descendía y se elevaba al ritmo de su respiración. Yo ya había metido su número de teléfono en mi móvil y tecleé rápidamente un mensaje: *Muy bonito*.

Medio minuto después, Eric volvía la cabeza hacia la mesilla de noche, giraba en la cama y agarraba el teléfono. Leyó el mensaje y miró por la ventana. Se levantó y permaneció frente al cristal durante varios segundos, apoyando la mano en las cortinas.

Creí leerle las gracias en los labios, pero corrió las cortinas antes de que pudiera estar segura.

Capítulo 22

Había empezado.

Yo pensaba que sabía lo que era ansiar la disciplina de un maestro anónimo que comprendía lo que necesitaba y sabía cómo ofrecérmelo. Con una carta, con un mensaje de texto, me había convertido en Pink Floyd. En el lado oscuro de la luna. Me había aventurado en el terreno de lo desconocido.

¿Pero era realmente así?

¿Qué era lo que más había deseado a lo largo de toda mi vida? Control. De mi vida, de mis sentimientos, de todas las situaciones en las que me encontrara. La necesidad de control era algo que había necesitado durante mucho tiempo sin saberlo. Era una de las razones por las que había puesto fin a mi matrimonio, pero incluso habiéndolo admitido, no había sido capaz de cambiar.

Renunciar a una pequeña parte de ese control había sido un alivio. Me había aligerado el peso durante una temporada. O, por lo menos, lo había hecho más fácil de soportar. Porque, en realidad, no quería renunciar a lo que había aprendido. Lo único que quería era aprender a utilizar ese deseo.

Después de observar a Eric, fui directamente a mi apartamento. Me senté a la mesa, presa todavía del deseo y con un anhelo implacable en el vientre. Abrí la caja con el papel de cartas y saqué una hoja. La dejé deslizarse entre mis dedos, me la acerqué al rostro y aspiré la inexplicablemente deliciosa fragancia del papel.

Miriam no se había equivocado al decir que yo necesitaba este papel, al decirme que, en cuanto lo tuviera, encontraría algo importante que escribir en él. Y también tenía razón sobre el bolígrafo. Sobre el instrumento de escritura, me recordé con una sonrisa. Yo no era cirujana, ni siquiera era artista, pero el bolígrafo que había comprado era perfecto para lo que estaba haciendo. Lo sopesé entre mis dedos y lo posé sobre el papel. La tinta se deslizaba en cada trazo sin dejar manchas de tinta o lugares en blanco. Lo único que me faltaba era encontrar las palabras adecuadas.

Sabía que debería hacer lo que mi profesora de Lengua del instituto llamaba «un borrador». Ninguna de las tarjetas que me habían llegado tenía una sola falta de ortografía, ni un tachón. No eran precisamente notas muy poéticas, pero eran notas limpias y cuidadas. El bolígrafo permanecía sobre el papel mientras pensaba en lo que necesitaba y quería decir.

Estaba esforzándome demasiado. La sensación de responsabilidad hizo ceder la excitación. Y me estaba mordiendo el labio con tanta fuerza que me dolía.

Dejé el bolígrafo sobre el papel y me recliné en la silla. Me levanté, me serví un vaso de zumo de naranja y fui bebiendo poco a poco con la mirada fija en el papel y en la mesa.

Sabía algo sobre Eric que su anterior ama invisible no había llegado a captar. Él trataba con mucho humor todo aquel tema. Le satisfacían sexualmente e incluso podía ansiar aquellas órdenes tanto como yo, pero no era ningún esclavo sumiso que estuviera deseando lamer las botas de una mujer dominante. No era un hombre cargado de tópicos, y yo tampoco podía llenar mis notas de ellos. Para mí, habían significado mucho más que eso desde que había asumido aquellas palabras destinadas a Eric como si fueran dirigidas a mí.

Terminé el zumo y comencé a pasear. La primera nota la había escrito sin ningún problema. La segunda no me había costado mucho más. Sin embargo, en aquel momento, necesitaba que fuera tan perfecta que me estaba paralizando a mí misma. Al final, pensé en el sentido del humor de Eric y en la lista que él había escrito. Tomé el bolígrafo y lo posé sobre el papel.

Hoy cenarás tacos.

—¡Paige!

No soy una persona que se sonroje fácilmente, pero sentí el calor fluyendo por mi rostro cuando me volví y vi a Eric saludándome desde el ascensor. Me detuve frente a las puertas de cristal del edificio, sosteniendo una para que pasara Eric y salí junto a él a una mañana primaveral.

—¡Hola, Eric!

—¿Ibas a correr?

Él llevaba unos pantalones de chándal de color negro y una camisa negra ajustada que marcaba sus músculos.

Bajé la mirada hacia mis playeras y mi chándal y sonreí.

—¿Tú qué crees?

—¡No me digas que me he equivocado! —se llevó una mano al corazón y dio un paso hacia atrás—. No me digas que ibas a un baile en la embajada.

—No. Pero no iba a correr. Pensaba salir a dar un paseo. Si te apetece...

—Pues daremos un paseo a paso rápido —se mostró de acuerdo.

–No quiero hacerte cambiar de planes –mentí, mientras tiraba de las cintas del pantalón para darle a mis manos algo que hacer mientras observaba su reacción.

Eric se limitó a encogerse de hombros y a esbozar una sonrisa que iluminó sus ojos.

–No te preocupes. Suelo salir a correr, pero sé que no es bueno para las rodillas. Un paseo a paso de marcha también puede servir para hacer ejercicio sin necesidad de destrozarte las articulaciones. Atiendo a mucha gente con lesiones por haberse esforzado en exceso. No quiero terminar igual que ellos.

Cruzamos Front Street. El río Susquehanna corría muy caudaloso gracias al deshielo y a varios días de lluvia. El agua, de color marrón verdoso, subía hasta los escalones de cemento que descendían al cauce. A mitad de camino de City Island, vi las rayas rojas y blancas de los toldos de la zona de baño. Yo a lo mejor habría sido capaz de meter un pie en el agua. A lo mejor. Pero jamás se me habría ocurrido bañarme en ese río.

–¿Derecha o izquierda? –preguntó Eric mientras estiraba las piernas.

Si nos dirigíamos a la izquierda iríamos hacia el centro de la ciudad y la autopista, pero podíamos seguir en todo momento el cauce del río. Si torcíamos a la derecha llegaríamos a los barrios residenciales y a las mansiones que en otro tiempo habían sido casas particulares y habían terminado, en su mayor parte, convertidas en oficinas. ¡Ah! y también a la Casa de Gobierno, que, por alguna razón, nunca dejaba de fascinarme. Supongo que porque me parecía que un edificio tan importante estaba fuera de lugar en un espacio tan abierto en el que cualquiera podía asomarse a la cerca y mirar. Tuve la misma sensación cuando fui a Washington D.C. y vi la Casa Blanca.

–A la derecha.

Señalé hacia allí con la cabeza y le observé estirarse.

Intenté imitarle, pero como nunca estiraba antes de hacer ejercicio, no estaba preparada.

Eric me miró sonriendo, pero no hizo ningún comentario.

–¿Estás lista?

–Claro.

El momento álgido de mi vida en cuanto a paseos se refiere había sido cuando yo tenía entre ocho y nueve años. Vivíamos entonces en una zona de caravanas demasiado pequeña para ser considerada un parque, con Bob, que era por aquel entonces novio de mi madre. A mi madre la habían despedido de su trabajo de empaquetadora en la fábrica de Hershey y, por primera desde que yo era capaz de recordar, tenía un grupo de amigas con las que hacía la clase de cosas que normalmente hacían las madres que salían por televisión. Preparaban comidas que les servían a sus hombres, quedaban en el centro comercial para dar una vuelta sin tener que comprar nada, y, aunque a mi madre nunca le había sobrado un gramo hasta el embarazo de Arty, habían formado un grupo con el que salían a pasear por el barrio para mantenerse en forma. En realidad, era más una excusa para librarse de la constante presencia de sus hijos y cotillear un poco. Yo las observaba a menudo desde el porche de cemento de nuestra casa y me preguntaba por el motivo de sus risas.

No hubo risas entre Eric y yo mientras caminábamos. Al principio, fui yo la que marcó el paso, pero Eric tenía las piernas mucho más largas que las mías y terminé caminando a mucha más velocidad de la que normalmente lo hacía. El orgullo me impedía pedirle que amainara el paso y no me quedaba aliento ni para hablar. Pasamos por delante de un edificio de oficinas y llegamos por fin a Green Street, la calle en la que Harrisburg cambiaba drásticamente y pasaba de parecer una gran ciudad a tener el aspecto de un pueblo. Nos cruzamos con corredores y ciclistas, casi todos ellos en dirección contraria. Y casi me alegré de que el ritmo de la marcha nos impidiera hablar. Eric tampoco parecía un hombre muy hablador.

No sabía por qué, pero no me importaba tener el cuerpo y el rostro empapados en sudor. No me había molestado en maquillarme y ninguna mujer está particularmente atractiva con una sudadera. Con cualquier otro hombre, me habría pasado todo el tiempo analizando mis defectos y deseando haberme puesto al menos brillo de labios, pero con Eric no me importaba.

Porque sabía que había disfrutado de un orgasmo siguiendo mis órdenes, sin que importara ni mi aspecto ni la ropa que yo llevaba. Tenía poder sobre él. Él no lo sabía, pero yo sí.

Eso me liberaba de muchas presiones. No tenía que preguntarme si le gustaba, o en qué estaría pensando. Sabía que podría averiguarlo cuando quisiera, me bastaría con escribir una nota. Y si al final decidía que Eric no me gustaba, nuestra relación no tendría por qué ir más allá de un paseo por el río.

—¿Hasta dónde quieres llegar? —su pregunta concordaba de tal manera con lo que estaba pensando que me sobresalté.

Miré el reloj. Calculé la distancia que habíamos recorrido y el tiempo que tardaríamos en regresar. Tenía que ir a casa de mi padre, supuestamente, a cuidar a mis hermanos mientras Stella y él iban a un acto de recaudación de fondos para una organización benéfica, aunque yo sabía que mi auténtica tarea consistía en averiguar qué le pasaba a mi hermano. Aun así, todavía era la hora del almuerzo. El cielo estaba ligeramente nublado cuando habíamos salido, pero estaba comenzando a salir el sol. Era el primer día verdaderamente primaveral y no quería perdérmelo.

–Otro kilómetro más –me pasé el dorso de la mano por la cara–, y tendré que parar para beber algo.

–Me parece bien.

Continuamos caminando, más lentamente. La acera terminaba justo delante de nosotros y el cauce descendía bruscamente hacia el río. En la calle de enfrente había un par de restaurantes.

–¡Podemos hacer una parada en Taco Bell! –exclamé, incapaz de resistirme.

Eric me dirigió una mirada fugaz, pero aunque busqué en su rostro una sonrisa o cualquier gesto que pudiera indicarme que estaba pensando en la nota que le había dejado, no vi nada que le delatara. Se limitó a asentir y en cuanto cesó ligeramente el tráfico, cruzamos la calzada para ir a la otra acera.

Aquella pausa nos había enfriado a los dos y para cuando cruzamos el aparcamiento del restaurante, yo estaba comenzando a tener frío. El sol, que minutos antes brillaba con fuerza, se había escondido otra vez entre las nubes y la brisa del río azotaba nuestros rostros. Aun así, me gustaba sentirlo secando mi sudoroso rostro. Eric me abrió la puerta. Si hubiera sido otra persona la que hubiera hecho aquel gesto, probablemente ni siquiera habría reparado en él, pero en aquel caso, no pude dejar de preguntarme si lo habría hecho por educación o por otro motivo.

Pero como no quería volverme loca pensando en ese tipo de cosas, decidí ignorarlas lo mejor que pude y concentrarme en el menú que habían escrito en la pizarra. Había pasado tanto tiempo desde la última vez que había estado en Taco Bell que habían añadido todo un nuevo listado de productos. Durante años me había alimentado prácticamente a base de comida rápida porque era la más barata, pero nada de lo que en ese momento ofrecían me resultaba particularmente apetitoso.

−Adelante −me ofreció Eric.

Pedí un refresco de cola light y se produjo un momento ligeramente embarazoso cuando Eric quiso pagar y yo intenté impedírselo. Al final, terminé cediendo con una risa. Fue un gesto muy amable por su parte. No me lo esperaba.

−No voy a arruinarme por un refresco.

Eric le tendió al cajero un billete de veinte dólares. El cajero lo miró con recelo y le hizo algunas cosas extrañas con un rotulador.

−Gracias de todas formas.

Acepté la bebida que, por cierto, contenía suficiente cantidad de líquido como para llenar una pecera. Sentí su dulzor y su cosquilleo en la garganta y suspiré complacida.

Eric me siguió hacia una de las mesas riendo por mi sonido de placer.

−Ese es el suspiro de una verdadera adicta.

Alcé aquel vaso de cartón tan enorme.

−¿Tanto se nota?

Eric esperó a que me sentara para sentarse él. Sentí un placer, no exactamente sexual, ronroneando en mi interior. Definitivamente, podría llegar a acostumbrarme a su caballerosidad.

Dejó su bandeja en la mesa y se sentó frente a mí. Nuestras rodillas se rozaron.

−Solo un exadicto a la cafeína lo notaría −desenvolvió su taco y extendió el papel con la yema de los dedos−. ¿Estás segura de que no quieres comer nada?

−Completamente.

Aquella carne grasienta y el queso podían tener muy buen aspecto, pero sabía que tendría que pagar más tarde el precio. Mi estómago ya no soportaba la comida basura. Y tenía que agradecérselo a las notas que había estado recibiendo.

Eric contemplaba el taco con atención.
–Me encantan los tacos. Son el alimento perfecto.
Reí y di un sorbo a mi bebida.
–Si tú lo dices...
–¿No te gustan? –me preguntó, sin haber probado siquiera su comida.
–Me encanta la comida mexicana, pero no precisamente la de Taco Bell.
–Entonces, ¿por qué has pedido que paráramos aquí?
Colocó parte de la guarnición de lechuga en el taco.
Me había pillado, aunque él no podía saberlo.
–Me gusta el tamaño de sus bebidas.
Eric asintió, como si lo que acababa de decir tuviera algún sentido. Me excusé para ir al cuarto de baño. No iba a comer nada, pero necesitaba lavarme la cara y las manos después del paseo. Sentí la vibración del teléfono móvil, lo saqué del bolsillo, y me encontré con un mensaje inesperado.
Un taco.
No había texto, solo una fotografía, pero supe inmediatamente que era el que acababan de servirle a Eric. Me recliné contra la pared metálica del cuarto de baño con el teléfono apretado contra el corazón. ¡Quería bailar! ¡Quería reír! Me lavé rápidamente las manos y me mojé la cara con una toalla de papel humedecida. Apenas vacilé antes de contestar:

La comida rápida te va a destrozar las entrañas. La próxima vez que te dé derecho a una recompensa, espero que te deleites con algo que merezca realmente la pena.

Aquellas palabras resultaban un poco rebuscadas sin el papel, el bolígrafo y el lujo del tiempo. De pie, en un cuarto de baño público que apestaba a desinfectante, me era difícil imaginarme a mí misma como una amante perversa y dominante. Pero aun así, no podía negar la emoción que me invadió cuando envié el mensaje.

Para cuando volví, Eric ya había terminado el taco. Si le extrañaba que hubiera tardado tanto, no lo demostró. Hizo una bola con el envoltorio del taco y las servilletas y lo tiró todo a la basura mientras yo recogía mi vaso.

–Deberíamos pensar en volver –dije, justo en el momento en el que le sonó el teléfono.

–Perdona un momento –contestó, y esperó a que yo asintiera.

Abrió entonces el teléfono, leyó el mensaje, sonrió y volvió a guardarse el teléfono en el bolso.

–¿Lista?

–¿Podemos volver un poco más despacio? –le mostré el vaso de refresco.

–Claro –Eric giró la cabeza y se palmeó el estómago con una sonrisa–. Si tú quieres...

El cielo, cada vez más oscuro, y un viento repentinamente helado, no invitaban a caminar despacio, pero la conversación ayudó a que el tiempo pasara tan rápidamente como si hubiéramos ido corriendo. Durante unos instantes, incluso fui capaz de olvidar que estaba engañando a Eric y que conocía sus secretos. Eric tenía un gran sentido del humor y era muy inteligente. Sí, era inteligente, pero no me hacía sentirme estúpida. Era capaz de hablar de muchísimos temas, y siempre dejando espacio para que yo pudiera hacer algún comentario. Y me escuchaba. Realmente le interesaban mis respuestas. Para cuando llegamos al edificio estaban comenzando a caer las primeras gotas de lluvia y yo ya estaba medio enamorada de él.

–Tengo que entrar –le dije en el portal–. Gracias por el refresco.

–Yo voy a seguir en la otra dirección. Quiero correr un poco. Hoy es mi día libre –me explicó Eric–, y necesito hacer ejercicio para liberarme de las tensiones del trabajo, ¿sabes?

Yo podría ayudarle con eso, pero no podía decirle cómo exactamente.

–Claro. Nos vemos.

Me hizo un gesto con la mano y me dejó en la puerta. Una vez en mi apartamento, me desnudé y corrí a la ducha, donde estuve desprendiéndome del sudor y pensando en Eric. Sabía que jugaba con una ventaja injusta, de eso no había ninguna duda. Alcé la cara hacia el chorro de la ducha pensando en su sonrisa, en su risa y en cómo se había acariciado en la intimidad. Sabía cosas de él que no tenía derecho a saber.

No podía decidir si me gustaba más precisamente por ellas. Lo cierto era que me había fijado en él antes de averiguarlas. A lo mejor había sido cosa del destino. O una coincidencia. O un estúpido golpe de suerte. A lo mejor, si no hubieran coincidido tantas cosas, ya me habría olvidado de él. O, por lo menos, me habría acostado con él.

Pero no había hecho ninguna de las dos cosas, así que decidí escribirle:

Tu tiempo ya no es tuyo. Cada uno de tus minutos me pertenece. Hagas lo que hagas, quiero que estés pensando en si tus acciones me complacerían o me disgustarían. Con este fin, espero un relato completo de todo lo que hagas desde las seis de la tarde hasta la media noche. Quiero que me envíes cada hora un mensaje de texto con todo lo que hayas hecho durante ese tiempo.

Capítulo 23

–Tienes nuestros números de teléfono, ¿verdad? –Stella iba con retraso, como siempre.
–Sí.
Había llegado a la hora indicada con un puñado de revistas del corazón que me ayudaran a soportar una noche viendo dibujos animados o escuchando los comentarios de Tyler sobre el último videojuego. Mi padre me había prometido que dejaría la cena preparada, pero eso significaba un par de pizzas congeladas que estaban ya a punto de quemarse en el horno.
Stella hacía equilibrios sobre un pie mientras intentaba subirse la tira del zapato y al mismo tiempo terminaba de ponerse un pendiente. Aquella mujer tenía una coordinación increíble. Consiguió ambos objetivos, bajó el pie y me miró.
–¿Has adelgazado?
Me miré a mí misma.
–Sí, supongo. Un poco.
Stella me rodeó lentamente, como si me estuviera estudiando.
–Estás muy guapa. Y esa falda es muy bonita. ¿Es de Ann Taylor?
Dejé que Stella me viera el trasero y leyera la marca.

No tenía por qué saber que la había comprado en una tienda de segunda mano.

–Sí.

–Es muy bonita. Tengo un bolso que quedaría muy bien con esos zapatos. Déjame ir a buscarlo.

–¡Stella! –la interrumpió mi padre–. Vamos a llegar tarde.

Stella le dirigió una mirada con la que le puso rápidamente en su lugar.

–Es un Vince en realidad. Estamos a solo diez minutos. Déjame ir a buscar ese bolso para Paige.

Mi padre la siguió con una mirada de cariño mientras Stella corría hacia las escaleras. Siempre la miraba así. Como si estuviera dispuesto a satisfacer todos sus deseos y le hiciera feliz poder hacerlo. Probablemente, así era. A veces me preguntaba si alguna vez habría mirado de esa forma a mi madre.

–¿Dónde están los niños?

Señaló hacia el estudio con la mano.

–Deben de andar por ahí.

–Que lo paséis bien –le dije justo en el momento en el que Stella reaparecía con un bolso verdaderamente enorme.

Me lo tendió con una sonrisa radiante.

–Toma. ¿No crees que queda muy bien?

Miré mis botas acabadas en punta y el bolso. Los dos eran de color negro, pero allí terminaba todo el parecido. El bolso tenía unas hebillas doradas enormes y las asas estaban trenzadas con lamé dorado. Aquel bolso brillaba más que la boca de Flava Flav.

Le di las gracias de todas formas, pero cuando alargué la mano hacia él, Stella lo retiró. Sacudió la cabeza lentamente, me miró y dejó el bolso en la mesa de la cocina.

–No, en realidad, ese bolso no es para ti. No es de tu estilo, ¿verdad, Paige?

Me sorprendió tanto que pensara siquiera que yo tenía un estilo que no fui capaz de negarlo ni siquiera por educación.

—No, la verdad es que no.

—Stella, la hora —mi padre le mostró el reloj.

Suspiró.

—¡Oh, lo siento! Pensé que quedaría bien con esas botas, pero, sinceramente, Paige, tú tienes un estilo mucho menos... recargado. Por lo menos ahora.

No era el más amable de los cumplidos, pero sonreí de todas formas.

—Será mejor que os vayáis.

Envuelta en una nube de perfume y acompañada por el tintineo de sus joyas, Stella permitió por fin que mi padre se la llevara. Les acompañé hasta la puerta y la cerré tras ellos, y hasta que no estuve de nuevo en la cocina, no me di cuenta de algo. Incluso unos meses atrás, aquel cumplido de Stella me habría hecho sentir una resentida gratitud. En ese momento, no me importó siquiera.

Sentí la vibración del teléfono en el muslo y lo saqué del bolsillo con una sonrisa.

Acabo de ducharme. Me estoy comiendo un sándwich de pavo. Voy a ver una película. Es sábado por la noche y estoy solo.

A lo mejor esperaba una respuesta, pero eso no formaba parte del plan.

—¡Paige! —gritó Tyler en el momento en el que yo estaba abriendo el horno y sacando una pizza, con el queso prácticamente quemado—, ¿a qué no sabes una cosa?

Dejé la pizza sobre uno de los salvamanteles de mármol que Stella había encargado de Italia cuando le habían rediseñado la cocina.

—¿Qué cosa?

–¡Estoy a punto de llegar al nivel diecisiete de Windago Diamond! ¡Ven a verlo!

Tyler me tiró de la mano, en la que todavía llevaba puesto el guante del horno.

–Espera un momento, Tyler –miramos juntos la pizza quemada.

Tyler hizo una mueca.

–¿Tenemos que comernos eso?

–Pensaba que te gustaba la pizza.

Se inclinó hacia delante.

–Pero esa está asquerosa.

–Sí, lo siento, pero es lo que ha dejado tu madre.

Tyler suspiró y se reclinó hacia el mostrador.

–¿Puedo comerme un sándwich de mantequilla de cacahuete y mermelada?

Vaya. Que un niño renunciara a una pizza a favor de un sándwich no era una buena señal.

–¿Y si salimos? Podemos ir a Jungle Java.

Allí tenían pizza, no mucho mejor que la que Stella había dejado, pero por lo menos no estaría quemada. Y, sí, también había cierta dosis de egoísmo por mi parte. Si los niños estaban corriendo a su antojo por el parque o por la galería de la sala de juegos, yo podría sentarme a leer mis revistas con toda la tranquilidad que el ruido constante de aquel espacio me permitiera.

–¡Síí! –Tyler lanzó su puño al aire–. ¡Jeremy, vamos! ¡Paige nos va a llevar a Jungle Java!

Un solo niño no debería ser capaz de hacer tanto ruido, pero Tyler prometía llegar a ser tan alto como mi padre. Tenía unos pies más grandes que los míos. Corrió hacia el estudio seguido por mí. Encontramos a Jeremy concentrado en los mandos del juego que aparecía en la pantalla del televisor. Ni siquiera alzó la mirada cuando Tyler salvó los dos escalones que lo separaban del suelo y saltó al sofá en el que estaba sentado.

—¡Apártate, idiota! —Jeremy le dio a Tyler un empujón tan fuerte que le tiró al suelo.

—¡Eh! —grité, antes de que tuvieran oportunidad de hacerlo ninguno de ellos—. Cerrad el pico los dos. ¡Basta ya, si no queréis quedaros aquí a comer la porquería de pizza que ha dejado vuestra madre!

Dos pares de ojos enormes me miraron. Sabía que era por el lenguaje que había utilizado, pero al menos había conseguido llamar su atención. Señalé hacia la pantalla.

—Apaga eso y vámonos.

—Jungle Java es odioso —musitó Jeremy al pasar por delante de mí.

Le agarré del brazo. Se detuvo, pero se negaba a mirarme a los ojos. Ya era casi tan alto como yo, pero no se apartó.

—Tienen una nueva sección.

Normalmente una actitud como aquella me habría invitado a decirle que cerrara el pico. Fuera lo que fuera lo que estuviera molestando a Jeremy, me estaba salpicando, pero pensé en cómo me sentía yo a los doce años y decidí concederle una tregua.

Jeremy se encogió de hombros y no volvió a mirarme mientras su hermano pasaba por delante de nosotros hablando a toda velocidad sobre a todo lo que iba a jugar y sobre cómo uno de sus amigos del colegio se había gastado todos sus tickets en una luz de neón para su habitación y... y... y...

—Ya basta, cariño. Vamos al coche.

Los miré desde mi asiento. Tyler continuaba parloteando y Jeremy en aquel extraño silencio.

Una vez llegamos a Jungle Java, tuve que retener a Tyler para evitar que saliera corriendo por el aparcamiento.

—Tranquilízate, Tyler, esto está lleno de coches.

Tyler embestía como un caballo de carreras que quisiera salir de su cubículo.

—¡Date prisa, Paige! ¡Dios mío!
—¡Dios mío! —le imité.
Pero me dirigí con ellos al interior, me gasté veinte dólares en fichas para cada uno de ellos y pedí una pizza y unos refrescos.
—¡Paige, eres la mejor! —a Tyler se le salían los ojos de las órbitas al ver las fichas en un contenedor especial que se ataba al cinturón.
Jeremy aceptó las suyas sin tantos aspavientos, y cuando su hermano desapareció en el salón de juegos, me dio las gracias.
Cuarenta dólares no eran un regalo despreciable, pero no imaginaba que fueran a suponer ningún cambio. Su gratitud me sorprendió.
—De nada. Diviértete. Estaré aquí.
Jeremy asintió y caminó hacia el salón. Se comentaba que iban a añadir una sección de simuladores de tiro en la parte de atrás, pero de momento no estaba en funcionamiento. Para ser un establecimiento pequeño que había empezado sirviendo cafés y ofreciendo un parque interior para niños, había llegado a crecer de forma notable. Cuando mis hermanos eran más pequeños, les había llevado en un par de ocasiones. Me resultaba difícil creer que Jeremy fuera a comenzar el instituto en otoño. Sí, resultaba difícil creer la cantidad de cosas que cambiaban con el tiempo.
Me sonó el teléfono móvil y el corazón me dio un vuelco. Pero no era un mensaje de texto. Había puesto el vibrador para los mensajes, y además, todavía no había pasado una hora desde que había recibido el último. Descolgué el teléfono de todas formas.
—Austin —le saludé.
—¿Cómo sabías que era yo?
—Tengo identificador de llamadas, estúpido.
Se echó a reír.

–Eso significa que me tienes metido en la agenda, ¿eh?
No quise admitirlo.
–¿Paige? ¿Me tienes en tu agenda?
–Sí, pero porque no paras de llamarme.
Tenía a mi alrededor a un montón de madres gritando a sus hijos. Coloqué la mano sobre el teléfono.
–¿Dónde estás?
Suspiré.
–En Jungle Java.
–¿Estás con Arty?
–No, con Jeremy y con Tyler.
Austin permaneció en silencio durante varios segundos.
–¿Puedo ir a verte?
Pasó por delante de mí un niño gritando y perseguido por su madre. El camarero me sirvió en ese momento la pizza y yo estiré el cuello para localizar a mis hermanos y conseguir que vinieran antes de que se enfriara la comida. Los dos me vieron, pero me ignoraron.
–Serán idiotas –musité.
–¿Qué me dices?
Había oído perfectamente lo que me había dicho, pero fingí no haberlo hecho.
–Austin, tengo que colgar.
–No has contestado a ningún mensaje.
Austin no parecía enfadado, pero me puse inmediatamente a la defensiva. Hay cosas que nunca cambian, ¿verdad?
–Lo siento, no sabía que tenía la obligación de contestarte.
–Paige, no la tienes. Lo único que te estoy diciendo es que... pensaba que ya habíamos pasado esa etapa. Dios mío, Paige, ¿por qué tienes que tratarme tan mal?
–Me has llamado tú –señalé–, ¿qué querías?
–¿Qué quiero cada vez que te llamo?

—Estoy ocupada —me limité a decir.
Tampoco eso pareció ofenderle.
—Puedo estar allí en diez minutos.
—En diez minutos la pizza habrá desaparecido y los niños habrán acabado las fichas.
—Siete minutos.
—Austin —suspiré y volví a llamar a mis hermanos con un gesto. Jeremy y Tyler volvieron a ignorarme—. ¿Para qué vas a venir?
—Para verte.
Colgó antes de que pudiera decir nada más, pero justo en ese momento vibró el teléfono y lo abrí para leer el siguiente texto.

A media película de La vida de Brian. *Pensando en comerme un helado.*

No contesté tampoco en esa ocasión.
El mero hecho de que estuviera obedeciendo hizo que en mi mente se arremolinaran todo tipo de posibilidades. Estaba demasiado distraída y ocupada sirviendo aquella pizza reblandecida y encargándome de que les rellenaran las bebidas a mis hermanos como para pensar en Austin. No sería la primera vez que el que había sido mi novio en el instituto y se había convertido en mi exmarido prometía presentarse en algún lugar y al final no aparecía. Así que cuando vi una cabeza rubia avanzado hacia mí entre la multitud, lo único que pude hacer fue reclinarme en mi asiento con media porción de pizza rezumando entre mis dedos.
—¡Austin!
A Jeremy se le iluminó el semblante durante unos cuantos segundos, antes de que recordara que se suponía que tenía que estar furioso con el mundo. Se repantingó y le tendió la mano.

−Hola.
−Hola −Austin saludó a Jeremy con la misma languidez y se sentó al lado de Tyler−. Córrete a un lado. Y dame ese trozo de pizza.

Tyler estaba en medio de una larga descripción sobre las partidas que había jugado y los tickets que había ganado. Al descubrir que tenía unas orejas nuevas a las que bombardear, se volvió hacia Austin como si le hubiera visto el día anterior, y no más de tres años atrás. Yo sacudí la cabeza y me reí mientras terminaba mi porción de pizza. Tyler era poco mayor que Arty cuando Austin y yo nos habíamos separado, y ni siquiera cuando estábamos juntos pasaba mucho tiempo con nosotros. Pero tanto Tyler como Jeremy sentían debilidad por él. Y Austin, que, al fin y al cabo, era poco más que un niño, había sido como un hermano mayor para ellos.

Yo rara vez me arrepentía de haberme divorciado, pero al ver a Austin con los niños, me sentí repentinamente culpable. Había otras mujeres que podrían reemplazarme, pero le había obligado también a separarse de los niños. Austin me descubrió mirándole, pero no desvié la mirada.

Cuando los niños volvieron al salón de juego, me convenció para que dejara las revistas y fuera a jugar con él al Skee-Ball. Él era mucho mejor que yo, acumulaba puntos y puntos. Yo no era tan buena, pero me divertía jugando. Cuando tiré mi última bola de madera y conseguí meterla en el agujero de los diez puntos, me volví emocionada hacia él y descubrí que me estaba mirando fijamente.

−¿Qué pasa? −le pregunté, pensando que tenía restos de pizza en la cara.

−¿Qué te está pasando?

−Nada −contesté.

Justo en ese momento sonó el teléfono y lo saqué para leer el mensaje.

La película se ha acabado. He comido helado. Estoy pensando en ponerme a leer, pero no sé el qué. También estoy pensando en meterme en la cama. Hasta ahora ha sido una noche muy aburrida, lo siento.

Guardé el teléfono en el bolsillo y me incliné para arrancar mis tickets.
—Se está haciendo tarde. Tengo que llevar a los niños a casa. Vamos a cambiar los tickets.
Austin me agarró del codo para detenerme.
—Paige.
El volumen del ruido que había a nuestro alrededor era en todo momento ensordecedor, pero le oí perfectamente. Arqueé una ceja y bajé la mirada hacia su mano. La apartó inmediatamente.
—¿Podemos hablar?
Busqué a los chicos entre la multitud.
—Es tarde, Austin. Tengo que llevar a los niños a casa antes de que vuelvan Stella y mi padre. No he dejado una nota ni nada y puede que estén preocupados.
—Podría ir contigo.
Estaba medio vuelta hacia él, pero en aquel momento le dediqué toda mi atención.
—¿A casa de mi padre? ¿Es que te has vuelto loco?
A pesar de que mi padre era un hombre que apenas se entrometía en mi vida, se había puesto furioso con Austin cuando se había enterado de nuestra separación. En gran parte por mi culpa. No le había contado toda la verdad. En realidad no se la había contado a nadie. Había dejado que cada uno llegara a sus propias conclusiones. Mi madre era la única que había sido capaz de interpretar mi silencio. No me sentía juzgada por ello. De

hecho, nunca lo había mencionado. Pero sabía que ella lo sabía.

−¿Tu padre todavía está enfadado conmigo?

−Desde luego, no es uno de tus admiradores. ¡Tyler, Jeremy, vamos!

Tyler corrió hacia mí con un puñado de tickets en la mano. Jeremy corría tras él con el puño apretado. Antes de que pudieran decir una sola palabra, dividí mi tira de tickets en dos y le tendí una mitad a cada uno.

−Id a por vuestros premios. Tengo que llevaros a casa antes de que lleguen papá y Stella.

−Tomad, quedaos estos también −Austin les regaló sus tickets.

Ambos reconocían una oportunidad cuando la encontraban y corrieron rápidamente a por sus premios antes de que pudiera cambiar de opinión. Me volví hacia Austin.

−No tenías por qué hacerlo.

−¿Y qué iba a hacer yo con un puñado de tonterías? −se encogió de hombros−. Son para los niños.

−Ha sido un gesto muy amable −lo dije casi a regañadientes y Austin contestó con una sonrisa.

−Puedo ser muy amable.

Elevé los ojos al cielo.

−¡Adiós, Austin!

−¿Puedo ir contigo?

−A casa de mi padre, no −alcé la mano−. Y no, tampoco puedes venir a mi casa después.

Desvió la mirada hacia mi bolsillo.

−¿Tienes un novio o algo parecido?

No había habido ningún cambio en el ruido que había a nuestro alrededor, pero el silencio cayó sobre mí. Abrí la boca para contestar. No fui capaz de pronunciar una sola palabra. Me devané los sesos intentando encontrar algo que decir, pero continuaba teniendo la mente en blanco.

—Si tienes un novio, puedes contármelo.

Pero su mirada no animaba a creer lo que decía.

—No tengo novio, Austin. Y, en cualquier caso, no sería asunto tuyo.

Siempre había sido capaz de devolverle sus acusaciones, pero aquella vez no estaba funcionando. Me puso en mi lugar con la mirada con la misma facilidad con la que en otras ocasiones me había puesto en mi lugar agarrándome por las muñecas. Se encogió de hombros.

—¿O es solo otro tío con el que te acuestas? —se interrumpió y frunció el ceño furioso.

—No —respondí fríamente—. Y ten cuidado con lo que dices. Hay niños cerca.

Austin me recorrió de los pies a la cabeza con la mirada antes de clavarla de nuevo en mi rostro. Por su expresión, me resultaba imposible decir lo que estaba pensando. Pero no tuve que imaginármelo, porque me lo dijo directamente.

—Has cambiado, Paige. Y mucho.

—La gente cambia.

Me sostuvo la mirada.

—Sí, la gente cambia.

Y, sin más, giró sobre sus talones y se alejó de allí.

Capítulo 24

—¡Austin!
Se volvieron varias cabezas. Austin esperó a que le alcanzara, mucho más de lo que me esperaba. Y mucho más de lo que merecía.
—¿Por qué te importa?
No era la pregunta que pretendía hacerle, pero la verdad era que no estaba muy segura de qué quería preguntarle. Tuve que obligarme a cerrar la boca para evitar otras palabras más amables. Y me mordí la lengua hasta sentir el sabor de la sangre.
—¿A ti no te importa?
—Sí, claro que me importa —contesté en voz baja, consciente de que estábamos rodeados de cientos de pares de ojos.
—¡Paige! ¿Puedo ir a jugar…?
Interrumpí inmediatamente a Tyler, que me había metido la mano en el bolsillo y estaba sacando un puñado de monedas.
—Vete. Podéis marcharos Jeremy y tú. Y no salgáis del salón de juegos.
—¡Vale! —Tyler tomó las monedas que tenía yo en la mano y nos miró a Austin y a mí alternativamente—. ¡Gracias, Paige!

—Eres muy buena con ellos —dijo Austin cuando Tyler se marchó.

—Sí, esa soy yo, la hermana del año.

Salí afuera con él. Me habría gustado tener un abrigo, pero la verdad era que el frío nacía tan dentro de mí que ni siquiera una parka de esquimal me habría ayudado.

Nos miramos fijamente el uno al otro hasta que yo desvié la mirada.

—¿Qué quieres de mí?

La pregunta de Austin no tenía nada de malo, pero hizo que se me revolviera el estómago.

—No quiero nada de ti. Ese es el problema, ¿no?

—¡Dios mío, Paige!

Se abrieron las puertas y salió una madre con dos niños de la mano. Austin se apartó para dejarle pasar y esperamos a que estuviera en el aparcamiento para volver a hablar.

—¿Por qué no? —insistió Austin—. ¿Por qué diablos no?

—¡No lo sé!

Una vez más, no estaba contestando ni lo que pensaba ni lo que pretendía decir, pero fueron esas las palabras que salieron de mis labios.

Austin dio un paso hacia mí. Era más alto, más grande que yo. Y yo no era capaz de decidir si eso me excitaba o me intimidaba.

—¿Qué puedo hacer para convencerte de que he cambiado?

—¿Qué puedo hacer para convencerte yo a ti de que yo no?

No estábamos gritando, pero la garganta me dolía como si estuviéramos hablándonos a gritos. Austin dio un paso hacia mí.

—¿Qué quieres? ¿Quieres que pase por el aro? ¿Es eso lo que quieres? —estudió mi rostro y debió ver algo en él, porque dejó caer los hombros con un gesto de derrota—. ¿Qué clase de hombre hace algo así?

Pensé inmediatamente en Eric y en la mezcla de calor, furia, vergüenza, deseo y desesperación que latía en mi interior.

–Algunos hombres lo harían.

Austin alzó las manos al aire y emitió un sonido muy elocuente, que no tuvo que acompañar con palabras. En aquella ocasión, cuando le vi marcharse, no le llamé para que se detuviera.

La vuelta en coche a casa de mi padre fue más silenciosa. Gracias a Dios, Tyler había perdido fuelle. Una vez en casa nos encontramos con un mensaje de mi padre en el contestador diciéndonos que llegarían más tarde de lo previsto. Envié a Tyler a lavarse los dientes al piso de arriba y a acostarse, pero dejé que Jeremy se quedara conmigo. El hecho de que Tyler no protestara demostraba que estaba agotado.

–Siéntate –señalé uno de los taburetes que había en la isla de la cocina–. ¿Quieres un refresco?

–Se supone que no tengo que tomar.

Yo ya había sacado dos refrescos de la nevera y le estaba tendiendo uno.

–Puedes ahorrarte el papel de niño bueno para tu madre.

Abrimos cada uno nuestra lata. Desde el piso de arriba llegó hasta nosotros el ruido del agua, unos pasos y después el de alguien cantando y riendo. Jeremy elevó los ojos al cielo.

–Bueno –dije después de dar un largo sorbo a mi bebida–, ¿qué te pasa últimamente, Jeremy?

–Nada.

–Papá dice que se lo estás haciendo pasar mal a él y a Stella. Y que tienes problemas en el colegio. ¿Qué pasa, Jeremy?

−¿Papá te ha pedido que me interrogues? −se burló Jeremy sin probar siquiera su refresco.

−¡Ohh! ¡Qué riqueza de vocabulario!

Jeremy se encogió de hombros y se inclinó sobre el mostrador.

−¿Por qué no puede dejarme en paz?

−Porque es tu padre.

Jeremy tenía los ojos del mismo color que los de mi padre. Y que los míos. Azules con un ribete gris. Con el enfado se habían oscurecido.

−¡Y también es tu padre!

Aquella era la última respuesta que me podía esperar.

−Sí, ¿y?

Se encogió violentamente de hombros y volvió a inclinarse hacia delante. Yo esperé en silencio. Jeremy siempre había sido como Tyler, no paraba de hablar. Podía esperar a que empezara.

−¿Nunca le has... odiado?

Pronunció aquella pregunta tan lentamente que casi no le entendí, pero no me incliné para oírle mejor. Al contrario, me eché hacia atrás, sorprendida por la vehemencia de su tono.

−¿Odiar a papá?

A Jeremy se le llenaron los ojos de lágrimas.

−Sí, ¿nunca le has odiado?

No tenía ni la menor idea de qué sentido tenía todo aquello, pero no alteré mi tono de voz.

−¿Por qué me lo preguntas, Jeremy? ¿Tú le odias?

Jeremy inclinó de nuevo la cabeza. Los doce años eran una edad difícil. Ya no era un niño, pero tampoco era un adolescente. A mi madre habían empezado a salirle las canas cuando yo tenía doce años.

−Él siempre nos dice que la familia es lo más importante.

La última palabra prácticamente la escupió. Se sorbió después la nariz.

Agarré un par de pañuelos de papel de una caja del mostrador de la cocina y se los tendí. Jeremy los agarró y se los pasó por la cara, todavía con la cabeza inclinada. Yo bebí un sorbo de refresco mientras pensaba en lo que iba a decir.

—La familia es importante —fue lo único que se me ocurrió.

Jeremy volvió a mirarme, aunque debía de estar avergonzado de sus lágrimas.

—Antes de conocer a mi madre estuvo casado.

—Sí, ya lo sé. Con la madre de Gretchen y Steven. Pero eso fue antes de que tú nacieras.

—Pero no antes de que nacieras tú —añadió Jeremy con evidente disgusto.

Seguramente acababa de averiguarlo. Bueno, yo me había enterado antes de los doce años y para mí tampoco había sido fácil saber que mi padre estaba casado con otra mujer cuando me había tenido. Yo tenía tres años cuando mi padre había comenzado a esforzarse realmente por verme. Su primer matrimonio ya había terminado y por aquel entonces estaba saliendo con Stella. Nunca le había visto con nadie más.

—Mi madre... —Jeremy se estremeció y se secó las lágrimas de rabia—. Mi padre se divorció de la madre de Gretchen y Steven por ella, ¿verdad?

—No lo sé, Jeremy. Nunca lo he preguntado. No es asunto mío, y creo que tampoco tuyo.

No quería ser muy dura con él. Le comprendía. Pero también sabía que enfadarse no iba a servirle de nada.

—Si la familia es tan importante, ¿por qué hizo eso?

Suspiré, no sabía qué decir.

—No lo sé.

Jeremy se frotó la cara. Las lágrimas habían desaparecido. Sus ojos tenían la forma de los de Stella, aunque fueran del color de los de mi padre. Y cuando fruncía el ceño de aquella manera, se parecía mucho a ella.

–Engañó a su primera mujer y tuvo un hijo, ¡y después volvió a engañarla! Eso no lo hace alguien que cree que la familia es lo primero. ¡Eso no es tratar a la familia como si fuera algo importante!

De todos los hijos de mi padre, yo siempre había pensado que eran Gretchen o Steven los que podrían estar más resentidos. Al fin y al cabo habían sido sus vidas las que se habían visto alteradas por las infidelidades de mi padre. La mía no había sido un camino de rosas, pero era la única vida que había conocido. Y Jeremy y Tyler habían vivido como príncipes desde que habían nacido.

–¿Qué es lo que te preocupa? –le pregunté con voz queda–. ¿Tienes miedo de que vuelva a hacerlo otra vez?

No tuvo que contestarme. Me acerqué a él y le tomé la mano. El teléfono móvil vibró en mi bolsillo, pero no contesté.

–Tu padre te quiere. Y también quiere a tu madre. Está loco por ella.

Jeremy me permitió tomarle la mano, pero no me la apretó ni hizo nada con lo que estuviera reconociendo aquel gesto.

–¿Y estaba enamorado de tu madre, Paige?

Le solté la mano.

–No lo sé. Eso es cosa de ellos.

–¿Y no te molesta?

Me encogí de hombros.

–Supongo que antes me molestaba. Pero no podía hacer nada. Ahora soy una persona adulta. Tengo mi propia vida. Y por lo menos conozco a mi padre, ¿sabes? Hay personas que ni siquiera tienen eso.

Jeremy asintió y volvió a secarse la cara con el pañuelo de papel, que estaba ya mugriento.

–Pues yo no puedo evitar enfadarme.

–No pasa nada por estar enfadado. Pero a lo mejor deberías hablar con él en vez de portarte mal en el colegio.
–¡Pero le dirá a mi madre que lo sé!
No señalé que no era mi padre el único que había hecho las cosas mal. Stella también sabía lo que estaba haciendo, o, por lo menos, eso era lo que siempre había pensado, puesto que no era una mujer que hiciera nada a la ligera. Me limité a palmearme las manos y me las lavé después de terminar el refresco.

El sonido de la puerta del garaje nos hizo levantarnos a los dos. Jeremy corrió escaleras arriba sin decir una sola palabra mientras yo vaciaba su lata en el fregadero y tiraba el recipiente a la basura. Para cuando mi padre y Stella entraron en casa, reinaba el silencio en el piso de arriba y yo estaba hojeando un número antiguo de una revista de casas y jardines.

–¿Qué tal ha ido todo? –Stella entró afanosa en la cocina y guardó un paquete envuelto en papel de estaño en el refrigerador–. ¿Has oído nuestro mensaje? En el acto solo han servido unos cuantos canapés. Estábamos muertos de hambre y, ya que estabas aquí, hemos decidido darnos el capricho de cenar fuera.

–Ha ido todo muy bien. Les he llevado a Jungle Java.

Stella arqueó una ceja.

–¿A ese sitio para ludópatas?

Mi padre, que acababa de entrar tras ella, soltó un ruidoso eructo.

–¿Qué sitio para ludópatas?

Stella elevó los ojos al cielo.

–Paige ha llevado a los niños a Jungle Java.

–¿Sí? –mi padre miró el reloj y bostezó–. ¿Pero todavía está en funcionamiento?

Entendí la en absoluto sutil indirecta.

–Sí. Los niños están acostados, pero no sé si estarán dormidos.

Stella suspiró.

—¿Han traído a casa un montón de porquerías?

Sonreí a modo de disculpa.

—Por supuesto.

Stella volvió a mirarme y sonrió.

—Voy a darles las buenas noches. ¿Te irás ya, Paige?

—Sí.

Miré a mi padre, que estaba rebuscando algo en la nevera.

—¡Vince! ¡Acabamos de comer!

—Necesito beber algo —replicó, y sacó una botella de agua de diseño.

—Vale. Buenas noches, Paige. Y gracias por quedarte con los niños.

—De nada.

Mi padre y yo nos volvimos para observarla mientras subía las escaleras. Pensé que mi padre me preguntaría por Jeremy, puesto que, supuestamente, esa era la razón por la que había ido a quedarme con mis hermanos, pero no lo hizo. Bebió la botella, suspiró y tiró el recipiente vacío a la basura. Después, sacó la cartera y me tendió un billete de cincuenta dólares.

—Por cuidar a los niños.

Sentí el tacto del papel nuevo y crujiente del billete entre mis dedos.

—Papá, no lo necesito.

—Jungle Java no es un sitio barato.

—He sido yo la que ha querido llevarlos.

—Acepta el dinero, Paige —insistió mi padre con amabilidad—. Estoy seguro de que te vendrá bien.

Cuadré los hombros, doblé el billete en dos y me lo guardé en el bolsillo.

—No tienes por qué pagarme por cuidarlos. Y no tengo problemas de dinero.

Mi padre se echó a reír.

–Estoy seguro. Y no te estoy pagando por nada, simplemente estoy haciendo algo que un padre tiene derecho a hacer, ¿de acuerdo?

–En ese caso, gracias –las gratitud parecía quedarse bloqueada en la garganta, pero la obligué a salir.

Durante años, mi padre me había enviado dinero periódicamente, pero nunca era suficiente. Y nunca cuando lo necesitaba. Hubiera sido mucho mejor que le hubiera pasado a mi madre regularmente el dinero para mi manutención, de esa forma habría podido comprarme unos vaqueros nuevos durante el curso escolar o un abrigo para el invierno. Lo hubiera apreciado mucho más que esos veinte o cincuenta dólares que me daba de vez en cuando, o la repentina lluvia de regalos de cumpleaños que llegaban siempre tarde y con las tallas confundidas.

–¿Quieres que comamos juntos la semana que viene? –volvió a bostezar y yo me dirigí hacia la puerta.

–Claro, papá. Llámame.

–Lo haré.

Me acompañó a la puerta y se despidió de mí con un abrazo y un beso en la mejilla.

–Conduce con cuidado.

Era una frase tan paternal que casi me resultó extraña. Cuando iba hacia mi casa, volví a sentir la vibración del teléfono, pero no lo saqué hasta que no estuve en el garaje. Tenía dos mensajes esperándome.

Estoy en la cama. No estoy cansado. ¿Qué puedo hacer?

Y un segundo mensaje.

Sigo sin dormir.

Yo no había olvidado la expectación con la que esperaba cada una de las notas. Imaginaba a mi comandante secreto escribiendo cada palabra con la intención de forzarme a dar un paso más en un camino tan serpenteante que no podía adivinar el final. Nunca se me había ocurrido pensar en lo difícil que era inventar aquellas detalladas listas, o en lo que se sentiría al tener a alguien sometido de aquella manera.

Pero había límites. Tenía que haberlos. Y estoy segura de que los habría encontrado en el caso de que hubieran seguido llegando las notas, presionándome cada vez más, o si me hubieran ordenado que hiciera algo tan ajeno a mí que no me hubiera resultado posible. Jamás habría cometido un crimen, ni habría hecho nada en contra de mis principios o de mi ética personal, como acostarme con un desconocido o consumir drogas.

No sabía cuáles eran los límites de Eric, ni hasta dónde quería presionarle, pero me bastaba pensar en ello para que el calor se extendiera por todo mi cuerpo. Estuve dándole vueltas durante unos segundos más y salí del coche. No era demasiado tarde para ser un sábado por la noche, pero el garaje estaba en completo silencio. Había pocas luces encendidas en el edificio de apartamentos. La mayor parte de los habitantes de Manor estarían fuera hasta tarde.

Para cuando llegué al portal, ya se me había tecleado otro mensaje. Sonriendo, saqué el teléfono, lo silencié y lo volví a guardar. Me arriesgaba a que las cosas no salieran como pensaba, pero era un riesgo que merecía la pena correr.

Si no estás durmiendo, deberías encontrar una forma mejor de emplear el tiempo. Baja al portal y saluda a la primera persona con la que te encuentres. Si es un hombre, intentarás entablar conversación con él. Si es una mujer, encontrarás la manera de ponerte a su servicio.

No para complacerla a ella. Y tampoco para complacerte a ti. Será para complacerme a mí.

Era mucho lo que había tenido que teclear, pero así había tenido que esperar más. Yo seguía en el portal, que continuaba vacío. Y lo único que tenía que hacer era esperar.

Miré mi rostro en el espejo que había encima de una chimenea que nadie encendía nunca. Llevaba el pelo recogido en una cola de caballo y los ojos pintados con un delineador gris. Tenía algunas pecas provocadas por el sol y no me habría sentado mal un poco de lápiz de labios, pero no estaba mal.

Volví la cara de lado a lado y me imaginé con el rostro cubierto de maquillaje y ropa de cuero en lugar de la que había llevado a trabajar. Y con un látigo en la mano y unas botas de tacón acabadas en punta. En realidad, ninguna de esas cosas me resultaba particularmente atractiva, al igual que nunca le había encontrado ningún aliciente al estar de rodillas con las manos atadas delante de un hombre. Me pasé la mano por la cara para apartar un mechón de pelo que caía por mi rostro. No tenía el aspecto de un ama, de una dominatriz, ¿pero realmente lo era?

Todavía era demasiado pronto para sentirme ofendida por el hecho de que Eric no me hubiera pedido el número de teléfono. Habíamos tenido dos pseudo citas, pero nada indicaba que sintiera ninguna atracción sexual hacia mí. De momento, lo único que sabía de él era que le excitaba que le diera órdenes alguien a quien no conocía, y que eso le gustaba.

Y que me sentía capaz de llegar a gustarle.

Capítulo 25

–¡Eh, Paige!

Había intentado hacer mi aparición justo en el momento preciso, agradeciendo que no entrara ni saliera nadie más del edificio, de modo que no pudieran verme esperando en el portal, y pendiente en todo momento de los ascensores. Había conseguido permanecer allí durante el tiempo suficiente como para ser la única persona que había en el portal en el momento en el que Eric salió del ascensor. Miró a su alrededor y se le iluminó el semblante al verme. Por el alivio, quizá. O la gratitud.

Aunque a mí me habría gustado que fuera por el deseo.

–¡Hola, Eric! –no soy actriz, así que no me molesté en fingir que no me alegraba de verle–. ¿Qué haces por aquí?

–Oh, yo solo… –no llegó a farfullar, pero se interrumpió y se encogió de hombros con una sonrisa–. Tengo la noche libre y no podía dormir.

Miré el reloj que había en la pared de enfrente de la chimenea.

–Son solo las once y media. Todavía es pronto.

–Sí, bueno. Mañana entro pronto a trabajar, así que estoy intentando portarme bien.

Yo nunca había tenido miedo en ir tras aquello que quería y en aquel momento decidí que le quería a él.
—¿Ah, sí?
Vi que tragaba con dificultad y me quedé absorta en el repentino brillo de su mirada. Sabía lo que le habían pedido que hiciera, pero mientras le observaba cumplir mis órdenes, todo mi cuerpo reaccionó. Sentía los pezones contra mi blusa y la fricción de las bragas contra mí.
—Por lo menos lo he intentado.
La seducción siempre es un baile, aunque uno permanezca completamente quieto.
—¿Pero no lo has conseguido?
Su tímida sonrisa me hizo fijarme en la forma perfecta de su labio inferior.
—Supongo que no.
—Así que eres un chico malo —no ronroneé aquellas palabras, no tuve que hacerlo.
A Eric se le iluminó la mirada.
—Supongo que sí.
La diferencia en su forma de mirarme era muy sutil, pero la había percibido. Sabía lo que se suponía que tenía que hacer y me preguntaba si pretendería hacerlo. Pero justo en ese momento también deseé no haberle presionado a ello.
—Bueno, es tarde —dije, intentando aliviar la tensión—. Será mejor que suba a mi casa. Estoy hambrienta.
Eric me siguió hasta el ascensor.
—¿Y de qué tienes hambre?
Me volví al oír la pregunta.
—De una copa de helado.
—Tengo helado en casa. Y crema de caramelo caliente. Y creo que tengo incluso unas cerezas.
Sonreí ante aquella perspectiva.
—¿De verdad?

–De verdad.

Eric asintió lentamente y miró por encima de mi hombro cuando se abrieron las puertas del ascensor.

–¿Quieres venir a mi casa? Puedo prepararte una copa de helado.

Di un paso hacia el ascensor y Eric me siguió como si estuviera atado a mí por una cuerda. O por una correa.

–¿Y por qué iba a tener que subir a tu casa a por un helado?

–¿Porque comer helado en pareja es más divertido que hacerlo sola?

Su respuesta me hizo reír.

–Muy bien. De todas formas, en casa lo único que tengo son barritas de dieta con sabor a salsa de caramelo. Supongo que prefiero disfrutar de un helado de verdad.

Me siguió al ascensor y me observó mientras pulsaba el botón para subir a su casa. En aquel ascensor cabían diez personas. Había espacio más que suficiente para los dos, pero Eric permanecía a mi lado y ligeramente inclinado hacia mí, haciéndome consciente del calor de su cuerpo y del suave sonido de su respiración.

Apenas tuvimos tiempo para hablar durante el trayecto hasta su piso y hasta la puerta de su apartamento, y no me molesté en iniciar ninguna conversación. Afortunadamente, Eric tampoco intentó forzarla. En cuestión de segundos, estaba abriendo la puerta de su casa e invitándome a entrar tras haberse apartado para que lo hiciera yo antes que él.

–Qué caballeroso –le dije.

Se detuvo tras cerrar la puerta.

–Lo intento.

Nos volvimos a mirar en silencio. Yo estaba acostumbrada a que fueran los hombres los que hicieran el primer movimiento. Eric no se movió, así que continuamos mirándonos en silencio.

–¿Y ese helado? –pregunté, intentando vencer las ganas de saborear su boca.
–Está en la cocina.

Sacó una silla e hizo que me sentara en ella como una reina mientras él se afanaba en sacar cartones de helado de la nevera. Los dejó en el mostrador, sacó de un armario una jarra con salsa de caramelo y la metió en el microondas. De otro mostrador sacó dos copas de helado. Abrió después un cajón para sacar un par de cucharas.

–No tenía ni idea... –dije cuando se volvió.

Señalé con la mano todo lo que había preparado, buscaba alguna palabra que me permitiera mantener una conversación normal, pero no encontré ninguna.

Eric sonrió.

–Me gusta el helado. ¿De qué lo quieres? ¿Chocolate, vainilla o pepitas de menta?

–¿Un poco de cada? –hacía siglos que no comía helado–. Y con una ración doble de salsa de caramelo.

–Todo lo que tú quieras –las palabras de Eric me parecieron de todo menos sencillas.

Eric llevó dos copas de helado rezumantes de caramelo a la mesa. Fiel a lo que yo ya había llegado a esperar de él, me sirvió a mí antes que a él y esperó a que probara el helado antes de levantar la cuchara.

–¿Está bueno? –me preguntó.

Apenas fui capaz de murmurar un sonido de felicidad mientras mis papilas gustativas, durante tanto tiempo abandonadas, prácticamente cantaban. Cuando me llené la boca de salsa de caramelo, el gemido que escapó de mi garganta fue más sonoro de lo que pretendía. Eric detuvo la cuchara a medio camino de su boca.

Yo tragué su dulzura.

–Está bueno.

Eric se llevó la cuchara a la boca y le observé cerrar los labios a su alrededor. También le miré mientras lamía con la lengua el helado que le goteaba por la mano. Estaba tan absorta en mis eróticas fantasías sobre todo lo que podría llegar a hacer con esa lengua que se me cayó la cuchara.

Los dos desviamos la mirada hacia el suelo. No me moví. Eric miró la cuchara y me miró a mí. Después, muy lentamente, se deslizó de la silla y terminó de rodillas frente a mí. La cuchara volvió a tintinear contra el suelo cuando la tomó y vi que le temblaba ligeramente la mano.

Alzó la mirada hacia mí.

–Déjame hacer esto por ti.

Era la segunda vez desde que nos conocíamos que se ponía a mis pies. Y en aquella ocasión era porque le había presionado para que lo hiciera, aunque él no supiera que había sido yo. El corazón me latía con tanta fuerza contra las costillas que resultaba casi doloroso. Sentía la respiración constreñida en la garganta y aunque en mi cerebro giraban miles de palabras, ninguna de ellas era capaz de escapar de mis labios.

Cuando sentí el calor de sus manos alrededor de mis tobillos, volví a tomar aire, aunque todavía no había soltado el que retenía en los pulmones. Llevaba aquel día una falda negra de verano y sentía la suavidad de la tela sobre mis piernas. La falda me llegaba muy por debajo de las rodillas, pero al sentarme, la tela había quedado a la altura de los muslos. La presión de la respiración de Eric no podía bastar para moverme la falda, pero sentí el movimiento de la tela contra mi espinilla cuando exhaló.

No me miró mientras deslizaba los dedos por mis gemelos. Continuó avanzando por detrás de las rodillas y suspiró. Cuando alcanzó el dobladillo de la falda, comprendí que tenía que detenerle, pero Eric, con la cabeza todavía sobre las rodillas y los ojos en solo él sabía donde, levantó la falda y presionó la cabeza contra la parte interior de mi rodilla. Me quedé paralizada. Nuestras respiraciones resonaban en medio de aquel silencio.

Como no me moví ni protesté, Eric giró ligeramente la cabeza. Sentía el calor de su respiración contra mi piel. Me tensé y me aferré a los brazos de la butaca, pero mis rodillas se abrieron para él e incliné la cabeza ligeramente hacia atrás.

Me besó el interior de las rodillas con los labios entreabiertos y sentí la húmeda presión de su lengua en mi piel. Bajé la mirada hacia su pelo oscuro y deseé hundir los dedos en él. Me aferré con fuerza a los brazos de la butaca cuando Eric comenzó a ascender por mi muslo.

Sabía que seguramente podía oler mi excitación, pues sentía las bragas empapadas. Alzó la boca ligeramente mientras movía las manos por encima de mis rodillas. A mí apenas me quedaba aire en los pulmones.

Podía ver sus ojos cerrados. Tenía las pestañas tan largas que proyectaban sombras sobre sus mejillas. Con cada uno de sus besos avanzaba apenas unos milímetros. A ese ritmo nunca iba a alcanzar mi sexo.

Lo único que se oía en la habitación era el sonido de nuestras respiraciones y el crujir de la silla cuando me mecía. En aquel momento oí un gemido de Eric, bajo, pero inconfundible. También lo sentí, convertido en una vaharada de aire caliente mientras la humedad continuaba ascendiendo.

Bajé la mirada hacia sus hombros y hacia aquellas manos fuertes que iban subiéndome la falda. Contemplé su pelo oscuro acariciando mis muslos. De su rostro apenas podía ver la curva de su frente y sus pestañas.

¿Pero qué demonios estaba haciendo?

Una de mis manos había escapado hacia su pelo. Hundí los dedos en él, deleitándome en su textura durante un instante antes de hacerle alzar la cabeza hacia mí.

Eric abrió los ojos, unos ojos encendidos por el deseo, y los fijó en mi rostro con los labios entreabiertos.

No podíamos seguir. No podía continuar así. No porque no le quisiera, o porque no fuera mi novio, ni siquiera porque no habíamos tenido una verdadera cita. Me había acostado con hombres a los que no había vuelto a ver en mi vida. Y no porque no quisiera sentir su rostro entre mis muslos, porque la verdad era que lo deseaba de tal manera que estaba casi mareada.

–No –le dije.

No, porque no era justo. Ni para él ni para mí.

Eric se separó inmediatamente de mí y yo aparté la mano de su pelo. No se levantó, pero retrocedió y me miró desolado.

–Lo siento, Paige. No sé qué me ha hecho pensar que estabas de acuerdo. Lo siento.

Volví a bajarme la falda con manos temblorosas para cubrir mis rodillas. Tragué saliva para aliviar el nudo que tenía en la garganta e intenté respirar lentamente. No quería ponerme en una situación comprometida desmayándome o haciendo alguna estupidez. No era capaz de mirarle a los ojos.

–Paige, lo siento.

A Eric se le quebró la voz ligeramente al pronunciar mi nombre. Se aclaró la garganta, pero no dijo nada más.

¿Habría terminado de rodillas ante mí si no se lo hubiera ordenado?

La silla rechinó contra las baldosas del suelo cuando me levanté. Ninguno de mis músculos parecía dispuesto a colaborar. Querían que volviera a sentarme y abriera las piernas ante el rostro de Eric. Sacudí la cabeza, molesta con mi actitud, pero Eric malinterpretó aquel gesto.

–Por favor, no soy ningún aprovechado –se levantó, pero no se acercó a mí–. No debería haberlo hecho. Estaba...

Por fin recuperé la voz.
—¿Estabas...?
—Me sentía atraído hacia a ti —me gustó aquella frase, aunque fuera un poco anticuada—. Me gustas y pensaba que... he sido un estúpido, lo siento.

Debería haberle dicho que no pasaba nada, pero no era cierto, aunque no por los motivos que él podía pensar.

—Tengo que irme

Eric asintió y se dirigió inmediatamente a la puerta, pero no la abrió. Para cuando le alcancé, yo ya había recuperado la respiración, aunque continuaba sintiendo los músculos muy débiles. Eric se apartó a un lado para dejarme espacio. No nos mirábamos.

—Gracias por el helado —le dije educadamente.
—De nada.

Me abrió la puerta, pero no le miré antes de salir.

A la mañana siguiente no le dejé ninguna nota. Gracias al horario que él mismo me había enviado, sabía que habría salido para el trabajo antes de que yo me hubiera levantado de la cama, pero, en realidad, eso era solo una excusa. Estaba despierta y podría haberme asegurado de bajar para dejarle una nota que le ayudara a sonreír durante todo el día.

Yo no había dormido apenas, me había limitado a dar vueltas en la cama, de modo que cuando sonó el teléfono, lo descolgué al primer timbrazo.

—¿Mmm?
—¿Paige?
—Arthur —suspiré—. Te he dicho muchas veces que no me llames tan pronto.
—Pero tengo hambre —susurró—. Y mamá no se despierta.

Bostecé.

–Ya sabes lo que tienes que hacer. No tienes por qué despertarla.

–¿Cuándo vas a volver?

La verdad era que ni siquiera había pensado en ello.

–No lo sé, cariño. ¿Qué tal va el colegio?

–Mi profesor dice que no debería hablar tanto en clase.

–Y probablemente tenga razón.

Oí un grito sofocado al otro lado del teléfono y después una voz.

–¿Quién es?

–Mamá, soy yo.

–¡Ah, hola Paige! Hola, cariño –su alivio me pareció desproporcionado–. ¿Qué pasa?

–No, no pasa nada. Me ha llamado Arty.

–¿Y qué le pasa a Arty?

–Nada, que yo sepa. Me llama muchas veces los domingos por la mañana.

–¿Ah, sí? –suspiró–. Lo siento, le recordaré que no tiene que usar el teléfono sin pedir permiso. Ha estado... bueno, ha estado viendo a Leo.

Bostecé y parpadeé.

–¿Y?

–Leo ya no vive aquí –contestó mi madre con rotundidad.

–Pero para Arthur es como un padre.

Me apoyé sobre un codo para mirar el reloj. Era terriblemente temprano. El silencio de mi madre me indicó que no le había gustado mi respuesta.

–Lo siento, mamá, pero es la verdad.

–Arthur no es el padre de Leo –replicó al cabo de medio minuto–. No estoy diciendo que Leo no pueda verle, pero no puede presentarse aquí cuando le apetezca. No es mi novio. Y tampoco es el padre de Arty.

Mi madre había tenido muchísimos novios. Nunca se había molestado en decirme las razones por las que rompía con ellos, aunque había tenido que oírla despotricar las veces que había estado realmente dolida. A medida que había ido creciendo, mi madre había ido compartiendo más cosas conmigo, pero nunca le había preguntado por su vida sentimental. En ese momento, esperaba alguna revelación sobre lo ocurrido con Leo, alguna de las razones por las que había decidido romper con él, pero no me dijo nada.

–¡Arty! ¡Cierra ahora mismo el cajón del chocolate y ponte unos cereales! –parecía cansada y de mal humor.

Entendía perfectamente cómo se sentía.

–Voy a volver a acostarme, ¿de acuerdo?

–¿Cuándo piensas venir?

Le dije lo mismo que le había dicho a Arty y añadí:

–Estoy muy ocupada.

–Nos gustaría verte. A Arty y a mí. Podías venir el fin de semana, Paige. Podríamos preparar una salsa de caramelo.

–Mamá...

–No me digas que no. Piénsatelo, ¿vale? Te echamos de menos. Te echo de menos.

No podía contestar nada que no hiriera sus sentimientos, así que suspiré.

–De acuerdo. Consultaré el calendario.

–Ahora tengo que colgar. Arty acaba de tirar la leche.

–Ya sabes lo que dice el refrán –intenté bromear–, «no hay que llorar por la leche derramada».

–No estoy llorando –respondió mi madre en un tono frío como nunca le había oído antes.

Y colgó el teléfono.

Capítulo 26

Las flores llegaron al día siguiente, un ramo de trece rosas rojas atadas con un lazo de satén y adornadas con gipsófilas. También había recibido a primera hora una tarjeta en el buzón en la que anunciaban que encontraría un paquete delante del mostrador de recepción, en el mismo buzón en el que recibía las facturas y en el que no mucho tiempo atrás habían aparecido aquellas misteriosas notas. El corazón se me aceleraba cada vez que recibía una de esas notas, pero las flores me dejaron temblando.

–Parece que alguien tiene un amigo especial –dijo Alice mientras me tendía el ramo. Se inclinó hacia mí–. Sabía que no podía tardar mucho, cariño.

Me detuve con las flores en la mano. No me atrevía a agarrarlas con mucha fuerza por si tenían espinas.

–¿Qué no podía tardar?

–El momento en el que llegara un hombre a tu vida.

Ser incapaz de hablar no es lo mismo que quedarse sin palabras. Odié no saber qué decir. Me quedé mirándola como una idiota y apreté las flores contra mi pecho. Mi expresión le hizo retroceder y su sonrisa desapareció.

–Bonitas flores –era la mujer que siempre me encontraba en el buzón y que pasaba también a recoger su correo–. ¿Son de tu novio?

–No tengo novio –contesté, para que pudiera oírme también Alicia–. Y no sé de quién son.

Si compartieron una mirada tuvo que ser a mi espalda, porque me di la vuelta antes de sacar la tarjeta que descansaba entre los tallos. Era una tarjeta impresa, no estaba escrita a mano. Y solo incluía tres palabras: *Lo siento, Eric.*

Austin me había regalado flores en un par de ocasiones. Habían sido unos ramos tristes y ralos que había comprado en el supermercado. También me había cortado algunas flores del jardín de su madre y las había puesto en una taza en la mesa de la cocina para que me las encontrara al llegar a casa del colegio. Aquellas habían sido mis primeras flores.

No tenía tiempo de subirlas a mi apartamento antes de ir al trabajo, así que me las llevé. No tenía que preocuparme por dejarlas en agua porque cada tallo iba encapsulado en un pequeño tubito de plástico, pero las coloqué de manera que pudiera verlas desde mi silla.

A veces las miraba y sonreía, otras, fruncía el ceño. Eric no debería haberme pedido disculpas, pero me gustaba que lo hubiera hecho. Y sin que nadie le hubiera obligado.

–Paige, yo... –Paul se detuvo en el marco de la puerta–. Bonitas flores.

–Gracias.

Guardé un documento en el ordenador y alcé la mirada hacia él. Tenía una hoja en la mano. Era una lista, así que alargué la mano hacia él.

Pero no me tendió la lista. Continuó sosteniéndola con ambas manos. Volvió a mirar las flores.

–¿Necesitas algo, Paul?

Paul se aclaró la garganta y dobló la lista.

—Vivian quiere reunirse con nosotros para hablar de tus posibilidades de ascenso. Hemos pedido un almuerzo para las once.

Lo decía como si yo tuviera algo que decir, como si no fuera mi jefe. Volvió a doblar la hoja otra vez y se la guardó en el bolsillo de los pantalones. Aquel día llevaba una camisa de color rosa claro y una corbata marrón y parecía muy compuesto.

—No sé si me apetece hablar de eso con Vivian.

Paul asintió y me dirigió una ligera sonrisa.

—No te hará ningún daño escuchar lo que tiene que decirte, Paige.

Tenía razón, así que asentí y volví a prestar atención al ordenador. Paul esperó un par de segundos y se marchó. Yo permanecí con la mirada fija en la pantalla durante un buen rato, pero no era capaz de encontrar sentido a las palabras que aparecían en la pantalla.

A las diez y cincuenta minutos, Vivian entró en la oficina haciendo resonar sus carísimos tacones. Llevaba una taza enorme que quedaba fuera de lugar con aquel traje tan caro y sus joyas, pero se aferraba a ella como si estuviera dispuesta a matar a cualquiera que intentara quitársela.

—Paige —me saludó.

Al cabo de un segundo, se acordó también de sonreír.

—Vivian.

No me levanté del escritorio, pero aparté las manos del teclado.

—Paul me ha dicho que querías que nos reuniéramos a las once. Está en su oficina. En cuanto termine esto me reuniré con vosotros.

Mi sonrisa consiguió estirar las comisuras de mis labios, pero no alcanzó mis ojos. Vivian dio un largo trago a su bebida y entró en el despacho de Paul tras llamar rápidamente a la puerta para anunciar su llegada.

Mi victoria fue pequeña, pero muy digna. No podía quejarse de que no era suficientemente diligente, pero le había dejado claro que no iba a darme más prisa de la debida.

No me gustan las películas de miedo, sobre todo aquellas en las que la chica sabe que le está esperando algo horrible en el sótano o en el desván y, aun así, va allí armada únicamente con sus gritos y una cuchara de madera o algo parecido. Por la misma razón me parecía estúpido tener que ir al despacho de Paul. Sabía de qué querían hablar, y también que era un tema del que a mí no me apetecía hablar.

Me gustaba trabajar para Paul, aunque fuera solo como su asistente ejecutiva. Por supuesto, no era lo único que pretendía ser a lo largo de mi vida. Pero de momento me bastaba. No me apetecía cambiar de puesto de trabajo, ni tener que trabajar para otra persona, aunque sabía que debería hacerlo. Y, sobre todo, no quería trabajar para Vivian. No me caía bien y yo no le caía bien a ella, lo que hacía que aquel repentino interés por mí me resultara más que inquietante.

A pesar de todo, a las once en punto exactamente, aparté la silla de mi escritorio, me levanté y llamé al despacho de Paul. Estaban riéndose, con las rodillas muy juntas, y los dos alzaron la cabeza al oírme. Paul puso cierta distancia entre ellos, apartando su silla. Vivian no se movió. Su enorme taza descansaba al filo de la mesa del escritorio de Paul.

Yo no le había llevado café a Paul, pero él continuaba bebiendo de su vaso de Starbucks, así que pensé que no lo necesitaba. Me senté frente al escritorio, pero a suficiente distancia como para que las piernas no rozaran siquiera la madera. Crucé las piernas y miré a Vivian. Ella me miró en silencio.

—Así que aquí estamos, Paige —su sonrisa no me tranquilizó en absoluto, aunque parecía haberse esforzado más que en otras ocasiones.

Se colocó un mechón de pelo rubio tras la oreja y permaneció en silencio.

Yo también sonreí.

Al cabo de unos segundos, Paul se aclaró la garganta y apoyó los codos en la mesa.

–Paige, Vivian está trabajando con el departamento de ventas en la creación de unos puestos de trabajo de la categoría más básica. La idea es ampliar el departamento empezando desde la base. Quieren contratar a personas que estén trabajando ya para la empresa, personas que pueden ser un activo para el departamento.

–¿Y piensas que yo puedo ser un activo para el departamento?

Vivian desvió la mirada fugazmente hacia Paul y volvió a mirarme. Se suponía que yo no debía haberlo advertido. Fue una mirada tan rápida que yo no tenía por qué advertirla. Pero la vi.

–Por supuesto que sí. Paul habla maravillas de ti.

En serio, ¿qué sentido tenía todo aquello? ¿A quién se le podía ocurrir decirme una cosa así? A nadie, excepto a una mujer que estaba intentando decir algo halagador a una persona que no le gustaba.

Y entonces lo comprendí todo.

Paul y Vivian estaban teniendo una aventura. Lo disimulaban muy bien. Eran mucho más discretos que otras parejas que había conocido en la oficina. Pero allí estaba, la verdad se extendía ante nosotros. Eran amantes, y el hecho de que yo no le cayera bien no tenía nada que ver ni con mi ropa ni con mi educación. Y tenía mucho que ver con mi pelo rubio, el color de mis ojos y el tamaño de mi trasero y mis senos. Vivian pensaba que yo suponía un peligro.

–No he visto ninguna oferta de trabajo en el tablón de anuncios –conseguí decir sin que me entrara la risa.

Vivian fijó la mirada en la taza, pero resistió la tentación de beber.

—No van a anunciarlo hasta que hayamos hecho las entrevistas a las personas que hemos preseleccionado. Y nos gustaría que consideraras la posibilidad de hacer una entrevista de trabajo.

Yo no sabía mucho sobre recursos humanos, ni de los aros por los que había que pasar en nombre de lo políticamente correcto, pero aquello no me sonó nada bien. Aun así, asentí como si pensara que tenía sentido. Paul sonrió y nos miró alternativamente a Vivian y a mí.

Yo no podía mirarle. No porque hubiera imaginado que Vivian pensaba que podríamos estar teniendo una aventura, sino porque estaba convencida de que la estaban teniendo ellos. Y tampoco era por motivos morales, precisamente, sino porque me parecía imposible que Paul pudiera tener tan mal gusto.

—¿Puedo preguntar por qué me has preseleccionado? Dejando de lado las recomendaciones de Paul, por supuesto.

Sabía que la sonrisa que le dirigí a Paul fue como una puñalada para ella, pero no me importó.

—No tengo ninguna experiencia en ventas.

—Se supone que os daremos alguna preparación.

Había pasado suficiente tiempo rodeada de personas que no eran capaces de soportar el silencio como para comprender lo valioso que podía llegar a ser. Asentí en vez de hablar, incluso para susurrar lo que podía ser considerado como un consentimiento. Vivian miró a Paul, pero él y yo ya habíamos establecido previamente que no nos hacía falta hablar para comunicarnos.

Vivian se aclaró la garganta para llamar su atención y bebió, por fin, de su taza.

—Paul nos ha hablado muy bien de ti, Paige. Esta es una gran oportunidad.

−¿Podrías explicarme por qué?

Entreabrió los labios y volvió a beber en vez de contestar directamente. Cuando volvió a dejar la taza en la mesa, el líquido había descendido considerablemente. Volvió a mirar a Paul con el ceño fruncido. Obviamente, el hecho de que yo no saltara de alegría al tener que dejar mi triste vida como secretaria por el brillante mundo de los principiantes de lo que demonios fuera, la confundía.

−Trabajarías a cambio de un salario mensual, no te pagarían por horas −añadió−. Y, por supuesto, tendrías que asumir más responsabilidades.

Continué mirando a Paul.

−Ya asumo muchas responsabilidades.

Los tres nos echamos a reír, aunque ella no parecía muy divertida. Volvió a beber y su taza tintineó con el sonido inconfundible de una taza vacía. La dejó sobre la mesa con un ruido sordo.

−Esto sería diferente −se limitó a decir.

En general, lo hombres que conocía eran, más que intencionadamente crueles, insensibles, más obtusos que poco atentos. Paul era más perspicaz que la mayoría, pero se volvió hacia ella mientras iba desapareciendo la sonrisa de su rostro. Me pregunté si no habría averiguado hasta entonces los motivos por los que Vivian me quería fuera de su oficina.

El silencio se alargó lo suficiente como para ser considerado oficialmente torpe. Vivian se levantó.

−Perdonadme un momento.

Me sorprendió que hubiera tardado tanto. Yo, en su caso, tendría ya los riñones flotando. Ninguno de nosotros dijo nada mientras ella se metía en el cuarto de baño de Paul y cerraba la puerta con firmeza.

Paul se volvió entonces hacia mí.

−Paige.

–Déjame ver si lo he entendido bien, Paul. Esto no es ni siquiera una entrevista para un nuevo puesto de trabajo. Me han preseleccionado para una entrevista que, a su vez, podría darme derecho a otra entrevista para ese trabajo, ¿verdad? –me incliné hacia delante y le miré a los ojos.

Paul vaciló un instante y asintió.

–Sí.

Con la espalda erguida y la barbilla en alto, me apoyé contra el respaldo de la silla y crucé las piernas. Desde el cuarto de baño llegaba hasta nosotros el sonido del agua corriente. Mantuve una expresión neutral, aunque no tenía la menor duda de que Paul sabía cuál era mi estado de ánimo a pesar de mi tono de voz.

–En ese caso, creo que tengo derecho a saber exactamente por qué me han elegido a mí y por qué debería considerar la posibilidad de cambiar de trabajo –le dije–. No puedes esperar que salte de alegría porque alguien esté intentando que abandone mi trabajo.

Paul abrió la boca para decir algo, pero antes de que pudiera hablar, añadí:

–Me gusta mi trabajo, Paul. Me gusta mucho.

–Me alegro –contestó con voz queda.

Vivian salió del baño y Paul ya no tuvo oportunidad de decir nada más.

Disfruté al ver que Vivian se había salpicado la blusa y la falda de agua. Se había pasado la mano húmeda por el pelo para recuperar su peinado y parte del maquillaje se le había corrido. No sabía que yo no deseaba a aquel hombre que, en realidad, ni siquiera era suyo, pero el hecho de que le preocupara el que Paul pudiera desearme, cambiaba las relaciones de poder entre nosotras. Yo estaba sobre ella y ambas lo sabíamos.

–Me ayudaría que pudieras describirme ese trabajo –le dije–. Y podríamos fijar la fecha para la entrevista.

Había dado la vuelta a la conversación y a Vivian no le estaba haciendo ninguna gracia, pero le habría resultado muy difícil reaccionar sin quedar como una mala persona o, peor aún, como una estúpida. Nos miramos la una a la otra con sendas sonrisas igualmente falsas. Al final, me levanté y los miré a los dos.

–Vuelvo al trabajo, Paul.

Paul asintió y yo salí. Oí que Vivian exhalaba un suspiro y el murmullo de una discusión, pero no sabía si Vivian estaba atacándome o si Paul estaba defendiéndome. Fuera como fuera, no me importaba.

Vivian Darcy no volvería a intimidarme nunca más.

Capítulo 27

El corazón se olvidó de latirme cuando vi una nota en mi buzón, pero no tuve ni que leer la firma para saber que no era de la dominatriz anónima de Eric. No me hacía falta conocerla para saber que jamás enviaría una nota si no fuera en el más fino papel, y aquella era una hoja de las que uno podía comprar hasta tres paquetes por un dólar en las ofertas de «la vuelta al cole». En cualquier caso, lo olí disimuladamente y descubrí un ligero olor a colonia bajo el aroma de una tinta barata.

Eric tenía la típica letra de médico.

Espero que te hayan gustado las flores.

La firma era prácticamente irreconocible, salvo por la primera E. Doblé la nota y me la guardé en el bolso. Después, subí a mi apartamento, la desdoblé y la dejé en la mesa de la cocina para poder verla mientras me preparaba la cena.

Tenía pocas opciones: podía ignorar la nota y las flores que, por cierto, me había llevado ya a casa y había puesto en agua. Podía enviarle un mensaje de texto o enviarle una nota que le llevara a insistir... o a ignorarme. Mientras me preparaba un plato de pasta con aceite y ajo y una ensalada, continué contemplando la nota y las flores, y para cuando terminé de cenar y lavar los platos, ya solo una de las opciones me parecía válida.

Llamé a la puerta de su apartamento diez minutos después. Me había cepillado el pelo, me había puesto lápiz de labios y me había cambiado la ropa del trabajo por unos vaqueros, una camiseta bonita y una sudadera ajustada. También me había lavado los dientes, solo por si acaso. No quería que lo primero que notara cuando me abriera la puerta fuera el olor a ajo.

–¡Paige! –pareció complacido, y un poco aprensivo también–. Hola.

–He venido a darte las gracias por las flores –dije sin moverme de donde estaba.

Todavía no había decidido adónde quería que me llevara todo aquello, pero estaba segura de cómo quería que sucediera. No quería que la situación fuera forzada por una mano invisible. No quería tener que competir contra mí misma.

–De nada. Espero que te hayan gustado.

–Son preciosas. Nunca me habían regalado rosas –dije.

Eric pareció sorprendido.

–Estás de broma.

Negué con la cabeza.

–No.

–Pues no me parece justo.

Rio ligeramente y se apartó sutilmente de la puerta, sin que pareciera que estaba invitándome a entrar.

Yo conocía los beneficios del silencio, pero también era capaz de darme cuenta de cuándo me convenía hablar.

–¿Puedo pasar?

Advertí su vacilación, una vacilación tan sutil como lo había sido su no invitación, pero casi al instante, retrocedió con una sonrisa.

—Claro.

Me sirvió un vaso de té con hielo y no sentamos en el sofá, uno en cada extremo. No habría podido tocarle aunque hubiera alargado mi brazo al máximo. Él también se había servido un vaso de té, pero lo había dejado en la mesita y ni siquiera lo había tocado. Yo bebía sin saborear apenas el té.

—Sobre lo que pasó la otra noche... Eric, solo quería decirte que no tienes por qué disculparte.

—Claro que sí, estuvo fuera de lugar —comenzó a decir.

Le interrumpí levantando la mano.

—No. El problema es que me sorprendió, eso fue todo —bebí otro sorbo de té y dejé el vaso en la mesita con un ligero tintineo.

—Paige, a mí también me sorprendió —contestó Eric suavemente.

Le creí, aunque eso significara que ya no me encontraba en un terreno seguro. Estudié mis manos, que tenía entrelazadas en el regazo, antes de alzar la mirada hacia él. La tensión crecía entre nosotros y yo deseaba ceder a sus dictados e inclinarme hacia él, pero permanecí completamente quieta.

—¿Me permitirías invitarte a cenar? —Eric se inclinó ligeramente.

Yo había salido con chicos, había disfrutado de aventuras memorables de una sola noche. Me había casado, me había divorciado e incluso había vivido en celibato. Pero, al igual que las rosas, era la primera vez que alguien me pedía una verdadera cita.

El teléfono móvil, que tenía en aquel momento en el bolsillo, vibró. Me fijé en que a Eric se le iluminaron los ojos mientras alargaba inmediatamente la mano hacia el iPhone que había dejado en la mesa. Advertí la desilusión que reflejó su rostro al ver que el mensaje no era para él.

Por mi parte, habría dejado el mensaje sin leer, pero Eric parecía expectante, así que saqué el teléfono y lo abrí.

¿Dónde estás?

Fui incapaz de contener un suspiro. Borré el mensaje. Eric no preguntó nada, pero le informé de todas formas.

—Es un mensaje de mi ex —le expliqué—. Le gusta que estemos en contacto.

—¿Y a ti te gusta estar en contacto con él?

Le habría hecho la misma pregunta en el caso de que hubiera sido él el que hubiera recibido la llamada, pero no sé si habría conseguido ocultar cualquier indicio de celos de mi voz.

—Le conozco desde que estábamos en el instituto. Es casi una costumbre.

—¡Ah! —Eric retrocedió ligeramente.

Cuando el teléfono sonó un segundo después, lo ignoré, no contesté. En cambio, miré a Eric para decirle:

—Me encantaría ir a cenar contigo.

La promesa de esa cita debería haber sido suficiente, pero no lo fue. Junto con la otra miríada de listas en las que me relataba todo sobre su vida, le dejé un par de bragas usadas en un sobre con una nota en la que le decía exactamente lo que tenía que hacer con ellas. Y quería fotografías. Aquella noche, al volver a casa del trabajo, estaban esperándome en mi buzón de voz. Era una serie de primeros planos de su miembro, su puño y la suave tela de algodón de mis bragas alrededor de su sexo.

Yo ya estaba medio enamorada de él.

Podría haber encontrado miles de fotografías como aquella en cualquier página de Internet, pero la verdad fue que me quedé sin respiración al verlas. Había hecho eso por mí. Gracias a mí.

Me sentía poderosa.

Después de aquello, la cena fue una bajada de temperatura. Me llevó a un bonito restaurante mexicano en el que servían margaritas y estuvimos escuchando a un estupendo mariachi mientras compartíamos las historias de nuestras primeras citas como si Eric no se hubiera arrodillado nunca ante mí.

Nos besamos en el ascensor al llegar a su piso. Fue un beso dulce, pequeño, con los labios cerrados. Eric posó la mano en mi cintura y presionó ligeramente. Cuando la puerta comenzó a cerrarse otra vez, se echó a reír y salió del ascensor. Continuó mirándome mientras la puerta se cerraba hasta que solo pude ver su sonrisa.

Cuando llegué a mi casa, sonó el teléfono móvil. No esperaba un mensaje de Eric relatando todos los detalles de la cita, aunque le había dejado una lista con los temas sobre los que quería que escribiera. Era el otro hombre de mi vida, aquel del que no podía desprenderme, pero al que no quería conservar.

–Estoy en el portal. Solo quería decirte que subo a tu casa.

–No, no vas a subir a mi casa –sostuve el teléfono contra mi hombro. Estaba empezando a desabrocharme la blusa, pero me detuve inmediatamente–. Nos vemos en el Mocha dentro de quince minutos.

–¡No, subo a tu casa!

–Ni se te ocurra.

Ninguno de los dos cedía. Se hizo el silencio mientras yo esperaba a que Austin se negara para poder colgar. Pero al final, Austin suspiró.

–De acuerdo, nos vemos allí.

No me cambié de ropa. Quería que Austin me viera arreglada y se preguntara por qué lo estaba. Sí, tenía muy mala intención. Y era completamente innecesario. Pero no me iba a poner unos pantalones de chándal y unas playeras para ir a verle. No importaba que Austin me hubiera visto ya en las peores condiciones.

Uno podría imaginar que el número de clientes ávidos de cafeína disminuiría a partir de las nueves de la noche, pero en el Mocha no era así. La gente se inclinaba sobre sus tazas disfrutando de cafés intensamente aromáticos y agarraba con firmeza aquellas tazas con bebidas tan especiales mientras charlaban en pequeños grupos y jugaban a juegos de mesa. De los altavoces salía una música suave, una mezcla de indie y de folk, que me habría destrozado los oídos si le hubiera prestado más atención.

Vi a Austin inmediatamente. Sus vaqueros gastados destacaban en medio de los vaqueros estrechos y el pelo perfectamente repeinado de aquellos chicos, y por supuesto, no llevaba ni una gota de maquillaje en los ojos. El pelo le había crecido lo suficiente como para llevarlo recogido en una cola de caballo. Llevaba dos tazas en las manos.

Cuando me vio, se le iluminó el semblante de una forma tan parecida a como lo hacía en el pasado que se me encogió el corazón. Tragué saliva, intentando combatir la oleada de recuerdos que amenazaban con derrumbar mis defensas en ese mismo instante. Me tendió una taza y señaló un asiento situado en la parte de atrás de la cafetería.

–¿Nos sentamos?

Era una pregunta, no una afirmación, de modo que asentí.

–Claro.

Tuve tiempo de comparar las dos citas de aquel día mientras me seguía. La cena con Eric había estado cargada de tensión, pero con Austin tras de mí, en lo único que podía pensar era en lo incómodo que era no saber qué decir. Me senté y rodeé la taza con las manos. Estaba demasiado caliente como para que resultara agradable.

–Estás muy guapa.
–Gracias.
Ambos bebimos. Austin dejó la taza en la mesa y metió la mano en el bolsillo para sacar algo.
–Toma.
No lo acepté.
–¿Qué es?
Me lo tendió de nuevo.
–Algo que me han dado en el banco al abrir una cuenta. Me he acordado de ti.
–¿Es dinero?
No, no era dinero, sino un botecito de plástico transparente.
Un líquido aséptico para las manos con el logotipo del banco impreso en la botella. Era un bote diminuto, apenas suficiente para un par de usos. Cerré al puño a su alrededor sin saber qué decir.
–Pensaba que te reirías –dijo Austin al ver que no decía nada–. Paige, lo siento. Pero es que pensé que...
–Ya sé lo que has pensado. Y por qué lo has pensado –me la guardé en el bolso.
–Es solo que... ya sabes.
Me conocía. Nunca había pensado que me conociera tan bien. A lo mejor no quería creerlo.
–Gracias.
Volvió a hacerse un tenso silencio.
Cuando por fin habló, lo hizo con voz de hombre, y no con la voz del joven del que me había enamorado. Aquello me ayudó de alguna manera. Le convertía en un desconocido y eso me permitía dominar las ganas de lanzarme a sus brazos.
–Paige, solo quería decirte que lo siento de verdad.
No supe que iba a tocarle hasta que ya fue demasiado tarde para apartar la mano. Sentí la suavidad de su pelo bajo mis dedos y dejé que mi mano acariciara la cola de

caballo que jamás se habría puesto cuando estábamos en el instituto.

—Todo el mundo tiene problemas.

Austin se echó a reír y bajó la mirada.

—Sí, nosotros tuvimos muchos, ¿verdad?

Aparté la mano y me encogí de hombros.

—Éramos jóvenes, tontos...

—Y llenos de futuro —terminamos juntos, citando una de mis películas favoritas.

Me gustó reírme con él. Había pasado mucho tiempo desde la última vez que estábamos sentados de aquella manera. Sentí su muslo cálido y musculoso a mi lado. El asiento se inclinaba ligeramente bajo su peso, obligándome a acercarme a él quisiera o no. Pero pensé que a lo mejor sí quería acercarme.

—Solo quería decirte eso —volvió el rostro hacia mí.

A mis labios acudió una respuesta cortante, pero no dije nada.

—No tienes por qué disculparte. Llevamos años divorciados.

No debería haberme sorprendido que alargara la mano hacia la mía. Era el momento perfecto, en realidad. Música suave, un buen café, el olor a colonia barata de un grupo de adolescentes situado en una esquina y el sonido de sus risas, todo muy al estilo de una película de John Hughes. Era el momento perfecto para que mi exmarido me besara los nudillos, me mirara a los ojos y dijera con la mayor seriedad posible:

—La otra noche no me masturbé, como tú me pediste.

Aparté la mano inmediatamente.

—¡Austin!

—¿Qué pasa? —parecía sinceramente confundido—. Me dijiste que no lo hiciera.

—Ya sé lo que dije.

El corazón comenzó a latirme violentamente en el pecho.

Austin se reclinó en el asiento, frunció el ceño y se cruzó de brazos. No fui capaz de ignorar la musculatura que se adivinaba bajo su camiseta.

–¿Y?

Yo también fruncí el ceño.

–Pensaba que estabas intentando ser amable.

–¡Y estoy siendo amable! ¡Te he invitado a un café!

–¡Me has pedido que viniera aquí para acostarme contigo! –se volvieron varias cabezas hacia mí, así que bajé la voz–. ¿Era esa la única razón?

Austin parecía sentirse culpable. Entonces, me lanzó el misil de una sonrisa.

–No, esa no es la única razón.

Alcé la barbilla y me aparté el pelo de la cara. Sí, era un gesto propio de cuando estábamos en el instituto, pero, al fin y al cabo, Austin y yo teníamos toda una historia.

–Que te jodan.

–Eso espero.

No quería reírme, ni siquiera sonreír, así que me mordí la lengua. Con fuerza.

–Es tarde. Mañana tengo que ir a trabajar. Buenas noches, Austin.

Y me fui antes de que Austin pudiera darse cuenta de que pretendía hacerlo de verdad. Lo que Austin no sabía era que estaba deseando llevármelo a la cama y disfrutar con él hasta el amanecer. Lo deseaba y mucho. Pero había una parte de mí, una parte pequeña, pero que estaba allí, que sabía que no sería bueno para ninguno de los dos.

Teníamos una historia, y un pasado, y eso significaba que Austin sabía qué teclas tocar. Pero eso no significaba que tuviéramos que tocarlas. Como cantaba Def Leppard, ya era hora de que dejáramos de tratarnos como si estuviéramos en guerra.

Ya estaba caminando por la acera cuando Austin salió tras de mí. Me agarró del codo y me volví hacia él con la boca abierta y dispuesta a decirle algo cortante. Él lo impidió con la lengua. Me hizo pegarme contra la pared y se colocó delante de mí.

Le di un empujón.

–No soy tan fácil.

Me estrechó contra él y volvió a besarme con más suavidad.

–Pero podrías serlo. Sé que podrías.

–Austin –su nombre salió de mis labios como un suspiro–, esto no es una buena idea. ¿No podemos limitarnos a ser amigos?

–¿Qué? ¿Estás riéndote de mí? –tenía las manos en mi cintura, pero ya no me presionaba contra la pared.

Me incliné contra él y apoyé la cabeza en su pecho.

–No, no estoy de broma.

Me abrazó con fuerza y me soltó. Aunque sabía que era lo mejor para los dos, lamenté la pérdida de su cercanía. Podíamos haber retozado como tigres, sin duda alguna, pero no me creía capaz de sobrevivir a las cicatrices.

Austin me apartó el pelo de la frente con la mano y acercó sus labios a los míos.

–De acuerdo.

–¿Sí? –me negaba a sentirme ofendida.

Al fin y al cabo, eso era lo que yo quería. Dejar aquel juego constante que habíamos empezado años atrás.

–Si eso es lo que tú quieres. Si es lo único que quieres...

Me desasí de su abrazo.

–Creo que es lo mejor para los dos, Austin –repetí–. Es mejor que cada uno continúe su propia vida.

—Si eso es lo que quieres –repitió–. Haré lo que haga falta.

Parpadeé lentamente.

—¿Qué se supone que quiere decir eso?

Austin se encogió de hombros, miró a su alrededor y volvió a mirarme a mí.

—Eso significa que haré lo que sea necesario. Haré todo lo que tú quieras. Soy tu hombre, Paige.

—Austin... –comencé a advertirle.

Él me interrumpió alzando la mano.

—Es una estupidez permitir que desaparezcas de mi vida, Paige. Los dos nos conocemos desde hace mucho tiempo, y nos conocemos demasiado bien como para tirarlo todo por la borda. Te lo dije cuando me dejaste.

—Eso fue hace mucho tiempo.

—Pero es algo que no ha cambiado –sacudió la cabeza y sonrió–. ¿Quieres que seamos amigos? Pues lo seremos.

—Así que estás dispuesto a hacer todo lo que haga falta, ¿eh? –pregunté con recelo.

Austin se inclinó para besarme otra vez, y en aquella ocasión, dejé que lo hiciera. Me rozó la mejilla con los labios con un beso puro y casto. Ni siquiera me agarró el trasero.

—Me voy a casa –le dije.

—Te acompaño.

Señalé el edificio.

—No tienes por qué hacerlo. Desde aquí se ve la puerta de mi casa.

—Te acompañaré de todas formas.

Me acompañó. No hablamos durante el trayecto. No intentó besarme otra vez, ni subir a mi casa. Ni siquiera me dio la mano al despedirse.

—Te llamaré –me aseguró.

Y yo estaba segura de que lo haría.

Capítulo 28

No todo estaba destinado a durar eternamente, por mucho que uno quisiera. Yo me había casado muy joven. Demasiado joven. Y agradecía que ambos hubiéramos descubierto nuestro error cuando todavía lo éramos, antes de haber tenido hijos que nos ataran de por vida.

Me había casado con él por buenas razones. Y me había divorciado de él también por esas razones.

«He estado observándole y parece no saberlo. Me gustaría que sintiera el calor de mi mirada a través de la puerta del bar, pero Austin está demasiado ocupado prestando atención al juego, a sus amigos e incluso a esa furcia de pelo castaño que sacude sus senos cada vez que la mira. No puedo culparle por mirarlos. Son como dos balones de playa debajo de una camiseta diminuta. Pero no me gusta ver cómo la mira.

Es tarde y debería estar pendiente de que mañana tiene que madrugar para ir a trabajar. Una noche más que pasaré estudiando para unos exámenes que sé que aprobaré, aunque no sé si eso tendrá alguna importancia al final. Los estudios están durando mucho más de lo que imaginaba cuando decidí empezar a formarme. Cada vez tenemos menos dinero y hasta un centro público resulta caro cuando tienes que pagar el alquiler, la comida y las letras de un coche.

He decidido pasar por aquí porque sabía que si volvía a casa y no le encontraba allí, me pondría furiosa. Discutiríamos y nos reconciliaríamos en la cama, y ya estoy cansada de eso. Estoy harta de decirle lo que tiene que hacer y de sentirme miserable por estar haciendo otra cosa. Estoy empezando a pensar que lo de casarnos no fue una buena idea, pero no quiero renunciar cuando solo llevamos dos años casados. No quiero que todo el mundo se ría y hable de nosotros. Pero, sobre todo, no quiero que la reina de las extensiones baratas ponga sus garras en él.

Llego a casa, me ducho, tiro la ropa al balde de la ropa sucia. Estoy preparándome un sándwich cuando Austin vuelve. No parece borracho, pero siento su aliento a cerveza y vuelvo la cabeza para ofrecerle la mejilla.

—¿No quieres besarme? Pues muy bien.

Odio cuando se enfurruña de esa manera.

Me quita la mitad del sándwich e intenta explicarme cómo le ha ido el día. Lo único que me apetece es acostarme y dormir. Tengo que levantarme pronto para ir a la tienda y preparar los envíos del día. Necesitamos todo el dinero que pueda ganar. Tengo que pagar otra letra.

No le escucho, pero le veo mover los labios. Los labios le brillan por el aceite del sándwich. Se los limpia con la lengua. Es tarde, estoy cansada y enfadada, pero cuando Austin viene a la cama, pienso en el movimiento de su lengua y me colocó sobre él.

Me resulta más fácil acostarme con él a oscuras, cuando puedo fingir que es una persona diferente. Finjo que somos personas diferentes en un lugar diferente. Y entonces puedo olvidarme de que se supone que estoy enamorada de él y hacer el amor como si fuera un desconocido al que no tengo que ver al día siguiente.»

Austin me llamó, pero parecía dispuesto a ser solo mi amigo. Yo no había olvidado lo que era estar colgada al teléfono hablando con él durante horas, en medio de la noche, contándole lo que había hecho cada segundo del día por el mero placer de tener un motivo para seguir hablando con él. Nuestras conversaciones eran mucho más cortas que entonces, pero me hacían revivir el pasado.

La situación en el frente de Eric era algo más complicada. Le había visto unas cuantas veces después de nuestra primera cita. Otra cena, películas, paseos por el río y cosas como esas. La diferencia de horarios impedía que nos viéramos más. Además, yo no era esa clase de chica. Yo no era una de esas chicas que aceptan una cita y la convierten en una promesa matrimonial.

Nos movíamos lentamente. Muy lentamente. Como glaciares. Y a mí me parecía bien. Había visto el interés brillando en sus ojos, veía cómo miraba mis labios cuando hablaba. Sentía sus dedos tensarse alrededor de los míos cuando caminábamos.

Sabía que estaba esperando a que hiciera el primer movimiento o, al menos, a que le indicara qué movimiento debería hacer. Pero yo no estaba preparada para decírselo. Como Paige, estaba disfrutando de aquella lentitud.

Y, por otra parte, en tanto que misteriosa dominatriz, tenía un control completo sobre su vida.

Me sentaba cada día a la mesa con la caja china delante de mí, el bolígrafo en la mano y aquel papel cremoso con el tacto de un amante. No podía decir que me excitara escribir. No hasta ese punto. Pero cada nota que escribía me colocaba en un estado de conciencia de cada centímetro de mi cuerpo. Cerraba los dedos alrededor del bolígrafo, acariciaba el papel con las manos. El interior de mi muñeca, el codo y el antebrazo presionaban la mesa mientras escribía. Mis muslos se unían bajo la falda.

No, no me excitaba sexualmente escribiendo esas notas, pero la sensación era casi tan buena como si lo hiciera.

Le decía a Eric lo que tenía que ponerse. Qué tenía que llevarse para almorzar. Al final, había conseguido que dejara de fumar. Le ordenaba que me comprara lencería. Le decía la talla, pero le permitía que eligiera libremente. Él lo enviaba a un apartado de correos que había alquilado cerca de mi oficina. Esperaba algo negro. Un tanga, unas medias de malla. Me gustó que eligiera una prenda de satén azul claro.

Dejé que se acariciara y llegara al orgasmo por aquel regalo.

Ya había llegado el momento de dar un paso más. No estaba segura de por qué lo sabía, solo de que lo sabía de la misma manera que al llegar cada día a la oficina adivinaba el humor de Paul y procuraba mantenerlo concentrado en el trabajo para que no me agobiara hablándome del puesto que me ofrecía Vivian.

¿De qué tienes miedo?

Tamborileé el bolígrafo en el papel y me lo llevé después a los labios.

Quiero saber qué hace sudar las palmas de tus manos y te excita al mismo tiempo. ¿A qué tienes miedo por lo mucho que lo deseas?

Era una pregunta que yo habría tenido que pensar muy detenidamente para poder contestarla, pero esa era precisamente la cuestión. Quería hacerle pensar. Metí la nota en un sobre y la llevé a los buzones. Eric tenía un turno de doce horas y sabía que para cuando llegara a casa, yo ya estaría en la cama, pero no quería tener que madrugar para enviársela.

Me conecté a Internet para pagar unas facturas y hacer algunos cambios en mi cuenta. No me había conectado desde hacía semanas y tenía toda una página de peticiones de amigos que aprobar y listas enteras de mensajes que revisar. Nada particularmente interesante, puesto que la gente que conocía continuaba haciendo lo mismo que hacía cuando me había ido de casa.

Aun así, me quedé enganchada viendo una serie de vídeos de «avistamientos de fantasmas» y «auténticas abducciones alienígenas», así que estaba despierta cuando mi teléfono vibró anunciando la llegada de un mensaje de texto.

Tengo miedo de pertenecer a alguien.

Que no era lo mismo que ser poseído. Me recliné en mi asiento, olvidándome por completo del ordenador, mientras sentía el corazón atronándome los oídos y la boca me sabía a algo tan dulce como la miel. Era la dulzura de la anticipación. De la expectación.

Tenía miedo de pertenecer a alguien.

Y eso sería exactamente lo que le daría.

Lo encontré en uno de esos puestos del centro de la galería comercial. Vendían pasadores de cuero, cinturones y collares de cuentas. Y allí, colgando discretamente de uno de los exhibidores, en medio de otras muchas cosas que ni siquiera me hicieron volver la cabeza, estaba la pulsera.

Era de cuero negro, de unos dos centímetros y medio de grosor, y se cerraba con un automático. Era la clase de pulsera que llevaría un adolescente emo o un *skater*. En ella se podía grabar cualquier número, frase o dibujo.

—¿Puedo ayudarte en algo? —un chico vestido con pantalones de pitillo y unas playeras de caña alta, se inclinó desde el interior del puesto para mirarme.

Le mostré la pulsera.

—Me gustaría llevarme esta.

Me miró a través de su largo flequillo. Un chico con un flequillo planchado. Había modas que yo era incapaz de comprender.

—¿Quieres que te grabe algo en ella? Un nombre, cualquier cosa...

Me mostró una serie de diseños para que pudiera elegir. Pude ver docenas de corazones estilizados, flores, fuentes... Señalé un sencillo y elegante alfabeto.

—Estaba pensando en la palabra «esclavo».

Aquello despertó su interés.

—¿Es para ti?

Me eché a reír.

—No, claro que no.

—Muy dulce —contestó lentamente.

—¿Tú crees? —acaricié la tira de cuero.

Rodearía la muñeca de Eric como una esposa.

Me la probé y noté la presión del cuero contra mi piel cuando la tensé. Apenas dolía, pero se hacía notar. Se la tendí a ese chico con aspecto de emo que la colocó en la máquina para grabar el cuero. Continué hojeando sin mucho interés el catálogo de diseños mientras él manipulaba los botones y ajustaba la pulsera para sujetarla.

Y entonces lo vi.

—¡Espera!

Alzó la mirada cuando tenía ya el dedo sobre el botón que ponía en funcionamiento la máquina.

−¿Qué ocurre?
Le hice un gesto para que se acercara y cuando estuvo a mi lado, señalé una de las imágenes.
−Prefiero que pongas esto.
Sonrió y después asintió.
−Ahora mismo.
Tardó cerca de un minuto en preparar de nuevo la máquina y otro en estampar el cuero. Cuando terminó, me tendió la pulsera con el diseño que había elegido. Era una rosa con el tallo y las espinas de alambre de espino.
Era un diseño sencillo, elegante. Y mucho más sutil que la palabra «esclavo», que no acababa de convencerme.
−Aquí tienes −me tendió la bolsa con la pulsera dentro−. Que la disfrutes.
«Disfrutar» no habría sido la palabra que yo hubiera elegido, pero acepté la bolsa con una sonrisa. Nuestras manos se rozaron y él sonrió. No sabía nada de mí, pero él pensaba que sí. Y descubrí que no me importaba.

Creo que no hay una sola mujer viva sobre la tierra que no comprenda que la ropa puede cambiar completamente una situación. Bajo una sencilla falda de verano y una camiseta informal, llevaba el sujetador y las bragas que Eric había comprado y enviado a su ama. El encaje y el satén se pegaban a mi piel y a cada paso me recordaban lo que era sentirse deseable.
Por supuesto, nada de eso era visible. Nos encontramos en el portal, como ya iba siendo habitual en aquella especie de citas. Eric me saludó con una sonrisa y un abrazo. Llevaba una camisa de manga larga, pero cuando se la remangó, vi la pulsera de cuero en su muñeca. La pulsera que yo le había enviado y que le marcaba como mío.
−¿Lista para salir?

Eric me sostuvo la puerta y salimos ambos a disfrutar de la brisa cálida de la primavera.

–Estoy muerta de hambre –le dije–. Tenía las ventanas de casa abiertas y me llegaba el olor de los churros por las escaleras.

Eric se palmeó el estómago.

–Lo primero que haremos será pasar por un puesto de churros.

A lo largo de todo el río, habían colocado puestos para la primera feria del verano. En unos vendían artesanía y en otros mostraban el trabajo de las empresas locales. En algunos se organizaban juegos con premios tan humildes como botellas de agua con el logotipo de bancos y restaurantes. En tanto que feria era una de las menos lucidas, pero lo que en aquel momento me importaba a mí era la comida.

Puesto tras puesto de comida deliciosamente grasienta. Salchichas metidas en pan de maíz, helados, patatas fritas con vinagre. Mi estómago rugía de manera vergonzosa mientras cruzábamos la calle para llegar a la otra acera y desde allí encaminarnos hacia la izquierda y recorrer unos cuatrocientos metros para llegar a los puestos. La música emitida por una de las emisoras de radio locales nos atronaba desde un enorme bafle colocado sobre un trailer. Cuando pasamos por allí, los presentadores del programa de la mañana estaban regalando camisetas, tazas y llaveros con los logotipos de la emisora.

–¿Quieres algo? –me preguntó Eric mientras me apartaba para dejar que una madre que empujaba una sillita con gemelos me adelantara en su búsqueda de un regalo–. ¿Una camiseta?

–No, gracias. Nunca oigo esa emisora. Además, qué más da que sea gratis si nunca me la voy a poner.

–¿Te importa que vaya a buscar una? Siempre me hacen falta camisetas.

—Adelante.

Contemplé la multitud que allí se arremolinaba y calculé el tiempo que tardaría en conseguir una camiseta. Después, desvié la mirada hacia la cola de los churros.

—Yo iré haciendo cola para comprar churros.

Nos separamos y yo me abrí paso entre la multitud. Los premios podían ser baratos y la comida carísima, pero a nadie parecía importarle. Los niños sujetaban los globos con sus manitas cubiertas de helado y las parejas paseaban con las manos entrelazadas. Me coloqué detrás de una pareja con un tatuaje idéntico en las muñecas; un par de corazones unidos. Mientras les veía susurrar y reírse con los dedos entrelazados y no teniendo ojos para nadie más, la envidia comenzó a corroerme las entrañas.

Pero el encaje y el satén me hicieron recordar una vez más lo que se sentía al ser deseada. Anhelada. Obedecida. Pero eso no me hizo sentirme mejor mientras permanecía en aquella cola, bajo el sol de la mañana, con el puño cerrado alrededor de un billete de diez dólares y sin nadie con quien entrelazar la mano.

Volví a mirar entre la multitud, buscando a Eric, pero apenas conseguí distinguir lo que podía pasar por la parte superior de su pelo negro y rizado. La gente que se arremolinaba alrededor de los altavoces de la emisora había aumentado. El DJ que permanecía sobre una pequeña tarima con un micrófono en la mano anunció una especie de concurso. La cola de los churros se movía más rápido de lo que esperaba. Pedí los míos y me alejé con el plato de papel y los churros cubiertos de azúcar glaseada antes de que el DJ hubiera conseguido un ganador.

Al principio, me pareció una pareja cualquiera. Ella tambaleándose sobre unos zapatos de tacón más apropiados para posar para un calendario que para pasear por el río y él con unos vaqueros anchos y desteñidos y una camiseta que mostraba los músculos de sus brazos. La luz rojiza del sol oscurecía su pelo rubio y decidí que esa era la razón por la que no le había reconocido en un primer momento, pero el verdadero motivo era que al verle con otra mujer del brazo, Austin se había convertido en un extraño.

Ella, por su parte, me reconoció inmediatamente y soltó un grito con el que podría haber roto un espejo.

—¡Paige!

Kira. Con Austin. ¿Mi Austin? Apreté los dientes, esa fue mi primera reacción, y no fui capaz de forzar una sonrisa. Nos miramos a los ojos, él y yo. Aunque no sé lo que revelaron los míos, los suyos dieron a entender que no le gustaba lo que veía. Cambió de expresión, y entonces le reconocí otra vez.

—Hola —mantuve un tono de voz neutro mientras miraba a Kira.

Kira deslizó la mano por el brazo desnudo de Austin y le acarició el interior de la muñeca antes de capturar sus dedos. Austin no apartó la mano, pero tampoco se la apretó. Lo noté, y también Kira, pero Kira no se detenía cuando quería algo. Fue ella la que le apretó los dedos con fuerza.

—¿Estás sola?

Su voz no rezumaba malicia alguna, sino simple curiosidad. ¿Y quién sabía? A lo mejor era curiosidad lo que sentía. Ya habíamos dejado claro que los años de instituto habían terminado y, con ellos, toda posible rivalidad. Yo me había acostado con Jack en una época de mi vida y ella se estaba acostando con Austin. Ojo por ojo, diente por diente. Literalmente. Debería habérselo dicho.

—No. Estoy con un amigo.

Pero pronuncié la palabra «amigo» en un tono que indicaba que no era eso lo que pretendía decir.

Comprendí que a Austin le había molestado por la forma en la que apretó la mandíbula y entrecerró los ojos. Kira podía estar acostándose con él, pero no le conocía. Por lo menos tan bien como yo.

Kira se inclinó en sus brazos y fui incapaz de adivinar si estaba siendo cariñosa o una pésima amiga, si siempre se comportaba así con él o lo estaba haciendo para ponerme celosa. Supuse que era lo último.

—¿Un novio? —me presionó.

Austin alargó la mano hacia mi plato. Agarró un churro, ya frío, y se lo comió. El azúcar glaseada cubrió sus labios. Se lamió cada dedo lentamente, sin apartar sus ojos de los míos.

—Sírvete tú mismo —le dije. Le tendí el plato a Kira—. ¿Quieres?

Kira no era la mujer más perspicaz del mundo, pero era imposible que no se hubiera fijado en la mirada de Austin. Negó con la cabeza.

—No, no puedo comer una cosa así. Tendría que pasarme toda una semana haciendo ejercicio.

—¿Tú piensas pasarte toda una semana haciendo ejercicio, Paige?

Austin hundió las manos en los bolsillos y, al hacerlo, descendió la cintura de los pantalones, mostrando unos centímetros de su bronceado vientre.

—No, a mí me gusta correr riesgos.

Tomé otro churro, saboreé su intensa dulzura y después me lamí los dedos como lo había hecho él.

No estaba bien lo que le estábamos haciendo a Kira, pero yo no tenía la culpa de que ella no fuera capaz de hacer las cosas como debía. Y tampoco tenía la culpa de que Austin continuara deseándome después de tanto tiempo. Busqué otra vez a Eric con la mirada y vi que acababan de darle una camiseta. En menos de un minuto estaría con nosotros. A mí no me apetecía presentarle a Austin.

–Austin y yo nos íbamos a ver el concierto. ¿Quieres... venir con nosotros?

Miré entonces realmente a la que en otro tiempo había sido mi mejor amiga. No había vuelto a intentar acercarse a Austin y las comisuras de sus labios y sus ojos parecían haber descendido de forma notable. Recordé entonces cómo años atrás habíamos aprendido a pintarnos los ojos frente al espejo del cuarto de baño de su madre, y también que había sido Kira la que me había enseñado a ponerme un tampón porque a mi madre, de forma absolutamente inexplicable, le daba vergüenza hacerlo. Había pegado a un chico en sus partes para defenderme y me había prestado su mejor lápiz de labios sin protestar. Yo sabía que quería a Austin y que debería dejárselo, puesto que yo ya no le quería. Y eso fue lo que hice.

Capítulo 29

–Más adelante –vi que Eric se acercaba con la camiseta colgando del bolsillo delantero de su pantalón–. Os alcanzaré más tarde.

Di media vuelta sin mirar atrás y corrí entre la gente para alcanzar a Eric antes de que lo hiciera él.

–¡Hola! –miró los churros–. ¿Están buenos?

–Puedes comer los que quieras –había perdido el apetito.

Eric se encogió de hombros, tomó un churro y lo masticó.

–Siempre huelen mejor de lo que saben.

Me arriesgué a mirar por encima del hombro, esperando encontrarme con un mar de desconocidos. Vi a Austin, con el rostro tenso, y a Kira mirándole fijamente.

–Sí. Mira, ¿te importa que te deje solo? De pronto me ha entrado un dolor de cabeza terrible.

Eric frunció el ceño y alargó la mano para acariciarme la nuca. Aquel gesto, automático y natural, debería haberme hecho sentir mejor, pero me entraron ganas de apartarme. Eric me apretó suavemente el cuello y me soltó.

–Claro, no te preocupes. Si quieres, puedo acompañarte.

—No quiero arruinarte la diversión —no volví a mirar atrás. Continué caminando hacia nuestro edificio y tiré los churros en la primera papelera que encontré.

—No te preocupes por mí. A las ferias les pasa lo mismo que a los churros. Te acompañaré.

Ya había comenzado a caminar, pero le dirigí una mirada fugaz.

—¿Estás seguro?

—Paige, de verdad. No te preocupes. ¡Cuidado! —se apartó de mí para sortear un charco de algo que esperaba que fuera un batido y no algo más desagradable.

Eric me agarró del brazo con la fuerza suficiente como para evitar que perdiera el equilibrio. El corazón me latió con más fuerza al sentir la presión de su mano. Sentía la presión del encaje y el satén bajo mi ropa. Eric me retuvo durante unos segundos más de los que habrían sido necesarios, pero me soltó antes de lo que me hubiera gustado.

Una vez en el portal, miró el buzón, aunque ya se había acercado a verlo antes de salir. Supe cómo se sentía al ver que no había recibido nada más que una circular de la Asociación de Vecinos, pero se volvió hacia mí con una sonrisa.

—Parece que están pensando en organizar otra barbacoa. Si es igual que la del año pasado, la cerveza estará caliente y la comida fría.

—Yo no estaba aquí el año pasado —repuse mientras le veía arrugar el papel y tirarlo a la papelera.

—Pero vendrás este año, ¿verdad? —me preguntó mientras nos dirigíamos al ascensor—. Por cierto, ¿cómo va tu cabeza?

—Se me pasará, solo estoy cansada.

No me costó nada mentir y aunque Eric me miró con curiosidad, no me presionó al respecto.

Cuando las puertas del ascensor se abrieron en su

piso, vaciló un instante antes de salir. Me pregunté si sería porque pretendía besarme o estrecharme la mano.

—Te llamaré, ¿de acuerdo?

Asentí, sonreí y esperé a que las puertas se cerraran para borrar la sonrisa de mi rostro. La mandíbula me dolía de tanto forzarla. Cuando llegué a mi apartamento me di una ducha de agua fría, dejando que las gotas heladas bombardearan mi piel hasta conseguir que la envidia se filtrara por el desagüe que tenía bajo los pies.

Culpé a los tirones que me daba al peinarme del escozor de las lágrimas, pero cuando me miré al espejo, no pude evitar ver mi ceño fruncido. Así que me aparté del espejo y me puse un camisón de verano sobre mi piel húmeda y helada.

Los celos y los churros continuaban haciendo estragos en mi estómago, así que me preparé un té. El dolor de cabeza que había inventado comenzó a hacerse real, pero lo eliminé rápidamente con un ibuprofeno. Agarré la novela que estaba leyendo y estaba sentándome en el sofá, cuando llamaron a la puerta.

Esperando que fuera Eric, no me molesté siquiera en mirar por la mirilla. Así que cuando vi a Austin al otro lado, no supe reaccionar. Me quedé mirándole fijamente. Después retrocedí para hacerle pasar.

Sentí sus labios sobre los míos antes de que ninguno de nosotros pudiera decir una sola palabra. Se me cayó el libro al suelo en un remolino de páginas y lo aparté de una patada mientras Austin retrocedía conmigo hacia el sofá. Puse las manos entre nosotros y le empujé antes de que pudiéramos terminar los dos allí.

—¿Qué demonios estás haciendo aquí?

Me limpié los labios con el dorso de la mano, extendiendo el sabor de su boca.

Austin se humedeció los labios y tragó saliva mientras miraba a su alrededor.

—¿Está aquí?
—Tienes suerte de que no esté aquí. No puedes venir aquí y atacarme de esta manera.

Austin se pasó la mano por el pelo, la dejó en la nuca brevemente e inclinó la cabeza. Cerró los ojos y frunció el ceño. Cuando los abrió, retrocedí.

—No está aquí —contestó—, pero deberías marcharte.

Austin negó con la cabeza.

—Austin, tienes que irte.

Austin volvió a sacudir la cabeza. Estábamos a solo un brazo de distancia, pero podría haber sido un kilómetro. El camisón se enredó alrededor de mis rodillas cuando me volví, haciéndome consciente del tacto del algodón sobre mi piel. La lencería que Eric me había regalado me había hecho recordar lo que era sentirse deseada, pero bajo la mirada de Austin, no necesitaba nada material para saber lo que sentía por mí.

—Paige, por favor —me pidió con la voz rota—. Deja de fingir...

—¡No estoy fingiendo nada! —me crucé de brazos y me mantuve de espaldas a él.

Iba sintiendo cada vez más punzadas en el vientre. Cuando estábamos casados, Austin me metía en la cama con una botella de agua caliente cuando me dolía el estómago. También me frotaba la cara e incluso iba a comprarme helado a cualquier hora de la noche si hacía falta.

—No es tu novio. Ese tipo no es tu novio, ¿verdad?

Me volví entonces hacia él.

—¿Kira es tu novia?

—¡Claro que no!

—¿Te acuestas con ella?

Avancé un paso para clavarle el dedo índice en el pecho y Austin retrocedió.

—¡No!

Posé la mano en su pecho, sobre los firmes latidos de

su corazón. Tuve que inclinar la cabeza para mirarle a la cara.

—¿Te has acostado con ella?

Sacudió la cabeza, solo una vez. Yo le pellizqué el pezón con la mitad de fuerza que me habría gustado. No se movió, aunque se pasó la lengua por el labio inferior, dejándolo reluciente. Su pezón se endureció entre mis dedos y deslicé el pulgar sobre la suavidad de su camisa, sintiendo la dureza del pezón bajo mi carne.

—¿Te has acostado con ella? —repetí suavemente.

—No me he acostado con ella, te lo juro.

Gimió cuando volví a apretarle el pezón. Cuando deslicé la mano bajo la camisa para acariciar su piel desnuda, no me detuvo. Y tampoco esperaba que lo hiciera.

Contuve la respiración al entrar en contacto con su piel. Curvé los dedos para clavarle ligeramente las uñas y después dejé caer la mano hasta la hebilla de su cinturón. Tiré de él lo suficientemente fuerte como para hacerle mover las caderas y le solté.

Retrocedí un paso.

—No es mi novio, pero eso no significa que puedas venir aquí y esperar que te deje meterte en mi cama.

Austin se quitó la camisa y la tiró al suelo. Yo recorrí sus costillas con los dientes, los labios y la lengua. Conocía las curvas de su vientre y el sabor de su piel. Conocía su sabor.

Austin se llevó las manos al cinturón y se lo desató. Después el botón. Cuando comenzó a bajarse la cremallera, diente a diente, me mordí el labio. Y en cuanto apartó la tela de los vaqueros y se los bajó mostrando aquellos muslos que había pasado horas mordisqueando, el dolor de cabeza desapareció.

Se quitó los pantalones, los calzoncillos y los calcetines y permaneció desnudo frente a mí. Austin estaba orgulloso de su cuerpo, y tenía motivos para ello. No estaba completamente excitado y recordé entonces las muchas veces que le había acariciado con la boca para conseguir una erección completa.

—Algunas cosas nunca cambian —le advertí.

Austin se encogió de hombros y avanzó hacia mí, pero yo le detuve alzando la mano.

—¡No!

Frunció el ceño. Parecía a punto de decir algo, pero volví a interrumpirle. Mi voz me sorprendió. Era una voz ronca, grave y, sin ningún género de dudas, la voz de una persona que estaba a cargo de la situación.

—Ve a mi dormitorio, Austin.

Avanzó vacilante, paso a paso, mientras yo continuaba quieta. Me vio agacharme para levantar los pantalones, las perneras se tambaleaban mientras yo sacaba el cinturón de las presillas. Austin abrió los ojos como platos cuando me vio rodearme el puño con el cinturón.

—Paige, ¿qué demonios estás haciendo?

—Ve a mi dormitorio —repetí, sujetando el cinturón entre los dos puños—. Ve a mi cama, ponte de rodillas de cara al cabecero, apoya las manos en él y espérame allí.

Conocía a aquel hombre desde hacía más de media vida. Le había visto marcar tantos en el campo de rugby y pelearse por mí en la barra de un bar. Le había visto insultar a compañeros de trabajo que no se esforzaban cuanto debían y le había oído compartir bromas groseras con sus amigos. Había intentado ahorrarse la cocina y las lavadoras diciendo que eran «tareas de chicas» y nos habíamos peleado al principio de nuestro matrimonio por culpa de las cuentas separadas, porque, según él, «una mujer que tiene un marido que se hace cargo de ella no necesita tener su propio dinero». Estaba convencida de que nunca me permitiría decirle lo que tenía que hacer.

Por lo visto, no le conocía tan bien como pensaba.

Capítulo 30

Austin se volvió sin decir una sola palabra y se dirigió a mi dormitorio. Oí crujir el cabecero de la cama cuando se aferró a él y al colchón ceder bajo su peso. Después, se hizo un silencio que llenaba únicamente el sonido de los latidos de mi corazón retumbando en mis oídos y el de mi respiración intentando superar la frontera de mi garganta.

Yo no había querido gastarme dinero en cojines decorativos para la cama y la había cubierto con una vieja colcha que me había tejido mi abuela cuando nací. Aquel cabecero de tablas de madera me había visto a lo largo de mis años de colegio e instituto. Me lo había llevado de casa de mi madre al apartamento en el que había vivido después de dejar a Austin. Habíamos hecho el amor en mi cama, pero nunca la habíamos compartido. Yo me había aferrado a la madera como lo estaba haciendo él en ese momento, pero él jamás había hecho nada parecido.

Volvió la cabeza al oírme entrar y miró de nuevo hacia la pared. Tenía la cabeza gacha, los hombros hundidos. Admiré el juego de los músculos de su espalda y sus muslos. Clavaba los pies en la colcha mientras presionaba con las puntas.

Tuve que apoyarme en el marco de la puerta para no caer de rodillas ante aquella visión. Me aferré a la madera mientras el frío metal de la hebilla de su cinturón se me clavaba en la mano con fuerza suficiente como para hacerme daño.

El escozor aceleró el recorrido de la sangre en mis venas. El cuero se balanceaba, rozándome la pantorrilla.

Cuando me golpeé la mano con él, Austin se tensó, pero no apartó las manos del cabecero. Tampoco me miró. Tensó los músculos del trasero y la espalda, pero rápidamente los relajó y dejó escapar una silenciosa exhalación.

Austin continuaba en el lugar en el que le había ordenado que se quedara. Él, un hombre que podría ponerme contra la pared con una sola mano. Que podría destrozarme y que no estaba haciendo lo que le había pedido que hiciera porque no fuera capaz de decir no. No me tenía miedo.

Confiaba en mí.

Aquella confianza tuvo más poder contra mí del que podrían tener nunca sus manos. Era capaz de poner toda mi vida del revés. Me llenaba de tal forma que era imposible imaginar que pudiera sentirme vacía jamás en mi vida. Permanecía en el marco de la puerta, observándole entregarse a lo que quiera que le pidiera. El cuero se deslizó susurrante a través de mis repentinamente sudorosos dedos.

Mis pies se movieron, aunque yo era incapaz de sentir el suelo. Cuando las rodillas chocaron contra la cama, me senté en el colchón, que se movió bajo mi peso. Austin se aferró con fuerza al cabecero y volvió la cabeza. Vi en sus mejillas la sombra de aquellas largas pestañas que siempre había envidiado.

–Paige...

–Shh...

Me arrodillé tras él, entre sus piernas.

El algodón del camisón rozó su piel y observé fascinada cómo se le ponía la carne de gallina. Inclinó la cabeza otra vez. Podía ver sus manos, sus nudillos blancos. No pude ver su miembro hasta que no me moví hacia un lado, y entonces tuve que reprimir un gemido para que no supiera hasta qué punto me excitaba ver su erección.

Siempre había sido yo la que le urgía a agarrarme las o el pelo. Le había mostrado caminos que él siempre había seguido bien dispuesto, pero solo porque era yo la que le guiaba por ellos. En aquel momento doblé el cinturón para formar un lazo y deslicé la parte más plana por su columna vertebral hasta alcanzar su trasero.

Seguí el mismo camino con la palma de la mano, que metí entre sus piernas para acariciarle los testículos antes de retroceder de nuevo hasta su espalda. Austin se estremeció ante aquel contacto, pero no se movió. No decía nada.

Al contemplar el cuero contra su piel, tomé aire. Todo mi mundo parecía girar a tal velocidad que tuve que aferrarme a sus hombros. Le clavé las uñas y Austin dejó escapar un ligero suspiro.

No quería hacerle daño. No. No quería pegarle, ni hacerle heridas. No quería darle latigazos ni dejarle marcas en la piel. Quería que fuera mío.

Golpeé su trasero con el cinturón, no con la suficiente fuerza como para que pudiera decirse que le había dado un latigazo.

–Abre las piernas un poco más.

Abrió las piernas sobre las sábanas y el cabecero crujió. Se inclinó hacia delante, con la cabeza apoyada en la pared verde claro de mi habitación. Con sus enormes hombros inclinados. Con sus enormes manos aferradas a la madera. Y flexionando los músculos de su trasero.

Mi mano encontró el conocido contorno de su miembro. Volví a deslizar el dedo por sus testículos y entre su trasero. Posé la mano en la parte posterior de uno de sus muslos para sentir la presión. Coloqué una rodilla al otro lado de su pantorrilla y me presioné contra su espalda.

No llegaba a su oído, pero le besé entre los hombros y mordisqueé aquel lugar en el que habría tenido las alas si hubiera sido un ángel. Sonreí al oír el sonido que salió de sus labios. Presioné mi sexo, cubierto por el algodón del camisón, contra su trasero. Volvió a gemir cuando me agarré el dobladillo y levanté la tela hasta mis caderas para que sintiera el calor de mi piel desnuda.

Nunca había dejado de depilarme las ingles, pero hacía tiempo que no me depilaba el pubis. En aquel momento, le hice notar la caricia de mis rizos moviendo las caderas de lado a lado. Debí de hacerle cosquillas, porque volvió a estremecerse.

Yo también me estremecí. Con la mejilla presionando su hombro y mi sexo contra su trasero, alargué la mano para acariciarle. Sin necesidad de lubricante, deslizaba la mano por su erección. Austin empujó hacia delante.

–¿Te gusta?
–¿Tú que crees, Paige?
Su voz dura y grave me hizo estremecerme.
–Me gusta oírtelo decir.

El corazón parecía querer salirse de mi pecho y apenas fui capaz de emitir un suspiro, pero él me oyó.

–Sí, me gusta que me acaricies.
–¿Así?
Moví la palma de la mano sobre la punta de su erección, de una forma que sabía que le encantaba.
–¡Sí, así...! –gimió.

Dejé el cinturón. No lo necesitaba. No iba a necesitarlo. Si no era capaz de dominarle y fustigarle con mis palabras, no merecía tenerle. Cayó al suelo con un sordo sonido metálico. Austin ni siquiera se volvió.

Volví a estrecharme contra él y cerré los ojos. Su piel olía como nada en el mundo. Solo Austin tenía aquel olor. Ninguna colonia, ningún jabón podría reemplazarlo. Me entregué a él, me perdí completamente en la oscuridad de mis ojos cerrados y en recordar lo que en otro tiempo había sido.

Las cosas habían cambiado. Austin respingó cuando hundí la mano, ya libre, entre sus piernas, y cuando presioné el pulgar contra su ano en un delicado contrapunto a las caricias de su miembro. Tensó todo su cuerpo y musitó una exclamación, pero no sonó como una protesta, y yo continué con lo que estaba haciendo.

Una caricia y una ligera presión al tiempo que me estrechaba sutilmente contra él. Me imaginé a mí misma llenándole como tantas veces me había llenado él. Austin se estremeció y gimió desesperado. Su erección llenaba mi puño de una forma casi imposible. Los músculos secretos y tiernos de su trasero se tensaban bajo mi pulgar y sus testículos se contraían. Todo ello eran señales inconfundibles de la inminente llegada del orgasmo.

–¿Quieres correrte? –le pregunté, segura de su respuesta.

Pero me sorprendió al contestar:

–No, todavía no. Por favor –emitía sus palabras acompañadas de gemidos. Apartó la mano del cabecero para colocarla encima de la mía y dejar de acariciarme–. Quiero... quiero que hagamos el amor.

Le besé y le mordisqueé la espalda por un instante antes de apartarme definitivamente para tumbarme en la cama.

–Lo primero que quiero que utilices es la boca.

Austin miró por encima del hombro y sonrió.

–Sí, señora.

Se estaba burlando de mí, pero de todas formas, me gustó.

–Menos hablar y más lamer.

Austin se volvió, todavía de rodillas, y cerrando el puño sobre su erección. La soltó mientras se colocaba entre mis piernas, pero no me penetró directamente, como esperaba que hiciera. Cubrió de besos mis rodillas y después la parte interior de mis muslos. Hundió la nariz en mi sexo antes de acercar la boca, pero cuando localizó con la lengua el tenso botón del clítoris, yo todavía no estaba preparada para aquella impactante sensación.

Me aferré a la colcha y arqueé la espalda.

–¡Oh, Dios mío!

Austin susurró algo contra mí. Formaba palabras con la lengua, los labios y los dientes que yo no era capaz de descifrar. Me acarició el clítoris con pequeños lametones y me abrió con los dedos para poder acariciar también mi interior.

Todo era perfecto. No tenía que decir lo que quería o lo que me gustaba. Él ya lo sabía.

En cuestión de segundos estuve a punto de llegar al orgasmo, pero no le rogué que se detuviera. Al contrario, me alcé contra sus labios urgiéndolo a acelerar sus movimientos. El mundo desapareció y quedó únicamente la tensión que se arremolinaba en mi vientre, el placer de su boca y sus manos sobre mí y el dulce suspiro de su respiración mientras susurraba mi nombre.

Alcancé el orgasmo y el deseo bloqueó todo lo demás. El mundo se hizo añicos y Austin estaba a mi lado mientras lo hacía. Apartó su boca y me acunó entre sus manos hasta que cesaron los espasmos.

Pero yo conocía a Austin, y él también me conocía. No había pasado un minuto desde que había alcanzado el orgasmo cuando volvió de nuevo a tomarme con la boca. Rodeó el clítoris con el pulgar y volvió a llevarme al borde del éxtasis en cuestión de segundos. Casi inmediatamente, sentí la presión de su miembro contra mí.

Yo tomo la píldora, pero no soy ninguna estúpida, ni siquiera con Austin. Por lo menos, en ese aspecto.

–El preservativo.

Austin alargó la mano para abrir el cajón de mi mesilla de noche, aunque no le había dicho que era allí donde los guardaba. Sacó una larga tira. Eran los mismos que había comprado un año atrás, cuando imaginaba que disfrutaría de montones de aventuras con desconocidos. Nunca había ocurrido. Solo los había utilizado con él.

No era una situación fácil. Austin intentaba ponerse el preservativo sin dejar de acariciarme el clítoris, así que le ayudé utilizando mi propia mano.

Terminó de enfundarse el preservativo y se colocó entre mis piernas. Casi sin respiración, posé la mano en su pecho para evitar que se deslizara en mi interior.

–¡No! –le dije.

Tenía los dedos empapados cuando los aparté de entre mis muslos. Aquel era el resultado de lo que me había hecho Austin. De lo que había hecho por mí. Le tendí la mano y él la tomó para ayudarme a incorporarme. Le presioné lentamente hasta que terminó sentado, agarré entonces su miembro y me deslicé sobre su regazo.

Pecho contra pecho, sexo contra sexo y labios contra labios. Le rodeé el cuello con los brazos y le besé lenta, pero apasionadamente. Nuestras lenguas se enfrentaron. Austin intentó moverme, pero sin mi colaboración apenas podía mecerme ligeramente. Cuando se aferró a mis caderas, le rodeé la cintura con las piernas y mantuve todo mi cuerpo quieto y en tensión, excepto por el beso.

Austin dejó escapar un trémulo suspiro.

–Paige...

Mecí las caderas y apreté mis músculos internos, pero no dije nada. Le miré a los ojos. Austin parpadeó y tragó saliva.

–Vamos –me pidió–. Solo...

–Me gusta que me digas «por favor» –le dije.
Volvió a parpadear. Observé su cuello mientras tragaba saliva. Hundí los dedos en su pelo y le observé ceder ante mi petición.
–Por favor...
Y yo llegué al orgasmo al oír su aquiescencia.
Tensó los brazos a mi alrededor mientras yo me estremecía. Volvió a besarme. En aquella ocasión, cuando comenzó a moverse, le di lo que quería. Me moví con él, no contra él.

Deslizó las manos bajo mi trasero para alzarme sobre su miembro y yo contraataqué deslizándome sobre él y meciendo las caderas. Perdí el contacto con su pelo y tuve que detenerme para aferrarme a su espalda. Austin notaría minutos después el efecto de mis uñas, pero en aquel momento, se limitó a gemir en mis labios.

No podía correrme otra vez, pero no importaba. Austin era perfectamente capaz de hacerlo, y lo hizo con un gruñido. Me clavaba los dedos en el trasero, pero no me importaba. Nuestros cuerpos entrechocaban sonoramente y la cama temblaba. Le mordisqueé el hombro, gritó y se hundió tan dentro de mí que me dolió. Pero tampoco eso me importó.

Abrí los ojos parpadeando y le miré a los suyos. Notaba el movimiento de los músculos de sus muslos, su vientre y sus brazos. Austin se estremeció ligeramente, pero no me pareció que fuera por el frío.

Aparté los brazos de su cuello e intenté hacer lo mismo con las piernas, pero no me lo permitió.

El sexo se había terminado. Solíamos quedarnos en la cama que habíamos compartido después de acostarnos. Era entonces cuando más hablábamos, después de haber hecho el amor

Pero yo no quería hablar con Austin en aquel momento. Una vez saciado mi cuerpo, mi mente quería bloquear los sentimientos que Austin siempre había despertado en mí. Le empujé suavemente y me dejó marchar.

Me metí en el cuarto de baño antes de que Austin pudiera decir nada más. Abrí el grifo de la ducha y me metí antes de que se hubiera calentado el agua. Austin no entró al baño hasta que el vapor lo había empañado todo. Le oí utilizar el váter y oí después el sonido del grifo del lavabo. Le oí llenar un vaso y dejarlo en su lugar un segundo después. Esperaba que abriera la cortina de la ducha y entrara, pero mientras me preparaba para decirle que se fuera, salió del baño.

Para cuando salí, envuelta en una toalla, estaba vestido y sentado junto al pequeño escritorio que tenía en una esquina. Era demasiado grande para aquella silla, otro de los muebles que había heredado de mi abuela. Y también era demasiado grande para mí.

Alzó la mirada cuando entré, y vi que no se había limitado a permanecer allí sentado. Tenía mi teléfono móvil en la mano, con la pantalla abierta. Yo no lo había oído sonar.

—¿Qué estás haciendo?

Austin cerró el teléfono lentamente y lo dejó encima del escritorio. Se levantó. También era demasiado grande para mi habitación.

Deseé haberme puesto la bata. Una toalla no me pareció la mejor protección contra su forma de mirarme. Agarré el camisón, pero se había enredado al tirarlo al suelo y no era fácil deslizármelo por la cabeza.

—Mientras estabas en la ducha has recibido un mensaje —anunció Austin.

—¿Y desde cuándo tienes derecho a oír mis mensajes? —estiré el camisón y me lo metí por la cabeza.

Con la tela cubriendo mi rostro, cerré los ojos con la esperanza de descubrir que todo había sido un sueño cuando los abriera.

–Era un mensaje de texto –me aclaró.

Tiré del camisón, bajándolo hasta mis hombros, y le fulminé con la mirada.

–¿Desde cuándo tienes derecho a leer mis mensajes?

Caminé a grandes zancadas hasta el escritorio y le quité el teléfono, pero no miré quién me había enviado el mensaje. Lo estreché contra mi pecho y sentí el frío del metal a través de la tela del camisón. Austin no se movió.

–¿Y bien? –le exigí–. ¿Qué demonios te pasa, Austin? ¿Quién demonios piensas que eres?

–Aparentemente, nadie.

Me preparé para un estallido de enfado, para una acusación. Un mensaje de Kira o de mi madre no le habría molestado. Tenía que ser un mensaje de Eric, aunque no le había pedido que me enviara nada.

–No puedo dejar de preguntártelo, Paige. ¿Es eso lo que quieres?

Señaló el teléfono, pero como yo no sabía qué decía el mensaje, no podía contestar.

Me negaba a leerlo en ese momento.

–Será mejor que te vayas.

Austin negó con la cabeza.

–Antes contéstame. Creo que tengo derecho a una respuesta.

–No te debo… nada.

Se me quebró la voz al pronunciar la última palabra y cerré la boca para evitar que se me desgarrara por completo.

–¿Es eso lo que quieres? –volví a preguntar, bajando la voz.

Para mi más completo horror, Austin no estaba enfadado, estaba a punto de llorar. Jamás en mi vida le había visto llorar, ni siquiera cuando se había muerto el perro que tenía desde niño. Le había visto enterrar a aquel animal sin derramar una sola lágrima. Pero en aquel momento, ¡en aquel momento casi estaba sollozando!

Y yo era la culpable.

No necesitaba azotarle el trasero con un cinturón para hacerle daño.

Me sentía como la peor de las brujas.

—¿Es eso lo que quieres? ¿Es eso lo que necesitas?

Miraba impotente hacia el cabecero. Yo también miré hacia allí. No necesitaba que sus manos hubieran dejado marcas en la madera para recordar cómo se había aferrado a él.

—Creo... creo que no quiero hablar de eso —susurré por encima de mis propias lágrimas.

Austin me había visto llorar muchas veces. Si mis lágrimas le habían conmovido en alguna ocasión, no lo había demostrado.

Se interrumpió y dio un paso adelante. Yo retrocedí.

—Por favor —me suplicó.

Negué con la cabeza y me cubrí el rostro con las manos para no verle arrodillarse frente a mí. Oí el golpe de sus rodillas contra el suelo y sentí el calor de sus manos alrededor de mis caderas. No podía mirarle, ni siquiera cuando se presionó contra mí y susurró mi nombre. No quería sentir la humedad de las lágrimas contra mi piel. No miré, ni siquiera cuando se aferró al camisón y me besó el vientre y los puños.

—Dímelo —me suplicó—, ¿es eso lo que quieres?

Un extraño sonido escapó de mi garganta. Intenté retroceder, pero él me lo impidió. Continuaba besándome muy lentamente. Sentía el calor y la humedad de sus lágrimas contra mi sexo. El calor y la humedad de sus lágrimas contra el muslo cuando volvió la cabeza.

—Porque estoy dispuesto a hacerlo si es eso lo que te hace feliz. Me pondré de rodillas ante ti cuantas veces quieras. Permitiré que hagas todo lo que quieras. Si me dices lo que quieres que haga, lo haré. Lo que quieras, Paige. Solo tienes que decírmelo, por favor.

–Quiero que cierres la boca y te largues –contesté como pude. Era incapaz de respirar, todo parecía girar a mi alrededor mientras intentaba tomar aire–. ¡Lárgate, Austin!

–Si es eso lo que quieres...

Se levantó y deslizó las manos por mi cuerpo para estrecharme contra él.

El camisón estaba de nuevo en su lugar, pero no era protección suficiente contra él. Sentí la presión de la hebilla del pantalón contra mi vientre. La tela de sus vaqueros arañando mis piernas desnudas. Posé las manos en su pecho para empujarle y él las envolvió entre las suyas. Demasiado tarde, comprendí que tendría que mirarle.

–Te quiero –dijo Austin–, ¿no te das cuenta?

Abrí la boca y me besó hasta que volví la cara.

–No quieres saberlo.

–Ya hemos pasado antes por esto –susurré–. Lo nuestro no funciona.

–Yo quiero que funcione. Ahora la situación es diferente. Yo soy diferente –se detuvo y me acercó a él–. Y tú también eres diferente.

Pero yo no había querido que él lo supiera.

–No estábamos tan mal juntos –insistió.

Volví a mirarle.

–Tampoco estábamos tan bien.

–Quiero estar contigo. No solo acostarme contigo de vez en cuando. Quiero que volvamos a tener una relación seria. Tú y yo. Estoy deseando que lo intentemos.

Estuve a punto de decirle que sí. Pero le dije que no.

–Márchate.

–Como tú quieras –respondió Austin.

Volvió a besarme hasta dejarme sin respiración.

No le acompañé a la puerta. Esperé hasta que le oí cerrarla tras él para mirar el mensaje que había recibido. Tal como había imaginado, era de Eric.

Si estuviera ahora mismo contigo, estaría de rodillas ante ti. Sería tu esclavo. Te idolatraría. Ojalá pudiera estar contigo en este instante.

Es fácil mirar al pasado y culpar a las circunstancias de lo ocurrido, y yo podía culpar a Eric de lo que acababa de ocurrir con Austin. Pero le debía una respuesta. Le contesté.

Creo que ha llegado el momento de que nos conozcamos.

Me sequé las lágrimas y me negué a seguir llorando.

Capítulo 31

–Paige, necesito que vengas a quedarte con Arty la semana que viene. Tengo que pasar unos días fuera.

Por una vez en su vida, mi madre no se anduvo con rodeos.

No me detuve a pensar por qué me lo estaba pidiendo.

–¿Quieres decir que tendría que quedarme en tu casa?

–Sí –parecía cansada y de mal humor–. Necesito que te quedes aquí para acompañarle al autobús por la mañana. Por las tardes se quedará a alguna actividad extra escolar hasta que llegues del trabajo.

–¿A qué hora tiene que ir al autobús?

Ya estaba calculando excusas y pensando en la tortura de tener que quedarme en casa de mi madre durante tanto tiempo.

–A las ocho. Tendrás tiempo de sobra para llegar al trabajo. Y son solo cinco días, Paige. De domingo a jueves. Yo… debería estar en casa para el jueves.

El hecho de que diera por sentado que iba a dejar de lado mi propia vida para hacerle un favor me irritaba. Ya estaba de suficiente mal humor por culpa de mi discusión, si es que se podía llamar así, con Austin. Tenía la cabeza en otras cosas, como en mi encuentro con Eric y la necesidad de contarle la verdad sobre aquella desconocida y en lo que podría ocurrir a partir de ese momento.

–¿Adónde vas? –le pregunté–. No puedo dejarlo todo de un día para otro, mamá.

–Solo serán unos días. Voy a ir a un spa –contestó a la defensiva–. Necesito tiempo para mí.

Apreté los dientes y apagué el fogón en el que estaba recalentando unos espaguetis. De todas formas, ya se me había quitado el apetito.

–¿No podrías haberme avisado antes?

–Tenían una oferta de último minuto. Pero no me discutas, Paige.

Su tono, que era el mismo que utilizaba cuando era niña, consiguió ponerme más nerviosa todavía. Serví la pasta en un plato que dejé en la mesa, pero no me senté a comer.

–¿Y si no puedo?

A mi madre se le quebró la voz.

–Tienes que poder. No tengo a nadie con quién dejarle y Arty te adora. Eres su hermana. Necesito que hagas esto por mí.

El temblor de su voz cerró la puerta a mi enfado.

–¿Esto tiene algo que ver con Leo?

–¿Por qué lo preguntas?

–Porque has vivido durante cinco años con él, mamá, y acabáis de romper. Supongo que estarás afectada.

–Sí, lo estoy, y mucho –se interrumpió–. Y todo esto tiene que ver con Leo. Él... me voy a ir con él. Quiere que intentemos arreglar las cosas. Y ha tenido que ser en el último momento porque acaban de darle unos días de vacaciones y en el establecimiento al que vamos les había quedado una habitación libre.

Continuaba sin hacerme ninguna gracia, pero yo era la última persona en el mundo que pondría obstáculos cuando alguien estaba intentando recomponer una relación.

–Sé que es tarde para pedírtelo, Paige, pero no puedo contar con nadie más.

Si ayudaba a mi madre, podría, de alguna manera, redimirme por no haberme esforzado en arreglar las cosas con Austin. O no. En cualquier caso, suspiré y saqué un calendario del bolso.

–¿Puedes volver a decirme qué días serían?

Me los dijo.

–Podrías venir el viernes por la noche y quedarte aquí el fin de semana. Así pasaríamos unos días juntas.

–No me presiones –le advertí–. Tengo cosas que hacer, mamá. No puedo dejarlo todo y presentarme en tu casa en cuestión de minutos.

–¿Y crees que no lo sé?

Mierda, estaba llorando. ¿Qué me estaba pasando últimamente? ¿Por qué hacía sufrir a todo el mundo?

–Vamos, mamá.

–¡Te echo de menos, Paige! Lo siento. Siento no tener una casa tan grande y elegante como la de tu padre –jamás había sido tan desagradable conmigo–. Siento no estar a tu altura. Pero esto es lo único que tenemos y no creo que seas capaz de darnos la espalda de una forma tan miserable, ¿verdad?

Podría haberle gritado algo en respuesta, pero estaba cansada de pelear. Con Austin, con ella, conmigo misma. De modo que no dije nada y al cabo de unos segundos de tenso silencio, mi madre se aclaró a garganta.

–Necesito salir de casa a las ocho de la mañana del domingo. Procura estar aquí antes, por favor.

Reprimí un gemido y consideré la posibilidad de pasar allí la noche anterior. ¿Qué sería peor? ¿Pasar la noche del sábado en casa de mi madre o tener que madrugar un domingo?

―Muy bien. Allí estaré.

―Gracias ―contestó muy fría, con una actitud que no era propia de ella en absoluto―. A Arty le hará mucha ilusión.

Por lo menos tuvo la gentileza de decirlo. De decir que mi hermanito estaría encantado de verme. Yo no echaba de menos Lebanon, y tampoco la vida en casa de mi madre, pero echaba de menos el estar cerca y poder verlos más a menudo. Había pasado mucho tiempo cuidando a Arty cuando era niño. Le consideraba casi más un hijo que un hermano.

―Hasta entonces ―ni siquiera fui capaz de fingir que estaba contenta.

―Te quiero, cariño ―contestó mi madre.

Y yo, como la rata que era, colgué sin contestar.

Austin no me llamó y, por supuesto, yo no le llamé a él. Eric tampoco me llamó, y eso ya no me hizo tanta gracia. Sabía la razón. Había saltado en su orden de prioridades. Habría sido gracioso, si no hubiera sido tan triste.

Pero eso demostraba algo: fuera lo que fuera lo que teníamos, o lo que casi teníamos, no era exactamente lo que Eric estaba buscando. La pregunta que no podía dejar de hacerme era: ¿podría darle lo que él parecía querer a tiempo completo? ¿Y sería eso lo que desearía de mí cuando averiguara que yo era la mujer en la sombra?

Pero, sobre todo, ¿quería convertirme en la mujer que había creado en aquellas cartas?

Tomé el bolígrafo y el papel, aquel papel tan especial. Solo quedaban un par de hojas. A lo mejor no las necesitaba más.

Mi madre había dicho que regresaría el jueves. Yo tenía el calendario de trabajo de Eric de todo el mes. Aquella noche trabajaba, y también al día siguiente y el sábado. De modo que podríamos quedar el domingo. Un poco más de una semana. Así tendría tiempo más que suficiente para prepararme.

Reservarás una habitación en el Hilton para el domingo por la noche. Cuando te registres, me dejarás una llave, a nombre de Rosa de Espinas. Estarás en la habitación, preparado para recibirme, no más tarde de las tres y media. Quiero que lleves tu lubricante favorito, una caja de preservativos y una copia de tus últimos análisis garantizando que estás limpio. Una vez dentro de la habitación, te ducharás, te afeitarás y te suavizarás la piel con una loción. Quiero que huelas a menta y a lavanda. Me esperarás llevando encima solamente la pulsera que te regalé, de rodillas y al lado de la cama. Cuando entre, te volverás hacia mí y me mostrarás tu reconocimiento postrándote a mis pies.

No sonaba muy bien. Mis palabras carecían de cierto ritmo y delicadeza, pero era lo único que tenía. A Eric le gustaba coquetear con las demostraciones públicas de sumisión y tendría que someterse a una de ellas ante el recepcionista a quien diera mi nombre. Pero también yo tendría que salir a la luz y no estaba segura de si me apetecía presentarme delante de un perfecto desconocido como la ama de nadie. Aun así, pensé que ya iba siendo hora de que averiguara si era capaz de representar ese papel en la realidad.

–¿Vas a intentarlo?
Brenda me sorprendió al aparecer de improviso, algo que tampoco era muy difícil, puesto que yo andaba perdida en mis pensamientos relativos a camas y sexo. Pero, seguramente, Brenda no se refería a nada de eso.

–No creo.

Cuando dudo, tartamudeo. Tardé cerca de un minuto en averiguar qué pretendía decir, pero cuando miró hacia el tablón de anuncios que tenía tras de mí, me volví. Recorrí con la mirada los anuncios que habían clavado en él y asentí.

–¿A ese puesto para el departamento de ventas? No, ya dije que no me interesaba.

Brenda me miró con extrañeza.

–Han puesto el anuncio hace diez minutos, Paige.

Muy bien, eso significaba que a Brenda no le habían consultado antes de anunciarlo. Fingí mirarlo más de cerca.

–¡Ah, a ese puesto! No, no creo. Estoy contenta donde estoy.

Brenda hizo uno de esos sonidos que hace la gente cuando no te cree, pero no quiere decírtelo directamente.

–Yo a lo mejor lo intento. Para empezar, el salario es mucho mejor. Y apuesto a que también tiene otros beneficios.

–Implica mucha responsabilidad, Brenda.

Nos apartamos juntas del tablón y nos dirigimos por el pasillo hacia nuestras respectivas oficinas. A lo mejor, con un poco de suerte, alguien interceptaba a Brenda y yo podía evitar continuar con aquella conversación tan embarazosa.

Pero a esas horas no había mucho tráfico en la oficina, ni siquiera hacia la fotocopiadora o la habitación de descanso, que siempre tenía clientes. Se encogió de hombros y se colocó el bolso en el hombro.

–Creo que sería capaz de manejarlo, ¿tú no? –me miró con los ojos entrecerrados–. Tengo entendido que buscan más de una persona.

Me eché a reír, intentando facilitarle las cosas.

–De verdad, no tengo ningún interés.

Parte de la tensión, que no habría notado si no hubiera sido tan obvia, desapareció de sus hombros.

–Pues yo voy a intentarlo. Mi marido dice que debería hacerlo, que no le importaría retirarse unos cuantos años antes.

Aquella me parecía la última razón por la que debería aceptar ese trabajo, pero mantuve la boca cerrada.

–Buena suerte.

–Gracias.

Asintió y se dirigió hacia su oficina, pero en el último momento se detuvo:

–¿Almorzamos hoy juntas?

–No puedo. Me quedaré trabajando para poder salir un poco antes.

No le expliqué nada más, pero no me pasó inadvertida su curiosidad.

Paul, por supuesto, estaba en su despacho cuando entré. Dejé el jersey y el bolso en el perchero y encendí el ordenador. Después me acerqué a la cafetera para ponerla en funcionamiento. Normalmente, el olor del café conseguía sacarle de su cueva si no había tomado café de camino al trabajo, pero como yo necesitaba hablar con él, le preparé una taza y llamé a su puerta.

–¿Paul? Tengo que... –me detuve justo al entrar, pesando que no estaba allí.

Había bajado las persianas. Los fluorescentes, como siempre, no estaban encendidos, pero tampoco lo estaba la lámpara que tenía en la mesa. La única luz que había en el despacho era la luz azulada procedente de la pantalla del ordenador. Parpadeé intentando ajustar mi mirada a la oscuridad y el brillo de los ojos de Paul me hizo darme cuenta de que, efectivamente, estaba sentado tras su escritorio. Llevaba puesto el abrigo. Su camisa blanca resplandecía en medio de la penumbra. Alargó la mano para encender la lámpara de la mesa al verme entrar, pero ni siquiera su media sonrisa pudo convencerme de que no pasaba nada.

No tiré el café, pero lo dejé tan bruscamente en la mesa, que desbordó la taza. Rodeé el escritorio y me arrodillé ante él mientras Paul giraba la silla para mirarme. Alargué la mano para tomar las suyas sin ser consciente de lo que estaba haciendo y él apretó mis manos con sus dedos fuertes y cálidos.

–¿Qué te pasa, Paul?

–No consigo cuadrar esas cifras –dijo con calma, muy serio.

Tensó brevemente los dedos y yo tensé los míos en respuesta.

–¿Quieres que les eche un vistazo?

–No, solo quiero que te quedes aquí sentada unos minutos hasta que lo consiga, ¿de acuerdo?

Fuera lo que fuera lo que le ocurría, aquello no era normal. Pero no me importó. Temblaba ligeramente. La tensión de sus dedos pareció extenderse por todo su cuerpo antes de que dejara de temblar. Reconocí en sus ojos el esfuerzo que estaba haciendo para ello.

Desde la primera semana que había trabajado para él, me había dado cuenta de que Paul era un jefe que necesitaba más atención que todos los que hasta entonces había tenido. Me habían advertido contra él, equivocadamente, y habíamos terminado llevándonos mucho mejor que bien. Genial, de hecho. Habíamos llegado a entendernos. No sabía qué le ocurría en aquel momento, pero no importaba. Tenía que cuidarle.

–¿Quieres que llame a tu esposa?

Parpadeó y suspiró. Dejó caer los hombros.

–Paige, estoy muy, muy angustiado.

Miré hacia el ordenador, en el que había varias ventanas abiertas. Me levanté, pasé por delante de él para cerrarlas una a una, hasta que lo único que quedó frente a él fue el color azul de la pantalla y los pequeños iconos del escritorio. Paul no se movió hasta que volví a apoyarme contra el escritorio. Después, giró la silla para alejarse de mí.

De perfil, parecía haber envejecido. Era un hombre que llevaba la edad escrita en las arrugas de su rostro y su frente, y también en su profundo suspiro.

–Solo necesito unos minutos –dijo con voz queda.

–¿Desde cuándo te pasa esto?

Me miró y consiguió esbozar una sonrisa.

–Desde hace mucho tiempo. Me ha pasado durante toda mi vida, de hecho.

–¿Tomas algo para remediarlo? –mantuve la voz baja y si le molestó mi pregunta, no lo demostró.

–Sí.

–¿Y no funciona?

Paul suspiró, pero sonrió ligeramente.

–Supongo que hoy no.

–¿Puedo ayudarte? –pregunté.

No volví a tocarle, pero me entraban ganas de pasarle la mano por el pelo y posarla en su mejilla. Quería consolarle como mi madre me consolaba cuando estaba muy afectada por algo.

–Me has ayudado mucho sin saberlo siquiera –Paul tomó aire y cuadró los hombros–. El mero hecho de tenerte aquí ha sido... un placer, Paige.

Sonreí ante su vacilación.

–Ajá.

Se pasó la mano por el pelo y parte de la tensión pareció desaparecer con aquel gesto tan simple. Volvió a respirar lentamente. Después me miró a los ojos.

–A veces, el mero hecho de saber que estarás ahí con el café me basta para estar tranquilo. Tú nunca rehúyes ningún trabajo. No dices que no a nada de lo que te pido.

No me has hecho sentirme como un tirano por necesitar que se hagan las cosas de determinada manera.

–Por supuesto que no.

Arqueó una ceja.

–Otras lo hacían.

–Sí, ya lo sé.

Permanecimos los dos en silencio.

–Tú me conoces de verdad, Paige –dijo Paul por fin–. Sentiré mucho que te vayas.

Aquella vez, alargué la mano hacia él y le tiré suavemente del nudo de la corbata.

–No voy a ir a ninguna parte.

Una voz nos interrumpió y ambos miramos hacia la puerta, pero tardé varios segundos en soltarle la corbata. Particularmente porque vi que era Vivian, con su pelo rubio perfectamente peinado y las cejas arqueadas casi tantos centímetros como medían sus tacones. Solté la corbata de Paul tan lentamente como pude.

–He traído estos archivos que teníamos que repasar –no entró en el despacho.

–Pensaba que ibas a llamarme antes –contestó.

Vivian y yo nos miramos. No podía verle la cara, pero sabía que yo me había quedado boquiabierta. Paul, por norma general, no era un hombre mezquino. En absoluto. Y acababa de ponerla en su lugar no de muy buenas maneras. Me entraron ganas de echarme a reír, pero me conformé con una sonrisa que Paul me devolvió.

–Puedo volver dentro de quince minutos –propuso Vivian fríamente–. ¿Te parece bien?

–¿Qué tal veinte? Paige y yo estamos en medio de una reunión.

Vivian se fue sin decir palabra y Paul volvió a tensar los hombros, pero respiró lentamente. Cuando Vivian desapareció, se pasó la mano por el pelo y se tapó los ojos durante casi un minuto. Sin embargo, cuando volvió a mirarme, su sonrisa parecía sincera y el terrible vacío de sus ojos había desaparecido.

–Va a pensar que nos estamos acostando.

Quizá no fuera la frase más apropiada para dirigírsela a un jefe, pero los dos estábamos más allá de las formalidades.

Paul asintió.

–Es posible.

–¿Y para ti eso supone algún problema?

Paul ni siquiera miró las fotografías de su esposa y su familia, aunque tensó los labios. Me pregunté si no me habría equivocado al pensar que tenía otro tipo de relación con Vivian.

–Podría ser un problema para ella. Pero no para mí –se interrumpió–. Pero supongo que las cosas cambiarán cuando sea tu jefa.

Fui al cuarto de baño a buscar un trozo de papel con el que limpiar las gotas de café que habían caído en el escritorio. Cuando regresé, Paul había levantado la taza y se la había bebido. Había sacado una libreta de papel sobre la que apoyaba un bolígrafo, aunque no estaba escribiendo. Limpié el café y tiré el papel a la basura, después, miré por encima de su hombro la lista que todavía no había comenzado Paul a escribir.

–Empieza con el correo electrónico –le aconsejé. Lo escribió–. Luego con tu correo. Y piensa en lo que tengo que hacer con todas esas cosas.

Fue escribiendo el resto de las instrucciones que yo misma le daba.

–Ponme que salga antes de la hora –añadí.

Paul dejó de escribir y alzó la mirada.

–Esta semana tendré que ir a buscar a mi hermano al colegio cada día. Tendré que salir a las tres, ¿de acuerdo? No almorzaré y vendré antes si crees que es necesario.

Paul escribió lentamente: *Paige tiene que salir antes*, y volvió a mirarme.

–No, no tienes por qué venir antes. Basta con que te asegures de hacer tu trabajo –volvió a interrumpirse–. Como si tuviera que decírtelo...

Me incliné ligeramente hacia él y le susurré:

–Escríbelo en una de las listas. Eso te hará sentirte mejor.

Salí del despacho de Paul sintiendo su risa tintineándome en los oídos.

Capítulo 32

–¿Podemos cenar macarrones con queso? Por favor, Paige...

Arty se aferró a mi mano como el mono que yo siempre le decía que era, después, levantó los pies del suelo y estuve a punto de perder el equilibrio.

–Ya basta.

Le aparté y dejé mi bolsa en el suelo.

El cuarto de estar olía al perfume de mi madre y a algo más. Restos de comida china, quizá. Tendría que buscar. Era típico de mi madre lo de dejar un recipiente o un plato al lado del sofá mientras veía la televisión y olvidarse completamente de ello. Arty tiró los zapatos, el abrigo y la mochila al suelo, frente a la puerta de la entrada, con una velocidad de movimientos que no habría creído posible si no lo hubiera visto con mis propios ojos. Ya estaba corriendo hacia la cocina cuando le volví a llamar.

–¡Recoge eso inmediatamente! –le grité.

–¡Quiero una barrita de chocolate!

Daba la casualidad de que yo sabía que le daban de merendar en el colegio, porque mi madre me había dicho que era una suerte no tener que preocuparse de que pudiera estar hambriento cuando iba a buscarlo.

—Come algo de fruta.

Arty se detuvo tan bruscamente que resbaló sobre la alfombrilla desgastada de la puerta de la cocina.

—¿Fruta?

—¿Mamá no te hace comer fruta?

Me miró como si le hubiera dicho que comiera estiércol.

—Pero yo quiero un Doodle.

Yo no tenía la menor idea de lo que era un Doodle, pero no me sonaba muy bien.

—Fruta o frutos secos. Dentro de veinte minutos tendré la comida preparada. Dame un poco de tiempo para instalarme.

Arty gruñó y pateó, pero a los pocos minutos regresó con una caja de cereales. Se acurrucó en un puf, a tan poca distancia de la televisión que podía haber leído Braille en la pantalla, y puso los dibujos a suficiente volumen como para hacerme respingar. No le hizo ninguna gracia bajar el volumen de la televisión y alejarse de la pantalla, pero obedeció. Yo intenté ignorar las migas que escapaban de su boca con cada risotada.

Subí con mi bolsa por las estrechas escaleras hasta llegar al pasillo y dirigirme a una habitación situada en la parte trasera de la casa. Mi madre ocupaba una de las habitaciones que daba a la calle, una habitación con cuatro ventanas. La de Arty, más pequeña, estaba entre la suya y el cuarto de baño. La habitación que había al final de la casa podría haber sido un bonito estudio, un cuarto de costura o un cuarto de juegos, pero, por alguna misteriosa razón, nadie la utilizaba.

Por lo menos había una cama, una cama a juego con la cómoda que había heredado de mi madre. Las sábanas estaban limpias, y también la colcha. Mi madre me había dejado un juego de toallas encima. Coloqué la bolsa en una silla destartalada en la que nunca me habría atrevido a sentarme y me dejé caer en la cama. Había grietas en el techo y algunas humedades. La ventana tenía persiana, pero no cortina. Supuse que por la mañana sería agradable.

—¡Paiiiige! ¡Tengo hambre!

El aullido llegó hasta el segundo piso y me incorporé en la cama para gritar a mi vez:

—¡Ahora mismo voy!

Cuando tiré de la puerta situada a los pies de la cama, lo único que conseguí fue romperme una uña en el pomo. La puerta permaneció obstinadamente cerrada. No era un armario, entonces. Seguramente era la puerta que daba al desván. Probé con otra situada al lado de la cómoda. Tras ella aparecieron varias perchas vacías que rápidamente utilicé para colgar la ropa que pensaba ponerme durante los próximos dos días. Después, bajé las escaleras y regresé a la cocina, que parecían haber limpiado pensando en mi llegada.

Eso significaba que mi madre había limpiado los mostradores y vaciado el fregadero, pero el suelo estaba ligeramente pegajoso por la zona de la nevera y la mesa estaba cubierta de migas. Cuando era más pequeña, jamás se me había ocurrido pensar que otras personas guardaban los restos de comida en la nevera o en el congelador. Si comprábamos pizza, la dejábamos en el mostrador hasta que desaparecía. A veces mi madre la metía en el horno, y allí continuaba hasta que nos acordábamos de tirarla. Mi madre cocinaba, pero a su manera, de modo que la salsa para los espaguetis siempre dejaba marcas en la cocina y espaguetis tiesos en el techo, que era donde los tiraba para asegurarse de que la pasta estaba cocida.

De pequeña, sufrí una intoxicación. Para ser justa, mi madre no fue la culpable. Había pasado el día con mi padre, en la piscina de su club de campo, donde me invitaron a perritos calientes y a patatas fritas en vez de hacerme comer el sándwich de mantequilla de cacahuetes con mermelada que me había preparado mi madre. Me lo comí esa noche para cenar. Una hora después, el mundo comenzó a dar vueltas. Y media hora eterna después, empecé a vomitar.

Desde entonces, tuve un miedo mortal a la comida caducada. No podía comer nada que sospechara, aunque fuera vagamente, que estaba pasado.

Cuando abrí la puerta del refrigerador y vi todas las fiambreras y los frascos llenos de potenciales bacterias, mi estómago protestó.

–Vamos a cenar fuera, ¿de acuerdo?

No tuve que decírselo dos veces. Mis brazos se llenaron de un imparable Arty intentando dejarme sin respiración y estando a punto de conseguirlo. Rechacé la propuesta del McDonald's, pero le dejé que fuéramos a un Wendy's, donde pensó que me engañaba cuando le dejé que se pidiera un batido helado cuando en realidad era una excusa para poder pedirme otro.

Cuando entramos en la zona de las mesas, Arty la cruzó a toda velocidad.

–¡Leo! –gritó.

Parecía incapaz de hablar sin gritar, pero a Leo no pareció importarle. Dejó que Arty se abrazara a él y después me miró por encima de la cabeza de mi hermano.

–Hola, Paige.

–¿Qué... qué estás haciendo aquí? –conseguí farfullar.

Me mostró su bolsa de comida.

–Cenar.

Arty ya estaba entreteniéndose con el juguete que había encontrado en la caja del menú infantil. Leo parecía vacilar, pero yo señalé la mesa y se sentó.

–Me alegro de verte, Leo.

–Yo también. ¿Qué tal va todo?

De todos los novios que había tenido mi madre, Leo era el que más me gustaba. Nunca había intentado ser un padre para mí, ni había intentado forzar una relación de amistad. A lo mejor era porque ya era adulta y me había ido de casa de mi madre cuando ellos estaban empezando a salir.

Miré a Arty, perdido en su propio mundo de patatas fritas flotando en Ketchup.

–Pensaba que mi madre y tú os habíais ido juntos.

Leo no apartaba los ojos de los míos, aunque su boca se había convertido en una dura línea en medio de su poblada barba de motero.

–Pues es evidente que no.

–Entonces, ¿dónde está?

Se encogió de hombros y desvió la mirada.

–Eso queda entre ella y yo, Paige.

¿Habría otro hombre? No podía ser otra cosa. ¿Por qué si no iba a parecer Leo tan perdido? Jamás me habría imaginado que podría ver a un hombre de ese tamaño, con esa barba, cubierto de tatuajes y con un chaleco vaquero con aquel aspecto de desolación.

–Tengo que marcharme –contestó Leo, se inclinó sobre la mesa para revolverle el pelo a Arty–. Cuida del niño.

–Por supuesto –después de verle marcharse, me volví hacia Arty–. ¿Dónde dijo mamá que se iba?

–A un *spar* –contestó.

–A un spa –le corregí.

–Sí, eso dijo ella, un spa. Iban a darle un mensaje.

Suspiré.

–¿Un masaje?

Arty sonrió, mostrando el hueco que quedaba entre sus dientes superiores.

–Sí.

–¿Sola?

—Creo que sí —se encogió de hombros.
En realidad, no esperaba que Arty supiera mucho más, ¿pero por qué me habría mentido mi madre?

Me desperté desorientada al notar que alguien me tiraba del brazo. Me incorporé en la cama pensando que era Arty y palpé la mesilla de noche buscando una lámpara, pero no había nada. Parpadeé hasta que mis ojos se acostumbraron a la oscuridad, pero no vi a mi hermano. No parecía haber nada que justificara lo que había sentido.

Me enderecé en la cama. Las sábanas en las que con tanto cuidado me había acurrucado parecían luchar contra mí. A los pies de la cama había dos niños dándose la mano. Debían de tener la edad de Arty. Estaban muy pálidos y no necesitaba encender ninguna luz para verlos porque sus ojos resplandecían en la oscuridad. Eran dos niños muy pálidos con huecos allí donde deberían estar sus ojos y sangre goteando desde las yemas de sus dedos. Tras de mí, la puerta del ático comenzó a abrirse.

Esperé a que la sangre comenzara a rebasar la puerta, como en *El resplandor*, pero no ocurrió nada, salvo que los niños continuaron mirándome fijamente. No cesaban de mirarme. El corazón comenzó a latirme violentamente en el pecho e hice lo único que tuve valor para hacer. Cerré los ojos y me los tapé con las manos.

No pasó nada hasta que oí un pequeño susurro:

—¡Cuídanos!

Entonces grité, grité y grité, hasta que me despertó el sonido del teléfono. La puerta del desván estaba cerrada. No había niños fantasmales suplicándome que los adoptara. La habitación ni siquiera estaba a oscuras, la luz de las farolas de la calle se filtraba por la ventana.

Salí tambaleante de la cama y busqué el móvil en el bolso. El corazón continuaba latiéndome violentamente, pero por motivos diferentes. Estaba acostumbrada a recibir fotografías y mensajes a las horas más extrañas, pero tuve un mal presentimiento al recibir una llamada de un número desconocido.

–¿Señorita DeMarco?

–Sí, ¿quién es?

–Soy el doctor Philips, del Centro Médico de Hershey. Siento llamar a estas horas, pero han surgido algunas complicaciones en la operación de su madre...

Tuve que parpadear para asegurarme de que no estaba soñando, y ni siquiera entonces me convencí.

–Lo siento, espere un momento. ¿Una operación?

–Han surgido complicaciones en la reconstrucción de las mamas –me explicó pacientemente. Probablemente estaba acostumbrado a despertar a la gente en medio de la noche para transmitir malas noticias.

–Le está subiendo la fiebre y ha tenido una hemorragia –añadió.

Mi madre había ido a operarse los senos. Apreté los dientes.

–¿Es usted su cirujano plástico?

–Sí. He estado trabajando con el oncólogo, el doctor Frank, desde que le diagnosticaron la operación a su madre.

Continuaba sin entender nada.

–Un momento, ¿ha dicho «su oncólogo»? Yo pensaba que le estaban reconstruyendo los senos.

–Su madre ha sido sometida a una doble mastectomía –respondió el médico–. Teníamos planificada una reconstrucción inmediata, pero como le he dicho, han surgido algunas complicaciones.

Me incliné contra el cabecero de la cama.

–¿Qué clase de complicaciones?

–¿Puede venir al hospital? Creo que debería.

Capítulo 33

Leo probablemente ni siquiera se había acostado cuando le llamé para que se quedara con Arty y le acompañara al día siguiente al autobús. En menos de quince minutos estaba en casa. Debería haberme aliviado el verle, pero también me enfadó.

–¿Lo sabías?

Asintió.

–Me lo dijo hace un par de meses. Cuando me pidió que me fuera.

–¿Meses? ¿Lo sabía hace meses y no me dijo nada?

Leo se encogió de hombros.

–No quería preocuparte, Paige. ¡Eh, no me mires así! Ya conoces a tu madre. Y rompió conmigo por culpa de la enfermedad.

No hacía falta que me dijera que eso era peor que el haberme dejado en la ignorancia.

–Lo siento. ¿Pero por qué hizo una cosa así?

Volvió a encogerse de hombros.

–Decía que no quería ser una carga.

–¿Intentaste convencerle de que no te dejara? –era una pregunta mezquina, pero Leo se lo tomó con calma.

–Quiero a esa mujer, y también a su hijo –añadió–. Diablos, pero si hasta te tengo cariño a ti. Esperaba que considerara su decisión cuando se operara y se diera cuenta de que no me importaba el tamaño de sus pechos.

No tenía mucho sentido alargar aquella conversación, así que le dejé en la casa. El trayecto a Hershey era más corto que el de Lebanon a Harrisburg, pero era una carretera rural de solo dos carriles y tuve la mala suerte de ir detrás de un conductor que respetaba escrupulosamente los límites de velocidad. Para cuando llegué al centro médico, tenía el estómago hecho un nudo y sudaba copiosamente. Aparqué y me dirigí al vestíbulo, donde conseguí descifrar los carteles hasta adivinar la planta en la que se encontraba mi madre. Subí en el ascensor con un par de enfermeras que no paraban de hablar y un anciano de aspecto cansado con una gorra en la cabeza.

Eran solo las once de la noche, no era de madrugada ni nada parecido, pero aun así, la planta estaba en silencio y en penumbra. Las enfermeras hablaban susurrando en el escritorio. Jamás había estado en una UCI, y no me gustaba tener que estar allí en aquel momento.

–¿Alicia DeMarco? –pregunté. Apoyé las manos en el mostrador para no morderme las uñas–. El médico me ha llamado y me ha pedido que viniera.

La enfermera consultó un informe. Pensé que podía haber algún problema por la hora de visita, pero la enfermera se limitó a sonreírme, me dijo el número de la habitación y me señaló dónde estaba. El nudo en el estómago era cada vez más tenso. Si mi madre estuviera bien, pensé, me habrían hecho esperar hasta el día siguiente. Me habría enfadado porque me habían hecho ir hasta allí, pero eso habría significado que todo iba bien.

Ya no estaba tan segura.

Mi madre parecía muy pequeña en aquella cama. Se la veía muy pálida sin el maquillaje habitual. El pelo lo llevaba recogido en una cola de caballo. Estaba durmiendo.

Las máquinas sonaban a su alrededor. Su respiración se agitó y me sobresalté. Cuando crucé la habitación para llegar a la cama, no supe si debía despertarla. Ni siquiera sabía si sería posible hacerlo.

Me senté en una silla al lado de la cama y mi madre abrió los ojos en ese momento.

–Paige...

–Hola, mamá –me acerqué a ella.

Bajo las sábanas, sus pechos parecían estar excepcionalmente altos. No pude evitar mirarlos.

–¿Estás comprobando cómo me han dejado la pechera? –se le quebró la voz y tomó aire con respiración lenta y fatigada.

–¿Por qué no me lo dijiste?

Esperé durante largos minutos su respuesta. Cerró los ojos. Pensé que se había dormido, pero se humedeció los labios y tosió.

–No sabes cómo me duele.

No volví a preguntarlo. Habría un tiempo para las acusaciones y para las preguntas, y no tenía ninguna duda de que tendría muchas de las dos. Mi madre abrió los ojos, los cerró y los volvió a abrir unos segundos después.

Me incliné hacia la cama y le tomé la mano.

–Mamá, ¿qué demonios está pasando?

–Cuida tu lenguaje –me advirtió mi madre. Miró la jarra que tenía en la mesilla de noche–. ¿Puedes servirme un poco de agua? Me estoy muriendo...

Asustada, me detuve en seco cuando estaba a punto de agarrar la jarra.

–¡Mamá!

–Shh –me pidió.

–Mamá, no te estás muriendo.

–Me estoy muriendo de sed. ¡Dame algo de beber, por el amor de Dios! –frunció el ceño–. ¿O voy a tener que llamar a la enfermera?

–No.
Le serví el agua y se la acerqué para que bebiera, pero la rechazó con un suspiro de irritación.
–Puedo hacerlo yo.
La observé beber el agua con delicadeza, y también cómo se escurría por su barbilla y humedecía el cuello del camisón que le habían dado en el hospital. Cuando aparté el vaso de cartón, le tendí un pañuelo de papel. Se secó la boca y se llevó el pañuelo a la nariz antes de arrugarlo en el puño.
–Sé que crees que debería haberte contado lo que pasaba –me dijo.
–Claro que sí.
–Paige –me dirigió una de esas típicas miradas suyas, pero no consiguió conmoverme. Volvió a suspirar–. No quería preocuparte.
–¿Desde cuándo lo sabes? ¡Mamá, Dios mío!
Yo no tenía sed, pero también me serví un vaso de agua para tener algo que hacer con las manos. Después, recordé que estaba en un hospital y que el aire estaba lleno de gérmenes y dejé el vaso en la mesilla.
Mi madre me observaba desde sus ojos rodeados de ojeras. Sin maquillaje, parecía mucho más joven. Más guapa, incluso, a pesar de las arrugas que el cansancio dibujaba alrededor de sus ojos. Jamás se habría presentado en público sin maquillar, pero me gustaba verla sin tantas capas de pintura cubriendo su rostro.
–Desde hace varios meses. Me encontré un bulto y fui a que me lo vieran. Me hicieron la biopsia, era cáncer, así que... –señaló con los dedos la habitación.
–¿Pero por qué no me lo dijiste?
No pretendía suspirar, y hasta a mí me sorprendió cómo le agarré la mano. Me incliné para acercar la frente a la suya, y también ese gesto me sorprendió.
–¡Te habría ayudado!

—No quería preocuparte —repitió—. Y ya me estás ayudando. Te estás haciendo cargo de Arty. ¿Dónde está Arty, por cierto?

Tenía calor, estaba ardiendo mientras sentía la mano fría de mi madre como tantas veces la había sentido cuando estaba enferma. Pero, en aquella ocasión, era ella la enferma, no yo.

—Está en casa, con Leo.

—¡Ah!

Al oír la exclamación de mi madre, alcé la mirada.

—A él sí que se lo dijiste.

Asintió tras unos segundos de silencio.

—Tenía que hacerlo. Quería que supiera por qué no quería seguir con él. No me creyó cuando le dije que había conocido a otro hombre.

—No, claro que no —sacudí la cabeza—. ¿Cómo has podido hacerle una cosa así?

Mi madre apartó su mano de la mía con una fuerza inesperada.

—No me juzgues, señorita sabelotodo. No creo que seas la persona más adecuada para decir cuál es la mejor manera de que una relación funcione.

Me quedé boquiabierta, pero volví a cerrar la boca.

—¿Y eso qué tiene que ver con nada? Leo te quiere y tú le quieres a él.

Mi madre se encogió de hombros.

—No quería esperar a ver si seguía queriéndome cuando perdiera el pelo. Cuando...

Se llevó el puño a la boca, que cerró en una dura línea, como si estuviera negándose a pronunciar las palabras que querían salir de sus labios.

—Pero podrías habérmelo dicho —me recliné hacia atrás en la silla, poniendo con aquel gesto kilómetros de distancia entre nosotras—. A no ser que pensaras que yo también iba a dejar de quererte.

Una lágrima escapó de sus ojos y corrió dejando un rastro brillante sobre su mejilla.

—No quería preocuparte, cariño. Eso fue todo. Pensaba que podría manejarlo sola —volvió a cerrar los ojos—. Paige, ahora estoy cansada. Déjame dormir.

Obviamente, yo todavía no había terminado, pero no podía seguir presionándola en aquel momento. Me levanté y acaricié las sábanas.

—Voy a ver si puedo encontrar a un médico. Volveré mañana, ¿de acuerdo?

Sus palabras me hicieron detenerme en el marco de la puerta. Un escalofrío me recorrió la espalda al oírlas.

—Cuida a tu hermano.

Cerré los ojos ante la visión de aquellos niños sin ojos y con dedos sanguinolentos. Me volví, pero, por supuesto, la única que estaba en la cama era mi madre, con los ojos cerrados, pero hablando todavía.

—Si me ocurre algo, Paige, te harás cargo de Arty. Prométemelo.

—Te lo prometo.

Era la única respuesta posible, tanto si pensaba cumplirla como si no.

Mi madre sonrió. Después, oí su familiar ronquido y supe que se había quedado dormida. Salí y fui a ver a las enfermeras. Una mujer de uniforme me dijo que acababa de llamar al doctor Frank y que me reuniría con él en cuanto estuviera disponible. La seguí por el pasillo hasta una salita que parecía haber sido decorada en los años de la Gran Depresión, con sofás viejos de colores beige y marrón y cuadros abstractos en los mismos tonos en las paredes. Me sentía como si estuviera metiéndome en una caja de bombones gigante, y quizá fuera ese el efecto que pretendía causar el diseñador. Al fin y al cabo, estábamos en Hershey.

Me senté en el borde de un sofá, pero me levanté en

cuanto el médico entró en el dormitorio. El doctor Frank era un hombre alto, de pelo oscuro e indomable. Me estrechó la mano con fuerza.

–¿Paige DeMarco?

Asentí y él me sonrió mientras me soltaba la mano.

–Tu madre se pondrá bien. La tensión se ha estabilizado y hemos detenido la hemorragia. Pero no te engañaré, durante algunas horas la situación ha sido crítica. Y ahora tendrá que quedarse en el hospital durante más tiempo de lo previsto.

Yo pensaba que estaba bien hasta que tuve la sensación de que el suelo venía hacia a mí y las manos enormes del doctor Frank me condujeron a un sofá, donde me puso una mano en el cuello y me colocó la cabeza entre las piernas con la práctica de un hombre acostumbrado a tratar con desmayos.

–Respira por la nariz y saca el aire por la boca.

Lo intenté, pero las manos me temblaban y con cada respiración me silbaba la nariz de una forma que me impedía concentrarme. Aun así, funcionó, porque en cuestión de minutos dejé de sentir la amenaza de aquella bruma roja que pretendía absorberme. Alcé la mirada hacia él.

–Lo siento.

El médico sacudió la cabeza.

–Suele ocurrir. Pero tu madre se pondrá bien.

–Ni siquiera me había dicho que venía –le expliqué–. No tenía ni idea de lo que le pasaba. Estoy un poco... ¿Podría contarme lo que va a suceder ahora? Con el tratamiento, quiero decir.

El médico se sentó a mi lado y me explicó el tratamiento previsto para mi madre, el tiempo que duraría, qué tendría que hacer y cómo podría ayudarla. Me puso al tanto de los motivos por los que mi madre había optado por una reconstrucción inmediata de los senos, en vez de esperar a ver los resultados de la quimioterapia. Me lo explicó todo. Me contó muchas más cosas sobre el cáncer de mama de las que yo quería saber, y, aun así, no terminaba de comprenderlo. Era peor que lo que me esperaba, entre otras cosas, porque hasta hacía solo unas horas no sabía que le ocurría nada a mi madre. Mi expresión debió de delatarme, porque me palmeó el hombro.

—Ahora mismo no puedes hacer nada por ella. ¿Por qué no vas a casa y duermes un poco? —se interrumpió—. ¿Puede acompañarte alguien? No creo que ahora estés en condiciones de conducir.

Asentí sin pensar realmente a quién podía llamar, pero ya estaba sacando el teléfono del bolso. El médico volvió a darme una palmadita en el hombro y se marchó sin decir nada más. ¿Pero qué más podía decir? Mi madre tenía cáncer de mama, había estado a punto de morir. Probablemente se pondría bien, pero aun así, iba a necesitar someterse a un tratamiento. Era demasiada información para absorberla de repente y agradecí que no se quedara a mi lado mientras la digería.

Abrí el teléfono y consulté la lista de contactos para mirar los diferentes números y nombres. No quería llamar a mi padre, todavía no me había reconciliado del todo con Kira y Leo estaba con Arty. Si me llevaban a Lebanon, necesitaría que volvieran a llevarme al día siguiente al hospital para recuperar el coche. Si me iba a mi casa, podía ir al trabajo en autobús y recoger mi coche más adelante. Vi dos nombres en la agenda, un tras otro. Dos nombres, pero solo una opción.

Contestó inmediatamente. Ni siquiera me avergoncé de haber estado tan convencida de que lo haría. Sencillamente, era algo que sabía que podía pedirle y que él estaba dispuesto a hacer por mí.

Minutos después, las puertas del hospital se abrieron y le vi entrar. El aire desapareció a mi alrededor. Abrí la boca para decir algo, para respirar, pero no pude hacer ninguna de las dos cosas.

Le quería.

No lo sabía, o no había querido admitirlo, pero en aquel momento, me resultó imposible negarlo. Fue como sentir un puñetazo en el estómago, pero no me doblé sobre mi vientre. El mundo volvió a tambalearse, el suelo parecía haberse convertido en una plataforma rodante decidida a expulsarme de ella. No me caí porque hubo alguien para sujetarme. Su fragancia bloqueaba el olor del café barato, del cansancio y las malas noticias. Respiré, llenándome de él.

Era Austin.

Capítulo 34

Por supuesto, como una idiota, no le dije que le amaba. Dejé que me llevara a casa, subí las escaleras con él y esperé vacilante en la puerta, hasta que le hice entrar y cerré la puerta tras nosotros. Cuando busqué sus labios, suspiró y me abrazó con tanta fuerza como a mí me gustaba.

A Austin y a mí nunca nos había importado hacer el amor en el suelo, en una mesa, en el sofá o contra una pared. Pero aquella vez, le tomé de la mano y le conduje a mi dormitorio, donde le empujé delicadamente hasta que terminó tumbado en la cama. Me coloqué entonces sobre él para besarle la boca y cubrir de besos su rostro. A horcajadas sobre él, comencé a mecerme sobre la tela del vaquero hasta que noté su erección. Entonces, deslicé mi cuerpo sobre el suyo para poder besarle.

Mis labios dejaron una huella húmeda sobre el algodón del vaquero. Sentí la dureza de su erección. Deslicé las manos bajo su trasero para acercarle a mis labios y rocé mi rostro contra sus muslos. Le desaté el cinturón y le bajé los vaqueros y los boxers. Lo tomé con los labios y él gimió como si por fin hubiera vuelto a casa.

Dejé que su olor y su sabor me llenaran como siempre lo habían hecho y dejé de intentar fingir que el sexo era únicamente sexo. Sopesé sus testículos con las manos y acaricié la largura de su miembro. Mi boca succionaba, mis dedos acariciaban y movía los labios y la lengua a su alrededor como sabía que le gustaba.

A los pocos minutos, estaba gimiendo y alzando las caderas. Lo tomé todo, le hundía hasta la garganta, y cuando se corrió, también lo tomé todo. Austin se derrumbó sobre la cama, jadeante, y yo fui a buscar su boca. Después, me acurruqué a su lado, en aquel lugar que siempre había sido mío.

Austin permaneció en silencio durante un rato. Yo no quería hablar. Nuestras respiraciones parecían coordinarse. Puse la mano en su pecho para sentir los latidos de su corazón. Él posó la mano sobre el mío. Entrelazamos los dedos.

Me quedé así dormida. Me despertó la luz que se filtraba por la ventana de la habitación y una suave caricia entre las piernas. No abrí los ojos. Si era un sueño, y podría haberlo sido, puesto que toda aquella noche había sido tan irreal, no quería despertarme. La caricia atravesaba la tela del pijama y de las bragas. Cambié de postura, solo lo suficiente como para permitir que Austin pudiera bajármelos.

La cama se hundió cuando se colocó entre mis piernas. En cuanto sentí el calor de su respiración, dejé escapar un suspiro. Cuando me acarició con los labios el clítoris ya en tensión, me llevé la mano a los labios para disimular una sonrisa, y cuando comenzó a lamerme lentamente, tuve que mordérmela para evitar un gemido.

Austin me devoraba como si yo fuera el último alimento sobre la tierra y me entregué a ese placer sin vacilar. Aparte de susurrar un par de «sís», no tuve que darle instrucciones. Austin no necesitaba que le guiara, de la misma forma que yo ya sabía todo lo que a él le gustaba.

El orgasmo llegó suavemente, fue un onda suave y

sutil que se fue extendiendo bajo la presión de su lengua, más que un estallido que me desgarrara. Y me gustó que fuera así.

Austin se incorporó y me miró a los ojos mientras se deslizaba en mi interior. Yo estaba tan húmeda que no encontró ninguna resistencia. Fui incapaz de contener un grito de placer al sentirle dentro de mí. Me estrechó contra él y comenzó a moverse. Con cada una de sus embestidas, me acariciaba el clítoris. Le rodeé con las piernas y lo mantuve suficientemente cerca de mí como para poder llegar de nuevo al orgasmo. Nos corrimos con segundos de diferencia, yo sin necesidad de palabras y Austin gritando mi nombre con pasión y la voz estrangulada.

Se tumbó a mi lado. Yo no me levanté inmediatamente de la cama para meterme en la ducha. Ni siquiera para agarrar el reloj de la mesilla de noche.

Saciada, relajada, no quería moverme. Me sentía frágil, además, y no era capaz de mirarle. Tenía miedo de lo que podía llegar a ver en su rostro.

Probablemente era ya tarde para los dos. El amor no podía conquistarlo todo. Habíamos intentado estar juntos, pero no había funcionado. El dolor no había durado una eternidad, pero eso no significaba que no pudiera recordar lo mucho que había sufrido.

—Te llevaré al trabajo si quieres. Y después puedo ir a buscarte. Podemos ir a buscar a Arty para que vaya a ver a tu madre cuando vayas a por tu coche.

Continué con la mirada fija en el techo de mi habitación mientras sentía el calor de Austin entre los muslos.

—No tienes por qué hacerlo.
—Lo sé.
Me volví hacia él.
—¿Y tu trabajo?
Bostezó y se estiró.
—Estos son los privilegios de ser el jefe.

Me senté en la cama y le miré con los ojos abiertos como platos.

—¿Desde cuándo eres el jefe?

—Desde que compré el negocio —Austin me miró con extrañeza—. No creo que sea para tanto.

—No me lo habías dicho, eso es todo.

—Paige —respondió Austin—, nunca me lo habías preguntado.

Aquello cambiaba la situación, aunque no sabía por qué. Me levanté de la cama, me quité el pijama, lo dejé en el cesto de la ropa sucia y me dirigí a la ducha, donde contemplé el vello que comenzaba a crecer en mis piernas y bajo mis axilas mientras pensaba en las formas en las que la vida podía llegar a sorprender a una persona.

Cuatro días atrás, Austin era un muchacho de dieciocho años, capitán del equipo de rugby y el ojito derecho de su madre. Mi novio. Tres días atrás había sido mi marido y durante una temporada no demasiado larga, mi enemigo. Y, en ese momento, en ese momento era un hombre que tenía un negocio propio y que había estado a mi lado cuando le había necesitado.

Cuatro días atrás, yo era una adolescente punky sin dinero y excesiva sombra de ojos. Cuatro días atrás era joven y estúpida y pensaba que el amor podía con todo.

¿Y en qué me había convertido?

Austin se reunió conmigo en la ducha y le enjaboné la espalda. Él me enjabonó la mía. Utilizó mi cuchilla para afeitarse y se hizo varios cortes. No le preparé el desayuno, pero le hice un café. Fue la mañana más agradable que habíamos compartido en mucho tiempo.

Aun así, me preparé para cualquier pregunta que pudiera hacer Austin sobre nuestra relación mientras me dejaba en el trabajo, pero Austin no dijo nada. Se limitó a besarme y a acariciar un mechón de pelo que había escapado de mi trenza. Se despidió de mí con la mano y yo continué observándole en la puerta del edificio hasta que desapareció.

Paul no me preguntó los motivos por los que había cambiado de opinión sobre la posibilidad de trabajar para Vivian. Si lo hubiera hecho, le habría contado la verdad, que aunque esperaba no tener que asumir nunca la custodia de mi hermano, quería estar preparada por si tenía que hacerlo.
Y ello implicaba ser algo más que una secretaria, aunque en realidad nunca hubiera menospreciado ese trabajo.
–¿Quieres que la llame?
Estaba ya alargando la mano hacia el teléfono, pero la apartó cuando negué con la cabeza.
–No, iré yo a hablar con ella –le sonreí, aunque tenía el estómago como si hubiera conejos saltando en mi interior.
Paul asintió y se reclinó en el asiento. Al principio, no nos dijimos nada. Nos limitamos a mirarnos el uno al otro. Pero no necesitábamos palabras para compartir lo que pensábamos. En cierto modo, Paul siempre había sido más que un jefe para mí, y esa era una de las razones por las que ya iba siendo hora de que diera un paso adelante en mi carrera profesional.
–Paige, solo quiero que sepas... –vaciló un instante y le di el tiempo que necesitaba para decirme lo que quería–, que he disfrutado trabajando contigo.
–Yo también, Paul.
–Y quiero que sepas también que si no hubiera sido por ti, no sé cómo hubiera pasado los últimos dos meses.
Sacudí la cabeza.
–Me estás atribuyendo más méritos de los que tengo.
–A lo mejor –su tono indicaba que no estaba de acuer-

do, pero que no quería discutir conmigo–. Solo quería que supieras que he venido cada día al trabajo sabiendo que iba a encontrarlo todo tal y como quería, que no tenía que preocuparme por nada porque todo estaría hecho. No sabes cuánto te lo agradezco.

Podría haberme ofrecido un aumento, un ordenador mejor, más tiempo de vacaciones. Podría haberme retenido simplemente pidiéndome que me quedara a su lado. Podría haberlo conseguido sin grandes esfuerzos. Pero no lo hizo.

Me dejó marchar.

–No sé si queda espacio para encajarte en el programa –Vivian, pese a toda su bravuconería, no era capaz de mirarme a los ojos cuando me hablaba.

Jugueteaba con los archivadores, con el bolígrafo y con la libreta que tenía en el escritorio. En ella había ido tomando notas de forma ostensible durante la entrevista, pero en aquel momento se limitaba a garabatear

–Me temo que deberías haberlo solicitado antes.

–Vivian –dije con calma–, estoy al tanto de los motivos por los que quieres que participe en el programa.

Alzó la mirada para observarme con los ojos entrecerrados.

–¿Ah sí?

Asentí y dejé que fuera ella la que lo dedujera antes de que volviera a hablar.

–Tus calificaciones están dentro de la media –dijo con rotundidad–, pero vienes muy bien recomendada.

En realidad, yo sabía que mis calificaciones destacaban por encima de la media, pero no quise presionar.

–También soy la mejor candidata que tienes para este programa.

–Eso no puedes saberlo.

Era solo una especulación, pero su respuesta me indicó que no me equivocaba. Por mucho que quisiera alejarme de Paul y ponerme bajo sus órdenes, también necesitaba contratar a personas que pudieran desempeñar aquel trabajo. Además, yo sabía que aquel era un programa dirigido a los empleados de la empresa y que, incluso aunque se considerara mejor que ser una asistente ejecutiva, todavía era un nivel inicial y podían contarse con los dedos de la mano las personas dispuestas a postularse para el puesto. Por eso no me importaba parecer arrogante al decir que era la mejor opción que tenían. Sabía que era cierto.

Vivian se aclaró la garganta y dejó el bolígrafo en la mesa.

–¿Qué… qué dice Paul al respecto?

No me pasó por alto su manera de pronunciar su nombre.

–Me da todo su apoyo.

–¿Y tú estarías dispuesta a dejarle?

–No estaría aquí si no estuviera dispuesta a aceptar ese trabajo.

Vivian volvió a aclararse la garganta. Yo quería sentir compasión por ella, pero nadie le había obligado a mantener una aventura con un hombre casado. Conociendo a Paul como le conocía, dudaba incluso de que hubiera sido él el que hubiera iniciado la relación. Y en el caso de que hubiera sido él, a nadie con dos neuronas en el cerebro se le habría ocurrido aceptarlo.

–Te avisaré –dijo por fin.

Por lo menos era mejor que nada. Me levanté y le tendí la mano, que ella aceptó aunque el gesto pareció sorprenderle.

–Gracias por dedicarme tu tiempo.

–Te avisaré –repitió.

–Estoy segura.

Abrió la boca como si pretendiera decir algo más, pero volvió a cerrarla bruscamente. Sin decir una palabra más, volvió a concentrarse en su trabajo y yo me marché. Me crucé con Brenda en el vestíbulo y me miró con los ojos entrecerrados.
–¿Acabas de hablar con Vivian?
–Sí, ¿vas ahora a verla?
Asintió.
–Espero que me contrate, Paige. Esta será mi segunda entrevista para el programa –se interrumpió–. Pensaba que habías dicho que no te interesaba.
–Las cosas cambian –fue lo único que le dije.
Brenda asintió.
–Sí, supongo que sí.
–Buena suerte –le deseé, y era sincera.
–Igualmente –contestó, y seguramente no lo era–. Aunque sería...
Se interrumpió. Esperé.
–¿Brenda?
Sacudió la cabeza e hizo un gesto para que me acercara.
–Es solo que... bueno, ya sabes. No creo que Vivian quiera trabajar contigo porque... bueno, ya sabes.
Mantuve una expresión neutral.
–No, ¿qué?
–Paul –me susurró Brenda precipitadamente. Los ojos le brillaban.
–¿Qué pasa con Paul?
–Vivian y él... ya sabes.
–Pues la verdad es que no –respondí con calma.
No iba a darle la satisfacción de decirle que sí lo sabía.
–¿No? Porque todo el mundo sabe que están...
La estudié con atención, preguntándome si ella y su marido alguna vez lo harían al estilo perro.

—¿O estaban...? —Brenda lo dejó ahí, como si estuviera esperando a que yo respondiera.

—No tengo la menor idea de lo que quieres decir, Brenda.

Frunció el ceño. A lo mejor no quería llegar más lejos.

—Muy bien, si no has oído nada... Pero la gente lo está diciendo, así que imaginé que lo sabrías.

—En cualquier caso, ¿qué tendría que ver eso conmigo?

Brenda parecía incómoda.

—Bueno, tú has durado más que otras asistentes...

Arqueé una ceja.

—No estoy diciendo que Paul y tú estéis... ya sabes.

Alcé la barbilla, señalando hacia el cuarto de baño que había al final del pasillo.

—Tengo que irme. Buena suerte con la entrevista.

Brenda asintió y giró sobre sus talones. La observé un instante antes de meterme en el cuarto de baño, donde dejé correr el agua fría del lavabo y mojé una toalla de papel para llevármela a la frente y el cuello.

Yo no era como mi madre, pero eso nadie lo sabía. Meses atrás me habría enfermado que alguien pudiera creer que me estaba acostando con mi jefe, pero en aquel momento, sencillamente, no me importaba. Yo sabía cuál era la verdad. Y también Paul. Paul, al que estaba a punto de dejar.

No necesitaba utilizar el váter, pero me metí de todas formas en uno de los servicios. Bajé la tapa y me senté allí, con la cabeza entre las manos. Tomé aire, pero el olor del amoniaco y de esos repugnantes limpiadores de color rosa me asqueó de tal manera que tuve que taparme la nariz y la boca con la mano. Intenté recuperar el aroma de Austin, pero lo único que pude distinguir fue el olor de la colonia que me había puesto aquella mañana.

Sin embargo, podía recordarlo. Podía recordar cómo olía. Cómo sabía, cómo era su piel, y no solo por lo que habíamos compartido aquella noche y aquella mañana.

No, lo sabía desde mucho antes.

«Austin está detrás de mí, respirando pesadamente, como si acabara de subir la escalera. Tiene la mano envuelta en mi pelo y me echa la cabeza hacia atrás con fuerza. Siento su miembro dentro de mí, pero no está empujando en ese momento. Está a punto de correrse.

Yo también.

–Tira –le pido–. Con fuerza.

Tensa los dedos, pero no me tira del pelo.

–No quiero hacerte daño, Paige.

Yo quiero que me haga daño. Es más grande que yo. Más fuerte. Sostiene mi corazón entre sus manos cada día sin romperlo, por lo menos en exceso. Pero quiero que me haga daño en este momento, cuando mi cuerpo se cierra a su alrededor y estoy a punto de estallar en un orgasmo que me cegará por completo. No sé por qué, pero lo deseo, y quiero que sea Austin el que me proporcione ese placer.

–Tírame del pelo –le pido con los dientes apretados y entre gemidos.

Tensa los dedos mientras se hunde más en mí, después, me tira del pelo, pero casi sin fuerza. Ese cuerpo ha hecho placajes a otros chicos en el campo de rugby capaces de romperles los huesos. Sé que podría tirar con mucha más fuerza.

Continúa hundiéndose suavemente en mí mientras me busca el clítoris con los dedos y me sujeta el pelo con la otra mano. Echo la cabeza hacia delante. Con las manos y las rodillas apoyadas en la cama, puedo agachar la cabeza y ver como se funden nuestros cuerpos. Pero entierro la cabeza en la almohada y alzo el trasero, empujo con fuerza contra él, obligándole a cerrar su cuerpo contra el mío.

Me duele, pero es un dolor delicioso. Se funden el dolor y el placer. He leído sobre ello, pero nunca lo había entendido, aunque en alguna ocasión me he acariciado y he llegado al orgasmo leyendo sobre prácticas de este tipo. Pero no es suficiente, no es eso lo que realmente quiero. O no es suficiente de lo que quiero.

Me aparto, dejando a Austin musitando una queja. Doy media vuelta en la cama y le empujo posando un pie en su pecho. Su miembro, enorme y húmedo, es todo para mí. Pienso en meterlo en mi boca en ese mismo instante. Sabrá a mí. Me estremezco al pensarlo mientras me acaricio con mis propios dedos. Presiono la palma contra el clítoris y el placer se dispara dentro de mí.

Me levanto de la cama y él me sigue cuando así se lo indico con el dedo. Nos hemos acostado otras veces en el cuarto de estar. Permanezco de pie con las ventanas abiertas, sin persianas, mostrándome a quien quiera que desee mirarme. Vivimos en un tercer piso, de modo que no es probable que haya mirones, pero, aun así, me excita pensar que podríamos habernos convertido en un espectáculo para alguien.

Austin sonríe y viene hacia mí. Paso a paso. Mi espalda choca con una de esas viejas paredes de escayola que nunca hemos pintado. Apoya las manos en mis caderas, me obliga a abrir las piernas y presiona su muslo contra el mío. Me besa.

—¿Qué estás haciendo? —dice Austin, riendo.

—Penétrame —me tiembla la voz.

Frunce el ceño un instante, pero muy fugaz. Después posa las manos bajo mi trasero y me levanta. Le rodeo la cintura con las piernas y apoyo la espalda en la pared. Sella mis labios con un beso antes de que haya podido tomar aire. No puedo respirar. Su beso me roba el oxígeno.

Siento el latido de mi corazón en mis oídos y el mundo se precipita a nuestro alrededor. Austin me penetra e intento tomar aire, pero continúa cerrando los labios sobre los míos y su lengua me penetra de la misma forma que su miembro. Me ahogo en él. En esto. En nosotros.

Interrumpo el beso con un jadeo y comprendo entonces la atracción del dolor.

–Ponme la mano en el cuello.

–¿Qué? –el sudor resplandece en su frente.

–Quiero que lo hagas, Austin.

Apenas podemos hablar, nuestros cuerpos están empleando toda su energía en darnos placer y quedan pocas fuerzas para la conversación. Le clavo las uñas en los hombros y mezo las caderas para acercarme a él. Cierro los ojos. Quiero que lo haga, que me dé lo que le estoy pidiendo. Lo que creo que quiero, por lo menos. Quiero intentarlo.

–Ponme la mano en el cuello –repito.

–Paige...

Se está acercando, pronto será demasiado tarde. Se correrá. Yo no.

Abro los ojos y presiono hacia abajo con las piernas en su cintura.

–¡Quiero que lo hagas!

–No quiero hacerte daño...

–Es sexy –protesto.

Tendrá que dejarme pronto en el suelo. Me retiene contra la pared, pero ni siquiera Austin tiene tanta fuerza. Le hago volver el rostro hacia el mío y le beso. Y después le obligo a hacer lo que quiero.

–Si no lo haces tú, puedo encontrar a otro.

–¿Qué?

Abre los ojos bruscamente, con las pupilas enormes y oscuras. Está tan cerca que no es capaz de dejar de mover las caderas. Lo veo en su rostro.

—¿Qué significa que encontrarás a alguien?
—A lo mejor ya lo he encontrado. ¿No has pensado en ello? —escapa de mi boca esa mentira cruel.

Le veo pensar en ello, o intentar pensar en ello mientras toda la sangre se le acumula en el miembro y el orgasmo le nubla el juicio. Cuántas cosas han cambiado últimamente. Cuántas cosas he querido cambiar... Seguramente se está preguntando dónde puedo haberlas aprendido. De quién.

No sabe nada de los libros que he encontrado, encargados a veces al otro lado del océano, ni de los chats de Internet en los que la gente se dirige a los demás como maestros o esclavos. Asutin no conoce esa parte de mí.

—A lo mejor he estado... —el placer me atraganta la voz—, acostándome con todo el mundo.

—¿Ah, sí?

Qué bien le conozco.

No contesto, pero vuelvo a echar la cabeza hacia atrás. Cierro los ojos. Estoy a punto. Austin cambia de postura y mi espalda resbala sobre la pared.

—¡Paige, maldita sea!

—Ponme la mano en el cuello —susurro.

Y Austin obedece.

Su mano no abarca todo mi cuello, pero es suficientemente grande como para estar a punto de hacerlo. Nos movemos juntos, deslizándonos mientras el sudor hace resbalar nuestros cuerpos, provocando cierta inestabilidad. Me cae algo encima. Siento que se me clava algo en la espalda. Seguramente el clavo que dejó un cuadro que cayó al suelo tras un portazo. No puedo gritar, no puedo respirar. Austin por fin me obedece y me estoy quedando sin respiración.

Austin cierra los dedos alrededor de mi garganta y yo le clavo las uñas en la espalda. Los dos nos corremos al mismo tiempo. Inmediatamente me deja en el suelo, le tiemblan las manos, y se tumba sobre esa alfombra vieja que nunca está en su lugar. No me tumbo, me siento en cuclillas junto a él.

Me escuece la espalda. Gotas de sangre caliente se deslizan por mi espalda, caen sobre mi trasero y descienden por mi pierna. Tomo aire y espero a que el mundo deje de mecerse y mi cuerpo deje de latir. Tarda una eternidad.

Austin no me mira.

Austin me ha dado lo que le he pedido, pero es la última vez que le pediré nada en mucho tiempo. Al día siguiente me iré, dejando que sean las marcas de mi cuello y mi espalda las que hablen ante mi silencio. Austin me ha dado lo que quería, lo que necesitaba, pero el precio a pagar ha sido muy alto.

Demasiado alto.»

Entró alguien en el cuarto de baño y se metió en el cubículo del final. No podía continuar allí, conteniendo los sollozos e intentando no respirar.

Volví a lavarme la cara y las manos y me miré en el espejo para asegurarme de que no había nada que me delatara. Regresé a mi mesa y me puse a trabajar, deseando concentrarme en una de aquellas listas que requerían toda mi atención, para no tener que pensar en el pasado.

Iba a dejar a Paul. Iba a dar un paso adelante. Estaba a punto de ascender.

¿Pero qué iba a pasar con el resto de mi vida? ¿Me atrevería también a cambiarla?

Capítulo 35

–Gracias por traerme –agarré el bolso y el jersey mientras mi padre aparcaba al lado de mi coche–. Te lo agradezco.
–No tienes por qué darme las gracias.
Tamborileaba con los dedos en el volante mientras fijaba la mirada en el hospital.
–Así que tu madre está aquí ingresada, ¿verdad?
Me recliné en el asiento de cuero de su BMW y asentí.
–Sí. Tiene cáncer de mama y han surgido problemas en la operación.
Le vi palidecer y tragar saliva. Continuaba aferrado al volante. No me miraba.
–¿Qué aspecto tiene?
No era la pregunta que esperaba, y me molestó.
–El aspecto de una persona enferma y que ha estado a punto de morir. ¿Qué aspecto quieres que tenga?
–Lo que quería saber es cómo está –se corrigió, pero no le creí.
–Podrías verlo por ti mismo.
Sabía que no lo haría. Mis padres no eran enemigos, pero nunca habían sido amigos.
–Sí, podría –se humedeció los labios y se volvió ha-

cia mí con una sonrisa–. Pero no creo que ella quiera verme, ¿verdad?

–No lo sé –me encogí de hombros–. A lo mejor podrías enviarle unas flores.

La salida fácil. Mi padre asintió y se inclinó hacia delante. Continuaba mirando el hospital como si estuviera intentando adivinar cuál era la habitación de mi madre. La verdad era que estaba al otro lado, pero no se lo dije.

–Gracias por traerme hasta aquí.

–¿Sabes, Paige? Yo la quería. Quería a tu madre. Estoy seguro de que ella te habrá dicho todo lo contrario...

–Ella nunca ha dicho nada.

Giré y puse la mano en la manilla de la puerta. Quería escapar de aquella conversación antes de que tuviera lugar, pero no lo conseguí.

–¿Ah, no? –parecía sorprendido.

–En realidad, nunca ha hablado mucho de ti.

Aquello no pareció hacerle mucha gracia. Frunció el ceño. Adiviné el brillo de alguna cana en medio de su pelo rubio. Se reclinó en el asiento y se volvió hacia mí.

–Pues debería haberte contado algo. Al fin y al cabo... soy tu padre.

–Nunca me ha dado muchos detalles –contesté con toda la delicadeza de la que fui capaz–. En realidad, no era asunto mío, ¿no crees?

Por no mencionar lo repugnante que podría ser oír detalles sobre la aventura que había dado lugar a mi nacimiento. Desde siempre supe quién era mi padre y que solo podía verle de vez en cuando. Que tenía otra pareja y otra familia más importante que la mía, y que siempre tenía un dinero que no terminaba de llegar a la cartera de mi madre, que era donde debería estar. Pero nunca había pedido detalles. No había querido ni porqués, ni cómos ni cuándos. Siempre había dado por sentado que mi madre le había amado. Jamás se me había ocurrido pensar que mi padre podría haberla querido a ella.

–Sí, Paige, la quería –se aclaró la garganta–. Tú te pareces a ella. Mucho.

Hacía años que mi padre no veía a mi madre, y, en realidad, yo me parecía a él, pero sonreí.

–Gracias.

–Era tan guapa que no te lo creerías. Y realmente sabía cómo preparar un buen café. Dios mío, esa mujer era una hechicera –se hundió en sus recuerdos y dejó de mirarme.

No me impresionó aquella descripción. Era guapa y sabía hacer café. Muy bonito. ¿Y qué tal si hubiera añadido que era inteligente, amable, generosa y divertida? O que hacía un pastel de carne repugnante y que podía estirar un presupuesto hasta el punto de hacerlo casi invisible, pero, aun así, se las ingeniaba para conseguir dinero para comprarme unas playeras nuevas o una tarta de cumpleaños.

–Mi primera mujer no me comprendía.

Gemí.

–¡Por favor, papá! Me voy.

Salí del coche y cerré de un portazo. No quería escuchar sus bochornosas explicaciones sobre por qué se había quedado con su secretaria, la había dejado embarazada y había permitido que criara ella sola a su hija. No quería saber por qué había sido infiel. A lo mejor, si se hubiera casado con mi madre, si la historia se hubiera convertido en un cuento de hadas con final feliz siendo yo su preciosa princesa, con un vestido blanco, unos zapatos de charol blanco y un pony y un payaso en su fiesta de cumpleaños, incluso me habría gustado. Podría incluso haberle escuchado. Pero tal como habían ido las cosas, lo único que podía hacer era dar media vuelta y largarme.

Mi padre también salió del coche.
—¡Paige!
Habían sido muy pocas las veces que había oído a mi padre levantar la voz. Siempre había tenido tanto miedo de que dejara de quererme, que nunca me había portado mal estando con él. Me detuve automáticamente, pero no me volví.

Me alcanzó y alargó el brazo hacia mí, pero lo bajó cuando le fulminé con la mirada.
—Paige, espera un momento.
—Papá, de verdad, tengo que entrar. Le prometí a mamá que pasaría a verla y después tengo que ocuparme de Arty.

Me miró sin comprender.
—Arty, mi hermano —no añadí «medio»—. Tengo que ir a buscarle al colegio.

Mi padre volvió a mirar hacia el edificio y me miró a mí.
—No creo que deba entrar. Pero dile que he preguntado por ella, ¿de acuerdo?
—De acuerdo —me interrumpí, pero después, decidí no contenerme—. ¿Sabes, papá? Durante los dos últimos meses no ha estado trabajando en la fábrica. No sé qué tipo de seguro tiene, pero estoy segura de que no le vendría mal algo de dinero.
—¿Te dijo ella que me lo pidieras?

Estaba ya irritada, pero aquella última sospecha terminó de enfadarme.
—¡No, jamás haría una cosa así! Pero tú tienes dinero y ella lo necesita.

Mi padre metió la mano el bolsillo del pantalón y clavó la mirada en el suelo.
—¿Cuánto necesita?
—¿Cuánto puedes dedicarle a una persona a la que dices que quisiste? —repliqué.

No me importaba que pudiera enfadarse.
Mi padre alzó la mirada hacia mí.
–En realidad, no sabes toda la historia, Paige.
–No tengo por qué saberla, papá.
Nos mirábamos el uno al otro y ninguno hacía el menor movimiento. Al final, mi padre suspiró, estiró el cuello hacia delante y hacia atrás y terminó alzando las manos.
–Si te doy un cheque, ¿se lo darás?
–Sí, claro.
Me miró, se reclinó contra el coche y rebuscó en sus bolsillos antes de sacar la chequera. Escribió precipitadamente una cifra en un cheque y me lo colocó en la mano, como si temiera que pudiera cambiar de opinión y devolvérselo. No lo miré. Me limité a mantener el cheque doblado en la mano. Mi padre podía ser un hombre generoso, pero en aquel momento no tenía ganas de saber si debería sentirme orgullosa de él o decepcionada.
–Y dile... dile que he preguntado por ella, ¿de acuerdo?
–Sí, papá.
–¿Y tú? ¿Necesitas algo? –me mostró la chequera.
La rechacé con un gesto.
–No, estoy bien. De hecho, voy a cambiar de trabajo.
Pareció impresionado.
–¿De verdad?
–Sí, voy a empezar a trabajar en un nuevo programa de ventas.
–¿Te han ascendido? –no esperó a que respondiera–. Ya era hora de que reconocieran tu potencial. De que te ayudaran a promocionarte.
–Nadie me está ayudando a nada. He hecho una entrevista de trabajo y estoy cualificada para el puesto. No es ningún favor.

–Por supuesto que no –se guardó de nuevo la chequera–. No era eso lo que pretendía decir.
Cuadré los hombros.
–Ahora será mejor que me vaya.
Mi padre abrió los brazos, como si esperara un abrazo. Se lo di, a pesar de lo tensa que estaba. Me besó en la mejilla y me apretó el hombro.
–Estoy orgulloso de ti, Paige. Ya deberías saberlo.
Me encogí de hombros, sonreí y me marché antes de que mi padre se pusiera demasiado sentimental. Cuando le entregué a mi madre el cheque, se lo quedó mirando fijamente durante largo rato antes de desdoblarlo. Al ver quién lo había firmado, parpadeó rápidamente. Después, volvió a doblarlo y me lo tendió.
–¿Te importaría dejarlo en el cajón, cariño? Después te pediré que lo ingreses en el banco.
Todavía estaba ronca, pero tenía mejor color y estaba sentada en la cama. Se había cepillado el pelo y se lo había apartado de la cara con una bonita cinta.
–¿No te sorprende? –metí el cheque en la cartera y cerré el cajón.
–¿El qué? ¿Que hayas sido capaz de pedirle a tu padre que nos ayude o la cantidad que nos ha dado?
–Las dos cosas.
No le pregunté que por qué sabía que había sido yo la que le había pedido el dinero.
Mi madre sonrió y palmeó la cama.
–Siéntate aquí, Paige.
Obedecí.
–Nunca te he contado por qué lo mío con tu padre nunca funcionó.
Suspiré.
–Mamá, de verdad, no me importa. Ya sé que todos los expertos dirían que es algo que me ha traumatizado de por vida.

—Calla —me ordenó, y me callé—. Cuando tu padre y yo nos conocimos... bueno, la verdad es que estuvo muy bien. Fue algo muy rápido. Yo sabía que él no era feliz con su mujer, y no porque él me lo dijera. Había conocido ya a muchos hombres que decían que sus esposas no les comprendían, o que me hablaban de que su matrimonio no funcionaba mucho antes de que yo apareciera. Yo sabía lo que estaban buscando. No fue tu padre el que vino tras de mí, Paige. Fui yo la que le busqué.

—Mamá, de verdad, no quiero saberlo.

—Pues de todas formas te lo voy a contar, así que cierra la boca y déjame que te lo cuente si no quieres que te persiga durante el resto de tus días si me muero.

—No digas tonterías. No vas a morirte hasta dentro de mucho tiempo —repliqué, y le apreté la mano.

—El caso es que me enamoré de tal manera de ese tipo que fue como si alguien me hubiera dado un empujón y me hubiera tirado por unas escaleras. Me parecía el hombre más atractivo, especial, inteligente, sexy...

Esbocé una mueca.

—Ya basta, ya lo entiendo. Te enamoraste de mi padre.

—No, de tu padre no, de Dennis. Tu padre y yo solíamos salir a tomar una copa después del trabajo. Por alguna razón, él necesitaba estar lejos de su casa, supongo que porque su mujer era una bruja insoportable. El caso es que tu padre, Denny y yo, solíamos salir después del trabajo.

—¿Denny? —sacudí la cabeza, pensando en el amigo de mi padre—. Pero tú y papá... Espera un momento, ¿Denny?

—Sí, Denny —suspiró feliz—. Era tan atractivo... Yo estaba completamente loca por él.

—¿Pero qué ocurrió?

—Bueno —continuó contándome mi madre—. El caso es que Denny no estaba tan loco por mí. Le pillé engañándome con otra mujer que había conocido en el Downtown Lounge. Entre una cosa y otra, tu padre con sus problemas matrimoniales y yo con el corazón roto por Denny, terminamos consolándonos.

Me levanté y caminé por el estrecho espacio que quedaba entre la cama y la pared. Todo mi mundo parecía haberse hecho añicos durante los últimos dos días, pero aquello ya era el colmo. Al final, me senté en la silla que había en la habitación y entrelacé las manos.

Mi madre había estado observándome pacientemente.

−¿Estás bien?

−Estoy bien.

Su risa dio paso a un ataque de tos y le tendí un vaso de agua.

−Paige, lo siento. Sé que tenías otra ida en la cabeza sobre mi relación con tu padre, pero ya era hora de que supieras lo que pasó.

−¡Pero él me ha dicho que te quería!

−Bueno, la verdad es que por aquel entonces yo estaba bastante bien −dijo mi madre−. Y, al fin al cabo, todos los hombres piensan que están enamorados cuando tienen una amante.

−¡Oh, mamá! −sacudí la cabeza−. ¿Eso fue todo? ¿Un error?

−No. Fue el mejor error que he cometido en mi vida −contestó mi madre con una sonrisa−. Porque gracias a él, terminé teniéndote a ti.

Capítulo 36

Era una tontería sentir vergüenza estando con Austin, pero la sentía. Lo sabía todo de mí, lo mejor y lo peor, y eso debería haber bastado para que me sintiera más cómoda con él que con cualquier otro hombre. Y así era cuando estábamos juntos... Pero las cosas habían cambiado y yo no estaba segura de qué podía significar eso para nosotros.

Austin no me estaba presionando, por primera vez en su vida. Me había llamado para preguntarme por mi madre y para preguntarme que si quería que quedáramos para cenar. No lo había sugerido como si fuera una cita, pero a mí me lo había parecido, puesto que tendría que ser el sábado por la noche. Le dije que estaba ocupada, cansada y puse otro montón de excusas que escuchó sin protestar.

–Mañana entonces –propuso.

–Para mañana tengo planes –respondí. Se quedó callado–. Pero... Austin, te llamaré.

–De acuerdo, Paige. No dejes de hacerlo.

Colgó el teléfono y me pregunté si le habría perdido para siempre. A los cinco minutos, le llamé. En cuanto contestó, le dije:

–Ya te dije que te llamaría.

Se echó a reír.
-¿Has cambiado de opinión?
Pensé en la habitación de un hotel y en un hombre de rodillas.
-Para mañana tengo planes, pero te llamaré, ¿de acuerdo?
-¿Con ese tipo?
Debería haberme imaginado que al llamarle daría lugar a una conversación que no me apetecía tener.
-Sí, con Eric.
-¿Te trata bien?
Me eché a reír.
-¡Austin!
-Quiero saberlo.
-En realidad... no es... no es de esa manera.
-¿Entonces cómo es? -gruñó Austin.
-No puedo explicártelo -suspiré-. Escucha, Austin, ahora estoy agotada. Quiero darme un baño caliente, leer un rato y meterme en la cama.
-¿No vas a cenar?
Austin podía ser tan insistente como encantador, y yo le amaba. De repente, amaba a Austin con todo mi ser. Le quería más incluso que años atrás, cuando era joven y estúpida y no tenía la menor idea de lo que significaba querer a alguien.
Había aprendido lo que era el amor porque lo había tenido y lo había perdido. Y entonces, me puse a llorar. Me llevé la mano a los ojos y tragué saliva para evitar que se diera cuenta. Pero Austin me oyó.
-¿Paige? ¿Qué te pasa? ¿Es tu madre?
No podía decírselo. No podía decirle nada hasta que no me hubiera ocupado de todas las cosas que tenía pendientes. No podía decirle que le amaba sin estar segura de que estaba preparada para que también él lo hiciera.
-Tengo que colgar -le dije.

Pero no colgué. Me gustaba hasta el sonido de su respiración, aquel sonido tan familiar. Continué aferrada a aquel sonido durante un minuto más.

–Paige –me dijo Austin en voz baja–. Recuerda lo que te dije.

«Todo lo que haga falta».

Lo recordé.

–Tengo que colgar, Austin. Te llamaré.

Colgué en esa ocasión. Quería llorar. Y lloré.

–Paige, me alegro de volver a verte. ¿Qué puedo hacer por ti? ¿Estás buscando algo bonito para una amiga? ¿Algo para ti?

La cálida sonrisa de Miriam no me arrancó una sonrisa en respuesta.

Pero no fue culpa suya. Me sentía blanca y delgada como el papel bajo una luz excesivamente luminosa. Tenía ganas de llorar.

–Algo para mí.

Ya sabía lo que necesitaba, pero antes de que pudiera dirigirme a la parte de atrás de la tienda, donde Miriam guardaba los archivadores y los papeles, rodeó el mostrador.

–Querida, tienes un aspecto terrible –dijo sin la menor diplomacia–. Siéntate y tómate un té ahora mismo. O mejor aún, ven conmigo.

Me hizo un gesto y la seguí. Me llevó a la trastienda y me condujo hasta una estrecha pero cómoda butaca, colocada delante de una mesa de reluciente madera. Me senté agradecida. Me temblaban ligeramente las rodillas. No me sirvió directamente el té. Calentó el agua en el microondas y me dio a elegir entre varias bolsitas de diferentes infusiones.

No me pidió que le revelara mis secretos. Tampoco lo

habría hecho. No conocía tanto a Miriam, y aunque era suficientemente mayor como para ser mi abuela, jamás se había comportado como una abuela. Sin embargo, me alegré de poder tomar un té. Me pasó también una lata de galletas.
—El azúcar ayuda —me dijo.
Mordisqueé la galleta.
—¿A qué?
—¡A todo!
Miriam soltó una carcajada absolutamente sensual e imaginé a la belleza que debía de haber sido en los años cuarenta.
—Ya está. Estás recuperando el color.
Al parecer, no solo me sentía blanca como el papel, sino que también lo parecía.
—Gracias, Miriam, pero tengo que irme. Tengo una cita...
—¡Ah! —asintió y sonrió—. Y necesitas algo especial para esa cita, ¿verdad? ¿Quieres un papel?
Tragué la galleta. A pesar de su dulzura, me supo amarga.
—Sí.
—Tengo justo lo que necesitas.
Miriam alzó un dedo y se alejó de la mesa para bajar un álbum de una de las estanterías.
El interior de aquel álbum forrado en lo que parecía cuero contenía todo tipo de papeles, todos ellos sujetos al álbum con unas tiras metálicas que sujetaban las hojas sin agujerearles. Algunas hojas sueltas salieron volando mientras Miriam pasaba hoja tras hoja acariciando únicamente los bordes. Me acerqué para ver lo que me ofrecía. Había visto todo tipo de papeles de calidad, una gran parte en esa misma tienda, pero las hojas de aquel álbum iban más allá de la calidad. Eran exquisitas.
—Este es un papiro hecho a mano —dijo Miriam con el

respeto con el que otros hablaban de las joyas–. Es lino cortado de un pliego antiguo que fue cosido en mil setecientos. Y este es tan bonito que no podía dejar de tenerlo.

Me mostró una hoja de papel blanco, ligeramente brillante.

–No parece gran cosa, pero retiene la tinta de una manera especial.

Suspiró, sacudió la cabeza y continuó pasando páginas y atrapando las que querían escapar libremente.

–Sé que tengo algo para ti. Lo guardo para las ocasiones más especiales.

–Ni siquiera sabes para qué lo necesito.

Parecía una protesta, pero no lo era. Me cosquilleaban los dedos de ganas de acariciar aquellas hojas. De encontrar la hoja perfecta.

–¿Abuela? –Ari asomó la cabeza a través de la cortina–. Te acabo de enviar esa carta... ¡Oh, lo siento! No sabía que no estabas sola.

Miriam hizo un gesto con la mano.

–No te preocupes. Paige, ¿me perdonas un momento? Necesito ocuparme de algo.

–Claro, por supuesto.

–Sigue mirando.

Al pasar a mi lado, posó la mano en mi hombro, como si quisiera ofrecerme su apoyo.

Yo estaba tan ansiosa que ya estaba acercándome al álbum, pero me detuve cuando me tocó. Alcé la mirada. Miriam era una mujer pequeña, y aunque ella estaba de pie y yo sentada, nuestros ojos quedaban prácticamente a la misma altura. Inclinó la cabeza para mirarme.

–Encontrarás lo que necesitas. Siempre lo encuentras. Ya te lo dije, Paige, tienes un talento especial para saber lo que la gente necesita.

Y, sin más, me apretó el hombro y se marchó de allí.

Tenía razón, pensé mientras pasaba todas las hojas al

principio para poder empezar con la primera página y saborearlas todas. Se me daba bien saber lo que la gente necesitaba y cómo dárselo o ayudarles a conseguirlo. Era una pena que no supiera hacer lo mismo por mí.

Y entonces, la descubrí.

Estaba en medio del álbum. Era una hoja gruesa, de color crema y lino grueso. La clase de papel que codiciaba y acumulaba, pero en realidad nunca utilizaba. Uno de los cantos tenía el borde muy áspero. Lo habían cortado seguramente de un pliego mayor. No pesaba tanto como para poder ser utilizado como tarjeta, pero era demasiado grueso para poder utilizarlo en la impresora.

«¿Empezamos?».

Yo salía, él entraba. Días después, llegó la primera nota.

«Hola, Ari, ¿qué estás haciendo aquí?».

«Enviar algo para mi abuela».

Con dedos temblorosos, saqué la hoja del álbum.

«Vaya, jamás me habría imaginado que iba a encontrarte por aquí».

«Por supuesto que no, querida, ¿por qué ibas a imaginártelo?».

Ya no tenía que preguntarme quién había enviado la primera lista. Aquella lista que me había cambiado la vida. Miriam también parecía saber lo que yo necesitaba.

Y yo ya sabía lo que tenía que hacer.

Un atuendo adecuado puede suponer una gran diferencia. Medias con costuras y un liguero. Camisa blanca, ajustada de manga larga. Debajo, unas bragas sencillas de color blanco con un sujetador a juego. Zapatos negros de tacón. De un tacón tan alto, de hecho, que es imposible no andar como si estuvieras desafiando al mundo a cada paso.

Por fin parecía una dominatriz aunque no llevara un traje de vinilo y un látigo. Y también me sentía como si lo fuera, y seguramente eso era lo más importante. Me había vestido como si estuviera poniéndome una armadura.

Los hombres se volvían al verme, y me encantaba. No creo que haya una sola mujer sobre la tierra que no disfrute sabiendo que cualquier hombre que pasa a su lado está deseando ponerse de rodillas frente a ella y devorarla. Aunque sea solo una fantasía, en aquel momento no tenía la menor duda de que habría unos cuantos dispuestos a darme cualquier cosa que les pidiera por el mero hecho de ser yo la que lo exigiera.

Llegué unos minutos antes, no muchos. El vestíbulo del Hilton estaba decorado en tonos rojos, dorados y castaños. La alfombra estaba limpia, pero en algunos lugares estaba tan desgastada que convertía los diseños florales en dibujos geométricos. Los paneles de madera de las paredes parecían evocar los antiguos clubs de caballeros a los que hombres de chistera y pañuelo de cuello iban a fumar sus puros. Los ascensores estaban a la izquierda. Justo a la derecha del mostrador había sofás y butacas colocados para favorecer los encuentros en grupo. En esa zona estaban también las puertas que conducían a las salas de reuniones.

Me senté en una butaca escondida tras una planta que resultó ser de plástico.

Le vi. Él no me vio a mí. Eric no me esperaba. Además, había planeado que fuera de esa forma.

Se acercó al mostrador de recepción. Caminaba con energía. La bolsa le golpeaba la cadera a cada paso. Se la quitó del hombro y la agarró del asa. El ascensor anunció su llegada con un tintineo, pero las puertas no se abrieron. Le oí musitar algo. Me escondí tras la planta.

Las puertas del ascensor se abrieron.

A veces, das media vuelta.

Otras, te alejas.

Le vi meterse en el ascensor. Las puertas se cerraron tras él. Observé la progresión de la subida, cómo se iban iluminando los números indicando exactamente en qué planta se encontraba. Después, giré sobre mis altos y afilados tacones y me dirigí al mostrador de recepción. Una vez allí, saqué una carta del bolso.

Era una explicación corta y firme, y una lista final de órdenes para Eric. Sabía que para él sería una decepción, pero algo me decía que también supondría cierto alivio. Hay cosas que es preferible dejar en el mundo de la fantasía.

Le tendí la carta al recepcionista.

—¿Podría entregarle esta carta al caballero que acaba de registrarse en el hotel de parte de Rosa de Espinas? Es importante.

Los empleados del hotel Hilton están muy bien formados y aquel chico no era una excepción. O quizá fue mi ropa y mi forma de pronunciar aquellas palabras, como si no tuviera la menor duda de que iba a hacer cuanto le pidiera. Tomó la carta. Miró el sobre en blanco, me miró a mí y asintió.

—Por supuesto, señora.

—Cuanto antes —insistí.

—Sí, lo haré yo mismo.

Miró a la chica que tenía a su lado, que se encogió de hombros, sin dejarse afectar por nada de lo que estaba ocurriendo.

El recepcionista no miró a hurtadillas mientras se alejaba, y lo que hiciera después, dejó de importarme en cuanto se cerraron las puertas del ascensor tras él. Nunca lo sabría.

Ya estaba hecho.

Tuve que llamar tres veces para que me abriera Austin. Me recorrió de arriba abajo con la mirada y curvó los labios en una sonrisa. Abrió entonces la puerta por completo y retrocedió para invitarme a pasar. No me pasó por alto su forma de inclinarse hacia mí, o de respirar como si quisiera inhalar mi fragancia.

Me detuve en el cuarto de estar y me volví hacia él.

–Austin.

–Paige –contestó con infinita paciencia.

Tomé aire con tal fuerza que alcé los hombros. Después, tiré el bolso, que cayó y rebotó en el suelo. Pero ninguno de nosotros lo miró. Cuando abrí los brazos, Austin vino a abrazarme. Cuando le besé, me devolvió el beso.

–Te quiero –le dije.

Le demostré cuánto con las manos y la boca.

–Lo siento –susurré.

Austin me besó con fuerza.

–Te quiero –insistí.

No era la primera vez, pero no quería que fuera la última.

Austin me estrechó contra él y respiró contra mi pelo mientras posaba sus manos enormes en mi espalda.

–Yo también.

A veces, das media vuelta.

Otras, te alejas.

Y a veces, encuentras el lugar en el que realmente quieres estar, te quedas allí y encuentras la manera de que las cosas funcionen.

Cueste lo que cueste.

ÚLTIMOS TÍTULOS PUBLICADOS EN HQN

Solo para ti de Susan Mallery

La rendición más oscura de Gena Showalter

Mentira perfecta de Brenda Novak

Deseada de Nicola Cornick

Romance en la bahía de Sheryl Woods

Amar peligrosamente de Sarah McCarty

La última profecía de Maggie Shayne

Convénceme de Victoria Dahl

Crimen perfecto de Brenda Novak

Tiempos de claroscuro de Deanna Raybourn

Solo para él de Susan Mallery

Chicas con suerte de Kayla Perrin

Tirando del anzuelo de Kristan Higgins

La seducción más oscura de Gena Showalter

Un momento en la vida de Sherryl Woods

Prohibida de Nicola Cornick

CPSIA information can be obtained
at www.ICGtesting.com
Printed in the USA
LVOW10s1510160518
577142LV00039B/22/P